Le mariage d'Amanda !

Jenny Colgan

Le mariage d'Amanda !

Traduit de l'anglais
par Nathalie Vernay

J'ai lu

REMERCIEMENTS

Merci à Robin Colgan, Ian Wylie
et au Dr. Andrew Teverson pour leurs remarques utiles
au début de mon travail ; à la stupéfiante
Ali « ne m'embête pas » Gunn, Nick Marston,
Carol Jackson et
toute l'équipe de Curtis Brown ; à Rachel Hore
pour ses brillantes corrections,
Anne O'Brien, Jennifer Parr, Fiona McIntosh,
Yolande Denny, Julie Cass,
Yvette Cowles, Alex Young, Dan Moore,
Claire Round ainsi que l'équipe
de HarperCollins ; à Sally Sandra McKay,
Susan Hoyer, Andy Kennedy
et la bande de Westminster pour leur soutien ;
à David Knowles pour
les deux mois de délai supplémentaire ;
à Fiona Hastings, qui me manque
beaucoup, pour en avoir fait la suggestion ;
à mes parents qui ne m'ont pas
posé de questions, et à Jill Edwards.

Titre original :
AMANDA'S WEDDING

Pour Andrew McConnell Stott

CHAPITRE 1

Dans la vie, la plupart des situations compliquées n'ont pas vraiment de commencement : elles vous tombent plus ou moins dessus au fil des années, comme quand on néglige de passer la serpillière dans la salle de bains (crasse, choléra, etc.).

Mais cet événement-là avait bel et bien commencé quelque part, je m'en souviens très clairement. Enfin, de manière un peu floue quand même.

Dieu merci, c'était mon lit. Donc : 1) j'étais effectivement dans un lit, et 2) c'était le mien. C'était déjà ça.

Tant bien que mal, j'ouvris un œil tout collé et tentai de regarder autour de moi en me demandant d'où pouvait venir cette odeur. Je me retrouvais coincée entre le lit et une énorme masse de chair que je ne reconnaissais pas.

La masse de chair en question était rattachée à d'autres morceaux, tous dans le bon ordre, mais je ne m'en rendis compte qu'après m'être assise, terrifiée à l'idée que mon lit puisse être le théâtre d'un embrouillamini sans nom.

Tout me semblait étrangement disproportionné. Peut-être que je n'avais pas encore dessoulé. Je grattai la substance collante que j'avais au coin des yeux. Non, il y avait vraiment quelque chose qui clochait.

Une main inopportune était posée sur moi. Elle était à peu près de la même taille que mon ventre, et mon ventre n'est pas réputé pour sa petitesse... Une pensée commença à faire son chemin dans ma tête.

Je la connaissais, cette pensée, et j'essayai de l'ignorer le plus longtemps possible mais tandis que ma bouche pâteuse criait « À boire ! À boire ! », la pensée murmurait « Oh mon Dieu... c'est encore Nicolas... ! »

Je fis la grimace, comme si j'avais avalé quelque chose de mauvais, ce qui était sans doute le cas, de toute manière.

De plus en plus nauséeuse, je rampai au bout du futon puis me traînai jusqu'à la cuisine à la recherche d'une aspirine et de Coca Light. Évidemment, Fran m'attendait. Elle ne vivait pas là, mais elle se sentait chez elle – plus que moi, d'ailleurs. Elle avait un studio d'à peu près un mètre carré qui provoquait une fièvre instantanée, alors j'avais pris l'habitude de la voir chez moi.

« Bonjour ! » roucoula Fran, fraîche comme la rosée. Mais je suis sûre que c'était juste un air qu'elle se donnait. À travers cet étrange brouillard – je devais sans doute avoir de l'alcool jusqu'aux yeux – elle paraissait effectivement en forme. Je n'arrivais pas à fixer mon regard sur sa masse de cheveux frisés, mais en revanche je remarquai qu'elle portait un T-shirt à moi, couvrant à peine une paire de cuisses qui ne se touchaient même pas. Je détestais ça.

Je rassemblai toute mon énergie pour lancer un vague « Salut ! »

— Gueule de bois ?

— Non, non, pas du tout. J'ai juste une subite envie de boire une demi-bouteille de Coca tiède sans bulles, d'accord ?

— Bon, bon, dit-elle avant de marquer une pause. Je crois comprendre que tu vas vouloir deux verres ?

— Aaaaaaah ! râlai-je en posant la tête sur le meuble de cuisine.

— Mélanie. Mélanie, Mélanie !

— Quoi ?

— *Nicolas...* !

— Mm mm...

— Ça fait *deux fois...* !

— Aaaah !

Fran recula.

— Je sais, je sais, je sais, consentis-je. Oh mon Dieu. Merde. MERDE ! Je crois que je vais déménager, là, maintenant.

— Comme ça ? Dans ta serviette ?

— Tu as raison, tiens. J'ai tous mes habits dans ma chambre, et je n'y remettrai plus jamais les pieds ! Et si j'y mettais le feu ?

— Eh bien, c'est un peu risqué, et je ne crois pas que Nicolas puisse tenir dans un camion de pompiers.

— C'est pas grave ! Il n'a qu'à mourir ! Ça m'arrangerait presque !

Fran nous servit une tasse de thé à chacune et me regarda d'un air chagriné.

— Allez, t'inquiète pas. Regarde le bon côté des choses.

— Dans mon lit, il y a un comptable de deux mètres quarante qui sent aussi bon qu'un putois, et ça fait DEUX FOIS que je le ramène à la maison, ce qui fait que je n'ai AUCUNE excuse, et tu me dis de regarder le *bon* côté des choses ?

— Oui... par exemple, si tu te renversais du thé dessus, ça ne serait pas grave parce qu'au moins tu aurais une serviette sous la main pour t'essuyer ? Bon, d'accord... hum... alors ça veut peut-être dire que tu n'es pas le genre de fille à coucher avec un mec juste pour une nuit ?

— Oh mon Dieu, qu'est-ce que je vais bien pouvoir faire ? Elle est là, Linda ?

Linda, c'était ma rondouillarde de colocataire. Je ne la voyais guère qu'une fois tous les quinze jours. Je crois qu'elle m'évitait.

— Je l'ai vue passer dans le coin il y a une vingtaine de minutes. Elle avait l'air assez fatiguée. On a peut-être fait un peu trop de bruit hier soir. Nicolas n'a pas essayé de jouer de la trompette ?

Je fis la moue.

— Ce n'était pas une trompette.

Fran grimaça à son tour quand la mémoire lui revint.

— Salope d'Amanda ! s'exclama-t-elle.

J'approuvai avec véhémence. À *chaque* fois qu'il se produisait quelque chose de *vraiment* terrible, Amanda était dans le coup.

Fran, Amanda et moi étions à l'école ensemble à Woking, une de ces affreuses banlieues interminables de la cité londonienne ; ce n'était pas la ville, ni la campagne. Il y avait juste des centaines de gens qui traînaient autour des abribus en se demandant s'ils étaient en train de rater quelque chose ou non. J'avais rencontré Fran un jour où, à l'âge de quatre ans, elle était passée devant chez nous en courant après mon grand frère, avec une batte de cricket à la main.

Amanda habitait à côté de chez nous, et nous étions allées toutes les trois ensemble à l'école pendant des années. Amanda était généralement en possession des toutes dernières tenues de Barbie, et de bonbons gratuits que lui avait donnés le marchand aux tendances légèrement douteuses du coin de la rue. Malgré ses yeux bleus, ses anglaises blond vénitien et son teint rose, elle était foncièrement méchante et s'amusait à nous monter l'une contre l'autre, Fran et moi, avec les talents d'empoisonneuse d'un Borgia.

Enfants, nous rêvions de devenir célèbres et de participer à *Celebrity Squares*[1]. Vingt ans après, nous courions toujours après notre idéal : Fran de la bonne manière, puisqu'elle avait fait le conservatoire d'art dramatique avant de glandouiller pendant des années et des années, le plus souvent dans mon quartier. J'avais décidé de réaliser mon rêve en épousant quelqu'un de très beau et de très célèbre. Je surveillais de près les divorces des stars dans le magazine *Hello !* Mais Amanda nous avait toutes coiffées sur le poteau car, alors que nous étions encore au collège, son père avait inventé une nouvelle méthode pour ouvrir les packs de lait et cela avait fait de lui un homme immensément riche du jour au lendemain.

Nous ne nous en étions pas aperçues tout de suite ; c'est vrai que pendant la dernière année de collège, elle n'arrêtait pas de soupirer et de dire qu'elle s'ennuyait, mais bon, nous étions adolescentes. C'est seulement en voyant la maison neuve avec bar et piscine que nous avions compris qu'il se passait vraiment quelque chose. À ce moment-là, son père avait quitté sa mère et il était trop occupé à courir après les gamines de notre âge pour s'occuper de nous, alors nous organisions des soirées, nous faisions du shopping et nous nous soûlions dans le nouveau jacuzzi aux robinets en or : ce fut une année fabuleuse.

Un jour, Fran partit pour le conservatoire, ce qui lui permit de se prendre pour un lézard pendant trois ans. Amanda alla à l'université de Durham et comme j'avais peu d'imagination, et encore moins de bon sens, je m'y inscrivis aussi.

Le premier jour de cours en faculté, j'eus du mal à

1. Jeu télévisé, équivalent du *Kadox*.

reconnaître Amanda, en grande partie parce qu'elle avait changé de couleur de cheveux, et de façon de parler. Elle me raccompagna chez moi dans la décapotable que son père lui avait donnée pour son entrée en faculté et elle traversa la ville comme si c'était son royaume.

Quand elle me laissa dans ma minuscule chambre universitaire avec des taches de moisi sur les murs et qu'elle me dit « Voilà, darling ! À la prochaine, d'accord ? », je compris que ça ne serait plus comme avant. En effet. Elle ne m'adressa plus la parole, si ce n'est une fois tous les six mois lorsqu'elle s'abaissait à m'emmener boire un verre pour me rappeler à quel point tout était merveilleux pour elle. Je crois que son brillant succès ne lui aurait pas semblé aussi agréable si elle n'avait pas eu quelqu'un à regarder de haut, et c'était mon rôle. Je tombais dans le panneau à chaque fois et le lendemain dans les couloirs elle faisait semblant de ne pas me connaître.

Je me disais que s'il y avait une justice, ça finirait bien par tourner mal pour elle. Or, elle eut sa licence haut la main et, du fait de sa blondeur, trouva un emploi dans les relations publiques où elle était sans cesse invitée à des soirées dans le show-biz. J'obtins ma licence avec mention passable, sans doute à cause des traces de bile sur ma copie d'examen, et finis comme correctrice dans une triste société d'articles de bureau située à Holborn.

Mais je voyais toujours Amanda. Elle téléphonait de temps en temps. Fran et moi allions boire un verre avec elle ; elle se faisait mousser puis nous lui demandions de payer nos consommations. C'est ainsi que ça avait commencé la veille, quand le téléphone avait sonné.

— Mélanie, *darling.*

J'avais enfin compris que *darling,* dans le jargon des relations publiques, ça voulait dire *connaissance d'ordre inférieur.*

— Salut, Mandy.

Elle avait horreur qu'on l'appelle comme ça.

— Et si nous allions prendre un petit verre quelque part, ce soir, toi, Francesca et moi ?

Ce soir ? Comme si nous n'avions rien de mieux à faire.

— J'ai une grande nouvelle ! lança-t-elle.

— Ah bon ? Quoi ?

— Oh non, c'est le genre de nouvelle à annoncer devant un verre.

— D'accord. Fran ! (Allongée sur le canapé, Fran était en train de se dessiner une moustache.) Ça te dirait d'aller boire un verre avec Amanda ce soir ?

Fran rugit, secoua violemment la tête et fit une tête de couguar comme on doit apprendre à en faire au conservatoire.

— Super, dis-je à Amanda. On serait ravies. Où ?

— À l'Atlantic ? minauda-t-elle.

Pas question. Cocktails et aristos. En plus, elle habitait dans les quartiers chic du nord de Londres alors que nous vivions à Kennington, une banlieue sympa mais miteuse du sud de la ville, alors autant essayer de mettre au point une alliance intergalactique. Je suggérai le Ship et le Shovel, tous deux sales et potentiellement dangereux.

— Oh, pour l'amour du ciel, Mélanie... Bon, à l'Ozone, alors.

— J'irai jusqu'au Pitcher ou au Piano, mais pas plus loin.

J'entendis un soupir à l'autre bout du fil.

— Bon, si vous ne pouvez pas faire autrement... bouda-t-elle de manière très perceptible, ce qui n'eut pas le moindre effet sur moi étant donné que je n'ai pas de pénis.

— Pourquoi t'as fait ça ? gémit Fran une fois que j'avais raccroché. Elle vient sûrement d'avoir une promotion, ou alors il y a un pédé quelconque qui l'a invitée à voir une comédie musicale dans le West End.

— On ne sait jamais. Peut-être qu'il lui est arrivé quelque chose d'affreux. Peut-être qu'elle s'est fait engrosser par plusieurs marins et qu'il n'y a que nous pour lui remonter le moral, comme on est ses plus vieilles copines. Hé, hé, hé.

— Elle avait une voix à être en cloque ? Ou plutôt une voix de pimbêche ?

Je réfléchis une minute.

— Euh... une voix de pimbêche.

— Eh ben tu vois. Le fils de Sean Connery l'a invitée à déjeuner. Et nous, on va devoir entendre ses histoires pendant deux heures ; elle va encore nous dire que tout se passe à merveille dans sa vie et on en aura tellement marre qu'on boira trop et après elle ira dans un endroit beaucoup plus intéressant, tout à fait sobre, et nous on restera sur place à picoler tellement on l'aura amère et tellement on se trouvera nulles. Et on mettra des jours à s'en remettre.

— Mmm. Bon, comment on va s'habiller ?

Amanda fit irruption dans le bar à l'heure. C'était une fille « 3 M » : maligne, mignonne, menue.

— Bonsoir mes chéries ! lança-t-elle à travers le bar.

J'ai oublié de préciser : quand elle faisait la snob, elle devenait grande gueule.

— Du vin blanc, ça vous va ?

— Une bière pour nous, Amanda, cria Fran. Mais dans un verre.

Amanda arriva finalement avec les boissons, après avoir jeté un coup d'œil autour de la salle pour voir si elle connaissait quelqu'un, puis elle s'installa sur son parfait séant et se tourna vers nous avec un sourire pareil à celui de la météorologue du matin.

— Qu'est-ce que tu avais comme nouvelle, alors ? demandai-je poliment.

— Vous ne devinerez jamais, les filles !

— Euh... tu as gagné le super tirage du Loto ? Tu es un homme ? Tu es enceinte de quarante marins ? dit Fran en baissant d'un ton sur la dernière question.

— Je suis FIANCÉE !!!

— Oh mon Dieu ! Avec qui ? m'écriai-je en chœur avec Fran.

— Tu le connais, Mélanie. Tu te rappelles, Fraser McConnald, il était à l'université de Durham.

— Fraser qui ? demanda Fran.

Mais je me rappelais, moi. Ce grand gaillard adorable de Fraser, avec ses cheveux ébouriffés et ses vieux vêtements. J'étais folle de lui, mais il faisait comme si de rien n'était, alors je le suivais partout en faisant semblant d'être son amie. Ce n'était pas un moment très glorieux de mon existence. Mince, fallait-il que cette fille gagne *tout le temps* ?

— Toi et Fraser ! Ah ben merde alors ! m'exclamai-je. Et puis, tu te maries, quoi ! Félicitations, c'est merveilleux ! Et *rapide* !

D'aussi loin que je me souvienne, Fraser ne faisait rien rapidement. Je le revoyais encore avancer d'un pas traînant à la faculté, à la recherche d'une place assise où il pourrait allonger ses jambes incroyablement longues.

— Oh, je sais, dit-elle en exhibant sa bague de fiançailles à son doigt parfaitement manucuré. Il dit qu'il a eu le coup de foudre pour moi ! Hi, hi, hi !

Le coup de foudre ? Ou le coup de rouleau compresseur ? Fraser n'aimait pas les coups de foudre, pensai-je avec une envie de révolte. Fraser aimait se promener dans la campagne, lire le magazine *Viz* [1] et rater ses examens d'ingénieur.

— Je me rappelle, dit Fran, je l'ai vu plusieurs fois

---

1. Magazine proposant des bandes dessinées pour adultes.

quand je suis rentrée le week-end. Un grand dégingandé. Maigre. Je n'aurais pas cru que c'était ton genre...

— Eh bien... roucoula Amanda.

— Comment tu l'as rencontré ? Au club d'échecs ?

— Non, en fait, c'était très marrant... j'étais en train de lécher les...

— De quoi ?

— Oh, mon travail, ma chérie, tu sais.

Grrrrr.

— Bref, je travaillais pour des clients d'Édimbourg qui sont en train de faire un guide sur les vieux châteaux. Et devinez qui je vois dans la brochure ? Mon vieil ami de fac, Fraser.

Je ne lui fis pas remarquer qu'elle n'avait pas dû lui dire plus de deux mots pendant tout ce temps, parce qu'il rougissait beaucoup, ni qu'il avait porté la même paire de Converse tous les jours pendant trois ans.

— Bon, alors je me suis dit que je pourrais aller boire un verre avec lui...

— Attends, interrompit Fran. Qu'est-ce qu'il foutait dans une brochure ? C'était une brochure sur les Converse ?

Amanda fit son petit rire de clochette.

— Non, en fait, vous allez trouver ça complètement fou : moi, la petite Amanda Phillips de l'école de Portmount...

C'est ça.

— Eh ben quoi ? demanda Fran.

— Eh bien... c'est un laird !

— Un quoi ?

Je le savais, moi.

— Oh, je sais, n'est-ce pas adorable ? C'est comme un lord, mais écossais !

— C'est vrai ? me questionna Fran.

— Hum, je savais que son oncle en était un. Peut-être que si son père est mort, il a pu...

Amanda me regarda d'un air choqué.

— Mélanie, tu le sais depuis toujours et tu ne m'as jamais rien dit !

— Amanda, tu l'as vu une fois à une soirée et tu as dit qu'il sentait une drôle d'odeur.

— Oh non, ce n'était sûrement pas moi, dit-elle avant de pousser un gloussement. *Donc...*

— Il avait une drôle d'odeur ? me demanda Fran.

— Seulement quand il pleuvait.

— *Mes chéries !* s'écria Amanda sur un ton agacé. C'est ma GRANDE NOUVELLE !

Nous nous sommes calmées et son sourire de sainte nitouche réapparut.

— Donc, par le plus grand des hasards, j'ai parlé aux gens des châteaux ; ils m'ont donné le numéro de sa mère et elle avait le numéro de Fraser. Comme il était justement à Londres, nous nous sommes vus et il se trouve que nous avons pas mal de points communs ; nous avons beaucoup ri... Puis nous sommes allés voir ses titres de propriété et, de fil en aiguille, nous nous sommes fiancés...

— Comme le hasard fait bien les choses ! dit Fran.

— ... et maintenant je vais m'appeler Lairdess Amanda Phillips McConnald ! termina Amanda d'une seule traite.

Il y eut un moment de silence.

— Ah, il s'appelle Phillips aussi ? demanda Fran.

— Non, non ! Vois-tu, je garde mon nom *et* je prends le sien. C'est un argument féministe plus qu'autre chose. Vous ne m'avez pas vue dans le magazine *Tatler* ?

Après coup, Fran m'a dit que j'avais fait des yeux comme des soucoupes.

— Il est riche ? demanda-t-elle.

— Ne fais pas l'idiote, ma chérie. Qu'y a-t-il en Écosse ?

— De l'histoire ? Des beaux paysages ? Mel Gibson ?

— Des moutons et des alcooliques, très chère. Non, il n'a pas un sou... et il y a un « château » à retaper... Il ne pourrait pas payer les travaux en regardant l'eau passer sous le pont à longueur de journée.

C'est alors qu'Amanda se lança dans ses projets de décoration intérieure pour le château. Or, je l'avais déjà vu, moi (un jour, Fraser avait invité un groupe d'amis mais j'avais essayé de faire comme si c'était une sortie prévue seulement pour moi). Seul l'extérieur était impressionnant ; sinon, il n'y avait que deux pièces habitables et un poêle à gaz Calor, mais, manifestement, Amanda ne le savait pas encore, vu ce qu'elle avait l'intention de faire pour rénover le château.

— Je pensais que nous opterions pour un look original, postindustriel, poursuivait-elle.

À ce stade-là, je savais qu'il fallait que j'intervienne – d'une manière ou d'une autre. Alors je suivis ma bonne vieille règle qui consistait à dire la première chose qui me passait par la tête :

— Ah, c'est plutôt un mariage d'affaires, alors ! C'est presque...

J'allais dire « comme une peinture de William Hogarth » mais c'était trop tard. Je reçus un regard à vous éplucher une pomme en moins de deux, suivi d'un très long silence. Enfin :

— Bien entendu, nous les Phillips, nous sommes une très vieille famille, notre arbre généalogique remonte assez loin.

— Jusqu'à Woking ? dit Fran.

— Ha, ha, ha, très drôle, renchérit Amanda en se tournant vers elle. Tu te maries, Fran ? Ah, non, c'est vrai, tu n'as personne. Parce que si ça t'arrivait, on pourrait peut-être se moquer de toi pour changer.

Fran leva les yeux au ciel et partit rechercher de nouvelles boissons au bar.

Sa colère passée, Amanda se pencha vers moi de manière très amicale.

— Alors comme ça, Fraser et toi, vous étiez très proches, n'est-ce pas ?

Elle souriait comme pour me prouver que cela ne voulait *pas* dire « ENVIE-MOI ! ENVIE-MOI ! »

— Oh, pas vraiment, répondis-je au lieu de : « Eh bien, je l'aimais bien et il m'ignorait totalement. »

— Oh, il *faut* que tu viennes au mariage. Ce sera merveilleux. Papa tient *absolument* à faire les choses en grand.

Le père d'Amanda s'était marié au moins quatre fois depuis nos seize ans. Il devait avoir des prix chez les fournisseurs.

— Oui, d'accord.

J'allais me montrer généreuse. C'était ma première copine qui se mariait, qui plus est avec un garçon charmant. Pourquoi ne serais-je pas heureuse ? Sans savoir pourquoi, je pensai subitement à Alex et je tressaillis.

— Tant mieux ! Oh, je suis désolée, tu ne pourras pas être demoiselle d'honneur. Larissa et Portia sont de si bonnes copines de faculté... j'étais obligée de leur demander.

— Ah bon...

— Tu finiras bien par rencontrer quelqu'un aussi, Mélanie, tu sais. Quelqu'un de gentil. Quel dommage qu'Alex soit parti comme ça du jour au lendemain. C'était un sacré numéro, hein ? Et puis, il avait de sacrées relations.

Ce qui voulait dire quoi, au juste ? Je reposai mon verre, d'un geste un peu trop énergique.

— Je m'en fous complètement et je me fous complètement d'Alex aussi.

— Tu sais bien que ce n'est pas vrai, dit-elle en me tapotant la main d'une manière exaspérante.

J'oubliais tout le temps le potentiel de méchanceté d'Amanda. Je révisai mes prévisions : j'espérais que son mariage serait pourri et qu'elle divorcerait avant qu'on ait fini le gâteau.

Fran revint avec les boissons, mais Amanda se leva aussitôt en disant qu'elle devait aller ailleurs. Elle secoua ses cheveux blonds (sans racines) et fila jusqu'à la porte pour installer son beau petit postérieur culotté de cuir dans sa décapotable dernier modèle, le portable déjà sur l'oreille. Elle fit un signe joyeux de la main et s'en fut vers un lieu infiniment plus raffiné et intéressant qu'un pub un vendredi soir.

Fran et moi sommes restées silencieuses pendant un moment, puis Fran dit : « Et puis merde, tiens ! » et nous avons bu le vin blanc d'Amanda en plus du nôtre. Ensuite, nous en avons pris un autre histoire de nous remonter le moral, puis encore deux autres et, finalement, nous nous en fichions pas mal qu'Amanda Phillips ait trouvé son beau prince (quoique mal coiffé) et qu'elle aille vivre dans un château. Grand bien lui fasse.

Beaucoup plus tard, alors que nous tenions des propos incohérents sur le dernier type à qui Fran avait métaphoriquement donné un coup de pied dans les couilles avant de le jeter dehors – en y repensant bien, elle lui avait *littéralement* donné un coup de pied dans les couilles, mais il était sorti de la maison de son propre chef – j'aperçus une paire de genoux familiers à l'autre bout du pub bondé. En regardant plus haut, j'en déduisis qu'il s'agissait en fait de Nicolas, le comptable le plus grand du monde. (Comment je l'avais connu, déjà ?) Dieu qu'il était grand. J'aimais bien les grands.

Je tirai Fran par la manche.

— Regarde, c'est Nicolas.

Fran jeta un vague coup d'œil vers lui.

— Branleur, annonça-t-elle.

Si Fran n'avait pas traité de branleur tous les garçons dont nous avions parlé au cours de l'heure et demie qui venait de s'écouler, je l'aurais peut-être écoutée et ça m'aurait évité un traumatisme de plus. Au lieu de cela, je fis d'immenses mouvements circulaires à son intention. « Nicolas ! » m'écriai-je en pouffant de rire. Il arriva à bride abattue et me fit un baiser sonore. Ah, on devait être de vieux copains, alors.

— Mélanie, je suis *ravi* de te revoir. On passe encore une soirée délirante entre comptables !

Je plissai les yeux pour voir les comptables en question, mais apparemment ils avaient tous disparu, comme par magie.

— On est complètement cinglés. Je n'imagine pas qu'on puisse rentrer chez nous sans nous faire arrêter par la police ! Houaou, houaou !

— Paie-nous un verre, Nicolas, t'es plein aux as !

— Oui, bien sûr.

Il s'exécuta avec la ferveur de l'homme qui ne sait que trop quelle dose d'alcool il doit faire avaler à une femme pour qu'elle consente à coucher avec lui.

En temps normal, j'aurais été capable de faire dix kilomètres en courant pour échapper à Nicolas, avec qui j'avais couché une fois par hasard à une soirée parce qu'il était, hum, très grand. Il m'avait téléphoné sans cesse depuis ça et je m'étais rendu compte que, malgré sa taille, c'était le type le plus rasoir qui ait jamais existé. Enfin, c'était le *comptable* le plus rasoir qui ait jamais existé. Après l'inévitable interrogatoire de Fran lorsqu'il était venu me chercher à la maison en jean délavé et en bottes de cow-boy roses, j'avais demandé à Linda de répondre au téléphone pendant un mois entier. Et il était de nouveau là ; il était désespérément seul et moi j'avais désespérément besoin d'attention – mortel comme mélange.

Calé dans un coin à côté de Fran – elle avait l'air à moitié endormie, mais son regard somnolent disait qu'elle pourrait toujours sauter à la gorge de toute personne qui tenterait des travaux d'approche –, Nicolas commença à me parler de toutes les dernières sorties qu'il avait faites avec ses fantastiques collègues. Quand ils avaient enfin réussi à monter dans le bus qu'ils avaient loué pour aller au concert de Bryan Adams, j'étais sur le point de me mordre (littéralement) les doigts de désespoir. Avec une impeccable logique d'alcoolique, je décidai que la meilleure solution, c'était encore de l'embrasser pour qu'il ferme enfin sa gueule. Ce n'était pas une tâche facile ; ça revenait presque à grimper à un arbre. En étant complètement bourrée. Alors une fois arrivée au sommet, je me dis que je ferais aussi bien d'y rester jusqu'à ce que l'arbre tombe de sommeil. Je me sauverais du lieu du drame à quatre pattes le lendemain matin.

— Alors qu'est-ce que je fais maintenant ? me plaignis-je auprès de Fran. Dans ma chambre il y a un géant qui pue et que je déteste et si j'y vais pour le réveiller il va se remettre à me raconter des histoires *hystériques* sur les impôts.

— Donc ?

— Donc, hum, tu pourrais... lui demander de partir ?

— Moi ? Pourquoi moi ? C'est toi qui as avalé sa salive, hein ! Et s'il est tout nu ?

— C'est ça, tu n'as jamais vu d'homme à poil de ta vie ?

— Pas un de cette taille. Ça me ferait vomir mon sandwich aux saucisses.

Tout à coup la sonnette ultrabruyante retentit, ce qui nous fit sursauter toutes les deux. Je jetai un coup d'œil à Fran et réciproquement puis me traînai vers la porte en clopinant pour faire cesser ce bruit infernal.

VLAN ! Un homme de deux mètres quarante, nu comme un ver, sortit en trombe de ma chambre et me fonça dessus d'un air affolé, sans savoir dans quelle galaxie il était.

« IL Y A LE FEU OU QUOI ? ! »

Nous sommes restés ainsi un moment à nous regarder, comme des lapins éblouis par des phares. Puis mon psychisme prit la décision indépendante de me faire réagir comme ma mère aussi longtemps qu'il le faudrait.

— Non, Nicolas, bien sûr que non. Va t'habiller tout de suite ! Dépêche-toi, avant que j'ouvre la porte.

Il cligna des yeux et recula sans dire un mot, se dirigea vers la chambre puis effectua un rapide demi-tour et courut aux toilettes, où je l'entendis faire un pipi de deux mètres quarante. En tout cas si ce n'était pas lui, c'était un cheval de passage. Bon, j'avais résolu un problème (le sortir de ma chambre), mais j'en avais trouvé un autre. Je pourrais peut-être l'enfermer aux W.-C. à tout jamais et demander aux voisins de nous prêter leur salle de bains.

Je finis par ouvrir la porte en prenant un air sympathique, mais le gros facteur qui attendait sur le seuil s'en fichait pas mal.

« Paquet. »

Je signai, sans trop me réjouir, mais il faut dire que c'était vraiment un énorme paquet. Si ça se trouvait, j'avais un soupirant qui m'envoyait des cadeaux précieux car il était très riche et peut-être même très célèbre.

Fran partit en direction des toilettes. Le gros facteur la remarqua – tous les hommes la remarquaient, *elle*.

— Bonjour, gros facteur, dit-elle avant de désigner le paquet. Eh, c'est pour toi, Mélanie ?

Je le retournai pour voir.

— Non, c'est pour Linda. Zut zut zut.

— Mais qu'est-ce que c'est ? La dernière collection d'assiettes de *La Guerre des Étoiles* fabriquée par l'atelier d'artisanat de la Princesse Diana ?

— Non, trop lourd.

Le facteur partit en chancelant. Comme d'habitude, nous nous regardions en nous demandant comment un homme qui marchait une quinzaine de kilomètres par jour pouvait être aussi énorme.

— Des livres ?

— Linda ne les lit pas, les livres. Elle les mange.

— C'est vrai, ou c'est juste que tu ne l'aimes pas ?

Je regardai mes pieds.

— C'est juste que je ne l'aime pas.

— On peut l'ouvrir, alors ?

— Non, bien sûr que non.

— Pourquoi ? Ça ne la dérangerait pas.

— Fran, je crois que ça pourrait peut-être la déranger.

Pour être franche, je n'en avais pas la moindre idée. En fait, tout ce que je savais d'elle, c'était qu'elle travaillait dans une banque (mais laquelle ?), qu'elle était fille unique et qu'elle avait hérité de sa grand-mère, grâce à quoi elle avait pu acheter cette jolie petite maison et la truffer de babioles pastel. J'avais appris tout cela quand j'étais venue visiter la maison ; j'avais essayé de paraître incroyablement fascinée, ce qui m'avait permis d'emménager sous de faux prétextes, et c'était un sacré soulagement parce qu'à l'époque je fuyais une cabale de kinésithérapeutes qui m'avaient terrorisée pour me faire partir de mon appartement en colocation à Edmonton. C'était une période de ma vie que je revoyais seulement à quatre heures du matin, les yeux grands ouverts et la sueur au front.

Comme si elle avait entendu nos pensées – enfin je crois plutôt qu'elle avait l'oreille collée sur la porte pour écouter notre conversation –, Linda sortit de sa grande chambre à l'arrière de la maison en essayant de ne pas nous regarder dans les yeux, même lorsqu'elle me prit le paquet des mains. Elle était petite et ronde, avec une moustache très visible. Tandis qu'elle retournait dans sa chambre, j'échangeai le traditionnel regard « Linda » avec Fran.

— Euh... les filles... ha, ha... dit une voix étouffée. Est-ce que je peux... euh... sortir de la salle de bains, maintenant ?

Fran leva les yeux au ciel.

— Quand tu veux, chéri. On t'attend.

Je me mis à glousser.

— Bon, bon, d'accord, fit la voix.

Puis il y eut une pause, pendant laquelle ni Fran ni moi ne retournâmes à la cuisine.

La porte finit par s'ouvrir et Nicolas émergea, avec une masse de papier toilette devant les parties génitales. J'ai bien dit une *masse* de papier.

— Ha ha ! Terrible nuit, hein, les filles ! s'écria-t-il en faisant bonne figure, je dois le dire. Qu'est-ce qu'on mange, pour le petit déjeuner ?

— Un bus numéro 38 pour toi, répondit Fran. Ils livrent à domicile.

— Houaou houaou ! Je vais enfiler mon pantalon de soirée et je reviens tout de suite. Comment vas-tu, *toi*, ma chérie ?

Fran et moi avons jeté un coup d'œil autour de nous, puis je compris que c'était à moi qu'il parlait.

— Oh, tu vois bien, une forme plus ou moins grandiose, dis-je, tête baissée. Moins, surtout.

Tout à coup, je m'aperçus qu'il y avait quelque chose par terre. Je me baissai. C'était une carte postale, et cette fois c'était pour moi.

— Fra-an ! dis-je d'une voix tremblante en la suivant au salon. C'est une carte postale.

— Je vois bien. Oh, et regarde là-bas, Nicolas, c'est une porte !

— Houaou houaou ! fit la voix dans la pièce d'à côté. Quand je vais dire ça à mes potes, au boulot !

Je poussai un soupir.

— Regarde ! dis-je avec empressement. Regarde de qui ça vient !

C'était une carte postale de l'Empire State Building, presque complètement cachée par un gros plan de seins de femme. De l'autre côté, il était simplement écrit : *Ma chérie, je suis vraiment désolé... grave erreur. Je rentre. Alex.*

Il y eut un long silence dramatique. Enfin, il aurait pu y avoir un long silence dramatique si Nicolas n'avait pas choisi ce moment-là pour faire irruption au salon avec son pantalon violet (je n'avais pas remarqué qu'il était violet ; on aurait dit le résultat d'un terrible accident de confiture de prunes) en criant « Eh, je sais ce qui serait *hystérique,* les filles : du pain perdu !! »

Fran lui jeta un regard façon Ours Paddington.

— Va chercher des pains au chocolat, Nicolas.

J'étais en état de choc, c'est tout juste si je vis Nicolas disparaître puis revenir avec une douzaine de mini-pains au chocolat. J'étais trop occupée à regarder droit devant moi sans ciller en essayant de comprendre : Alex, Alex, Alex, mon « seul amour », selon moi. Alex, Alex, Alex, ce « rat de bas étage », selon Fran et à peu près tout le monde sur cette terre.

La première fois que j'avais vu Alex, j'avais pensé « Ouah, qu'est-ce que j'aimerais lui retirer son pantalon ! » Il m'avait regardée et il avait pensé exactement la même chose : les grands esprits s'étaient rencontrés. Ah, cette soirée merdique dans l'ouest londonien (je savais bien qu'il ne fallait pas aller là-bas pour compter s'amuser, mais en tout cas cette fois-là je n'avais pas tout perdu).

J'étais en train de chercher la bière la plus coûteuse, que les hôtes cachent généralement au fond du frigo, lorsque j'entendis une voix grommeler derrière moi :

— C'est juste une impression, ou est-ce que tout le monde est effectivement coincé ?

— C'est la *tendance,* ça, répondis-je. Tu devrais les *envier.* Ils font juste *semblant* de ne pas s'amuser.

— Ahhhh... je comprends mieux. Bon. Alors soit j'essaie de quitter les quartiers ouest...

— Impossible, lui fis-je remarquer.

— C'est vrai... Soit je me soûle et je fais quelque chose d'abominable en déclinant toute responsabilité.

C'était tellement plein de sous-entendus que je ravalai

ma salive avant de regarder de plus près ce personnage de deux mètres à l'air rebelle et aux cheveux bruns, qui avait les plus beaux yeux sombres que j'aie jamais vus, avec des paupières tombantes et des cils immenses.

— J'ai l'impression, dis-je, que ça ne te ressemble pas du tout.

Dix-huit incroyables heures plus tard, humide, sale et complètement affamée, étendue dans une chambre inconnue, un sachet de thé qui me chatouillait le ventre, je compris qu'il se passait quelque chose.

Un an plus tard, j'étais heureuse, je batifolais tranquillement avec Alex, qui essayait de faire quelque chose dans l'industrie musicale. Il connaissait tout le monde ; nous finissions toujours dans des soirées où tous ses amis étaient louches, un peu roublards, mais avec des accents terriblement agréables. Je suivais les musiciens : c'était génial. Alex n'était pas l'homme le plus romantique de la planète, mais cela n'avait pas d'importance ; moi, Mélanie Pepper, vingt-six ans, j'avais l'honneur de voir des petites pop stars vomir dans des night clubs miteux. C'était cool.

Plus que cela, disons que j'étais absolument folle d'Alex. J'adorais ses longs cheveux bruns et ses grands yeux de cocker et j'avais besoin de son attention. Je faisais des sauts de cabri pour être à sa hauteur et il m'adressait alors un large sourire paresseux avant de regarder s'il y avait d'autres personnes qui participaient à notre conversation. De temps à autre, il me gratifiait de son attention et je devenais comme ces petits chiens affectueux qu'on voit dans les reportages sur les associations protectrices des animaux. Il lui arrivait de passer une éternité à flirter avec d'autres femmes et, dans ces quarts d'heure-là, j'étais perdue. Bref, ce n'était pas un petit ami irréprochable, ça ne fait pas de doute. Mais dans son pantalon en cuir... vous voyez, quoi, une fille c'est une fille, et les pantalons en cuir et les copains pop stars... c'est les pantalons en cuir et les copains pop stars, alors évidemment, j'ai fait ce qu'une fille cool ne devrait JAMAIS faire, à savoir : tomber amoureuse de ce garçon cool. Ce qui fiche tout en l'air.

Mais, de temps en temps, il se montrait plus sentimental. Son visage s'imprégnait parfois de tendresse. Il me téléphonait sans raison. Il revenait d'un concert de bonne heure. Il tombait amoureux, je le sentais. Il m'aimait. Il passa même avec succès l'épreuve du « Tu veux bien passer m'acheter une boîte de Tampax en rentrant ? » Alors j'étais sur le point de suggérer que nous pourrions... éventuellement... envisager de vivre ensemble, pas de façon sérieuse ni rien, juste une petite cohabitation sans prétention parce que, après tout, ça ne valait pas le coup de dépenser tant d'argent dans les brosses à dents (ha ha) lorsqu'Alex disparut de la surface de la terre.

Un week-end, j'avais attendu qu'il m'appelle, mais il ne l'avait pas fait. C'était aussi simple que cela. Supposant qu'il s'agissait d'un incident qui relevait de *X-Files* et qui n'avait rien à voir avec moi, je laissai passer vingt-quatre heures avant de téléphoner à son colocataire, Charlie, qui habitait à Fulham. Charlie n'était pas tellement ravi de s'occuper des problèmes d'Alex et il était trop snob pour être gentil. Il m'informa d'un ton las qu'Alex était parti aux États-Unis pour se chercher, qu'il était désolé de ne pas m'avoir prévenue mais que ça semblait plus facile comme ça.

Même pas un mot griffonné à la hâte ! En guise de rupture, Alex avait déménagé en laissant un message à un copain laconique !

Plusieurs semaines durant, j'étais tellement perturbée que je ne parvenais même pas à pleurer. J'avais l'impression qu'on m'avait retiré tout ce que j'avais à l'intérieur à la petite cuillère. Fran avait été merveilleuse ; jamais je n'avais entendu une personne jeter tant de mauvais sorts avec une telle variété d'épithètes, tous plus colorés les uns que les autres. Elle crachait le venin à ma place ; moi je m'asseyais dans un coin en me balançant. Je n'osais même pas descendre racheter des chips au magasin tant je craignais que mon humiliation ne se voie sur ma figure. Je n'avais jamais connu une telle douleur, c'était encore pire que le jour où je m'étais fourré des papiers de bonbon dans le nez (j'avais quatre ans ; non, je ne suis pas bizarre).

Au fil des mois, j'avais fini par ne plus ressentir qu'une vague douleur de temps en temps, que je venais encore d'essayer de soulager avec le visiteur qui était en train de claquer de la langue en mangeant ses minipains au chocolat comme si c'était du caviar.

— Bon, dit Fran, je vais prendre cette saleté de carte postale et la rendre à son milieu naturel...

Je la lui arrachai des mains.

— Allez, Mélanie. C'est une ordure de salaud de bas étage qui t'a écrit ça. Et si tu veux, je peux même te faire l'honneur de la brûler, cette carte.

— Eh, les filles, qu'est-ce qui se passe ? demanda Nicolas le Perspicace, la bouche pleine de chocolat.

Apparemment, s'il n'avalait pas 15.000 calories par jour, il risquait de mourir.

J'ouvris les yeux.

— Écoute, je ne veux pas du tout être impolie, mais tu peux juste PARTIR ? m'écriai-je sans pouvoir me retenir. Hum, c'est juste qu'avec Fran, on a un truc TRÈS IMPORTANT à faire et ça fait très longtemps qu'on l'avait prévu...

— Ouais, même que ça s'appelle « Comment se débarrasser de Nicolas », rétorqua Fran, pas tout à fait à voix basse.

— Oui, pas de problème, Mélanie. Qu'est-ce que tu dirais que je passe te chercher ce soir à sept heures pour t'emmener manger dans un restaurant ridiculement cher aux frais d'un client à moi ? Houaou, houaou !

— Malheureusement, ce truc qu'on doit faire avec Mélanie, ça va prendre BEAUCOUP de temps, ajouta Fran. On est *vraiment* désolées. Mais là, il faut que tu y ailles. TOUT DE SUITE.

— Eh, pas de panique. Nicolas Snodley est capable de saisir un message, tu sais.

Je m'enfuis à l'autre bout de la pièce et me mis à déchiffrer les CD de Linda, de peur que l'envie ne lui prenne de m'embrasser. Les CD de Linda : *Les Plus Belles Chansons d'Amour 1*, *Les Plus Belles Chansons d'Amour 2* et, pour changer un peu, *Les Plus Belles Chansons d'Amour du Monde*. Ainsi que des bruits de dauphins.

— Mélanie, je t'appelle bientôt, d'accord ? Pour la soirée de Brian May ?

— Oui, oui, répondis-je. AU REVOIR.

Il préféra se la jouer cool :

— D'accord. C'est quoi, ton numéro, déjà ?

J'eus envie de lui donner un faux numéro mais dans l'état de confusion émotionnelle où je me trouvais, je m'emmêlai les pinceaux et lui donnai malencontreusement le bon.

— Ciao, les filles, lâcha-t-il avec désinvolture.

Il se courba pour passer sous la porte et sortit. Je vous jure que j'entendis « houaou, houaou » résonner derrière lui dans le couloir.

De Charybde en Scylla, pensai-je en reprenant la carte postale. J'allai m'écrouler sur le canapé à côté de Fran et posai la tête sur son épaule.

— S'il te plaît, ne me refais jamais ce coup-là avec Nicolas, dit-elle.

— Mais ça t'amuse tellement...

— Mélanie, tu sais très bien que j'aimerais encore mieux me faire torturer que de te voir avec cette immense chose gluante.

Je soulevai mollement la carte postale.
— Comme il m'a manqué...
— Oui, je sais.
— Et il me manque encore.
— Je sais. Mais quel homme peut faire ce qu'il t'a fait sans être un salaud irrécupérable ?
— Je ne sais pas, moi. Ils sont bizarres, les mecs.
— Ça, c'est vrai. Tous autant qu'ils sont. Et eux, ils nous trouvent bizarres. Mais il y en a qui sont bizarres-gentils et il y en a qui ne le sont pas. Considère Alex comme une Amanda en masculin. Il t'a fait exactement la même chose que cette pétasse quand elle s'est mise à fréquenter des snobs et qu'elle t'a laissée tomber comme une vieille chaussette.
— Mais je la vois toujours.
Fran soupira.
— Et à chaque fois, ça te rend malheureuse. Ce qui veut dire que tu ne vas pas écouter un traître mot de ce que je vais te dire.
— Sans doute pas.
— Bon, alors pas la peine que je me lance dans des conseils fraternels. Il reste des pains au chocolat ?
Nous observâmes les débris de papier aluminium éparpillés par terre.
— Ce garçon me fiche la trouille, murmura Fran.
Je me réinstallai au fond du canapé en grognant.
— Mince. D'abord Fraser, après Nicolas et maintenant Alex. J'espère que c'est pas vrai, ces histoires de karma, dis-je alors qu'une pensée me traversa l'esprit : Dis-moi, Amanda n'épouse pas Fraser juste pour me faire chier, quand même ?
— Certainement que si, répondit Fran en s'étirant paresseusement avant d'allumer la télé. Ne t'inquiète pas, si Alex revient, elle peut toujours se marier avec lui à la place.
Aucune de ces perspectives ne me faisait sauter de joie.

CHAPITRE 2

Le lundi, je retournai au travail en traînant les pieds, le moral à zéro. De toute façon, j'avais toujours le moral à zéro au travail, alors mes collègues ne virent pas la différence. Ce qui n'aurait d'ailleurs été possible que si j'avais eu l'habitude de discuter avec eux et je ne le faisais jamais. Ce fut une semaine normale, en somme.

J'avais un bureau gris et miteux avec une plante crevée et des piles de cochonneries dans tous les sens, où j'étais censée faire de la correction. C'était un boulot merdique qui ne me menait nulle part, mais qui demandait peu de cervelle et payait mieux que le McDonald's, alors je m'y étais résignée. Devant mon bureau, les secrétaires avaient tendance à me tourner autour en reniflant d'un air méfiant. Comme mon travail consistait seulement à lire et le leur à taper sur un clavier en plus de répondre au téléphone, ma présence ne les enchantait pas ; j'avais même l'impression de les entendre affûter leurs ongles à chaque fois que je passais devant elles. La plupart du temps, elles m'ignoraient, mais là elles eurent du mal car je passai trois jours debout à regarder le Viaduc d'Holborn à travers ma petite fenêtre crasseuse condamnée, une carte postale à la main et l'air douloureusement nostalgique.

— Qu'est-ce qui se passe ?

Reine secrétaire, Shirley approchait de la quarantaine, avait les cheveux de deux couleurs et du répondant. Comme Fran, écœurée, avait renoncé à me remonter le moral et qu'Amanda aurait dit « Oh, darling, tu vas le reprendre ?... Mais tu sais bien que les garçons éduqués à Charterhouse sont réputés pour ça... », j'avais vraiment besoin de me confier à quelqu'un.

— Eh bien... euh... c'est mon petit ami. Enfin, mon ex. Hum... il est parti en Amérique sans me prévenir il y a un an, maintenant il revient et je ne sais pas quoi faire.

— Des enfants ?

— Mon Dieu, non.

J'étais surprise par la question ; j'avais l'impression de faire très middle-class et j'étais fâchée qu'elle me croie assez vieille pour avoir des enfants.

— Il a de l'argent ?

— Je... eh bien, non, pas tellement.

— Dis-lui d'aller se faire foutre, alors. Facile, non ? À quoi ça sert de rester avec un mec qui t'a traitée comme ça ?

C'était tout à fait sensé.

— C'est vraiment ce que vous feriez ? demandai-je.

— À chaque fois que Stan fait une connerie, c'est comme ça que je réagis. Il sait bien qu'il m'aime, tu comprends. Alors il revient toujours en rampant. Et je lui fais payer, crois-moi.

— Oh. (Je ne savais plus quoi penser.) Je ne dois pas dire à Alex d'aller se faire foutre, alors ? Je dois juste le faire payer, c'est ça ?

— À toi de voir, ma belle.

— Oui. Oui. Merci.

Oh mon Dieu, déjà que je ne savais pas quand j'allais passer chercher mon linge au pressing, alors ce n'était pas pour prendre une décision raisonnable vis-à-vis du salaud qui m'avait arraché le cœur de l'aorte avant de sauter dessus à pieds joints, puis m'avait réduite à trouver que c'était fantastique de coucher avec Nicolas.

Après m'être préparé un délicieux café issu de trois

sortes de poudres différentes raclées au fond des boîtes de mes collègues, j'allumai ma boîte vocale, cette merveilleuse invention qui me permettait de ne pas décrocher le téléphone ni de parler à qui que ce soit au travail, ce qui évitait justement qu'on m'en donne à faire. J'avais cinq messages. Mince, j'avais l'impression d'être sollicitée. J'en étais toute ragaillardie.

Comme toutes les demi-heures depuis samedi, l'idée qu'Alex m'avait peut-être appelée me traversa l'esprit. Je n'étais pas vraiment montée en grade depuis son départ ; il savait où me joindre. J'étais tout excitée et je bus mon café sans le goûter (un grand progrès).

« Salut Mélanie, ma chère, j'étais contente de vous voir toutes les deux l'autre soir. J'ai l'impression que vous étiez bien parties pour vous amuser, quand je vous ai laissées ! »

Super. C'était Amanda « Na na nère, j'épouse l'homme que j'aime, on va faire quinze gamins superintelligents et habiter à tout jamais dans une maison aux couleurs de la Caisse nationale des monuments historiques » Phillips.

Je passai le reste du message. Il était beaucoup trop tôt pour gérer ce genre de choses.

« Mélanie. (Ouf, c'était Fran. Elle allait me dire ce que je devais faire, elle.) J'ai beaucoup pensé à toi. Si tu ressors avec lui, tu es morte. Et rappelle-moi : il faut qu'on se mette d'accord pour voir si on fout en l'air la soirée d'Amanda ou pas... et d'abord pour voir si on y va, comme d'habitude, pour se faire chier, comme d'habitude. »

C'était sûrement pour cette soirée qu'Amanda m'avait laissé un message. Serais-je capable de supporter sa compagnie et celle de ses snobinards d'amis ? À tous les coups, je les détesterais tout de suite, je me soûlerais pour pouvoir leur parler et après j'aurais tellement bu que je coucherais avec les susdits snobs, entretenant ainsi le cycle de la honte. D'un autre côté, humiliante ou pas, une soirée c'était une soirée.

Bip.

« Oui, Mélanie, bonjour... hum... ce ne serait pas vous qui auriez encore l'épreuve de la brochure que je vous ai donnée il y a un mois et demi ? Les gars du marketing jurent qu'ils ne l'ont pas chez eux, mais ce n'est pas vous qui l'auriez gardée, par hasard, si ? Bon, je vous rappellerai plus tard. Au revoir. »

Merde. Mon chef, Barney, était terriblement poli et moral. Il voyait le meilleur en chacun d'entre nous. Par conséquent, tout le monde trouvait que c'était une lavette et l'envoyait constamment sur les roses. Je regardai mon bureau avec désespoir. Autant chercher une aiguille dans une botte de foin.

Bip.

« Mélanie, c'est Flavie, du marketing. Ton chef nous a parlé, et je ne pense pas du tout que... »

Bip. Ma chère Flavie, je pense que j'ai d'autres chats à fouetter. Des crises émotionnelles majeures, par exemple.

Il ne restait plus qu'un message. J'aurais de la chance ou pas ?

Bip.

« Mélanie ! Eh, sauvage, le week-end, hein ? »

En entendant la voix nasillarde de Nicolas, mon estomac tomba par terre avec une telle force que je réalisai à quel point j'avais envie d'avoir des nouvelles d'Alex. Juste pour lui dire une chose ou deux, bien sûr. Ou l'écouter se confondre en excuses. Merde, comment est-ce que Nicolas avait eu mon numéro, d'abord ? Je pensai à Linda. Elle me punissait de ne jamais faire la vaisselle de mille petites façons différentes.

« Bon, je suis assez occupé, avec tous mes potes. On fait bientôt une soirée entre comptables. Ils sont vraiment cinglés ! Mais je peux peut-être te voir mardi soir... »

Nicolas, mardi c'est déjà demain, imbécile. Je n'avais rien de prévu, mais je n'allais certainement pas dire oui !

« ... ou mercredi, peut-être... On pourrait aller dans un endroit sympa. Eh, passe-moi un coup de fil au 555 8923, demande simplement Nick, tout le monde me connaît ! Houaou ! Houaou ! Ciao ! »

Ciao ? Je n'avais jamais été aussi déprimée de ma vie. Enfin, pas depuis le mois dernier, en tout cas. Bon, alors c'était tout. J'allais passer ma vie à entendre des reproches dans un boulot de merde qui ne m'intéressait pas le moins du monde, à assister aux fabuleuses fiançailles de mes pseudo-amis, à habiter avec quelqu'un pour qui passer l'aspirateur était un véritable choix de vie, à boire du marc de café au lieu d'expressos et à sortir avec des hommes qui disaient « ciao » jusqu'à ce que je sois trop vieille et trop moche pour sortir avec qui que ce soit.

Je me vautrai sur mon bureau – que les impressionnants monticules de papier transformaient en matelas – pour éteindre le haut-parleur de mon téléphone.

« Vous avez un nouveau message », dit la voix électronique.

Je sus tout de suite qui c'était.

J'appuyai sur la touche « 2 ». Une voix agaçante me chantait dans la tête « Il revient au pays, il rentre, Alex revient au pays, il revient... »

Bip.

« Mélanie, eh, c'est moi... comment ça va ? »

J'entendais des gens en arrière-fond. Je sentais son grand sourire nonchalant se dessiner sur son visage, et par conséquent sur le mien.

« Il est quatre heures du matin, on attend... mais où est-ce qu'on est, là, bordel ? – Au Village, lui répondait une voix américaine féminine. (Mince !) Ouais, c'est vraiment génial, je reviens à toi ! » chantonnait Alex. J'entendis un rire derrière lui, plusieurs « zut » puis une pause et, enfin : « Eh, Mélanie, j'arrive à Heathrow. Aujourd'hui. » Et il avait raccroché.

Oh ! Oh la vache ! Toutes les cellules de mon corps se renégocièrent et je me mis à trembler comme une feuille. Oh ! mon Dieu. Comment m'organiser ? Il fallait que je range ma chambre, pour commencer. Et que je m'achète un nouveau pantalon. Et que je me remette à cuisiner, sniff, sniff. Pouvais-je réduire la taille de mon postérieur avant... quand, déjà ? C'était quand, « aujourd'hui », pour lui ? Aujourd'hui ou demain ? Merde ! Je me mis à paniquer. Il n'aurait pas pu me dire à quelle heure son maudit avion atterrissait, non ? Manifestement, il n'avait toujours pas le niveau requis pour se faire recruter comme ingénieur à la NASA.

Bien sûr, que j'irais l'attendre. Je n'aurais pas eu l'idée de faire autrement. L'adrénaline me parcourait le corps : j'avais l'impression d'avoir gagné ; comme si j'avais été plus forte que l'Amérique, plus forte que son envie de fuir et que, ma foi, toutes les envies qu'il avait sans doute eues en cours de route. Il revenait. Comme je trépignais sur place, je décidai de sortir tout de suite du bureau. Qui le remarquerait, de toute façon ? On ne pouvait pas dire que cela m'arrivait tous les quatre jeudis, les crises émotionnelles ! Enfin... une petite fois de temps en temps, peut-être.

Alex revenait ! Alex revenait ! Il m'aimait ! Il m'aimait ! Je jetai un coup d'œil pitoyable à la note joliment manuscrite que mon chef m'avait laissée au sujet de notre situation diplomatique délicate avec le service marketing, puis je décidai de me barrer. Je respirai profondément, passai devant les secrétaires en disant, peut-être un peu trop fort, « Oh mince, j'ai des réunions toute la journée. Ah ! Vous savez ce que c'est !!! » puis je sortis en trombe, les laissant derrière moi à chuchoter. Libre !

Dans le taxi qui me conduisait à l'aéroport, je sautillais comme une gamine. Le Terminal 4 était surpeuplé ; sans me presser, j'allai m'acheter une tonne de maquillage et des magazines – qui sait, il allait peut-être mettre un certain temps à arriver. J'étais sur le point de prendre du shampooing aussi et d'essayer de me laver les cheveux quand je réagis enfin.

Il m'avait téléphoné à neuf heures. De New York. Il était quatre heures pour lui. Et là, il était onze heures vingt. Six heures et demie du matin ? Il n'avait sans doute pas eu le temps d'aller se coucher, encore moins de se lever, faire sa valise, cuver son vin, aller à l'aéroport deux heures avant le vol, monter dans l'avion, regarder quelques films, se ressoûler et arriver à Londres. Oui, j'avais donc tout le temps de me laver les cheveux.

J'étais de nouveau au Pays d'Alex ; c'était un endroit qui me faisait complètement marcher à côté de mes pompes.

ARRRGGG. J'étais la créature la plus bête de l'univers. Personne au monde n'aurait pu être aussi con que moi. Je comptai sur mes doigts. Il était impossible qu'il arrive avant six heures du soir. Je me tortillais dans l'agonie de l'indécision. Une partie de moi voulait attendre sans bouger. L'autre partie voulait sauter dans un avion pour le retrouver à mi-chemin. Mais AUCUNE n'avait envie de retourner au bureau, la queue entre les pattes. Ce que j'aurais vraiment voulu, c'était remonter le temps et veiller à ce que rien de tout cela n'arrive. Tout en serrant les fesses et en sautant sur place, je me demandai ce que je pouvais bien faire.

Bien sûr, en cas de doute, le mieux, c'est toujours de téléphoner à son intime confidente pour qu'elle vous assure de tout son amour et de tout son soutien.

— Je dirais que la meilleure chose à faire, maintenant, c'est de forcer la porte des types de la sécurité, là où ils gardent toutes les armes confisquées, en piquer une et envoyer une balle de sniper à Alex avant qu'il ne passe la douane.

— Frraaannn ! J'ai toute la journée à attendre et je ne sais pas quoi faire !

— Grandis ? Fais le ménage dans ta vie ? Commence à prendre des décisions raisonnables ?

— J'avais pensé lire des magazines féminins, marmonnai-je.

— Eh bien voilà une bonne idée pour une personne aussi triste que toi. Il y a plein d'articles du genre « Comment faire pour que le sale cochon qui vous trompe soit heureux ? »

Je reniflai. Puisque j'étais une personne triste, autant jouer le jeu.

— Ne renifle pas comme ça avec moi. Je refuse de compatir, parce que tu accueilles à bras ouverts un type qui va juste te faire souffrir et c'est entièrement de ta faute.

Je dis « au revoir » et retournai me promener dans le terminal, seule et mal-aimée. Et à mon avis, à voir tous ces jeunes couples se jeter dans les bras l'un de l'autre et toutes ces familles se retrouver, s'embrasser et pleurer autour de moi, ça n'arrangeait rien à l'affaire.

Mais quand il descendrait de l'avion...

Je pris la décision de tirer parti au maximum de cette expérience à l'aéroport. J'allai chez le coiffeur, pas pour me faire couper les cheveux, juste pour les coiffer, ce qui me donna l'impression d'être une présentatrice de la météo à la télé. J'aimais bien faire semblant d'avoir l'habitude de me faire coiffer, même si cela jurait quelque peu avec mon collant filé (mais c'était à l'intérieur de la jambe, ça ne se voyait presque pas). On ne peut pas faire des miracles avec une épaisse tignasse brune terne et frisée, mais les coiffeuses firent de leur mieux et poussèrent toutes sortes de petits cris intéressés lorsque je leur annonçai que je venais chercher mon petit ami qui revenait des États-Unis.

Je n'arrêtais pas d'avoir des flash-back. La fois où il était venu me voir au travail à onze heures du matin : il était passé devant la brigade des vautours puis était entré dans mon bureau, avait baissé le store et m'avait fait l'amour sans autre forme de procès. La fois où nous étions absolument beurrés et où nous avions essayé d'entrer dans la cathédrale Saint-Paul. La fois où le chauffage central était tombé en panne, que nous avions tous deux refusé de nous lever pour chercher à manger, que nous étions restés au lit au moins quinze heures et que nous avions fait pipi par la fenêtre... La fois où il était parti trois jours pour « consoler une vieille connaissance » sans que j'aie jamais réussi à savoir de qui il s'agissait, ni où il était allé... La fois où j'avais rencontré ses parents... ah c'est vrai, je ne les avais jamais rencontrés.

Je chassai les mauvaises pensées de ma tête et décidai que cette fois-ci elles allaient me servir de règles du jeu. S'il voulait revenir, ce serait à mes conditions. Cette fois, Fran serait fière de moi.

D'accord pour les moments de camaraderie. En tout cas, je ne voulais plus le voir disparaître avec ses potes... Et si je devenais trop crampon, si je ne lui fichais jamais la paix et qu'il s'ennuie vraiment, vraiment beaucoup et que nous finissions par nous dire des choses comme « Euh... tu veux aller au cinéma, alors ? » « Euh... ça m'est égal... » « Qu'est-ce que tu veux voir ? » « Ça m'est égal... » jusqu'à ce que nous nous entre-tuions ? Oh, peut-être pas ça, finalement.

D'accord pour les démonstrations d'affection en public. Pas nécessairement de pelotage, mais se balader la main dans la main ne serait pas malvenu, qu'il ne passe pas pour un cousin éloigné particulièrement séduisant au cas où nous croiserions quelqu'un que je connaissais.

Et il pourrait au moins essayer de s'entendre avec mes amis. Même si tous le détestaient.

Je rappelai Fran.

— Fiche-moi la paix. Tu n'es plus mon amie. Tu fraternises avec les intouchables.

— Fraaan.

Ma panique d'origine commençait à refaire surface.

— Bon. On va faire un test. Il est parti dix mois, c'est bien ça ?

— Oui. Je suis allée chez le coiffeur.

— Oh quelle charmante attention... Donc, il est parti dix mois. Après avoir disparu sans jamais te contacter...

— À part la carte postale de samedi.

— La carte que tu as reçue avant-hier quand il s'est souvenu qu'il avait laissé Charlie dans la merde et qu'il avait besoin d'un autre endroit où loger.

— Mmm.

— Bon. Ce sont les faits. Tu es assez bête pour aller l'attendre. On est en droit d'espérer qu'il aura au moins la délicatesse de t'acheter un cadeau, d'accord ?

— Oh, Alex n'aime pas offrir des cadeaux. Il trouve que ça fait bourgeois.

Et qu'avait-elle donc à soupirer comme ça, maintenant ?

— Mince, Mélanie, qu'est-ce que tu fais, là ? Ne me dis pas que tu le défends, quand même.

— Mmm.

— Fantastique. Tu as parlé à Linda du nouveau venu dans votre joyeuse petite famille de Kennington ?

— Oh, elle le prendra bien. Elle ne dira rien.

— Ça veut dire la même chose, ça.

J'étais trop contrariée pour pouvoir parler. C'est vrai, qu'est-ce que ma meilleure amie depuis l'âge de quatre ans savait de ma vie ?

— Mélanie, tu sais bien que je ne te dirais pas tout ça

si je ne m'inquiétais pas pour toi, si je m'en fichais, hein ?

— Oui, marmonnai-je avec ingratitude.

— Passe-moi un coup de fil à son arrivée, alors. À quelle heure, au fait ?

— Hum... au cours des quinze heures qui viennent.

— Bon. Cool. Salut.

C'était vrai. Alex m'avait fait un coup absolument épouvantable. Cela faisait juste partie des problèmes d'Alex – où commencer, d'ailleurs ? L'école privée, des parents bizarres qui vivaient loin et qui avaient divorcé de bonne heure, la totale, quoi. Je me mettais à faire de la psychologie quand il s'agissait d'Alex. Lorsque je l'avais rencontré, il sortait tout juste de sa phase « j'ai-trouvé-mon-anus à Goa ». Bon, je n'allais plus lui servir de paillasson.

Super, plus que six heures d'attente.

Comme je voulais éviter encore une engueulade mais que j'avais très envie de parler à quelqu'un, j'appelai Amanda. C'est un homme qui décrocha.

— Bonjour, je pourrais parler à Amanda, s'il vous plaît ?

— Elle n'est pas là. Je peux prendre un message ?

Je reconnaissais cet accent-là !

— Fraser ! Salut, c'est Mélanie !

Il y eut un silence.

— Mélanie...

— Mélanie Pepper. Tu te rappelles ? Mélanie ?

Doux Jésus.

— Ah, salut, salut. Qu'est-ce que tu deviens ?

Bah, je suis à l'aéroport d'Heathrow, où je suis arrivée une quinzaine d'heures en avance par erreur ; je suis allée chez le coiffeur et j'attends mon égoïste d'ex qui m'a laissée dans la merde il y a presque un an, qui me rend toujours dingue et qui rentre d'Amérique ; et j'ai quitté mon travail sans explication ce matin.

— Oh, rien de neuf.

— Ah, super.

Mon Dieu ! Pouvait-on faire un peu plus d'esprit ?

— Alors, félicitations ! dis-je d'un ton chaleureux. Tu épouses ma vieille copine !

J'essayai de l'imaginer en train de se pencher pour embrasser Amanda, mais ça ne collait pas. Je voyais ses cheveux frisés tomber dans les yeux d'Amanda et elle avait sans doute horreur de ça.

Il poussa un petit rire nerveux.

— Il semblerait bien, oui.

— Et tu es laird ! ajoutai-je, gentiment.

— Oui, c'est vrai, oui. Alors, je peux prendre un message ?

— Ooooh... non, pas spécialement, en fait. Je l'appelais juste pour discuter.

— Bon. D'accord. Salut.

J'avais souvent rêvé de tomber sur un de mes amours de jeunesse ; il me regarderait et verrait en moi une personne nouvelle : délicate, sophistiquée et terriblement désirable. Le cadre exotique avait beau changer, il y avait deux choses qui revenaient dans mes fantasmes, à savoir : en général, la personne concernée se souvenait de moi et s'intéressait à moi. Nous – mes cheveux et moi – commençâmes à retomber.

Tant pis. Je retournais vers les valeurs simples. J'appelai ma mère. C'était à mon tour de lui téléphoner. Enfin, elle avait dû m'appeler neuf fois depuis mon dernier coup de fil, en fait. Ma mère était gentille – très gentille ; d'ailleurs, elle faisait des gâteaux, mais c'était une traditionaliste dans tous les sens du terme. Elle ressemblait à l'actrice Miriam Margolyes depuis que Miriam Margolyes ne ressemblait plus à Miriam Margolyes. J'étais convaincue qu'en réalité elle n'avait qu'une quarantaine d'années et qu'elle était très superficielle, mais qu'elle enfilait son vieux costume de maman tous les jours et sortait le rouleau à pâtisserie. En tout cas, c'était la seule manière d'expliquer ma présence sur terre.

— Salut Maman. Comment ça va ?

— Mélanie, j'étais justement en train de parler de toi.

Étant donné que nous étions, mon frère aîné Stephen et moi-même, son sujet de conversation préféré après la pâtisserie, ce n'était guère surprenant. Autres activités qu'elle aurait pu tout aussi bien pratiquer : regarder la télévision, jouer au bridge, parler sans discontinuer à mon père, qui ne savait que grogner. Je parlais rarement avec lui au téléphone car, comme ses grognements ne pouvaient s'accompagner de gestes compréhensibles (pâtes au fromage ; bière ; télécommande... mon père est un véritable Homer Simpson, la lucidité en moins), cela ne servait à rien.

— C'est vrai, ce que j'ai entendu dire ? Amanda Phillips se marie avec ce gentil garçon que tu avais amené une fois à la maison ?

— Oui. Au fait, Alex revient.

— Eh bien, c'était un garçon charmant. Un Écossais, je crois, non ? Il avait un joli sourire. Et il était très bien élevé.

— Ce n'est plus un enfant, rétorquai-je, piquée au vif. Il n'a pas besoin d'être bien élevé. Bon, alors Alex revient.

— ... c'est sûr que ça va être un grand mariage. Dans cette famille-là, on ne fait pas les choses à moitié. Tu verrais comment Derek a fait agrandir la piscine du manoir ! Évidemment, je ne l'ai pas vue, mais il paraît que c'est presque aussi grand que la maison !

— Ça a l'air génial, oui. Bon, Alex revient.

— Tu es demoiselle d'honneur ? Peut-être qu'il y aura d'autres Écossais sympathiques au mariage et que tu rencontreras enfin quelqu'un de *bien*.

Ma mère ne mâchait pas particulièrement ses mots.

— Je ne suis pas demoiselle d'honneur. Je ne serai peut-être même pas invitée. Mais je suis à l'aéroport...

— Mais si, tu seras invitée. Vous étiez de bonnes petites copines à l'école, toutes les trois. Et Fran, comment va-t-elle ? Toujours pas de fiancé ?

— Non. Mais...

— Eh bien, vous n'avez qu'à aller au mariage, peut-être que *vous aurez de la chance, cette fois.* Bon, ma chérie, il faut que je te laisse, je suis en train de faire des pains aux raisins, tu connais leur capricieuseté. À bientôt. Au revoir, ma chérie.

Qu'est-ce que ça pouvait m'énerver, quand elle employait le mot *capricieuseté.* Ce n'était même pas un vrai mot. Elle le faisait exprès pour m'agacer. Peut-être, me dis-je en repensant à notre conversation, qu'elle faisait tout pour m'agacer. Cela expliquerait beaucoup de choses.

Un balayeur que j'avais remarqué plus tôt, sans savoir pourquoi, passa à côté de moi et attira mon attention. Il me fixa d'un air que je trouvai un tantinet méfiant. J'aurais voulu courir vers lui pour lui expliquer que, oui, j'avais une maison et que, non, je n'étais pas une terroriste (quoique j'aurais été bizarrement flattée s'il l'avait cru) mais que j'avais choisi cet endroit pour passer des coups de fil amicaux, faire les magasins et ATTENDRE QUELQU'UN QUI M'AIMAIT, BORDEL DE MERDE ! Alors je lui fis un sourire flatteur. Je baissai les yeux sur mon collant filé. Merde. Où allais-je donc trouver un collant dans un magasin d'aéroport ?

Trois heures plus tard, je me dis « soyons fous » et je tirai profit au maximum de ma carte de crédit. J'étais rhabillée de la tête aux pieds : cheveux, rouge à lèvres Clinique, nouveau pull, culotte sexy, porte-jarretelles (la compromission féminine des années quatre-vingt-dix, à mon avis) et, tristement, toujours les mêmes vieilles chaussures plates parce qu'il ne fallait quand même pas pousser le bouchon trop loin. Malheureusement, les parfumeuses n'avaient pas vu mes chaussures à temps ; elles n'avaient passé en revue que les fringues chic et me tendirent une véritable embuscade, ce qui fait qu'à moi seule, je dégageais l'odeur d'une assemblée générale annuelle de poules de luxe.

Deux heures plus tard, j'avais réussi à dépenser encore plus d'argent en café et en petits pains que j'en avais dépensé en vêtements. Mal à l'aise sur ma chaise, je regardais par la fenêtre en lisant « Ce que votre compagnon veut vraiment vous dire lorsqu'il couche avec toutes vos copines et qu'il commence à s'intéresser au chien... le nouvel homme romantique est-il obligé de s'exprimer ainsi ? » J'étais prête à a) me tuer ; b) faire du lèche-vitrines ; c) m'acheter ces maudites chaussures. J'étais tentée de devenir copine avec le balayeur, mais il était sur le point de partir ; en attendant, il me fixait toujours en hochant la tête.

Alors j'achetai les chaussures. Puis j'allai faire du lèche-vitrines.

Cinq cents ans plus tard, il me parut raisonnable de me mettre à jeter un coup d'œil aux avions qui atterrissaient. J'achetai une brosse à dents et du dentifrice et me préparai.

Quatre avions de New York plus tard, mon sourire fixe commençait à avoir l'air un peu désespéré. Comment faisaient-ils, les commerciaux ? Ils devaient se droguer.

Je me dis que je l'avais peut-être raté. Peut-être qu'il avait déjà atterri et qu'il était parti ; il avait appelé un copain et un taxi était en train de l'emporter vers quelque quartier chic. Peut-être qu'il était passé à côté de moi pendant que je regardais la fille qui transportait un énorme éléphant en peluche. Ou pendant que j'étais allée aux toilettes, à cause de tout le café que j'avais avalé. Oh ! Seigneur. Plus d'une journée dans un aéroport pour rien.

Mon niveau d'angoisse atteignait son apogée et j'étais à deux doigts de faire passer une annonce dans l'aéroport pour essayer, au moins, de le pister lorsque, enfin, enfin, enfin, il sortit par les très familières portes automatiques.

Mon estomac tomba par terre. Il était magnifique. Je fis en sorte d'adopter un regard affectueux et désabusé, comme il convenait. Comme il ne me voyait pas (sans doute à cause de ma coiffure), je dus finir par lui courir après du haut de mes nouvelles chaussures super sexy à talons et l'attaquer par-derrière comme si j'avais l'intention de l'agresser.

Il fit volte-face aussi vite que s'il allait me faire une prise de kung-fu puis il réalisa peu à peu qui j'étais.

— Mélanie !

J'étais hors d'haleine, d'avoir couru et de le voir.

— Heh... heh... Alex !

Il me prit dans ses bras et me serra très fort contre lui comme au cinéma. J'espérais que le balayeur était encore dans les parages pour voir ça.

— T'es... t'es... un sacré salaud, hoquetai-je.

Il enfouit son visage dans mes cheveux.

— Dieu que tu m'as manqué.

CHAPITRE 3

Dans le métro, nous n'avons pas arrêté de jacasser, sincèrement ravis de nous revoir. Il me parla de son périple en Amérique : les bêtises qu'il avait faites à New York ; le chanteur anglais sur qui il était tombé dans un coin désert du Montana et avec qui il était devenu ami ; les jobs pourris qu'il avait eus et les personnages sensationnels qu'il avait rencontrés. Il avait un léger accent américain. Je ne lui dis pas que je n'avais pas changé de travail, ni d'appartement, ni, malgré les apparences, que je n'avais pas refait surface depuis qu'il était parti. Au lieu de cela, je brodai allègrement sur la vie amoureuse de quelques connaissances communes, sur quelques fêtes ennuyeuses et sur le chat hilarant – et imaginaire – de Fran (fallait-il que je sois désespérée). Personne ne fit allusion à son fâcheux départ ; c'était comme s'il s'était juste absenté, pour son travail, pour une quinzaine de jours ou pour purger une peine de prison.

Nous arrivâmes chez moi à minuit et demi. La maison était dangereusement silencieuse, ce qui voulait dire que Linda ne dormait pas et qu'elle écoutait le moindre de nos gestes. Mais comme les circonstances étaient exceptionnelles, je lui chipai sa bouteille de vodka, fis semblant d'avoir une crise de foie en pleine nuit (désagréable mais efficace) et courus au lit avec mon immense amoureux qui ne sentait pas la rose, certes, mais qui se débrouilla pour me faire vibrer de la tête aux pieds avant de s'effondrer pendant quatorze heures.

Le lendemain, je passai la journée à le regarder dormir et le temps passa à toute vitesse. Ils devraient peut-être songer à installer de beaux hommes endormis dans les salles d'attente des aéroports.

Quand il se réveilla, tout hébété, il fixa le plafond une minute, se tourna et me prit contre lui en souriant.

— Oh, Mélanie, ma chérie. Je resterai toujours avec toi... (Oui, ça, c'était Alex)... si tu me fais un sandwich au jambon. Deux sandwiches au jambon. Et des œufs sur le plat. Je *meurs* de faim.

— Ça, dit-il vingt minutes plus tard, une fois que j'avais épuisé les réserves de Linda dans le frigo, c'était le meilleur sandwich au jambon que j'aie jamais mangé. Les Américains ne savent pas faire les sandwiches au jambon. Ils te fourrent ça dans du pain complet avec plein de saloperies.

— Comme quoi ? Des légumes ?

— Ouais !

— Tu as raison : ces cons d'Américains avec leur bouffe diététique... ! C'est pour ça qu'ils sont tous tellement en forme !

Il pouffa de rire, puis il prit mon visage dans ses mains. Je sentais que ça allait venir.

— Ah, Mélanie, je suis content d'être revenu. Les Américains... ils ne pensent jamais ce qu'ils disent. Il n'y a qu'avec toi que je peux raconter des conneries.

— Je crois que personne ne m'a jamais dit quelque chose d'aussi gentil, répondis-je d'un air grave.

Il se mit à rire et me chiffonna les cheveux.

— J'ai... j'ai agi comme un con, Mélanie. Je suis désolé. Vraiment désolé. Ce que je t'ai fait, c'était vraiment nul. Tu sais, je ne savais pas ce que je faisais. Avec les histoires de mes parents et tout... Parfois j'ai beaucoup de mal à parler de mes problèmes... et j'ai flippé. En revenant, j'avais tellement peur que tu... que tu fasses comme si je n'existais pas. C'est sans doute ce que j'aurais mérité, d'ailleurs.

— Oui.

— Tu comptes beaucoup pour moi, tu sais.

— Je sais. Mais si JAMAIS tu me refais ça, je te plante une pointe de ciseaux dans chaque testicule et je coupe.

Il fit la grimace.

— Et c'est agréable, ça ?

— Tu verras bien.

Et ce fut tout. J'étais très heureuse.

Je passai la semaine suivante sur un nuage – un nuage aux draps sales –, hilare et complètement déconnectée. Je me ressaisis tout de même assez pour aller au bureau, mais je rayonnais et souriais à tel point que je travaillais encore moins que d'habitude. Même les secrétaires ne pouvaient pas m'atteindre. Personne au monde n'avait jamais été aussi heureux que nous, donc personne ne pouvait savoir l'effet que cela faisait. Je flottais littéralement, ne m'arrêtant que de temps en temps pour plaindre les autres, parce qu'ils n'étaient pas aussi heureux que moi.

À la maison, je cessai de répondre au téléphone et demandai à Linda de le faire à ma place, ce qui n'était pas gentil de ma part étant donné qu'elle détestait ça et que mes amis détestaient lui parler. Fran finit par débarquer, furieuse, subodorant que les choses ne se déroulaient pas exactement comme elle l'avait prévu. Ses hypothèses furent confirmées lorsqu'elle sonna à la porte et qu'Alex alla ouvrir.

— Salut, Fran, fit-il d'un air triomphant. Ça me fait plaisir de te revoir.

Je me demandai comment elle allait réagir. L'espace d'un instant, je crus qu'elle allait faire mine de l'ignorer, puis elle secoua sa crinière et sourit.

— Salut ! Contente de te voir, espèce de salaud ! Fantastique ! dit-elle en passant à côté de lui pour venir m'embrasser sur la joue.

Alex m'adressa une grimace, mais je haussai les épaules. Ce n'est pas parce que je n'avais pas été capable de lui en faire voir de toutes les couleurs après le comportement qu'il avait eu que j'allais empêcher Fran de s'en charger.

Je mis la bouilloire à chauffer. Dans la pièce d'à côté, j'entendais Fran, avec sa voix entraînée et son irrésistible amabilité.

— Alors, tu as vu des choses intéressantes... branleur ?

— Ben... ouais, bafouilla Alex. Ouais, j'ai pas mal bougé, j'ai vu quelques états. Enfin, j'ai surtout pas mal glandé.

— Ah bon ? C'est bizarre... pour un bon à rien comme toi.

— MÉLANIE ! cria Alex en accourant à la cuisine. Combien de temps je vais devoir supporter ça ?

— Aussi longtemps qu'il faudra... affreux jojo.

— Affeux jojo ? Je dois le prendre comme un compliment ?

Je rougis.

— Tais-toi et emporte le thé à côté. Et essaie d'être sympa avec Fran.

— Je ne lui ai rien fait, à Fran.

— Quoi, tu as envie qu'elle t'ait dans le nez ? Sois gentil.

Il soupira, baissa la tête et prit la théière.

— J'aime bien son nouvel accent à l'autre abruti, me dit Fran. Tu te rappelles, quand il est revenu de Goa ? Il parlait tout le temps de son karma et il voulait devenir hippie. C'était vachement marrant ! Quel branleur !

Sur ce, elle lança un petit rire de clochette comme Amanda.

— Fran, fous-moi la paix ! dit Alex. Je suis désolé. Je suis désolé, bordel de merde.

— Fous-moi la paix ! Je suis désolé, bordel de merde, singea Fran avec l'accent américain.

— Oh, s'il te plaît, arrête !

— Arrête !

— D'accord, d'accord.

Il se leva, s'apprêtant à sortir de la pièce.

Fran n'avait pas terminé.

— Alors, c'est quoi, tes projets, espèce d'inutile verrue anale ?

Il regarda vers moi, puis par terre.

— Me racheter auprès de Mélanie et ne plus jamais partir comme ça et être gentil et trouver un bon boulot et devenir respectable, VOILÀ !

Fran approuva lentement, me fit un clin d'œil et sourit à Alex, qui finit par se rasseoir. Puis elle nous mit au courant des derniers ragots. Les choses semblaient prendre une bonne tournure.

Et c'était le cas. Avec Alex, nous nous baladions joyeusement à Londres, nous faisions tout ce que nous n'aimions pas faire d'ordinaire, comme par exemple aller à des expositions de peinture. Je nous faisais de bons petits plats et j'invitais poliment Linda à les partager avec nous. Mais elle n'avait pas l'air de les apprécier. En tout cas, elle avait encore reçu un gros paquet et elle passait beaucoup de temps dans sa chambre, ce qui ne me donnait pas vraiment l'occasion de la remercier d'avoir fait la vaisselle.

Alex avait réellement des projets. Apparemment, le chanteur qu'il avait rencontré en Amérique était prêt à lui dénicher du travail dans le monde du disque, alors tout allait s'arranger et il allait peut-être même essayer de monter un groupe. J'acquiesçais et je l'encourageais... Pour l'instant, je me contentais simplement de jouer à « J'ai planqué ton pantalon ! » et je me fichais de tout.

Un jour, je finis par téléphoner à Amanda pour savoir ce qu'il en était de la soirée. D'accord, j'étais heureuse, mais cela ne m'empêchait pas d'avoir envie de m'amuser à la moindre occasion.

— Bonjour, darling. J'ai un appel sur l'autre ligne, une seconde, s'il te plaît.

Crotte. Cela voulait dire qu'elle était déjà au courant, qu'elle était sur la défensive et que je n'aurais pas le loisir de lui apprendre moi-même la nouvelle.

— Bon, fit-elle, alors qu'est-ce que c'est que cette histoire avec Alex ? Je n'en croyais pas mes oreilles quand j'ai appris ça. Enfin, Mélanie, tu n'as jamais pensé à te faire prier un peu ?

Je n'arrête pas.

— Non, c'est génial, répondis-je. On est très... heureux de s'être retrouvés, tout est réglé, tu sais. On a compris qu'on avait vraiment envie d'être ensemble.

— Oh ! couina-t-elle. Dis-moi que vous allez bientôt vous marier ! On pourrait faire une cérémonie commune.

Elle savait très bien que ce n'était pas le cas.

— Non, bien sûr que non. C'est pour les adultes, ça. À ce propos, justement, nous venons à ta fête samedi soir.

— D'accord... bon, Alex connaîtra tout le monde, j'imagine. Tu sais que c'est une soirée habillée ?

— Oui, oui.

— Très bien, darling. Bon, tu n'auras qu'à improviser. Il faut que je te laisse ! On a un des Teletubbies qui est coincé dans un ascenseur, là ! Ciao, ciao, ma chérie !

Le samedi, j'avais acquis la certitude que tout allait pour le mieux et que j'étais prête à affronter la soirée de fiançailles d'Amanda. Nous aurions sans doute droit à toutes sortes de remarques. Quelqu'un nous dirait peut-être même « Eh, la prochaine fois ce sera votre tour ! » ; je rougirais modestement avec un sourire timide tandis qu'Alex me regarderait d'un air tendre en disant « On ne sait jamais... un jour, peut-être, si j'ai de la chance ! » et cette histoire ferait le tour de la soirée et je serais la reine ! Au moment où mon imagination nous faisait descendre un immense escalier circulaire sous les applaudissements massifs du public, je dus me mettre dans la peau de Fran pour me dire de ne pas être aussi bête. Mais, nous étions merveilleusement compatibles ! Nous ne nous étions pas disputés de la semaine. Il s'était fait tout petit, il avait fait des efforts. Il était revenu, il était beau et il était à moi. C'était fabuleux.

La soirée d'Amanda se révéla être une soirée de rupins. Dieu merci, avec toutes les parties de jambes en l'air et les repas équilibrés des derniers temps, j'avais pu rentrer dans la robe en soie grise de l'année dernière. Et si je restais tournée vers le mur de droite, la tache de vin se voyait à peine. Alex avait enfilé son éternel tee-shirt et un jean, mais il était magnifique.

J'avais supplié Fran de venir, mais elle avait refusé, prétextant que j'allais passer mon temps à bécoter Alex et que tout le monde serait épouvantable.

La soirée avait lieu dans un club privé donnant sur la Tamise : gravillons bruyants et gigantesques bouquets de fleurs jaunes à l'air artificiel autour d'un groupe d'hommes beuglants et de femmes abondamment maquillées. Tout le monde était plus grand que moi et se connaissait déjà. À peine avais-je fait deux pas que mon assurance minutieusement soignée commença à se casser la figure jusqu'à ce que je redevienne Mélanie Pepper, élève turbulente et insoumise, qui se préoccupait de ses rondeurs d'adolescente et de ce qu'il adviendrait si George Michael ne voulait pas l'épouser. (Qui sait ?)

Je n'appartenais décidément pas à cette race de parasites aristocrates anorexiques et suffisants. J'aperçus mon reflet dans l'immense miroir aux bords dorés, au milieu des gens de la haute. On aurait dit que j'allais chez le dentiste, avec les chaussures de ma mère.

Je me retournai et me consolai en me disant que j'avais l'homme le plus beau de la salle à mon bras. Mais mon cœur chavira de nouveau. Comment avais-je pu oublier ? Alex avait les cheveux longs. Alex allait faire du ski en hiver ! Ses parents ne se rappelaient pas son prénom ! Il était des leurs ! Avant même que j'aie pris mon premier verre de champagne gratuit (*ne prends pas les choses comme ça, Mélanie, tu as le droit d'être là, n'oublie pas !*), il était déjà assailli de toutes parts.

— Alex ! Alex ! Mais où étais-tu passé ?

— Alex ! Sara m'a dit qu'elle t'avait croisé à LA... C'était plutôt bien, d'après ce que j'ai cru comprendre ?

— Allez, viens voir Benedict et Claire, nous ne t'avons pas vu depuis la soirée billard !

Moi aussi, j'étais allée à la soirée billard et je ne m'y étais pas du tout amusée. Moi non plus, je ne les avais pas revus depuis, ces poseurs en tenue de maquereau. J'adoptai un air poliment intéressé et attendis qu'Alex me présente une nouvelle fois à eux.

— Les gars, vous vous souvenez de Mélanie, n'est-ce pas ?

Une jument blonde me jeta un coup d'œil furtif et, à ce moment-là, j'aurais aimé avoir un prénom un peu plus original.

La conversation s'interrompit le temps qu'ils m'adressent quelques sourires mondains affectés et des regards pleins d'interrogation, puis ils se remirent à rire bruyamment tandis qu'Alex racontait ses aventures ; il me jeta un regard d'excuse avant de disséquer la saison de rugby et d'aller faire un billard.

Voilà pour l'épisode de la robe en soie grise. Le cercle qui s'était formé autour d'Alex défiait les lois de la physique : tout le monde s'était débrouillé pour me tourner le dos et j'avais l'impression de me retrouver toute seule dans le froid. Dépitée, je me demandais ce qui était arrivé à la merveilleuse soirée que j'avais imaginée. J'aurais volontiers présenté mes excuses avant de m'éclipser, mais il n'y avait personne auprès de qui m'excuser. Je m'éloignai comme si je cherchais les toilettes, en me demandant si j'allais me laisser aller à pleurer un petit coup ou pas.

Tandis que je passais en revue ces diverses possibilités, j'aperçus Amanda. Après tout, c'était l'hôtesse : elle était obligée de me parler ! Je me dirigeai vers son groupe dans mon meilleur style « non, je ne cherche pas du tout quelqu'un avec qui parler ».

« Tiens, ma chérie ! » s'exclama-t-elle en m'envoyant un baiser dans l'air. Pour une fois, le ton superficiel d'Amanda me convenait tout à fait et je lui en étais extrêmement reconnaissante. Elle portait une robe poupée Barbie en espèce de dentelle pastel et féminine presque (mais pas entièrement) transparente. « Tu en déballes un peu beaucoup pour une fille qui est censée fêter son futur mariage avec quelqu'un qu'elle aimera toute sa vie », pensai-je méchamment tandis qu'un serveur se dévissait le cou pour essayer de voir ses seins, mais je décidai de ne pas le dire.

— Hum... tu es contente de ta soirée ?

Venant de moi, c'était une remarquable entrée en matière.

— Darling, c'est fantastique ! Il y a même un photographe de chez *Hello !*

Il y avait réussite sociale et réussite sociale.

Amanda paraissait plus menue et adorable que jamais. Ses jolis traits espiègles resplendissaient dans toute la pièce à chaque fois qu'elle observait son reflet dans les miroirs en se faisant des sourires – je jure que c'est vrai.

— Ah ! enchaînai-je aussitôt. Alors peut-être que ça lui dirait de me photographier avec Alex qui revient d'outre-tombe !

Ce n'était qu'une vague plaisanterie, mais il était tellement évident que je n'intéresserais jamais le magazine *Hello !* que ça tomba à plat.

— Alors, dis-moi tout ! minauda la radieuse petite chose en jetant un coup d'œil rapide autour d'elle pour s'assurer que personne ne voyait qu'elle était en train de me parler.

Je commençai donc à lui raconter mon histoire, mais la vie amoureuse des autres étant d'un ennui mortel quand tout va bien – on faisait l'amour, on se regardait les yeux dans les yeux et puis, on avait une petite blague à nous qui consistait à transformer la taie d'oreiller en animal chantant... – Amanda dissimula son impatience plutôt moins que plus. L'autre moitié de l'équipe d'inséparables hurlait de rire à l'autre bout de la pièce, ce qui n'arrangeait rien à l'affaire. J'entendis ma voix s'évanouir en une litanie de mmm, bon, c'est génial, ouais, super. C'est alors qu'il y eut un silence. Elle regardait par-dessus mon épaule. Je savais que j'aurais dû lui faire mes hommages et partir, mais j'entendais des éclats de rire du côté de la bande d'Alex – des rires que je ne pouvais tout bonnement pas partager (je tombais dans le mélodramatique, là) –, j'avais juste le choix entre m'accrocher à Amanda comme une bernique et pleurer comme une Madeleine dans les toilettes.

— Alors, dis-je pour parler d'autre chose, où est Fraser ?

— Salut ! chanta un accent écossais derrière moi.

Je me retournai, avec le seul véritable sourire de plaisir de la soirée. Il se souvenait peut-être de moi, finalement.

— Fraser !

Cependant, malgré le kilt, ce n'était pas Fraser. Ce n'était même pas moi qu'il regardait, mais Amanda, qui lui adressa un regard de glace. Je me sentis complètement idiote.

— Angus, articula magnifiquement Amanda, je te présente ma vieille copine d'école Mélanie. Mélanie, voici le petit frère de Fraser.

Je lui fis des yeux de poisson surpris.

— Salut, répéta-t-il.

Le garçon aux joues rouges me regardait en retour. Il était aussi grand que Fraser, mais il ne lui ressemblait pas tant que ça. Il avait les cheveux roux foncé et des taches de rousseur. Mmm.

— Salut, répondis-je l'air de rien. Tu vas être témoin ?

Ouh là là. Apparemment c'était une gaffe. Ongas ou je ne sais quoi rougit jusqu'à la racine de ses cheveux presque roux et marmonna « Hum... eh bien je ne crois pas... euh, non. » Amanda avait l'air furieuse.

— C'est-à-dire que nous avons dû nous dépêcher de prendre toutes ces décisions pour l'église et tout ce qui s'ensuit !

Tout cela était tellement insignifiant que j'encaissai sans poser davantage de questions. De toute manière, Amanda avait réussi à nous dire ça en passant car elle avait déjà fait sa sortie, en nous laissant avec notre réputation d'« impopulaire aux soirées ». Comme nous savions tous les deux que nous étions des laissés-pour-compte, nous n'avions aucune envie de nous parler mais nous n'avions personne d'autre.

— Alors, qu'est-ce que tu fais dans la vie, Angus ?

Oh là là, je parlais comme la Reine.

— Je suis ingénieur mécanicien.

— Ah, comme ton frère ?

— Hum, non, c'est un peu plus ennuyeux, ce que je fais.

Cette remarque fut cruellement ponctuée d'un nouvel éclat de rire en provenance du groupe d'Alex ; ils avaient l'air de s'amuser comme personne ne s'était jamais amusé sur terre. L'un d'entre eux avait une serviette de table sur les yeux, remarquai-je.

Autre long silence. Toutes les fibres de mon être grinçaient dans l'espoir de voir Fran faire irruption, ou d'entendre Alex venir me déclarer « Je suis vraiment désolé d'avoir été séparé de toi, ma chérie. Ce sont ces terribles raseurs qui ne veulent pas me laisser tranquille. Allez, viens, je t'emmène au belvédère, ma formidable petite cochonne ». Peut-être découvrirais-je enfin ce qu'était un belvédère.

— Alors comme ça tu es écossais ?

Ma remarque avait perdu tout son intérêt avant même de sortir de ma bouche, étant donné qu'il portait un kilt. En réalité, je mourais d'envie de savoir pourquoi il n'avait pas l'air de s'entendre avec l'adorable Fraser et pour quelle raison ils étaient brouillés, mais devant la stupidité de ma question, il prit un air incrédule qu'il ne réussit pas à effacer de son visage et je préférai me taire.

— Oui, oui. Je le suis.

Nous avons lamentablement discuté des innombrables moyens de transport possibles entre l'Écosse et Londres avant de retomber dans un nouveau silence hostile. Je finis par me dire qu'il valait mille fois mieux aller pleurer aux toilettes et, préparant ma sortie, j'avançai mon dernier petit propos insignifiant :

— Alors, qu'est-ce que tu penses du mariage de ton grand frère avec la petite Amanda ?

Il me regarda aussitôt dans les yeux et, pour la première fois, réussit à prendre un air froid et furieux sans piquer un fard. Il avait les yeux très bleus.

— Je pense qu'il fait une grosse connerie, dit-il l'air de rien. Excuse-moi, mais je crois que ton amie, c'est une sorcière. Désolé.

Je le regardai pour de bon à mon tour. Il n'était plus question de la pluie et du beau temps, là.

— Tu peux développer ? demandai-je avec une sorte

d'ironie désabusée, du moins c'est ce que j'espérais, je ne voulais pas avoir l'air de parler comme les femmes de quarante ans quand leur mari leur annonce qu'il a une aventure.

— Elle traite notre mère comme une boniche, elle traite Fraser comme un chien, elle traite notre maudit titre de noblesse comme un remède contre le cancer et elle veut retaper le vieux château comme un hôtel de passe sur King's Road. Alors je te demande pardon, mais je ne suis pas tout à fait d'humeur à rencontrer ses copines. Excuse-moi.

Sur ce, il s'en alla ; il me déserta ! Merde alors, quel porc.

Secrètement, j'étais très impressionnée. C'était plutôt vrai. Amanda était une sorcière. Fraser faisait une grosse connerie. Mais quand même ! Moi j'essayais d'être gentille avec ce pauvre gars, qui ne connaissait manifestement personne. Il n'avait pas besoin d'être grossier pour se débiner à la première occasion. Il aurait pu, au moins, me laisser partir en premier. Je le regardai s'éloigner, puis je me mis à examiner le lustre, au cas où l'on aurait pensé que je fixais quelqu'un qui venait de me laisser en plan alors que je contemplais innocemment un malheureux lustre.

Bon, au moins il y avait des amuse-gueule délicieusement onéreux. Je m'en empiffrai en regrettant de ne pas avoir apporté de magazine. Je m'amusais presque.

Du côté d'Alex, ils étaient complètement faits et poussaient des cris hystériques pour rien – enfin, pas tout à fait pour rien puisqu'il s'agissait d'un garçon nommé Gros Bœuf et d'un prof de gym cruellement inventif –, mais j'avais du mal à suivre les détails de l'histoire. Alex me passa un bras aussi soûl que lui autour de la taille et beugla « Pépée ! » Je fis mine de prendre la chose à la rigolade et croisai par inadvertance le regard du frère de Fraser. Il avait clairement l'air de penser que nous étions tous une bande de branleurs. Dans un coin de la pièce, j'aperçus la mère d'Amanda, Joan, qui était passablement ivre et qui donnait des claques dans le dos à Charlie, l'ancien colocataire d'Alex, non moins ivre, mais qui faisait de son mieux pour lui rendre la pareille. Ce n'était pas un joli tableau.

Les discours se succédaient et ils étaient les bienvenus parce que tout le monde devait se taire, pas seulement moi. Fraser parla avec éloquence ; Amanda battit des cils et rougit élégamment. Puis ce fut le père d'Amanda qui prit la parole, mais Dieu sait ce qu'il raconta ; son accent de nouveau riche ne faisait pas bon ménage avec son vieil accent banlieusard. Arriva ensuite un groupe de samba irlandais ; apparemment, c'était la dernière mode dans les soirées mondaines. Il se produisit alors un énorme bruit lorsque trois cents personnes qui savaient toutes monter à cheval se dirigèrent sur la piste de danse. Je décidai de feindre le malaise.

Je m'assis puis m'efforçai d'adopter la blancheur d'un cachet d'aspirine, en espérant que quelqu'un viendrait me demander ce qui n'allait pas ; je répondrais que je ne me sentais pas bien mais que je ne voulais pas gâcher la soirée de qui que ce soit et cela aurait pour effet de m'attirer une montagne de compassion. Je restai ainsi un bon moment quand – ENFIN ! – Alex s'approcha de moi une fois que la foule se fut dispersée sur la piste de danse et il me prit sous les bras.

— Tu t'amuses bien, ma petite chose adorée ?

J'essayai de me dégager.

— Mmmmm...

Il ignora mon évident message de désespoir et commença à me chatouiller.

— Allez, viens danser avec moi.

Cette soirée était peut-être récupérable, après tout. Toujours est-il que l'image de parfaite entente romantique qui me permettrait de prouver à tout le monde (à commencer par cet imbécile d'Angus) que j'avais du succès dura environ deux secondes, lorsque je me rappelai qu'Alex était l'un des plus mauvais danseurs que la terre ait jamais portés. Il battait la mesure à contretemps en se balançant d'un pied sur l'autre. Non seulement cela, mais il était tellement cuit qu'il ne tarda pas à oublier avec qui il dansait, alors il se mit à sauter autour de la salle comme Tigrou, le copain de Winnie l'Ourson, tandis que je restais toute seule à danser dans mon coin comme dans une vidéo du groupe Human League. Je regardai ma montre : il était seulement minuit.

Je m'en voulais de ne pas être partie au moment où j'avais commencé à me sentir mal vingt minutes plus tôt, tant que je pouvais encore rentrer en métro. Je me dirigeai vers Alex et attirai son attention avec douceur mais fermeté.

— Je rentre, dis-je en souriant gentiment.

— Quoi ?

C'était impossible de s'entendre.

— JE RENTRE À LA MAISON ! JE M'EMMERDE ALORS JE RENTRE À LA MAISON ! m'égosillai-je juste au moment où la musique s'arrêtait.

Tout le monde se tourna pour voir quelle harpie avait pu parler ainsi. Je tressaillis, tentai un pauvre sourire et décidai de m'éclipser.

— Merci, Amanda, c'était merveilleux, contente de t'avoir vue, à bientôt, au revoir !

Pour une fois, c'était moi qui parlais en m'enfuyant.

En franchissant la porte de sortie, flanquée d'un Alex très étonné et très bourré qui titubait derrière moi, je me retrouvai nez à nez avec Fraser, qui venait de raccompagner des invités.

Il me regarda une seconde d'un air perplexe. Merde. Je n'allais quand même pas lui rappeler une fois de plus à quel point j'avais peu compté dans sa vie.

Alex avança avec précaution dans l'allée gravillonnée. Évidemment, comme les taxis réservés à l'avance n'arriveraient pas avant des heures, il faudrait qu'on se tape un kilomètre et demi à pied avant d'arriver à Fulham pour essayer d'avoir un taxi sous la pluie battante juste à l'heure de la sortie des pubs.

— Mélanie ? entendis-je derrière moi au moment où je sortais.

Je fis volte-face. Il portait le même kilt qu'Angus, mais avec un effet moins porcin, et ses cheveux bouclés lui tombaient sur les yeux à force d'avoir dansé. Je résistai à l'envie de courir vers lui, de le serrer dans mes bras et de lui frotter la tête pour lui montrer à quel point j'étais heureuse de le revoir.

— Salut, dis-je, froidement. Hum... super, la soirée.

— Oui, je crois. Oui. Oui, c'était bien. Je suis désolé de ne pas t'avoir reconnue l'autre jour, au téléphone.

C'est ça, tu n'as qu'à en rajouter une louche.

— Oh, ça ne fait rien, je ne t'ai pas reconnu non plus, bafouillai-je.

C'est pour ça que j'ai crié « Fraser ! » tout à l'heure.

— C'est vrai, ça fait un moment.

— Oui.

— Bon, à bientôt, alors.

Le beau parc était tranquille. La silhouette de Fraser se découpait sur la grande bâtisse : plus grand mais moins maigre qu'avant, il me paraissait à la fois extrêmement familier et extrêmement étranger.

— Sans doute.

Brillante, ma réponse.

— Tu viens, chérie ? cria Alex d'un ton un peu inquiet.

J'adressai un vague sourire à Fraser et suivis Alex sur le chemin. Ainsi poussé dehors, il se demandait s'il avait fait quelque chose de travers ou non, et moi aussi. C'est vrai, à qui est-ce que j'en voulais ? À lui ? À ses amis ? À mes parents, de ne pas être plus riches ? Aux ancêtres de mes parents, de ne pas avoir été proches du roi ? Du plus profond de sa cervelle éméchée, je voyais bien qu'il essayait de comprendre. Dieu merci, il préféra jouer la carte de la prudence.

— Ça va ?

Il fallait que je me dépêche d'établir ma stratégie. J'avais envie de répondre « Non, je déteste tes copains parce qu'ils sont tous méchants avec moi. Enfin, ils ne sont même pas méchants, ils m'ignorent complètement, juste parce que je ne suis pas allée dans la bonne école et que j'ai un nom de chiottes. En fait, je suis plus jalouse que je ne les déteste, et j'ai horreur de ça, bouh, ouh, ouh ».

Mais en fille indépendante des années quatre-vingt-dix avec ses opinions bien à elle, voilà ce que je répondis :

— Oui, mon cœur, j'avais juste envie de te ramener à la maison. Il fallait bien que je trouve un moyen de te sortir de là.

Et je poussai un petit gloussement féminin pour faire de l'effet.

À mesure que les éblouissantes lumières de la demeure disparaissaient derrière les arbres et que je regardais mon grand homme fort et calme, quoique légèrement flageolant, je me sentais mieux.

Le lendemain, nous passâmes une merveilleuse matinée au lit à soigner sa gueule de bois. Ensuite – lorsqu'il s'aperçut que je n'avais guère envie de disserter sur la fantastique soirée de la veille, « surtout le moment où Barfield s'est foutu une serviette dans le cul, ha, ha, ha ! » –, il sortit voir ses amis.

Je passai la journée à trier mes papiers.

Il rentra tard dans la nuit en faisant tellement de bruit qu'il réveilla probablement Linda et moi, assurément. Après avoir fouillé la cuisine pour trouver de quoi manger – depuis ma première semaine de démonstrations gastronomiques, je n'avais plus rien de comestible à la cuisine, alors Dieu sait ce qu'il trouva ; encore que Linda avait l'air encore plus perturbée que d'habitude, alors peut-être qu'elle avait rempli le frigo ; on aurait pu supposer que cela lui aurait fait plaisir d'avoir un homme à la maison, mais non ; en tout cas, à moi, ça me plaisait – il entra dans ma chambre, s'assit au bout du lit, me fit un baiser franc et massif sur le nez et annonça « Eh, devine quoi ! J'ai trouvé un appart ! Enfin, plus exactement, j'ai retrouvé mon vieil appart. Charlie m'a pardonné et je retourne vivre chez lui ! »

Je m'assis. Je n'y avais pas pensé de manière rationnelle, mais maintenant qu'il me disait cela, je me rendais compte que j'avais tout de même déjà planifié notre avenir dans ma tête. Nous aurions cherché une chambre dans un quartier agréable, puis nous aurions eu notre appartement à nous, une fois qu'il aurait décroché cet emploi dans la musique. Sinon, nous aurions pu continuer comme ça – Linda n'y aurait pas vu d'inconvénient. Peut-être même qu'elle aurait fini par déménager... ah non, c'est vrai, elle était chez elle. Dans tous les cas, je n'avais pas imaginé que nous allions nous retrouver séparés si vite, ni qu'il aurait pris la décision avec un tel enthousiasme. Cela ne faisait peut-être que deux semaines que nous étions de nouveau ensemble, mais j'avais déjà un besoin vital de me réveiller à côté de lui tous les matins et je ne voulais pas m'en passer.

— Ahhh... super ! dis-je l'air de rien. Alors, Charlie habite toujours à... ?

Comme si Charlie et moi avions discuté de nos vies privées respectives pendant des heures.

— À Fulham, ouais. L'appartement est génial.

— Mais c'est vachement loin ! Et c'est à l'ouest de Londres ! Tu détestes ce quartier !

— Je ne peux quand même pas passer ma vie ici à t'embêter, non ?

En fait, c'était exactement ce que j'avais envisagé.

Je fis la moue, d'une manière que j'espérais séduisante.

— Ça ne me dérangerait pas

Il me regarda et passa de nouveau la main dans mes cheveux. Mais pas avec autant d'enthousiasme qu'avant.

— Ce sera bien, tu verras. Tu es toujours ma chérie préférée, non ?

C'était vrai. Nous avons plongé sous les couvertures. Affaire classée. Enfin, jusqu'à ce que je me relève boire un verre d'eau à trois heures du matin et que je me mette, sans savoir pourquoi, à scruter mon reflet dans la fenêtre de la cuisine avant de fondre en larmes. Je retournai au lit et essayai d'oublier cet épisode en m'accrochant à Alex dans la nuit.

CHAPITRE 4

Le lundi soir, Fran passa me chercher pour aller au pub.

— Alors, elle était bien, la soirée ?

— Formidable. Tu nous as manqué.

— Oui, seulement à toi et à l'atroce copain Charlie, qui a l'air de penser que comme je ne suis pas allée dans une école privée, il a la permission divine de me mettre la main aux fesses à chaque fois qu'il est bourré.

— Ah, tiens, à propos de Charlie, j'ai une bonne nouvelle...

Je lui racontai qu'Alex comptait repartir vivre chez Charlie. Tout ce que j'aurais aimé qu'elle me dise, c'était « Mélanie, ce n'est pas parce qu'il déménage qu'il ne t'aime plus. Il cherche ses repères, c'est tout ; maintenant, quoi que tu fasses, tu ne le devras qu'à toi-même et ce sera très bien comme ça ».

— Oh mon Dieu, Mélanie ! s'écria-t-elle. Il avait juste besoin de trouver où crécher, il avait peur de se retrouver tout seul à Londres et il avait envie de tirer un petit coup, quoi... L'Amérique, c'était sûrement loin d'être aussi bien qu'il le dit. Est-ce que son super copain du show-biz lui a déjà trouvé un job ? Non. C'est vrai, comment peux-tu laisser quelqu'un profiter de toi à ce point ? Tu ne crois pas que tu mérites mieux que ça ? Non ?

Linda entra au salon. Son visage rond se décomposa.

— Hum... je ne savais pas que tu avais de la visite.

— Ouais, tu connais Fran, n'est-ce pas ?

— Bonsoir ! Comment vas-tu ? demanda Fran d'une voix suave, marquant une pause dans ses copieuses réprimandes.

— Bien.

Linda recula. Je l'entendis sortir de la maison au milieu d'un bruit de voix.

— Merde ! Tu crois que c'étaient les parents de Linda, qui étaient avec elle ?

La porte claqua.

— Mince, je m'en veux. En plus, on est lundi. C'est le dimanche, le jour des parents. Tout le monde le sait ! bougonnai-je. Pourquoi elle ne me prévient pas ?

— Ce n'est pas marqué sur le calendrier ?

— Mais personne ne s'occupe du calendrier, bordel !

Fran le désigna, recouvert d'images de chats, accroché derrière la porte de la cuisine. Je pensais que c'étaient les nouveaux goûts artistiques de Linda. Il était écrit en grosses lettres roses « visite des parents » juste sous la date d'aujourd'hui. Il n'y avait rien d'autre de tout le mois.

— Mais c'est quoi, son problème, à cette fille ? soufflai-je. Elle ne peut pas sortir avec ses copines et s'éclater, comme tout le monde ?

— Elle en a, des copines ?

— Non. Je ne crois pas.

— Tu ne lui as jamais proposé de sortir avec nous ?

Fran m'insupportait au plus haut point quand elle jouait les saintes.

— Propose-lui, toi !

— C'est ta colocataire, pas la mienne !

Comme cela tournait à l'infantilisme, je poussai un soupir et baissai bruyamment les bras, ce qui voulait dire d'accord, sans que cela m'engage à quoi que ce fût. Comme j'avais provisoirement oublié Alex en me penchant sur un autre problème, une question me traversa l'esprit.

— Je me demande ce qu'il peut bien y avoir dans ces énormes paquets qu'elle reçoit tout le temps.

— Histoire de rendre sa vie encore un peu plus pénible, on n'a qu'à aller fouiller dans ses affaires, si tu veux !

— C'est toi qui y as pensé en premier, on est bien d'accord ?

— Ah non !

— Si ! Quand Nicolas était là !

— Ah ?

Nous nous jetârnes un coup d'œil interrogateur

— Bon ...

— Ça serait vraiment très... mal, pouffa-t-elle nerveusement.

— De toute façon, je lui ai déjà foutu sa soirée en l'air...

Nous nous regardâmes de nouveau avant de nous précipiter dans le couloir.

Le sanctuaire de Linda était sans doute la pièce la plus impeccable que j'aie jamais vue. Même l'ours en peluche avait l'air de sortir du toilettage. Tout était rose ou pêche et le mur avait réussi à arborer les deux couleurs, grâce à ce type de frises affreuses qu'on ne voit normalement que dans les hôtels sur les autoroutes. Il y avait toutes sortes de fanfreluches et de bibelots : des embrasses aux rideaux, des récipients de pots-pourris, des figurines représentant des cochons. On aurait dit la chambre de rêve d'une fillette de sept ans.

Fran saisit le jeu de brosses à cheveux assorti au papier de la chambre. Il était posé sur un napperon, sur la coiffeuse.

« Ouah ! s'exclama Fran. Elle doit avoir un sacré programme de ménage, la Miss Havisham ! »

Comme je ne voyais pas le paquet que je cherchais, je

me dirigeai vers l'armoire. Fran prit une des robes chasubles que Linda affectionnait particulièrement et sautilla autour de la pièce en chantant « Je m'appelle Linda, excusez-moi de vivre ! Pardon, tu veux bien participer au loyer, qu'est-ce que tu dirais de cinq pence par mois ? Bon, je sors... ah oui, c'est vrai, je ne sors jamais... »

Je fis la grimace.

Le téléphone se mit à sonner. Nous avons bondi comme si nous venions de nous faire surprendre en train de faire des bêtises. Ce qui était le cas, évidemment.

— Va répondre ! ordonnai-je, ridicule, à Fran avant de lui arracher la robe des mains.

Elle s'exécuta de mauvaise grâce.

C'est en allant rependre la robe que je remarquai la boîte au fond de l'armoire. J'étais honteuse, mais je la pris quand même.

À l'intérieur, il y avait plusieurs couches de barres de chocolat gigantesques : des Mars, des Snickers et ces énormes Toblerone qu'on ne trouve que dans les Duty Free. Il y avait aussi des papiers vides, éparpillés dans tous les sens.

— Putain de merde ! m'exclamai-je alors que Fran revenait.

— Comment tu as deviné que c'était Nicolas ?

— Regarde ça !

— Oh mon Dieu. C'est le royaume des problèmes alimentaires. Oh la vache !

— Je sais. Elle n'arrête pas de grossir. Elle doit passer son temps à manger en cachette.

— Qu'est-ce que tu vas faire ?

— Ce que je vais faire ? Endosser l'entière responsabilité de la chose, tiens ! Je ne sais pas, moi. On ne se dit même pas bonjour, alors...

Nous nous regardâmes.

Sur la vieille table de nuit, à côté de la boîte de Kleenex cachée dans une enveloppe au crochet, il y avait une photographie – une seule – de Linda, une enfant potelée à côté d'un poney à l'air vicieux.

Mon Dieu, qu'est-ce que j'allais faire ? Lui en parler ? Oh là là ! Que conseillaient les magazines féminins ? Laisser traîner des brochures sur le problème ? Je me demande s'il y en avait qui disaient « c'est en fouillant ta chambre qu'on est tombées sur quelque chose que tu essaies manifestement de cacher de ton mieux ». Aller au pub ? J'essayai de laisser passer un laps de temps raisonnablement long avant de soumettre cette suggestion à Fran. Elle m'adressa un regard qui signifiait clairement que je n'avais pas encore réfléchi assez longtemps.

— Hein ? Excuse-moi, j'étais en train de penser à Linda.

— Alors à ton avis qu'est-ce qu'on devrait...

— Je n'en ai pas la moindre idée.

Silence.

— Je pourrais peut-être essayer d'être plus gentille avec elle, proposai-je.

— C'est vrai, vous habitez ensemble.

— Toi aussi, pour ainsi dire, pourtant tu n'es gentille avec personne.

— C'est parce que la plupart des gens sont chiants. Mais Linda, elle, tu comprends, elle est... *malade.*

— D'accord, d'accord.

Je fis donc l'effort d'aller jusqu'à la cuisine et de m'attaquer à la vaisselle que nous avions laissée dans l'évier, Alex et moi. Enfin, c'était un début.

— Bon, c'était Nicolas, au téléphone, alors ?

Et pas Alex, par exemple (qui était sorti acheter des meubles après avoir changé d'avis en me suppliant de venir vivre avec lui à Fulham).

— Oui. Tu es sollicitée, on dirait. (Hourra !) Enfin, je lui ai dit que tu n'étais pas libre, alors il m'a invitée à la place.

Bouh ! D'accord, il était peut-être déçu, mais j'aurais apprécié qu'il soit capable de me distinguer des autres membres de mon espèce.

— Ah. Et tu as dit oui ?

— À ton avis ?

— À mon avis, tu as dit oui et que tu allais passer le reste de la vie à le bécoter. Il t'a encore raconté ses aventures hilarantes avec ses collègues ?

— Tiens, au fait, il a dit qu'il faudrait peut-être que tu fasses des tests de dépistage pour je ne sais plus quelle maladie.

— QUOI ?

Fran leva son majeur en ma direction et lança un rire mauvais.

— Mélanie, étant donné que tu es sans doute la seule personne à avoir jamais couché avec lui, je ne m'inquiéterais pas trop, à ta place.

Une fois que cette brève tension fut retombée, je lui dis que la soirée avait été nulle, sachant que cela lui ferait plaisir. Elle s'intéressa particulièrement à Angus.

— Il m'intrigue. Il est beau ?

Elle partait à la chasse, comme d'habitude.

— Euh... je ne sais pas. Tu as vu le film *Babe* ?

— Il ressemble à un cochon ?

— Attends, écoute-moi...

— Au fermier Hoggett ?

— Non ! Tu sais, le chien qui devient méchant et qui mord les gens... ?

— Il ressemble à un chien ?

— Eh bien, il y a de la noblesse meurtrie chez lui.

— En version canine.

— Euh...

Nous soupirâmes en chœur.

— Mince, il n'y a vraiment plus d'hommes, conclut Fran pour la milliardième fois ou presque.

Sans le vouloir, je dus lui jeter un regard à la manière d'Amanda, parce qu'elle fit semblant de vouloir m'envoyer un coup de pied dans la poitrine. Elle dut mal faire semblant parce que je reçus effectivement son coup de pied dans la poitrine. Fran avait toujours été une brute.

Linda finit par rentrer, toute seule. Nous nous sommes raidies. Comme d'habitude, elle passa devant le salon et se dirigea tout droit dans sa chambre. Je retenais mon souffle, terrifiée à l'idée qu'elle découvre que ses affaires avaient changé de place. Peut-être qu'elle avait scotché un cheveu au-dessus de sa porte, qu'elle avait mis du talc ou je ne sais quoi et que maintenant elle allait nous tuer...

Fran me regarda d'un air plein de sous-entendus et je me secouai de nouveau.

— Hum, Linda, tu veux une tasse de café ?

Il y eut un silence. C'était une proposition effrayante et sans précédent de ma part. J'étais terriblement honteuse. Elle répondit enfin :

— Non, merci.

— Je crois qu'il te reste à peine une demi-livre de sucre, de toute façon, chuchota Fran avec perfidie.

— D'accord ! m'écriai-je. On va au pub. Tu veux venir avec nous ?

Linda sortit de sa chambre et me regarda d'un air méfiant.

— Pourquoi ?

— Euh... pour rien... tu sais, c'est lundi soir... bafouillai-je d'une voix de plus en plus faible.

— Non, merci. Je vais ranger mon armoire.

— Ohhh. Bon, alors, amuse-toi bien !

Fran et moi sommes allées au pub où nous avions rendez-vous avec Alex et Charlie. « Amanda, Fraser & Co » avaient généreusement daigné nous y retrouver : apparemment, la présence de deux beaux garçons de l'ouest londonien nous rendait plus fréquentables.

En entrant dans le pub, je jetai un coup d'œil oblique à Fran. Les choses ne s'annonçaient pas très bien. Assise au milieu de trois hommes, Amanda faisait la belle. Fraser la regardait avec soumission – ou adoration, je n'arrivais pas à faire la différence entre ce qui était vrai et ce qui était pure méchanceté de ma part –, mais Alex et Charlie n'arrêtaient pas de pouffer de rire en se poussant du coude.

Alex m'embrassa, puis j'allai chercher des bières tandis qu'Amanda disait quelque chose qui fit rire tout le monde. Je regardai le profil joliment découpé de l'homme que j'aimais et ressentis subitement un grand vide, même lorsqu'il me cria « Mélanie, ma beauté, viens t'asseoir sur mes genoux immédiatement ».

Comment pouvait-il être aussi gentil et vouloir quand même aller habiter à Fulham avec Charlie ? Je m'assis sur ses genoux en essayant de ne pas trop broyer du noir, mais c'était dur.

— Donc, braillait Amanda, j'ai rencontré la styliste et elle m'a dit qu'elle n'avait jamais vu de taille aussi fine ! Elle va devoir la faire faire sur mesure à la main et ça va coûter deux mille livres de plus ! Vous vous rendez compte !

— Eh ben putain ! lança Alex avec un certain respect.

Les autres garçons approuvèrent bêtement. Ce qui m'exaspérait, c'est qu'ils l'écoutaient parce qu'elle était jolie, mais ils n'auraient pas su dire combien coûtait une robe de mariée, même sous la torture.

Ensuite, elle tourna la tête vers Fraser et claqua dans ses doigts. Il se leva aussitôt et alla lui chercher un autre verre. Mon regard croisa celui de Fran. Nous n'en revenions pas.

Et moi, pour me rendre vaguement intéressante, je parlai de Linda. Fran n'avait pas l'air d'accord, mais c'est seulement parce qu'elle n'en avait pas eu l'idée en premier. Comme tout le monde était captivé, je m'efforçai de ne pas trop embellir l'histoire. Enfin, tout le monde sauf Fran, qui était d'humeur contrariante, et Charlie, qui fixait les seins de Fran. Et Amanda, qui essayait de rivaliser avec son anorexie, qu'elle faisait passer pour une maladie sympathique.

Tout à coup, Angus entra dans le pub et cela jeta un froid. Fraser fit un sourire nerveux en guise de bienvenue, tandis qu'Amanda lui lança un regard du coin de ses yeux soigneusement maquillés en souriant sans sourire.

— Bonsoir, Angus, dit-elle. Contente que tu aies pu venir.

— Bonsoir.

Mon Dieu, il avait joué dans *Cold Comfort Farm* [1] ou quoi ? Angus s'assit, imperturbable.

Fraser regarda autour de lui.

« Tout le monde connaît Angus ? » Chacun émit un murmure d'approbation – même ceux qui (comme Fran) ne l'avaient jamais vu de leur vie – pour ne pas avoir à se présenter.

Quand on est assis sur les genoux de quelqu'un, il y a toujours un moment délicat : on oublie de se mettre en équilibre sur ses orteils et la personne qui vous porte finit par avoir des fourmis plein les jambes sans oser vous le dire.

« Eh, mon bébé éléphant, tu sais que je t'adore, mais si tu ne te lèves pas tout de suite, je vais tomber et mourir », annonça mon amoureux à haute voix.

Amanda hurla de rire, comme si d'après le dictionnaire elle était l'exact antonyme de l'éléphant, tandis que j'en étais le synonyme.

Comme il n'y avait pas de place où m'asseoir, j'allai m'installer au bout de la table, les joues rouges mais le sourire aux lèvres, à côté d'un Angus tout aussi rouge qui avait les yeux rivés sur une pinte de bière pression.

---

1. Film britannique dans lequel la protagoniste Flora, une jeune femme orpheline, arrive dans la ferme des Starrader, des parents à elle assez rustres, menés à la baguette par une vieille matriarche.

Ce qui était un mauvais plan, parce que le temps que je revienne à la conversation depuis mon petit coin discret, plus personne ne parlait de ma cinglée de colocataire, mais de nouveau de ces maudits *mariages*.

— Donc, disait Amanda, nous allons louer tout le château, nous mettrons de la bruyère et du tissu écossais partout, nous ferons de la panse de brebis farcie et il y aura des joueurs de cornemuse...

— Cornemuse mon cul, me souffla tranquillement une voix dans l'oreille en imitant assez bien la voix snob et criarde d'Amanda.

Je gloussai avant de réaliser que c'était Angus le Boudeur qui avait dit cela. Personne d'autre n'avait entendu.

— Salut, toi, dis-je sur un ton plus chaleureux que prévu.

— Salut.

— Tu t'es bien amusé samedi soir ?

— Hmm, répondit-il en regardant les futurs époux.

Le silence gêné qui devenait vite habituel entre nous était en train de nous tomber dessus.

— Alors, tu es plus vieux ou plus jeune que Fraser... ?

À peine avais-je fini de poser ma question que je me souvins de la réponse. Mon détecteur anti-conversation à la noix marchait de moins en moins bien, ma parole.

— Plus jeune, comme l'autre jour.

Il sourit presque à moitié. Je me demandai brièvement quelle tête il ferait s'il souriait pour de bon.

Quelqu'un posa un autre verre devant moi ; je sentis l'après-rasage d'Alex et je fermai les yeux.

— Oh, vous vous connaissez, au fait ?

Alex et Porcinet se serrèrent la main de manière hésitante, comme le font généralement les hommes quand l'un des deux garçons sort avec la fille qui fait les présentations.

— Salut. Euh... tu es le petit frère de Fraser ?

Évidemment, idiot !

— Oui, oui.

— Tu étais à la soirée, samedi, non ? Super cette fête, hein ?

C'est alors qu'une chose étrange se produisit. J'échangeai un regard avec Angus et je souris presque.

— Oui, oui. C'était quelque chose.

— Et qu'est-ce que tu fais dans la région ? Tu travailles ?

— Oui, j'ai un petit contrat dans les Docklands. Si ça me plaît c'est possible que je reste...

— Mais je parie que ça te manque, les moutons des Highlands, non ?

J'avais envie de rentrer sous terre.

— Non. En fait, j'en ai rencontré pas mal par ici depuis que je suis arrivé.

Quelle insulte ! Dieu merci, Alex s'était déjà tourné vers Charlie pour faire je ne sais quelle remarque au sujet des moutons et il n'avait pas entendu. Mais j'étais choquée, et intriguée : pourquoi ce petit gars aux airs porcins nous détestait-il tous à ce point ? Et si c'était le cas, que faisait-il là ?

Rien ne contribua à me faire changer d'avis à mesure que la soirée avançait. Angus semblait fort peu intéressé par les histoires américaines d'Alex, que je trouvais toujours drôles, même après les avoir entendues plusieurs fois. Il y eut d'autres bières, d'autres conversations, mais il n'éprouva pas une fois le besoin de faire un commentaire ou une remarque et encore moins de rire – pas même lorsqu'Alex raconta qu'il avait voulu devenir une star du rodéo !

Je cherchai Fran. Elle était coincée entre le mur et Charlie, dont les yeux étaient aussi ronds que les jolis seins de Fran. Tout le monde était perdu dans cet univers embué où on ne remarquait pas grand-chose autour de soi (sauf Amanda, qui buvait de l'eau gazeuse, mais qui ne remarquait jamais personne d'autre qu'elle-même de toute façon).

— Oh ma biche, bafouillait-il, t'es vraiment trop géniale...

— Fais pas chier, Charlie.

Fran avait l'air dangereuse.

— Allez, fais un petit bisou à Charlie...

Il s'avança vers elle pour l'enlacer. Fran leva les bras et une de ses mains atterrit sans le vouloir sur la joue de Charlie. L'atmosphère changea tout à coup.

— Tu m'as frappé, là, espèce de garce ?

Apparemment, le charme aristocrate n'était pas très résistant.

Fran se redressa, bouillant d'humiliation et de rage.

— Non, mais j'aurais dû, sale branleur !

— T'es qu'une petite salope !

Ensuite, on aurait vraiment dit qu'il allait attaquer Fran. Tout le monde regardait, pétrifié comme dans un arrêt sur image dans un film de science-fiction, à l'exception de Fran, qui semblait reculer au ralenti. Puis tout à coup, Angus bondit sur Charlie, lui attrapa les bras et le plaqua contre le mur de tout son corps.

« ÇA SUFFIT ! »

Un long silence s'ensuivit. C'était bizarre, mais apparemment il y avait pas mal de gens qui retenaient leur souffle. Le patron du pub s'approcha de nous d'un air menaçant, tandis qu'Angus et Charlie se toisaient sans sourciller.

Alex intervint.

« Allez, Charles, laisse tomber », dit-il à voix basse.

Après une attente angoissante, Charlie baissa les yeux, rangea ses crocs et sortit du pub à grandes enjambées. Nous nous regardions tous à tour de rôle, à moitié inquiets, à moitié excités.

« Quel con ! » dit Fran. Et c'était un mot qu'elle n'employait absolument jamais.

À l'extérieur, on voyait bien que Charlie voulait s'en aller, mais Alex venait vers moi.

— Hum, je ferais mieux de raccompagner Charlie. Je vais dormir chez lui cette nuit. (Je ne voulais pas qu'il s'en aille, surtout avec ce connard.) Bon, alors, bonne nuit, dit Alex avant d'aller rejoindre Charlie.

Nous nous demandions ce que nous devions faire. Fran remercia Angus, mais de façon assez désagréable, un peu comme s'il l'avait vue se faire violer. Fraser s'approchait de nous d'un air compatissant et inquiet lorsqu'Amanda le rattrapa par le bras et s'écria gaiement « Bon, il faut qu'on y aille, nous ! » comme s'ils venaient de passer l'après-midi à visiter la fête du village. Alors qu'elle le pressait vers sa décapotable, Fraser jeta un coup d'œil à Angus par-dessus son épaule, qui avait l'air un peu gêné, et lui adressa un sourire maladroit qui disait à la fois la honte, l'excuse, la fierté et la bonne volonté. Angus lui sourit en retour : ils se ressemblaient beaucoup, subitement.

« Bon ! On finit la soirée chez moi ? » dis-je, comme d'habitude.

Je savais que Fran mourait d'envie de parler de l'incident autant que moi, mais ce serait beaucoup plus facile sans Angus...

Il commençait déjà à partir dans la direction opposée, de toute façon.

— Oh, regarde-le, déclara Fran alors qu'il se dirigeait vers la station de métro. Mon cochon en armure d'argent. Mon petit jambon fumé. Mon rouquin...

— Tais-toi, Fran. Il t'a rendu service, non ?

— Oh, de grâce ! J'ai déjà eu mon compte, ce soir, tu ne trouves pas ?

Voilà que Fran était de mauvaise humeur.

— Allez, Fran, ne t'en fais pas. Ce crétin répugnant en train de te brutaliser... beurk... Allez, viens boire un verre de vin, arrête de t'inquiéter.

Nous sommes rentrées à la maison, en essayant pour une fois de ne pas jacasser trop fort dans les escaliers. Comme Fran était encore un peu choquée, je l'installai dans un fauteuil et je lui versai un grand verre de whisky (oui, celui que Linda avait gagné à une tombola, mais c'était purement médicinal) en la laissant me raconter de nouveau toute l'histoire comme si je n'avais pas été là quand c'était arrivé.

Je ne pouvais m'empêcher de penser tout haut.

— C'est une bonne nouvelle pour moi, en fin de compte, ajoutai-je après une pause que je trouvais raisonnablement longue.

— Quoi ? !

— Eh ben, Alex ne va quand même pas aller habiter avec Charlie, non ? Maintenant qu'il sait que c'est presque un violeur. Hmmm, peut-être qu'on va chercher un appartement ensemble... faire ça bien, quoi.

— Ah, je suis contente que le fait de me faire tripoter à mort facilite tes affaires domestiques, annonça-t-elle d'un œil brillant. Tu ne veux pas que je descende jusqu'à King's Cross et que je fasse deux ou trois passes pendant que tu y es ? Ça vous permettrait peut-être de payer votre loyer, en plus.

— Non ! Je voulais juste dire que...

— S'il va quand même vivre avec Charlie... (On voyait ses dents, ce qui était très mauvais signe.) Que s'il va quand même vivre avec Charlie, après ce qui s'est passé, alors tu le plaques ?

Merde ! Il y avait dilemme moral, là !

— Il n'ira pas chez Charlie ; c'est ce que je suis en train de dire.

Cette histoire me rendait plutôt optimiste.

— Mais il a dit qu'il irait.

— Il n'ira pas.

Nom d'un chien !

— Donc, en théorie, tu plaquerais un mec parce qu'il

a emménagé chez le gars qui a agressé ta meilleure amie ?

— Tu me fais du chantage émotionnel, là, ou quoi ? Et techniquement parlant, il ne t'a pas agressée.

À la seconde même où je prononçai ces mots, je me rendis compte que c'était affreux de dire cela et que j'étais la pire féministe de tous les temps. Nous étions choquées pour la deuxième fois de la soirée et je me conduisais encore plus mal que Charlie. J'eus tout à coup la sensation d'avoir trop bu, ce qui me donnait envie de pleurer et d'aller me coucher.

« N'en parlons plus », dit Fran après un long silence.

Je sortis le matelas d'invité et nous nous couchâmes sans dire un mot. Pour une fois, Linda aurait pu être fière de moi.

CHAPITRE 5

Le lendemain matin, nous avons fait semblant d'avoir une grosse gueule de bois, ce qui n'était pas le cas, pour ne pas avoir à nous parler.

Fran avait une audition et je lui souhaitai bonne chance avant de partir au travail. Mon chef m'attendait. Cela n'augurait rien de bon, à tous les coups. Je ne me rappelais pas l'avoir vu entrer dans mon bureau un jour. J'espérais qu'il n'avait pas soulevé mes papiers : mon bureau était couvert de graffiti « I love Alex ».

« Ah, bonjour, Mélanie. »

Il me sourit, encore plus poliment que d'habitude. Il mesurait à peine un mètre cinquante mais il était parfaitement proportionné : il fallait sans cesse résister à l'envie de tapoter son crâne, qui était chauve.

— Hum, mm, il y a un gros problème avec le marketing au sujet de la nouvelle brochure. Apparemment, le mot « Fabricon » a été mal orthographié dans tout le document.

Je soupirai.

— C'est un mot inventé par le marketing, de toute façon, non ? lui fis-je remarquer. Alors quelle que soit l'orthographe, ça ne veut rien dire. Je n'ai guère de chances de trouver ce mot dans l'*Oxford English,* si ?

— Cependant (oh non, il prenait un ton solennel, maintenant), cependant, c'était le nom de notre dernier produit et cela se chiffrait déjà à 45 000 livres en documents marketing. Ce qui aurait dû faire 48 000 livres, si nous n'avions pas raté la fenêtre dans le programme de production à cause de – et je suis navré de devoir vous le dire – votre travail franchement médiocre.

Tout à coup je me sentis toute petite. *Travail médiocre ?* J'avais l'impression de me retrouver au collège. Mais cette fois, le problème n'était pas dû à mon manque de compréhension du mouvement des ondes, mais tout bonnement à ma paresse. Je passai en revue toutes les options qui s'offraient à moi et choisis la pire, la plus vile, la plus lamentable.

— Mon Dieu, je suis désolée. C'est juste que... enfin, ma colocataire fait de la boulimie et c'est dur, en ce moment.

Je fis comme si j'étais sur le point de fondre en larmes. J'étais minable. Minable de chez minable. Honnêtement, une telle offense était un motif de licenciement.

— Ah, vous devez vraiment traverser une période difficile... dit-il d'un air si sincère, sensible et désolé que je crus que j'allais me mettre à pleurer pour de bon. Ma sœur faisait de la boulimie.

Merde ! C'était la fin des haricots : enfer, sac à main, moi, partir.

Il posa la main sur mon épaule.

— À mon avis, c'est parfois aussi difficile à vivre pour l'entourage que pour la personne en question. C'est très frustrant, n'est-ce pas ?

J'acquiesçai d'un air plaintif et en rajoutai un peu. Nous discutâmes de notre bienveillance à l'égard de ces personnes encore une dizaine de minutes, puis je compris que je ne m'en sortirais pas trop mal lorsqu'il annonça :

— Je suis vraiment désolé, Mélanie, je sais que ça ne va pas vous aider beaucoup mais le service marketing demande que vous soyez transférée chez eux, pour que vous puissiez travailler ensemble, en quelque sorte. Dorénavant, vous ferez donc partie du marketing.

Il paraissait sincèrement navré. À défaut de pouvoir parler, j'approuvai d'un air affligé.

— Nous ferons descendre vos affaires dès que possible, ajouta-t-il. Ma chère, ce fut un plaisir de travailler avec vous.

Il était impossible que ce soit le cas, mais j'acceptai mollement la main qu'il me tendait, pendant qu'un milliard de scénarios d'épouvante se multipliaient dans ma tête. Le service marketing ! Mais ils avaient des murs orange ! Et ils employaient le mot « conceptuel » ! Et maintenant, il faudrait que je me soûle aux arbres de Noël et que je me rende ridicule ! (Enfin, je le faisais déjà, ça.) Et puis, à partir de maintenant, il allait falloir que je travaille, travaille et travaille encore, comme tous les autres gens ! Je poussai un grognement intérieur. Le téléphone sonna.

— Bon, je vois que vous êtes occupée, alors je vous laisse vous organiser.

Mon chef se leva gracieusement et sortit en flottant dans ses petites chaussures cousues main.

C'était Fran, évidemment.

— Alors ? Tu lui as parlé ?

— Fran ! Je change de service ! Ils m'envoient au marketing !

— Oh mon Dieu, c'est une bonne chose ou pas ?

Fran ne savait rien du monde du travail. Pour elle, travailler dans une entreprise, ça voulait dire rencontrer des mecs de la City.

— Eh ben, il va falloir que je bosse toute la journée et je ne pourrai plus te parler, je serai entourée de toutes sortes de gens qui trouvent ça super cool d'être au marketing, je serai dans un box, plus dans un bureau, je devrai supporter l'odeur des pommes de terre de mes collègues à midi, écouter leurs bavardages incessants sur les groupes de travail, il y aura des gens qui surveilleront tout le temps mon boulot et qui me critiqueront parce que je ne m'habille jamais en orange... Mais à part ça, ça devrait aller.

— Ah, ah bon. Alors, tu as parlé à Alex ?

— Fran ! C'est IMPORTANT, ça !

— Plus que le fait que ton mec emménage chez un violeur ?

— Figure-toi que oui !

Il y eut un bref silence. Pour Fran, il n'y avait rien de plus important que les petits caprices de notre vie privée et en temps normal j'étais d'accord avec elle. Elle dut finalement se rendre compte de la gravité de la situation.

— Excuse-moi. Tu t'es fait virer ?

— Non, bordel, je ne me suis pas fait virer. Oh, laisse tomber !

— Tu vas gagner moins d'argent ?

— Fran, je vais appeler Alex tout de suite, d'accord ?

Merde. Son audition n'avait pas dû être bonne, sinon elle m'en aurait parlé. Je vivais dans l'éternelle crainte qu'elle devienne incroyablement célèbre et qu'elle ne veuille plus jamais traîner en ma compagnie ; quant à moi, je me transformerais en vieille chouette naïve qui hanterait les bars et qui casserait les oreilles à des étrangers incrédules en leur racontant que Fran avait un jour été ma meilleure amie.

J'étais assez perturbée et frustrée et fatiguée et énervée, alors je n'avais pas la moindre envie d'appeler Alex pour lui poser des questions délicates. J'aurais préféré que ce soit lui qui m'appelle pour me dire qu'hier soir il avait enfin compris que Charlie était un salaud et pour me supplier de continuer à habiter avec moi TELLEMENT il m'aimait. C'est en apercevant dans la vitre ma pâleur maladive et mon mascara qui dégoulinait que je me rendis compte que 1) j'étais effectivement en train de pleurer et 2) si j'étais Alex et que je me voyais dans cet état, je prendrais mes jambes à mon cou.

Mais bon, je n'étais pas à sa place parce que le téléphone sonna et c'était lui.

— Eh, ma douce.
— Eh, l'affreux.
— Mince, oui, Charlie était un peu bourré hier, hein ?
— Fran était vraiment dans tous ses états, tu sais.
— Fran ? Cette fille serait capable de le bouffer tout cru, Charlie. Si le rouquin n'était pas intervenu, elle n'en aurait fait qu'une bouchée.
C'était indéniable.
— Tu veux toujours aller habiter avec ce branleur ?
— C'est soit ça, soit je traîne pendant deux mois pour finir dans un meublé turc dans un quartier mal famé.
— Mais Fulham... c'est bourge, comme quartier.
— Oh, ils ne sont pas si terribles que ça une fois qu'on les connaît.
— Mais comment veux-tu que j'arrive à les connaître, moi ? Ce sont tous de vrais glaçons !
— Encore cette histoire d'école privée ? soupira-t-il. Tu redeviens jalouse ?
— C'est ça, je veux ma fortune personnelle, un boulot pépère dans l'édition et des grands cheveux blonds.
— Oh, allez, Mélanie, ne sois pas stupide. De toute manière, il faut bien que j'habite quelque part. Je veux dire, ce n'est pas comme si... comme si on pouvait vivre ensemble ni rien.
Je restai silencieuse, un peu trop longtemps.
— Non, bien sûr.
Oh là là, je ne reconnaissais même pas ma voix.
Il y eut un blanc, puis il dit :
— Tu sais, je suis désolé de t'avoir fait de la peine quand je suis parti. Mais c'était à cause de ce genre de choses. Tu veux toujours aller trop vite, ma puce. C'est vrai, ça fait deux semaines que je suis revenu. Tu ne peux pas... te calmer ?
— Bon. D'accord. Hum, je te rappelle.
— Non, Mélanie, arrête. Tu vas te faire du mal. Tout ce que je veux dire, c'est qu'il n'y a pas le feu...

Je raccrochai. Oh bordel de merde ! Peut-être que je devrais juste faire imprimer ma situation sur un tee-shirt : « Femme terriblement exigeante. Besoin pathologique d'attention permanente et d'engagement immédiat. Tendance au cabotinage. Incapable de vivre sans homme. Infidèle à ses amis. Pleure sans raison. »

Je me mis à pleurer.

Je savais que cela ne faisait que deux semaines, mais pas vraiment, en fait, si on comptait l'année avant sa disparition, qui se révélait finalement être de ma faute, mais en tout cas...

Mon chef repassa devant mon bureau.

« Oh, ma chère petite, je suis vraiment désolé. Tout se passera bien, au marketing, vous savez... ils vont vous adorer. Ne prenez pas cela comme une régression, mais plutôt comme une chance. Tenez, tenez. (Il me tendit un mouchoir impeccable.) Et ne vous en faites pas trop non plus pour votre colocataire. (Je fis un effort considérable pour me rappeler si j'avais une quelconque raison de m'en faire pour elle et heureusement pour moi la mémoire me revint.) Vous ne pouvez pas porter tous les malheurs du monde sur vos épaules, vous savez. Je vais vous dire... annonça-t-il d'un air coquin, prenez donc votre journée. Je ne le dirai à personne. (Je feignis l'étonnement choqué, mais avec un petit sourire blessé pour indiquer ma complicité.) Je sais, en temps normal c'est quelque chose que je ne fais jamais. Mais bon. Je crois que vous en avez besoin. »

Vraiment, c'était l'homme le plus gentil du monde. Il m'accompagna même jusqu'à la porte, en parlant à voix haute d'un nouveau projet imaginaire. J'eus une drôle d'impression de déjà vu, puis je m'enfuis vers l'air frais... Hourra !

Une journée de liberté à Londres alors que j'avais le moral à zéro et que mon petit ami déménageait à Fulham. Qu'est-ce que j'allais bien pouvoir faire ? Les magasins, j'imagine. Ou peut-être... les magasins ? Je décidai que j'étais absolument déprimée et que par conséquent je méritais bien de faire du shopping et ce en toute bonne conscience. Linda n'avait pas augmenté le loyer depuis deux ans, alors j'étais assez solvable. Je ne m'étais pas rasé les aisselles et je ne portais pas mes sous-vêtements spécial shopping, mais je me dirigeai tout de même vers Regent Street.

Les décorations de Noël étaient déjà installées, ce qui me fit réaliser que nous n'étions qu'en novembre. Encore des mois et des mois d'hiver en perspective. Oh, et Alex qui allait partir parce que j'étais trop possessive. Et ma meilleure amie qui le détestait. Et ma rivale qui se mariait et qui allait avoir une vie parfaite. Et elle était toute petite ! Je me remis presque à pleurer au milieu de la rue, mais je me remontai le moral de la même manière que d'habitude (c'est-à-dire en imaginant que le caïd de notre école, qui était devenu quelqu'un de très important, passait à côté de moi et se mettait à rire en me voyant) puis j'entrai chez Dickins and Jones. L'odeur du parfum me rassura aussitôt.

En me promenant chez Hobbs, je me dis qu'il était vraiment temps de changer de look et de devenir classe. Mais je ne voyais pas l'intérêt de porter du brun avec mes cheveux bruns, mes yeux bruns et mes taches de rousseur brunes : j'aurais l'air d'une crotte ambulante.

Dans le rayon des soldes, je commençai à prendre quelques petites choses, parmi lesquelles un pantalon rose ridicule qui arrivait à mi-mollet et qui était trop petit pour moi, mais qui coûtait 14,99 livres au lieu de 79,99 et peut-être qu'il me donnerait instantanément l'air fantastique. Je ne sais pas vraiment pourquoi je croyais tout à coup que je ressemblais à Fran, qui avait de très longs membres, anguleux et gauches quand elle était petite, mais terriblement désirables aujourd'hui. En tout cas, il faisait chaud dans la cabine d'essayage et je n'arrêtais pas de passer à travers le rideau en essayant d'enfiler le pantalon. Lorsque j'eus enfin réussi à entrer dedans, j'examinai mon postérieur saucissonné dans la glace en me sentant à peu près aussi infâme qu'on le peut sans souffrir de maladie physique.

« Regarde-toi ! disais-je en mon for intérieur. Tu es malheureuse, alors tu viens là et tu déguises tes jambes en grosses saucisses roses ! C'est quoi, ton problème ? »

Je sortis de la cabine pour voir si un miroir en pied allait donner quelque chose de mieux – ha, ha, ha – mais avec impuissance, je contemplai mes cheveux en bataille, mon visage rouge couvert de sueur, les bourrelets sur mes hanches et mes yeux qui semblaient avoir disparu, comme pour protester contre les larmes, ne laissant que des dégoulinades de mascara.

« Bah, au moins Alex ne risque pas de passer par là », me dis-je pour me consoler.

C'est Angus qui passa par là.

Les épaules voûtées dans ce qui ressemblait, ma foi, assez à un anorak, je crus tout d'abord qu'il n'allait pas me voir. Puis il leva les yeux et m'aperçut dans la glace. L'espace d'une seconde, il avait l'air presque content mais, se rappelant que j'étais la copine d'Amanda et la petite amie d'Alex, il se reprit vite et s'approcha avec froideur.

— Bonjour.

— Mais qu'est-ce que tu fous dans le rayon femme ? m'écriai-je, usant de la technique « agressive » pour essayer de masquer ma gêne.

— Je cherche un cadeau d'anniversaire pour ma mère. Qu'est-ce qui t'arrive ?

— Rien. Tout va BIEN.

— J'aime bien ce pantalon.

— Tu te fous de moi ? Oh, excuse-moi, dis-je, lasse d'être méchante. Ce n'est pas ce que je voulais dire. C'est une journée de merde, au boulot ils m'ont donné un jour de congé et je croyais que ce serait bien, mais c'est merdique et j'en ai RAS LE BOL.

— Ah.

Nous sommes restés plantés là, moi avec mon ridicule pantalon rose, si petit que je n'arrivais même pas à remonter la fermeture Éclair jusqu'en haut, lui avec son anorak.

— Ça te dirait, un thé et un gâteau ? proposa-t-il poliment.

— Oui, répondis-je en reniflant un peu.

Assis à une table, un peu mal à l'aise, entourés de femmes riches qui parlaient fort, je me demandais s'il y avait des gens qui nous regardaient et s'ils imaginaient quel genre de relation j'avais avec Angus. C'est ce que je faisais toujours. À moins qu'il ne fût évident qu'il soit le petit frère aigri du fiancé de ma soi-disant amie.

J'avais l'air un peu plus présentable : je m'étais débarrassée des traces de mascara en me frottant le dessous des yeux si fort que je crus que j'allais attraper des rides, je m'étais brossé les cheveux la tête en bas et j'avais remis mon ensemble bleu marine – dans lequel mes fesses ne ressortaient pas trop, mais qui me donnait l'air de ne pas avoir de poitrine, sans compter que si je le boutonnais jusqu'en haut, ça faisait un peu Pee-Wee Herman sur les bords.

— Tu lui achètes souvent de la lingerie, à ta mère ?

— Non, je glandais dans le coin. Je ne sais jamais quoi lui offrir, alors je me balade en espérant que je vais tomber sur quelque chose de sensationnel, mais je finis toujours par lui acheter un tapis de bain ou une connerie du genre.

Je connaissais cela. Je ne sais pas combien de livres de cuisine ma mère était capable d'accumuler, mais elle tenait vaillamment le coup.

— Pourquoi tu ne te mettrais pas avec Fraser pour lui offrir une croisière, par exemple ?

— Je ne sais pas... Combien tu dépenses pour ta mère, toi ?

— Hmm, à peu près trente livres, je crois.

— Ah.

Un long silence s'installa, et je commençai à craindre d'avoir insulté sa mère : je savais comment étaient les Écossais. Il ne manquait plus que ça, que je contrarie encore quelqu'un. Ma parole, j'étais en train de devenir encore moins populaire que le virus ébola.

Il fronça les sourcils.

— Remarque, avec ça elle pourrait aller au moins jusqu'au milieu du canal de Camden.

— C'est une aventurière, il faut dire.

Comme ma plaisanterie merdique le fit rire, je compris qu'il était aussi mal à l'aise que moi.

— C'est que je ne dépense pas trente livres facilement, poursuivis-je.

— Je sais, sinon tu n'aurais même pas regardé ce pantalon rose.

Je souris pour la première fois de la journée.

— Ah, merci de me conseiller sur la mode, Monsieur Anorak.

Il sourit à moitié à son tour.

— Quoi ? demandai-je.

— Oh, rien.

— Qu'est-ce qu'il y a ? C'est un anorak magique, ou quoi ?

— Non.

Au moins, il souriait tout à fait, maintenant.

— Mais si, il doit bien être magique. Il te donne... je ne sais pas, moi, un pouvoir surnaturel pour voir les gens dans les trains qui passent ?

— Figure-toi que ce superbe anorak est typique de la mer du Nord. Je devais voir des gens de chez BP aujourd'hui et ils te prennent plus au sérieux s'ils voient que tu sors tout droit de l'hélicoptère.

— Ouah ! Tu as fait de l'hélicoptère ? (Imbécile, pour qui je me prenais, là, Amanda ?)

— Oui, répondit-il d'un air sérieux. Comme dans les films.

— Eh ben, je ne savais pas que tu avais l'occasion de monter en hélicoptère. Je croyais que tu travaillais sur les plates-formes pétrolières.

— Aussi. Mais j'ai besoin d'un hélicoptère pour y aller. Elles sont dans la mer.

J'étais impressionnée, mais je ne voulais pas le lui montrer.

— Tu es en train de me dire que c'est ton anorak James Bond, en quelque sorte ?

Il me regarda droit dans les yeux.

— Oui, poupée, je m'appelle Bond, James Bond.

Et, curieusement, c'est à ce moment précis que je me pris d'amitié pour Angus McConnald.

Une heure et demie plus tard, nous avions trouvé à sa mère d'affreux gadgets de golf au magasin Disney. (Elle faisait du golf ; je m'étais demandé si c'était une activité obligatoire pour une Écossaise, mais apparemment elle adorait ça.) Et je m'étais acheté un pantalon large bleu marine chez Racing Green, ce qui prouvait bien que je vieillissais, mais il fallait que j'achète quelque chose.

Un garçon qui aimait faire les magasins ? Je m'étais considérablement déridée à mesure qu'on semblait me prendre pour le genre de fille avec qui les garçons aimaient bien aller faire les magasins, même s'ils étaient un peu bizarres sur les bords. Nous parlions de tout et de rien avec une grande facilité, sauf quand nous sommes passés devant une immense vitrine du rayon verrerie. Un jeune couple élégamment vêtu était en train de regarder la vitrine en rayant certains articles sur une liste interminable.

« Marcus, il faudra que tu te dépêches de faire le plan de table », disait la fille sur un ton autoritaire.

Marcus, qui semblait ne pas avoir changé d'un brin depuis l'âge de six ans, à part qu'il était plus grand, fit la moue et piqua un fard.

Angus se pencha vers moi.

— Est-ce qu'à Londres, tout le monde se jette sur les petits nobles cinq minutes après la mort de leur père pour leur mettre le grappin dessus ?

— Tu le connais ? demandai-je, étonnée.

— Je connais le genre, répondit-il sombrement en regardant la fille.

Cela me tapait sur les nerfs.

— Eh bien, excuse-moi. Je ne savais pas que c'était la journée internationale des sexistes. Et pour ton information, la réponse est oui. Personnellement, je suis en train de tuer le temps avec toi avant d'aller séduire le Prince William.

— Ha ! fit-il, avant de se radoucir. Je n'ai pas voulu dire ça dans ce sens-là.

Puis il se referma comme une huître.

Mais c'était l'heure de rentrer, de toute façon, et cette journée m'avait fait oublier mon cafard.

— J'étais contente de te revoir, dis-je sans grande conviction devant la station de métro.

— Coïncidence, répondit-il en souriant derrière son anorak.

— Tiens, un mot avec plein de syllabes ! C'est censé m'exciter ?

POURQUOI diable avais-je dit une chose pareille ? Angus vira au violet. Nous ne savions plus quoi dire.

— Euh... non, non, pas du tout. Je... À bientôt, bafouilla-t-il avant de s'enfoncer dans la foule.

— Angus ! le rappelai-je.

J'aperçus son col orange fluo ballotter vers le métro mais il se retourna juste à temps.

— Merci ! criai-je. Merci pour hier soir. Fran te remercie.

Il m'envoya de nouveau un grand sourire.

— À votre service, m'dame, dit-il en faisant une révérence au beau milieu de Piccadilly Circus.

Alex avait laissé un message comme quoi il était allé au foot, alors j'avais l'air presque aussi triste que Linda quand nous nous retrouvâmes nez à nez dans l'entrée. C'est alors que je me souvins que j'étais en pleine campagne de gentillesse.

— Salut, Linda, comment ça va ? Tu sors ?

Ne pouvais-je donc rien dire de correct ?

— Non, euh... hésita-t-elle, j'allais regarder *Le Patient anglais*.

Cette fille était vraiment bizarre. Mais bon, c'est vrai que la vie, ça ne se limitait pas seulement à boire, à sortir avec des garçons célibataires ni à se fâcher avec les copains. Je me joignis donc à elle et me vautrai dans le sofa avec un grand verre de vin blanc (boire en regardant la télé, ça ne compte pas).

Je passai une bonne partie du film à essayer de comprendre pourquoi Kristin Scott Thomas était Kristin Scott Thomas alors que je devais me contenter d'être moi, jusqu'à ce que je jette un coup d'œil à Linda. Elle avait le visage complètement inondé de larmes et de morve. Une vraie fontaine.

— Ça va ?

— C'est tellement triiiste ! renifla-t-elle.

— Mais tu l'as déjà vu au moins deux cents fois ! Tu ne te dis quand même pas « Eh, peut-être que cette fois-ci, il va revenir dans la grotte à temps » ?

— Tais-toi. C'est mon film et tu n'en as rien à faire. Comme tout le monde.

Elle fixa ses orteils. On aurait dit que son visage allait fondre. J'avais aperçu un emballage de Kit Kat dans la poubelle un peu plus tôt, ce qui ne me paraissait pas excessif, mais qui sait ?

Oh là là, situation critique. Si Fran avait été là, elle aurait dit quelque chose d'intelligent qui aurait remonté le moral à tout le monde, mais il n'y avait que moi. Un jour, quelqu'un avait dit qu'il n'y avait que les jeunes qui pouvaient se permettre d'être égoïstes, ce qui me laissait encore environ deux ans et demi. Je ne voulais pas m'occuper de ça pour l'instant.

— Ça va ? répétai-je. Tu te mets dans cet état-là à chaque fois que tu vois ce film ?

— Peut-être, dit-elle en reniflant bruyamment. Où est Alex ?

La question me déconcerta un peu.

— Hum, il est au foot avec des copains. Il part habiter chez Charlie, à Fulham.

Cela allait sans doute lui faire plaisir.

— Oh, fit-elle en me regardant au travers de ses verres épais, tout embués. Oh... il va te manquer.

— Oui, oui. Bon, on continuera à se voir... C'est juste en attendant de se trouver un endroit à nous, tu vois ?

Elle hocha vaguement la tête. Oh non ! J'espérais qu'elle n'allait pas trouver un autre colocataire tout de suite, ce serait le bouquet. Mais quand je tournai la tête vers elle, je vis qu'elle ne m'écoutait pas du tout ; elle était replongée dans le drame. Quel rôle y jouait-elle, me demandai-je, derrière ses grosses lunettes et sa cirrhose ? Y avait-il encore beaucoup de choses que j'ignorais de cette personne boulotte avec qui je vivais ? Ensuite, je me dis « Et puis merde » et, après m'être assurée (poliment) qu'on ne voyait plus les fesses de Ralph Fiennes, je me désintéressai du film, me fis un thé et allai me coucher de bonne heure, pour une fois. J'avais eu une grosse journée.

CHAPITRE 6

Le lendemain matin, en me réveillant, je fis les constatations suivantes : 1) pour une fois, je n'avais pas la gueule de bois, ce qui me faisait tout drôle, 2) merde, aujourd'hui, il fallait que j'aille travailler au marketing, 3) Fran m'en voulait, 4) je devrais faire comme si tout allait BIEN devant Alex sans jamais lui remettre la pression dessus et 5) Alex n'était pas couché à côté de moi à me supplier de rester au lit, à me serrer contre lui, à sentir bon. Où pouvait-il bien être ?

Est-ce qu'il pleuvait ? Oh, fantastique.

J'entrai au bureau en traînant les pieds, presque en retard mais pas tout à fait, d'une manière insolente. Deux hommes bizarres étaient déjà en train de s'affairer autour de mon bureau sans savoir quoi faire de ma plante crevée. Barney, fort sagement, avait disparu.

— Alors, je déménage déjà, on dirait ? dis-je aux manutentionnaires (avec une certaine ironie désabusée, me sembla-t-il).

— Vous inquiétez pas, ma petite.

Le plus grand des deux m'adressa un regard plein de pitié, comme s'ils déménageaient des bureaux tous les jours, ce qui était sans doute le cas. C'étaient sûrement des experts dans le domaine de la misère humaine. Je crus qu'il allait dire « Allez, ce n'est pas la mer à boire » mais il ne le fit pas.

— On va vous sortir de là en moins de deux.

Si seulement. Tout à coup, je me rendis compte que son collègue, qui avait de drôles d'oreilles et quelque chose qui ressemblait à de la colle sur le menton, tendait la main vers mon tiroir d'urgence contenant des slips, des tampons et le numéro de plusieurs cliniques réputées.

— Hum, je vais emporter ce tiroir, dis-je d'une voix stridente qui ne me servit guère.

Le premier homme adressa à l'autre un regard du genre « on a déjà tout vu ».

— En fait, ma petite, on n'a pas besoin d'ouvrir les tiroirs pour déménager le meuble.

— Ah bon, très bien.

Merde alors. Je regardai autour de moi, histoire de voir si je pouvais faire semblant de me rendre utile, mais je décidai de prendre un air à la « je viens de me rappeler que j'ai quelque chose d'extrêmement important à faire » et je sortis.

En descendant au marketing, je m'arrêtai pour aller dire au revoir à tous mes amis du service documentation, mais je me souvins que je n'en avais pas.

— Elle s'en va déjà ? entendis-je Shirley demander à sa collègue.

— Je croyais qu'elle était à mi-temps, de toute façon, ajouta quelqu'un d'autre, à qui je fis une grimace (enfin, c'est plutôt à moi-même que je la fis, car je n'avais nullement l'intention de me faire arracher les yeux avec de faux ongles pailletés) avant de disparaître dans les entrailles du bâtiment.

Le service marketing avait été repeint – mmm, couleur citron vert et turquoise, amis du bon goût bonsoir. Il y avait quelqu'un qui voulait nous faire croire que le travail était une partie de plaisir – entre autres. J'en frémissais d'avance.

— Bonjour, tu dois être Mélanie ! s'écria quelqu'un qui avait l'air si content de me voir que j'en déduisis que c'était sans doute un parent éloigné qui me croyait riche. Je suis Flavie !

C'était donc Flavie, cette pétasse de premier ordre avec qui je m'engueulais par boîte vocale interposée depuis presque un an ? Eh ben voilà. On aurait dit une vendeuse de parfumerie surmaquillée.

— Ravie de te voir ! Tony et Elvis sont en train de descendre tes affaires, non ?

Comment se fait-il qu'elle connaisse leur nom ? me demandai-je avec perfidie.

— Oui, je crois. Je les ai vus là-haut...

— Très bien, très bien. Nous avons une place pour toi là-bas.

Arrête d'être aussi gentille avec moi ! C'était la première journée à l'École de filles, ou quoi ?

Je me dirigeai vers la place en question, sans trop savoir que faire. Le type à ma droite, qui portait un costume bon marché et des chaînes, me fit un joyeux signe de tête façon Cockney. J'avais déjà vu son visage sur plusieurs photos, floues mais peu équivoques, épinglées au tableau d'affichage après l'arbre de Noël. J'allais sans doute reconnaître aussi d'autres parties de son anatomie. Il devait avoir vingt et un ans, il était maigre comme un clou et avait les cheveux plaqués en avant avec une tonne de gel.

De l'autre côté, une fille replète au visage doux m'adressa un sourire gimaçant, et je compris que c'était sans doute le miroir de ma propre expression. Du coin de l'œil, je remarquai que son collant était filé, ce qui me la rendit sympathique.

— Bonjour ! lançai-je du fond du cœur en faisant bonne figure comme quand j'étais majorette et qu'on mettait Amanda en tête de file. Joyeux Cockney me sourit.

— Ça va aller ? Tu travailles ici, alors ?

— Juste cinq minutes, sauf si je me tiens bien.

— D'accord, dit-il avec un drôle de petit regard oblique.

Manifestement, il se demandait si je faisais la maligne et, si tel était le cas, pourquoi j'étais en train d'essayer de lui voler la vedette.

Je tournai la tête à gauche, mais la fille au bas filé semblait être en pleine conversation personnelle au téléphone. Ah bon. Je rangeai deux trois choses pour m'occuper – comme si c'était une de mes habitudes ! – pour que Flavie ne vienne pas voir si tout allait bien. Lorsque l'heure du déjeuner arriva, *enfin*, je partis à la recherche d'une cabine téléphonique. Oui, je ne voulais pas donner une trop mauvaise impression dès le premier jour.

En sortant dans le froid, je n'osais même pas me demander où Alex avait passé la nuit. La dernière fois que j'avais appelé chez Charlie, il était à des milliers de kilomètres de Londres.

Et il ne m'avait même pas téléphoné, le salaud. J'étais sur le point de me mettre dans une colère noire lorsque je me rappelai qu'Elvis et Tony avaient laissé le téléphone débranché toute la matinée, ce qui fait qu'il n'aurait pas pu me joindre même s'il l'avait voulu. S'il avait essayé, pensai-je sombrement. Mais je décidai de lui laisser le bénéfice du doute et appelai chez moi en premier. Étonnamment, Linda décrocha. Je n'avais vraiment pas envie de lui parler. Après une rapide bataille mentale pour savoir si je devais dire ou non « Pardon... j'ai fait un faux numéro » dans un mauvais accent chinois, je demandai à parler à Alex, sans me présenter.

— Non, il a déménagé ses affaires. Mélanie, c'est toi ? dit-elle sur un ton hésitant.

— Non ! Excusez-moi ! Au revoir, répliquai-je en raccrochant.

Je me laissai tomber contre le mur. Il avait déménagé ses affaires. Le voilà qui disparaissait encore un coup. Où était-il allé, cette fois ? me demandai-je. En Chine ? Au Tibet ? Il pouvait bien se mettre le pôle Nord où je pensais, s'il croyait que c'était comme ça qu'il allait se trouver. Chiotte ! Comment pouvait-il me faire ça ?! Encore ?

Dans la cabine, j'aperçus la publicité particulièrement virulente d'une prostituée, représentant une femme penchée en avant avec les poignets attachés aux chevilles. Au-dessus d'un numéro de téléphone qu'on aurait cru écrit par un enfant, on pouvait lire « Mélanie, nouvelle dans le quartier, soumise – adore les punitions. Satisfera tous vos désirs ». C'était un signe. Sans aucun doute. Mais qu'est-ce que ça pouvait bien vouloir dire ?

Je m'achetai un sandwich qui n'était pas fait pour me consoler et retournai à ma nouvelle place, où le garçon à la tête de rat assis à ma droite se délectait avec joie d'un hamburger qui sentait ridiculement mauvais. Des petits bouts de salade et une substance infâme dégoulinaient sur mon... sur ce qui ressemblait à mon... enfin bon, sur un énorme bouquet de fleurs balancé comme ça sur mon bureau. Mon esprit passa diverses options en revue : David Duchovny, les acteurs du théâtre de la Reine Élizabeth, Alex, depuis le pôle Nord...

Sur le côté, j'aperçus la fille au bas filé essayer de pleurer sans se faire remarquer.

D'un geste très mesuré, je pris le bouquet de fleurs. « Salut ma puce », disait la carte. Plus bref que jamais. Je me détendis.

— Tu t'envoies des fleurs, maintenant ? toussa Rat-des-villes en me crachant gentiment de la bave de hamburger dessus.

— Non, en fait, elles sont pour toi. Tu as un petit ami qui s'appelle Alex, toi aussi ? Quelle coïncidence !

— Tu te trouves drôle ? marmonna-t-il avant de se reconcentrer sur sa mastication.

Je me tournai vers la fille.

— Ça va ?

— Oui, ça va, pleurnicha-t-elle avec l'air de ne pas aller bien du tout. C'est mes lentilles de contact.

L'homme qui avait de la colle sur le menton descendit enfin avec mon téléphone. La boîte vocale avait été éteinte et lorsque je cherchai le numéro de Charlie dans mon annuaire, il était tout gribouillé – je ne savais pas si c'était moi ou si c'était Fran qui avait fait le coup –, alors je n'avais plus qu'à m'asseoir et faire mine de ranger, jusqu'à ce que le téléphone sonne enfin.

— Salut !

Alex parlait doucement. Le son de sa voix me réconforta.

— Tu as emporté tes affaires, dis-je.

— Eh bien, je ne voyais pas l'intérêt de traîner. Ta colocataire me regardait de travers.

— Normal, elle louche. C'est moi qu'elle regarde de travers.

— Ah.

Silence.

— Tu as...

— J'ai...

Nous parlions en même temps.

— J'ai reçu les fleurs. Merci. Elles sont très belles.

— Je voulais m'excuser. Je n'avais pas envie de te faire de la peine et j'aurais dû t'appeler hier soir, je suis resté dormir chez Charlie. Je ne veux pas aller trop vite, c'est tout. Mais tu sais, on a tellement de temps. Pour se retrouver. Pour tout.

— Je sais, soupirai-je. Ça aurait été stupide. Beaucoup trop rapide. Etc.

Il y eut un blanc, puis il reprit timidement la parole.

— Alors, on est amis ?

— Seulement amis ?

— Oh non ! Tu viendras me voir à Fulham ?

— Non.

— Même si je te supplie ?

— Non, mais tu peux me supplier un petit peu quand même.

— Je t'en prie ! cria-t-il. Ma chère Mélanie, ma perle, ma puce, franchis l'immortelle frontière du quartier et entre dans le royaume de la joie.

Je pouffai de rire.

— Non.

— Ce soir ?

— Non.

— Autour de six heures, d'accord ?

— Non.

— Génial. À tout à l'heure, alors. Apporte du vin.

Il raccrocha et je me souris intérieurement.

— C'était qui, ta petite amie ? dit Cockney Boy.

— Ouais. Il se trouve que c'est ta mère.

— Va te faire foutre.

Il y avait encore le problème de Fran à régler. Je réussis à la joindre chez elle. Elle habitait non loin de chez moi, à Kennington.

— Fran ?

— Tu fais ta voix mielleuse, là. Laisse-moi deviner : tu veux que je sponsorise ton tour du monde à vélo des putois ? Tu veux que je donne de la moelle épinière ? Ou Alex a déménagé chez ce connard de Charlie et tu n'as rien fait pour l'en empêcher ?

— Hum... Je dois choisir entre ces trois-là ?

— Oui.

— Je suis désolée ! Je n'ai pas pu, pas pour ça ! Il ne voulait rien savoir ! Oh, Fran, essaie de...

— Qu'est-ce que tu nous fais, là ? *Le Choix de Sophie* ? Bon, très bien. Tu veux sortir avec un branleur qui habite avec un autre branleur, c'est ton problème, c'est tout, avec ou sans fleurs.

— Tu es au courant, pour les fleurs ?

— Quoi ? Ben oui, j'ai reçu un gros bouquet de la part de Charlie. L'odieux petit con.

— Ohhh. Alex m'en a envoyé aussi.

— Que c'est gentil. Ils ont dû les acheter en lot.

— Hmm. Il était gros comment, le tien ?

— ÉNORME. Et le tien ?

— Moyen. Moyen plutôt gros.

— Ha ha ha. Écoute, cette pétasse d'Amanda m'a encore appelée.

— Ouah ! Elle est en train de tomber amoureuse de toi, maintenant !

— Elle voulait sa dose de ragots au sujet de Charlie. Et elle voulait savoir si on pouvait l'aider à choisir son diadème.

— J'aimerais mieux manger mes pieds à la petite cuillère.

— Moi aussi.

CHAPITRE 7

Nous étions assises dans un bar, après avoir passé six heures avec Amanda à essayer de choisir un putain de diadème parce que sa mère était à la clinique du Priory, un centre de désintoxication si prestigieux qu'Amanda avait tenté de nous faire croire que c'était un honneur absolu de s'y retrouver, et parce que ses demoiselles d'honneur étaient toutes à La Barbade ou je ne sais où. Non seulement j'avais été obligée d'émettre des sons admiratifs à l'intention d'Amanda tandis qu'elle essayait quatre mille diadèmes identiques ornés de filigranes, qui coûtaient plus que je ne gagnais en trois mois, mais en plus il fallait que j'empêche Fran de céder à la tentation de se servir toute seule dans le magasin car l'ennui avait eu raison d'elle.

— Alors, Amanda, quand est-ce que tu fais ton enterrement de vie de jeune fille ? demanda Fran.

Contrairement à son habitude, Amanda ne se mit pas à parler aussitôt. Au lieu de cela, elle rougit.

— Hum... Je ne suis pas sûre de... vous voyez, rien de spécial, quoi.

— Mais tu as dit que tu voulais faire les choses en grand ! m'écriai-je, sans qu'elle saisisse les implications de ma remarque. Tu ne peux pas te marier sans enterrer ta vie de jeune fille !

— Euh... oui, je sais... dit-elle d'une toute petite voix.

En fait, euh... je fais quelque chose, mais juste avec quelques amies de l'université.

J'étais véritablement choquée.

— Quoi ? ! s'exclama Fran. Quand ça ? Pourquoi tu ne nous as pas invitées, espèce de garce ?

— Hum... c'est dans deux semaines. Écoutez, je suis désolée, je ne voulais pas vous faire de la peine. (C'est ça, ouais.) Je suis désolée. Mais vous savez, je ne vous ai pas invitées parce que j'avais peur que vous vous soûliez et que vous semiez la pagaille. Il vous arrive toujours quelque chose, à vous deux. Ce n'est pas vrai, mes chéries ? (Elle poussa un petit rire.) Fraser et moi, eh bien, avec notre situation actuelle, nous avons certains amis et de toute façon nous irons chez Quagli, c'est vraiment très cher, et puis ensuite nous irons chez Yanna et, disons qu'il n'y aura que mes proches amies, quoi. Vous comprenez, n'est-ce pas ?

— Tes proches amies ! rétorqua Fran d'un air furieux. Amanda, tu es venue pleurer dans nos bras quand tu as eu deux fois tes règles en trois jours à l'école primaire ! Et quand Vincent McGuire a dit que tu l'avais embrassé sur la bouche, que tout le monde l'a cru et qu'on les a tous convaincus que ce n'était pas vrai, alors que tu l'avais bel et bien embrassé !

Ah bon ? C'était vrai, alors ?

— Oh, pour l'amour du ciel, Francesca ! Tu ne comprends donc pas que c'est exactement pour cette raison que je ne vous invite pas ? Tu vois, si tu commençais à déballer ce genre de... de saletés devant tous mes amis ? Vous me feriez honte. Nous sommes... Tout est différent, maintenant.

— Pas du tout, lança Fran avec hargne. Tu es toujours la même peau de vache pourrie gâtée. Je plains Fraser. Viens, Mélanie, on s'en va.

Elle me tira par la manche.

— On... on est toujours invitées au mariage ? ne

pus-je m'empêcher de demander en partant, de manière fort pitoyable.

— Oui. Mais là, tout le monde est invité, dit-elle avec un sourire méprisant avant de nous tourner le dos.

Une fois à l'extérieur, je vis les narines de Fran frémir comme les naseaux d'un cheval.

— Quelle pétasse ! avançai-je sur le ton de la camaraderie.

— Oh, qu'est-ce qu'on en a à foutre ! répliqua Fran. Je n'ai même pas envie d'y aller, à ce mariage à la con, de toute façon. Il y aura qui ? Des crétins en cravate ? Un goitreux à qui elle va rendre la vie impossible ?

— Fraser n'est pas un goitreux !

— Ouais, et Alex n'est pas un salaud.

Nous avons marché ainsi dans un silence bougon pendant un moment. Puis une idée géniale me traversa l'esprit. Une idée absolument génialissime.

— Évidemment, commençai-je avec une certaine subtilité, on pourrait toujours essayer de...

— Quoi ? demanda Fran en me regardant en coin.

— Non, non, tu ne vas pas être d'accord.

— Hé, hé, hé. Je suis imbattable dans le domaine de la psychologie retorse.

— Bon, ben va te faire voir, alors.

Nous continuâmes en silence.

Je repris mon idée ; les mots arrivèrent en vrac.

— On pourrait toujours demander à Angus de nous faire inviter à l'enterrement de vie de garçon de Fraser à la place, rien que pour faire chier Amanda.

— Je suis imbattable dans le domaine de la psychologie retorse, dit Fran. Mais tu sais quoi ?

— Quoi ?

— Oh non, ça ne va pas t'intéresser...

— Quoi ?

— Ce n'est pas une mauvaise idée du tout.

— Merci, répondis-je fièrement.

— On pourrait semer une belle pagaille. Il suffirait de glisser quelques petits mots à l'oreille de Fraser... Peut-être qu'on devrait lui dire comment elle est, sa petite chérie, avant qu'il lui donne un château et tout le tintouin.

Je la dévisageai, éberluée.

— Tu veux lui parler d'Amanda ?

— Pourquoi pas ? Vous êtes amis, Fraser et toi, non ?

— Il me semble.

— Si tu voyais un ami sur le point de se faire bouffer par un crocodile, tu le préviendrais, non ?

— Hmm.

J'étais un peu sceptique.

— Un gros crocodile venimeux, Mélanie !

— Ça existe ?

Vu la tête que faisait Fran, j'en conclus que ça existait.

— Oui, consentis-je, dans ce cas, j'imagine que je le préviendrais.

— James Bond ?

— Bonjour, Pantalon Rose.

— Vous connaissez la sorcière que votre frère tient à tout prix à épouser ?

— La personne dont vous parlez ne m'est pas inconnue.

— Bon, je voudrais vous confier une mission secrète qui pourrait l'emmerder de façon monumentale.

— Je vous écoute.

Je lui expliquai l'infâme trahison dont nous étions victimes et il ne vit pas le moindre inconvénient à nous inviter à l'enterrement de vie de garçon de Fraser.

— Je ne suis pas témoin, mais c'est quand même moi

qui m'occupe de l'organisation. McLachlan se noie dans une goutte d'eau, tu comprendras quand tu le verras.

— Il y aura des strip-teaseuses ?

— Pourquoi, vous voulez en faire partie, toutes les deux ?

— Tu crois que Fraser sera d'accord ?

— Bah, tu connais mon frère. Il sera caché sous la table, de toute façon. Oui, il y aura peut-être une strip-teaseuse, mais rien de... tu vois...

— Rien de quoi ? demandai-je innocemment.

Même au téléphone, je le sentais rougir.

— Allez, arrête de jouer les saintes nitouches. Tout ira bien. Rendez-vous samedi soir, à la Princesse Louise pour commencer. Et dis à ta maigrichonne de copine de ne pas se bagarrer, cette fois.

— Ha ! Tu lui diras toi-même ! Comme ça j'aurai l'occasion de la voir t'assommer !

Alex était légèrement perturbé à l'idée de ne pas avoir été invité à l'enterrement de vie de garçon de Fraser alors que nous l'étions.

— Tu ne le connais même pas, lui fis-je remarquer. Tu as dû le rencontrer deux fois.

— Je connais Amanda et ses amis.

— Eh bien, tu n'as qu'à aller à son enterrement de vie de jeune fille.

— Non merci. Pour voir un troupeau de harpies hystériques ! Pourquoi tu n'y vas pas, toi ?

— C'est une longue histoire. Écoute, tu n'as qu'à venir avec nous. Ça ne dérangera personne.

Sauf Angus, qui te déteste de façon inexplicable, pensai-je. Et Fran, qui te tolère à peine.

— Bon, d'accord, dit-il de manière hésitante, comme si cela faisait des heures que je le suppliais de venir.

Il étendit ses jambes sur la chaise longue. L'appartement de Charlie, qui était joli et manifestement très cher, avait quelque chose d'à la fois maternel et enfantin. De beaux meubles – sans doute issus de la résidence secondaire à la campagne – cohabitaient avec des VTT... Le matériel hi-fi, coûteux et fatigué, trônait sur de rares tables, également coûteuses et fatiguées. Il flottait sur tout cela un vague arôme de rugby. Et malgré les deux heures de métro, j'allais de plus en plus souvent dans l'ouest de Londres, étant donné qu'Alex montrait une certaine réticence à traverser la rivière maintenant que cela n'était plus absolument nécessaire. C'était dimanche après-midi.

Charlie entra et ignora ma présence, comme d'habitude.

— Vieille branche ! cria-t-il à Alex.

— Poisson frit ! rétorqua Alex, et ils éclatèrent de rire.

— J'ai deux billets pour Twickenham samedi soir.

— Génial ! s'écria Alex en se levant d'un bond. Comment as-tu réussi à en avoir, espèce de vieux salopard ?

Charlie tapota le bout de son nez de huguenot.

— C'est qui tu sais, hein ! répondit-il en singeant l'accent Cockney.

— C'est le jour de l'enterrement de vie de garçon de Fraser, signalai-je.

Les lourdes paupières de Charlie se soulevèrent et ses yeux s'illuminèrent.

— Ouh là là ! fit-il.

— Mais tu n'es PAS invité, dis-je.

— Qu'est-ce que tu en sais ? C'est un enterrement de vie de garçon. Des hommes, de la bière et des stripteaseuses, eh, eh !

— J'y vais bien, moi, et Fran aussi, elle y va. Et il y aura plein d'autres gens qui connaissent le marié.

Apparemment, la seule mention de Fran avait troublé Charlie mais il se contenta d'aller à la cuisine.

— Des filles à un enterrement de vie de garçon ? maugréa-t-il. Ça devrait pas être permis. C'est une sacrée connerie, si vous voulez mon avis.

— On va manger dehors ? demandai-je à Alex d'un ton plein de sous-entendus.

Il m'adressa un regard de chien battu et me suivit en traînant les pieds.

— T'as un fil à la patte, on dirait, hein mon pote ? entendis-je au moment où nous sortions.

— Je ne crois pas, commençai-je en descendant la rue, que je pourrais détester ce garçon davantage. C'est un vrai mufle.

— Charlie n'est pas un mufle ! protesta Alex d'un air furieux. Et il ne t'aime pas non plus.

— Snif, snif, snif. L'agresseur ne m'aime pas.

— Tu ressembles de plus à plus à cette Fran.

Nous mangeâmes en lisant tristement le journal. Je finis par lui donner un coup de pied sous la table en lui faisant un sourire. Il sourit en retour et haussa les sourcils, puis nous retournâmes à nos journaux dans une harmonie relative, en lisant à haute voix les histoires de fesses hebdomadaires de nos célébrités préférées. Alex dut partir pour faire un tour dans la nouvelle voiture de son copain Henry – une deux places, évidemment.

« Cette Fran » m'attendait devant chez moi quand je rentrai dans l'après-midi.

— Je ne comprends pas pourquoi tu ne veux pas me donner de clé, souffla-t-elle.

— Je ne comprends pas pourquoi tu crois que tu habites chez moi.

Fran se décolla du mur et daigna monter les escaliers jusqu'à la porte d'entrée. Elle était encore jolie, elle, quand elle boudait, alors qu'une bonne partie d'entre nous avions quitté ce stade à l'âge de dix-neuf ans.

— Bon... annonça-t-elle tout en s'asseyant et en allumant une cigarette, ce qui était strictement *verboten* dans la maison de Linda mais elle n'avait pas l'air d'humeur à être contrariée. Ce salaud, qui est aussi le camarade de ton salaud à toi, m'a téléphoné pour m'inviter à prendre un verre.

— Quoi ? Charlie ? NON ! Quand ça ?

— Il y a à peu près deux heures.

— Ben dis donc. Alors, cette fois, il va t'offrir à manger avant d'essayer de te violer.

— On dirait bien, dit Fran en plissant les yeux.

— Mince. Ça fait vraiment chier, ça. Pas étonnant qu'il t'ait envoyé un gros bouquet de fleurs, alors. Qu'est-ce que tu as dit ?

— Je n'ai rien dit : il a laissé un message pour m'inviter. Enfin, je crois. Tu sais comment ils sont, ces snobinards. Il a dit « Peut-être un verre un de ces jours, hein, bon, d'accord, bon, désolé, bon ben au revoir ». Alors statistiquement, ça peut vouloir dire n'importe quoi.

— Qu'est-ce que tu vas faire ?

— Je ne sais pas encore. C'est vrai, je pourrais lui dire de prendre le téléphone, de se le fourrer où je pense et de faire le 999 à plat ventre. Ou je pourrais attendre et lui dire ça tout fort en public devant plein de gens.

En y pensant bien, ça pouvait être une bonne idée. Une très bonne idée.

— Ooh, la deuxième solution. Quel serait le meilleur endroit pour faire ça ?

— Eh bien... soupira-t-elle de manière théâtrale en se penchant en avant. Au début, j'avais pensé au jeu télévisé le plus regardé. Après je me suis dit qu'on devrait juste passer dans *Stars in Their Eyes* [1].

---

1. Équivalent anglais de *Graines de stars*.

— Laisse-moi deviner... Vous imiteriez Sonny et Cher ?

— Non, Keith Harris and Orville[1].

— Beurk. Qui ferait Orville ?

— À ton avis ?

— Bah, il doit être habitué à ça, dis-je en tressaillant.

— J'en suis sûre.

— Donc, tu le plaquerais dans *Stars in Their Eyes* ?

— Oh, non. On gagnerait, on ferait une reprise, on nous demanderait de lancer les boules du Loto, et seulement après, je le plaquerais.

— Ouah ! Presque parfait, comme plan.

— Comment ça, « presque parfait ».

Je passai le bras autour de ses épaules.

— Excuse-moi, ma chérie, mais je ne suis même pas sûre que le vrai Keith Harris serait capable de gagner.

Elle poussa un soupir mélodramatique.

— Je sais. Sauf si on est en face du faux Boy George.

— C'est quoi, le deuxième plan ?

Elle gloussa d'un air malicieux.

— Le deuxième plan, c'est d'investir la table à côté de celle des sorcières bourgeoises d'Amanda le soir de son enterrement de vie de jeune fille. J'ai pensé que je pourrais faire un scandale et peut-être même semer la panique.

J'adorais ce plan-là.

— Oh oui, je t'en prie, fais ça, s'il te plaît !

— Malheureusement, c'est un vendredi soir et c'est complet.

— Tu as vérifié ? demandai-je, pleine d'admiration.

— Eh bien, je ne m'appelle pas... Comment on m'appelle, déjà ?

La folle mangeuse d'hommes du sud londonien, ne dis-je pas.

---

1. Keith Harris est marionnettiste et Orville, sa marionnette, est un oiseau.

— Oh, rien... On t'appelle juste Fran.
— Ah. Bon, alors, passons au troisième plan.
— ?
— Lis bien les journaux.
— Quoi ?
— Je vais le baiser à mort.

Oh non ! Fran avait déjà fait ce numéro de baise-à-mort. Ce n'était jamais bien joli. L'homme concerné passait une nuit qu'il n'oublierait sans doute jamais, avec une femme qu'il n'aurait normalement jamais eu l'espoir de séduire – Fran, en l'occurrence – puis il était condamné à subir l'humiliation de la suivre pendant des semaines en la suppliant de lui donner une deuxième chance. Jusqu'alors ça avait toujours marché et cette punition était réservée aux plus grands pécheurs.

— Tu es sûre ? demandai-je. C'est assez grave, comme décision.

— C'est de la justice poétique, annonça-t-elle sévèrement en décrochant le téléphone.

— Charlie ! Bonjour ! Ça me fait plaisir de t'entendre !

Je sautais devant elle comme une furie en faisant semblant de vomir. Elle me répondit par un simulacre de branlette tout en continuant à parler.

« Oui, ce serait génial. (Je ne pouvais pas m'empêcher de rire.) À huit heures et demie ? D'accord, à tout à l'heure, alors. Salut ! »

Elle raccrocha et j'échappai un rire réprimé.

— Il est mort ! dis-je. Tu viens de tuer un mec, là !

— Je ne suis même pas sûre qu'il arrivera à baisser son pantalon, déclara Fran. C'est presque trop facile.

Le lendemain, je montai dans l'ascenseur par erreur, avant de me rappeler que mon poste de travail se trouvait désormais au sous-sol citron vert.

Cockney Boy était en pleine forme.

« Eh, Mélanie ! » me cria-t-il. Je lui administrai mon plus beau regard méprisant. Je craignais de reporter sur lui toute la hargne que j'avais contre mon travail. Puis je vis les boutons blancs qui lui bourgeonnaient dans le cou et je me dis que si ça me faisait du bien...

— Mélanie ! répéta-t-il. Je suis sorti avec une fille hier soir, hein. Eh ben, elle était vautrée sur moi, elle en pouvait plus.

— Je sais, répondis-je en souriant gentiment. Tu as encore des traces de maquillage.

— Ha ! fit-il, sans humour. Je suis sûr que tu es restée chez toi devant *Friends,* hein ?

— Oui, exactement. Je ne savais pas que tu bossais à mi-temps dans le rôle de Joey.

Il m'adressa un sourire hautain et tourna les talons. À ma droite, Janie avait encore les yeux rouges. Nous en étions toujours à la phase où je lui demandais tous les jours si elle allait bien alors que ce n'était visiblement pas le cas et elle approuvait énergiquement malgré ses yeux pleins de larmes. Je lui apportai un café, sans en offrir à Cockney Boy, et ses yeux débordèrent devant une telle démonstration de gentillesse.

Pour l'heure du déjeuner, j'emportai un livre et un panini – ça faisait cool, si on ne comptait pas le paquet de rondelles de saucisson – dans une espèce d'alcôve que j'avais découverte derrière la réception. Je fus assez mécontente de voir qu'elle était déjà occupée, par Janie, qui n'arrêtait pas de pleurnicher dans un Kleenex vert dégoûtant. Je soupirai et laissai mentalement tomber l'idée d'un petit repas tranquille.

« Bon, raconte-moi ce qui se passe. » Tant qu'il ne s'agissait pas d'une passion à vie pour *Le Patient anglais,* je serais sans doute capable de faire quelque chose. Oh mon Dieu, j'espérais au moins que ce n'était pas un cancer ni quoi que ce fût de vraiment pénible. Ni que ses parents étaient à l'article de la mort... Oh non ! Ce serait affreux. J'en tremblais d'avance. J'avais toujours pensé être quelqu'un de gentil, mais là, je me rendais compte que j'avais eu tort. J'étais plutôt du genre mauviette, finalement. Mince alors !

Petit à petit, les sanglots s'apaisèrent. Je lui tapotai l'épaule d'un geste hésitant en lui disant « Ne t'inquiète pas » pour l'encourager. Cela sembla la calmer. Mon sandwich commença à sombrer dans les oubliettes de ma mémoire.

Elle finit par bafouiller « C'est James... mon copain... C'est... bouh ouh ouh... »

Bon, au moins j'étais capable de m'occuper de ça. Les petits amis qui n'étaient pas à la hauteur, c'était ma spécialité.

— Allez, raconte-moi tout, dis-je. Il est parti habiter à Fulham avec quelqu'un que tu ne peux pas voir en peinture ?

— Non, répondit-elle en levant les yeux avec un bref étonnement.

— Ah non, ça, c'est moi. Bon, qu'est-ce qu'il a fait ?

— Il n'était pas chez lui hier soir... et il ne m'a même pas téléphoné.

La dernière partie de la phrase était entrecoupée de sanglots.

— Oui et alors ? lui dis-je d'un ton joyeux. Tu te prends pour Ally McBeal ? Ce n'est pas si terrible que ça ! Il est peut-être juste allé boire une bière ou quelque chose comme ça.

Elle renifla bruyamment.

— Pourquoi il ne m'a pas appelée, alors ?

— Pourquoi ? Vous êtes mariés ?

— Non.

— Vous avez des enfants ? Des animaux ? Des poux ?

— Non.

— Bon, pourquoi voulais-tu qu'il t'appelle, alors ? Vous êtes indépendants.

Ça, c'était un avis éclairé. J'étais géniale pour ça.

Elle renifla de nouveau.

— Tu lui as téléphoné, toi ? repris-je.
— Oui, répondit-elle à voix basse.
— Plus d'une fois ?
— Oui.
— Combien de fois ? demandai-je, sans vouloir connaître la réponse.
— Oh, eh ben... en gros j'ai passé...
— ... la soirée à appuyer sur la touche bis ?
Elle acquiesça sans mot dire.
— Pfff ! C'est pas bon, ça. Et ça fait combien de temps que vous êtes ensemble ?
— Six semaines.
J'entendis la musique de *Psychose* dans ma tête.
— Ah... ah bon.
Je m'installai contre la plante. Apparemment, l'histoire était longue...
Elle l'était, mais elle n'avait rien d'original. Depuis que son fiancé l'avait plaquée alors qu'il était question de mariage, elle se raccrochait à toutes les épaves qu'elle croisait. James était agent de change ; il avait l'air si parfaitement terne et gentil qu'elle n'avait rien à craindre.
— Tu n'as rien à craindre, dis-je. Il a l'air parfaitement... gentil. Et au moins, il est riche.
— Je sais, répondit-elle avec une légère moue. Quand on se mariera j'aimerais bien qu'on s'achète une belle maison à Clapham... si j'ai de ses nouvelles un jour.
Halte-là, espèce de schizophrène !
— Il ne sait pas que tu veux te marier avec lui, hein ?
— Non.
— Alors pour l'amour du ciel, Janie, fiche-lui la paix. De toute façon, il fera ce qu'il doit faire, que ça te fasse pleurer ou pas.
Elle était au bord des larmes.
— Allez. Arrête. Tu sais que c'est vrai. Fiche-lui la paix. Il a l'air gentil et tu vas finir par le faire fuir.

Elle se lança dans une sorte de reniflement final et leva les yeux vers moi.

— Je sais. Je suis désolée. Je suis idiote.

— Mais non ! Ne t'inquiète pas pour ça ! dis-je gaiement, en essayant de remettre la main sur mon sandwich.

— Et toi ? demanda-t-elle tout à coup. Ça se passe comment ?

— Oh... soupirai-je en haussant les sourcils. Bien. Ça va. Disons que ça ne se passe pas trop mal, la plupart du temps... Enfin, ha, ha, tu sais ce que c'est.

— Bon, dit-elle. Si tu as envie d'en parler, ne te gêne pas.

Attends une minute, là, ce n'était pas... je veux dire...

— D'ac-o-d'ac ! répondis-je. (Je ne dis jamais d'ac-o-d'ac.)

Je jetai un coup d'œil à travers la lucarne. Il pleuvait.

— Saucisson ?

— Merci, dit Janie en en prenant quatre rondelles.

CHAPITRE 8

Ce soir-là, Alex téléphona.

— Salut, ma puce.

— Salut, toi.

— Qu'est-ce que tu fais ?

— Oh, tu vois, je me promène dans mes sous-vêtements noirs en dentelle... ah, il fait tellement chaud ! Attends, il faut que je desserre la ceinture de mon déshabillé de soie.

— Ouais, ouais, ouais.

— Oh, il y a quelqu'un qui sonne à la porte ! Mon Dieu, c'est le ramoneur. Bonjour, vous venez... ramoner ma cheminée ?

— Mélanie, arrête une seconde.

— Bon... d'accord.

— Écoute, euh... Charlie a vraiment envie d'aller à la soirée samedi soir.

— Mais non. Il a dit que c'était une sacrée connerie.

— Eh bien quand je suis rentré dimanche après-midi, il m'a dit qu'il voulait vraiment y aller, et si je pouvais te demander de l'inviter.

— Mais c'est quoi, son problème, à ce garçon ? Il n'a pas d'amis ou quoi ? C'est la première fois qu'il est invité à une soirée, ma parole ! Ou plutôt, c'est la dernière soirée à laquelle il n'a pas été invité, c'est ça ?

— Oh, je ne sais pas, moi. Il n'arrête pas de m'embêter avec ça et je lui ai dit que je t'appellerais, c'est tout.

— Ha, ha ! Je sais, moi.

— Qu'est-ce que tu sais ?

— Je ne te le dirai pas. Eh non, il ne peut pas venir. Il est casse-bonbon.

— Allez, Mélanie, s'il te plaît. S'il te plaît... Tu peux bien faire ça pour un ami.

— Un ami ? Qui ça, toi ?

— Enfin, tu vois ce que je veux dire.

— Toi, tu es « mon ami » ?

— Oui, dit-il. Ton petit ami. Bon, s'il te plaît, tu peux faire inviter Charlie ?

— Alex, est-ce qu'il va te mettre à la rue si tu ne trouves pas de combine pour l'amener à cette soirée ?

— Euh... oui.

— Très bien. Alors il ne peut absolument pas venir.

— Je... je ferai la vaisselle.

— Je risque fort de ne pas m'en apercevoir.

— Allez, Mélanie. On va bien rigoler.

— Bon, très bien, soupirai-je. Si c'est tellement important...

— Génial ! Dis-moi, pourquoi est-ce qu'il tient à tout prix à y aller ? demanda-t-il avec curiosité.

Ha ! Je ne crois pas qu'Alex avait vraiment besoin de savoir ça. Manifestement, Fran avait déclenché le processus.

— Ah... Eh bien... (C'est alors que j'eus de l'inspiration.) Charlie n'a jamais dû voir de strip-teaseuse et apparemment... il y en aura une.

— Ah bon ? Je n'en ai jamais vu non plus.

— Ce n'est pas possible, qu'est-ce qu'ils fabriquent, dans les écoles privées, de nos jours ? Bon, enfin, je suis contente que ça te fasse plaisir. Je te vois samedi soir, alors... à moins que tu n'aies envie de débarquer maintenant... ?

— Mélanie... il y a deux heures de transport !

— Ah oui, c'est vrai. Bon, alors à samedi.
— Au revoir, ma puce.
— Au revoir, mon poussin.

Comme la liste des invités s'allongeait à vue d'œil, je téléphonai à Fraser pour m'assurer qu'il n'y voyait pas d'inconvénient. Angus avait imposé notre présence en menaçant de ne pas faire venir la strip-teaseuse si nous n'étions pas invitées, alors j'étais déjà sûre que le problème était réglé pour Fran et moi. Ce fut Amanda qui répondit.

— Ah, salut, dis-je froidement car je m'étais préparée à cette éventualité. Est-ce que je pourrais parler à Fraser ?

Hi, hi, hi.

— C'est toi, Mélanie, darling ?

Ah, elle donnait aussi dans la psychologie retorse, ou quoi ? Elle avait peut-être l'intention de me jeter un sort.

— Je suis terriblement désolée pour l'autre jour, ma chérie. Le stress prénuptial, etc., etc.

Je ne savais pas quoi dire. Apparemment, cela faisait vingt-six ans qu'elle souffrait de stress prénuptial.

— Ce n'est rien, marmonnai-je.

— Darling, je voudrais que tu viennes à mon enterrement de vie de jeune fille. Sincèrement.

— Mais...

— Il n'y a pas de « mais », darling. Je t'en prie, viens.

— Et Fran ? demandai-je, en toute loyauté (sans compter que j'avais trop peur d'y aller seule).

— Oui, Fran aussi, soupira-t-elle. C'est chez Quagli à huit heures vendredi soir. On se débrouillera, on vous trouvera de la place.

— Tu es tombée sur la tête, Amanda ?

— Non, ma chérie, c'est que... je me disais... Oh, ce serait tellement bête et gênant pour vous d'être obligées d'aller à l'enterrement de vie de garçon de Fraser. Je veux dire, c'est humiliant...

— Non, non. On ira, de toute façon. On va bien s'amuser, répliquai-je.

— Mélanie, ne fais pas l'idiote. C'est pour les garçons. Ils ne veulent pas de vous !

Je le savais ! Elle ne pouvait pas supporter l'idée de ne pas être le centre d'intérêt, même l'espace d'un dixième de seconde.

— Je peux parler à Fraser, s'il te plaît ? Et merci de nous inviter... finalement. C'est très gentil.

— Bon, je te le dis pour te rendre service... dit-elle avec perfidie, mais il n'a pas vraiment envie que vous y alliez. C'est seulement parce que son imbécile de frère lui a dit que ce serait marrant. Fraser aussi pense que vous allez être gênées. Vous serez la risée de tout le monde.

TA GUEULE, SORCIÈRE ! avais-je une folle envie de lui rétorquer.

— Écoute, Amanda, dis-je aussi calmement que possible, ce sera très bien, d'accord ? Ne t'inquiète pas pour nous. Tu peux me passer Fraser, s'il te plaît ?

Il y eut un blanc, suivi de chuchotements frénétiques. J'aurais voulu raccrocher mais je me forçai à rester en ligne.

— Euh... salut, dit la voix rocailleuse et familière de Fraser.

— Hum, salut, Fraser...

Il y eut un court silence, pendant lequel j'imaginai Amanda à côté de lui en train de se passer l'index en travers du cou d'un geste vif, le regard illuminé comme la reine dans *Blanche Neige et les Sept Nains*.

— Fraser, est-ce que ça t'embête vraiment qu'on vienne à ta soirée ?

Je sentis qu'il pesait le pour et le contre ; entre deux filles plus une strip-teaseuse et rien du tout...

— NON, ABSOLUMENT PAS.

Je fus surprise par le ton sévère qu'il employait.

— TU COMPRENDS ? ABSOLUMENT PAS, D'ACCORD ?

Sur ce, il raccrocha. Je sautai de joie. Nous pouvions donc aller à la soirée sans problème. Malgré tout, je trouvais cela un peu inquiétant qu'il joue des tours à sa fiancée. C'est vrai, moi, je pouvais me permettre de la détester : je n'allais pas l'épouser. Mais lui ?

Je me rappelai que j'avais oublié de lui demander si Alex et Charlie pouvaient venir. Bah, ils se fondraient dans le paysage, voilà tout.

Le téléphone pour ainsi dire soudé à l'oreille, je réussis à avoir Fran et à lui raconter ce qui s'était passé. Elle était contente.

— J'aurais aimé être un fantôme pour pouvoir me faufiler dans leur chambre et voir la tête qu'elle faisait quand Fraser lui a dit qu'on venait !

— Tu ne préférerais pas être une petite souris ?

— C'est mieux qu'un fantôme, une petite souris ?

— Bon, on peut reparler de ça plus tard ? Parce que MAINTENANT tu vas me dire ce qui s'est passé avec Charlie.

Elle poussa un rire pervers.

— Oh, mon amie, je ne pourrais jamais te raconter ça au téléphone. C'est vrai, c'était immonde. Absolument génial. C'est presque dommage de devoir le punir, même.

— Mais tu vas le faire quand même.

— Que veux-tu, la loi c'est la loi. Et puis, je te verrai samedi. Il a téléphoné pour supplier de venir ?

— Ouais.

— Excellent !

Le samedi arrivait à grands pas et je ne savais pas du tout comment il fallait s'habiller à un enterrement de vie de garçon. Cockney Boy n'en revenait pas que j'aie pu être invitée à une soirée comme ça et il me proposa même de m'apprendre à choisir des cocktails au nom fort suggestif.

Janie avait bien meilleure mine, mis à part qu'elle faisait des bonds de deux mètres à chaque fois que le téléphone sonnait et qu'elle me demandait s'il était encore trop tôt pour qu'elle présente James à ses parents.

Je réfléchis un instant sur la question.

« Eh bien, j'ai toujours trouvé qu'il valait mieux attendre l'échange des consentements à la mairie. Remarque, c'est peut-être juste à cause des garçons que j'ai fréquentés que je pense ça. »

Elle vira au vert et je m'en voulus de ne pas avoir tenu ma langue.

Je m'interrogeai pour savoir s'il fallait que je mette un jean, puis je décidai que non, au cas où l'on terminerait la soirée dans un night-club où les petits hauts à paillettes étaient préférés aux vrais habits. Une robe, toutefois, ne faisait guère l'affaire, car il finirait tôt ou tard par pleuvoir de la bière. Il n'était pas question non plus de porter des vêtements courts ou moulants, pour qu'il n'y ait pas de problèmes de confusion avec la strip-teaseuse. Rien de trop simple quand même, sinon on risquait de me prendre pour une gouine et de penser que c'était pour cette raison que je me retrouvais à la soirée des garçons. Mince. Ça ne me laissait plus que l'ensemble de chat que j'avais acheté sur un coup de tête et que j'appelais ainsi parce qu'à chaque fois que je croisais un chat habillée dans cette tenue, il avait le poil qui se dressait et il faisait « sssssssshhhhhh ».

Fran arriva chez moi, superbe dans une tenue ravissante et terriblement tendance. Les choses se gâtaient, donc. Je pris mon kilt au fond de l'armoire. Fran hocha la tête d'un air autoritaire. Juste au moment où je sautais à cloche-pied avec mon collant noir en regardant une espèce de kimono japonais qui s'était retrouvé là je ne sais comment, la sonnette retentit.

— Tu peux aller ouvrir ? lui demandai-je. C'est sûrement Alex et Charlie.

— Ah, mes deux hommes préférés, ronronna-t-elle d'une voix lascive.

Elle sortit de ma chambre et j'entendis une sorte de tapage. Fran avait l'air à peu près polie. Puis la voix d'Alex arriva jusqu'à ma chambre : « S'IL TE PLAÎT, tu voudrais bien arrêter de me traiter de branleur ? »

Je souris intérieurement.

Ils me semblaient un peu bruyants, tout de même. Mince, j'espérais qu'ils n'étaient pas déjà torchés. Ce serait catastrophique, ça.

Je me décidai enfin pour un pantalon habillé et une chemise à fleurs, je me passai un coup de mascara et de rouge à lèvres puis je sortis de la chambre.

Alex et Charlie avaient piqué une bouteille de vin à Linda et ils se demandaient bruyamment quelle était la prochaine chanson de rugby qu'ils allaient bien pouvoir chanter. Ah bon. Je regardai Fran, qui fit un signe d'approbation en haussant les sourcils. Ils étaient absolument, terriblement, fantastiquement cuits.

— LA ZOOPHILIE, C'EST GÉNIAL, MEC ! cria Charlie.

À quoi Alex répondit aussitôt !

— METS TES COUILLES DANS UNE GRENOUILLE, MEC !

— METS TON DARD DANS UN LÉOPARD, MEC ! brailla Charlie d'un air lubrique.

— LA ZOOPHILIE, C'EST GÉNIAL ! conclurent-ils en chœur en tombant dans les bras l'un de l'autre.

— Oh mon Dieu, dis-je à Fran. On ne peut pas les emmener avec nous. Ils vont être insupportables.

— Dis-le-leur.

— Mais pourquoi faut-il toujours que ce soit moi ?

— Ce n'est pas moi qui ai invité Charlie.

Rien qu'à entendre Fran prononcer son prénom,

Charlie se jeta par terre et lui saisit les chevilles. Elle lui donna un coup de pied.

Je me tournai vers les garçons. Ils étaient tout rouges et le vin clapotait dangereusement dans la bouteille.

— Alex, tu es complètement fait, dis-je en essayant de ne pas trop faire maîtresse d'école.

— Merde alors, ma beauté, on dirait ma vieille maîtresse d'école, bafouilla-t-il en titubant.

— Vous ne venez pas à la soirée dans cet état !

— LA SOIRÉE ! LA SOIRÉE ! entonnèrent-ils.

Charlie se releva et regarda autour de lui, déconcerté.

— On y est déjà, là ?

— Oh, la ferme, toi ! (Ma patience s'était volatilisée, et je ne pouvais plus les supporter.) Vous ne venez pas. Alors allez vous faire voir ailleurs.

— METS TON BOUT DANS UN HIBOU, MEC ! recommença Alex, imperturbable.

— METS TON FOUTRE DANS UNE LOUTRE, MEC ! poursuivit Charlie.

— Merde, Fran, qu'est-ce qu'on fait ? On se barre ?

— Oh, super, oui. Pour que Linda les retrouve à plat ventre sur son tapis dans une mare de vomi, quand elle rentrera de sa soirée de célibataire ?

— LA ZOOPHILIE, C'EST GÉNIAL ! LA ZOOPHILIE, C'EST GÉNIAL !

— On peut les emmener dehors et puis les semer.

— Bonne idée. Surtout qu'Alex a encore ton double de clés.

— Merde.

— Écoute, on y va. Ça va sans doute bien se passer.

— ELLE ENVOIE DES CERISES AVEC SON ORIFICE ! s'écria subitement Charlie.

Fran et moi arrêtâmes aussitôt de parler pour nous retourner.

— C'est pas la bonne chanson, ducon ! dit Alex.

— JE SAIS ! s'époumona Charlie. Euh... METS TON ENGIN DANS UN POULAIN, MEC !

— OUAIS, C'EST CELLE-LÀ ! hurla Alex. METS TON PAF DANS UNE GIRAFE, MEC !

— Oh, là, là.

Je m'assis et me relevai aussitôt en m'apercevant que j'étais assise dans la ligne de mire des projectiles de vin et de salive.

— C'est fantastique, repris-je. Absolument fantastique. Premièrement, Amanda ne va plus jamais nous adresser la parole parce qu'on est allés à cette soirée derrière son dos.

— Ouais. Premièrement, qu'est-ce qu'on en a à faire ? Et deuxièmement, qu'est-ce qu'elle en saura ?

— Elle saura sûrement quelque chose, quand ces deux-là se seront fait arrêter et qu'elle verra leur nom dans le journal !

— T'AS QU'À TRAIRE UN CERF, MEC !

— T'AS QU'À FOURRER UN FURET, MEC !

— Après, continuai-je bravement, on arrive à la soirée, on se fait virer. Imagine qu'Angus et Fraser ne nous reparlent plus jamais. Ce qui fait qu'en l'espace d'une journée j'aurai réussi à me mettre à dos à peu près trente-trois pour cent de mes amis. Sans parler d'Alex, que je vais réduire en bouillie demain matin dès le réveil.

— Pourquoi tu ne le ferais pas tout de suite ? Il ne s'en rendrait pas compte, comme ça.

— Mais ça ne servirait à rien, aussi.

— Allez, dit Fran en me prenant par le bras. On ne va pas y passer le réveillon. Peut-être qu'ils vont tomber du taxi en cours de route...

— Ouais, ou qu'ils vont passer dans une autre dimension. Allez, les mecs, on y va.

Ils commencèrent à se diriger vaguement vers la porte.

— DANS LA FENTE D'UNE ÉLÉPHANTE, MEC !

— DANS LE GROIN D'UN MARCASSIN, MEC !

Et nous avons tous lancé en chœur en sortant :

— La zoophilie, c'est génial, mec ! La zoophilie, c'est génial, mec !

Nous avons manqué de nous faire sortir du taxi et je dus user de tous mes pouvoirs conciliateurs pour que nous arrivions jusqu'au pub de la Princesse Louise, à Holborn. Je jetai un regard angoissé à Fran, mais elle avait l'air parfaitement détendue, en dépit de Charlie qui essayait de se mettre à genoux devant elle pour exprimer son sincère et véritable dévouement en termes fort loquaces. À chaque fois qu'il s'approchait un peu trop, elle lui envoyait un coup de pied en plein dans l'écusson de son pull de rugby.

Je pris ma respiration à l'entrée du pub, me redressai et franchis la porte.

— Non, c'est une soirée privée, dit une chose qui ressemblait assez à un bouledogue parlant.

— C'est bien ça, renchéris-je. La soirée de Fraser McConnald.

— Laird McConnald, plus exactement, corrigea Fran.

Le bouledogue haussa les sourcils.

— Ah, vous êtes les...

— Non. Nous faisons partie des invités. Viens, Mélanie... dit Fran en nous faisant entrer d'un geste pressant.

Comme dans les films sur les loups-garous, tout le monde s'est tu au moment où nous sommes entrées dans la pièce. Un bon nombre de jeunes hommes étaient en train de discuter tout à fait sagement un verre à la main et voilà que deux paires de seins allaient leur gâcher l'ambiance. Il y en avait même quelques-uns qui fumaient le cigare ; on ne pouvait pas faire plus freudien. J'avais envie de faire demi-tour, mais Dieu merci, Angus arriva à la rescousse.

— Eh, bonsoir ! dit-il avec un grand sourire. Content que vous ayez pu venir.

Son sourire disparut lorsqu'il aperçut les silhouettes branlantes d'Alex et de Charlie.

— Je suis désolée ! dis-je aussitôt. On les a trouvés dans un sac au bord de la rivière et on n'a pas eu le courage de les noyer.

Angus sourit de nouveau, mais à moitié.

— Bon, eh bien on fera avec. Est-ce qu'il va bien se tenir ? demanda-t-il en désignant Charlie.

Fran avait trouvé le moyen de faire apparaître un cigare, comme par magie et elle était en train de se donner un air merveilleusement félin.

— Oh oui, ronronna-t-elle. Il va bien se tenir, n'est-ce pas ?

Elle fit un clin d'œil à Charlie à la manière d'une vamp des années trente, jusqu'à ce qu'il ait les yeux qui lui sortent des orbites.

D'un air confus, ce qui se comprenait, Angus se tourna vers moi.

— Je peux t'offrir quelque chose à boire ? demanda-t-il avec empressement.

— Hum... une bouteille de Budweiser, s'il te plaît.

— Une grande vodka, s'il te plaît, ordonna Fran sur un ton impérieux.

— Une quoi ? dis-je lorsqu'Angus fut parti vers le bar. On peut savoir à quoi tu joues, là ? À la reine des vamps ?

— Oh, allez, Mélanie. Regarde autour de toi. Il y a une quarantaine de gars dans cette pièce et on est les deux seules filles. C'était quand, la dernière fois que je suis sortie avec un garçon ?

— Jeudi soir.

— Ça ne compte pas. C'était un devoir. Et ce soir, il est complètement bourré, alors que je suis d'humeur à draguer. Je suis une lionne en liberté. Alors ne reste pas sur mon chemin.

Elle tira une bouffée de cigare et m'envoya des anneaux de fumée dans la figure.

— Ah. Eh bien moi, mon copain est là... dis-je en regardant Alex, vautré dans un canapé, l'air ébahi. Alors il faut que je me tienne bien.

— Ah bon ?

— Oui !

Angus revint avec les boissons et Fran descendit la sienne cul sec. Les yeux brillants, elle embrassa la salle du regard.

— Qui est-ce ? demanda-t-elle à Angus, les yeux rivés sur un jeune homme pâle à l'air sympathique qui restait tout seul à côté du punch en se servant à volonté.

— C'est Johnny McLachlan. C'est le témoin. Pourquoi, tu veux que je te le présente ?

— Oui. Soûle-le bien et...

— Fran !

Apparemment, Angus pensait que nous avions toutes les deux perdu la tête, mais il fit signe à Johnny McLachlan de venir. Johnny McLachlan articula « Qui, moi ? » à deux reprises et s'approcha enfin, les épaules légèrement voûtées.

— Johnny, voici deux amies à nous, Mélanie et Fran.

— Bonsoir, dis-je.

— Enchantée ! s'exclama Fran. Raconte-moi vite comment tu as réussi à être le témoin de ce cher Fraser !

— Ah, eh bien, bonsoir, répondit Johnny avec un tel accent écossais qu'à côté de lui Angus semblait parler comme la Princesse Anne. Eh bien, en fait, je suis prof de géographie.

— Comme c'est intéressant ! dit Fran en se penchant vers lui de façon intime.

Des gouttes de sueur apparurent sur le front de Johnny.

— Mais qu'est-ce qu'elle a, ta copine ? Elle est en chaleur ou quoi ?

— Je crois bien.

— Elle est sérieuse, là ?

— Sérieuse ? Si j'étais à la place de Johnny, je me dépêcherais de prendre une assurance vie.

— Elle va le manger tout cru ?

— Le sucer jusqu'à la moelle.

— Oh, là, là.

Il y eut un silence.

— Tiens, je me rappelle pourquoi je suis venue, au fait.

Angus me regarda d'un air interrogateur.

— Le marié ? Cette histoire de mariage ? Les pétales de roses et tout le bazar ? Tu sais ?

— Oh oui. Je suis nul, comme hôte, dit-il en faisant une courbette puis en me tendant la main. Laissez-moi vous mener à la table de sa seigneurie.

— C'est trop aimable à vous.

Assis sur un grand canapé en cuir dans le coin de la pièce, Fraser était entouré de jeunes hommes qui avaient des têtes de techniciens. J'en déduisis que c'étaient sans doute des collègues ingénieurs. Ils avaient l'air assez triste ; on n'aurait pas dit qu'ils étaient en train de vivre une expérience de convivialité primitive.

— Eh ! lançai-je, toujours appuyée au bras d'Angus.

Fraser leva les yeux et sourit.

— Salut, toi ! Content que tu sois venue.

— Moi aussi. Tu ne vas pas avoir de problèmes, au moins ?

— Bah, Fraser a toujours des problèmes, ce n'est pas vrai, mon gars ? dit Angus. Toute la tablée éclata de rire.

Fraser sourit tristement.

— Bien sûr que non. Tout le monde est tenu au secret.

Il y eut un chœur de « C'est ça, ouais ! » et de « Combien tu nous paies, pour ça ? »

— Tu as amené ta terrifiante copine ?

— Oui, elle est là-bas, effectivement terrifiante.

Fraser regarda dans la direction de Fran.

— Oh mon Dieu, pauvre petit Johnny. Tu ne l'as pas lâchée exprès sur lui ?

— Non, je n'ai rien à voir là-dedans, je le crains. Apparemment, elle fait la lionne, ce soir.

Angus échangea un regard avec son frère.

— J'étais avec Johnny au lycée. Je ne l'ai pas beaucoup revu depuis, mais c'est lui qui remportait la palme du plus vieux copain quand j'ai cherché un témoin. J'espère au moins qu'elle ne va pas le dévorer...

Dans le coin de la pièce, Fran sirotait un martini, une main posée sur le revers de la manche de Johnny. Il avait l'air d'être en train de lui expliquer quelque chose avec bien du mal – sur les bras morts des rivières, peut-être – mais je voyais bien qu'elle n'en écoutait pas un traître mot, occupée qu'elle était à renverser la tête en arrière avec un rire rauque.

— Ça fait huit ans qu'il est marié et sa femme ne le laisse jamais sortir de chez lui. S'il a pu venir, c'est uniquement parce que j'ai promis qu'il n'y aurait pas de strip-teaseuses.

— Fraser, combien de mensonges tu as dû inventer pour réussir à faire cette soirée, au juste ?

— Je n'ose même pas y penser. Qui est prêt pour la tournée suivante ?

— Nous ! Nous ! crièrent les garçons installés à la table tout en se serrant pour me faire une place.

Finalement, je m'aperçus qu'ils n'étaient pas tristes du tout mais qu'ils aimaient décortiquer avec un certain sérieux les *X-Files,* les poèmes d'« e e cummings », la politique, les one-man shows, la situation générale du monde, au moins en ce qui concernait le métier d'ingénieur et le *Dr Who.* Curieusement, je les trouvais fascinants et ouverts, infiniment reposants. Bien sûr, le fait de ne pas être obligée d'acheter à boire contribuait à cette agréable sensation de bien-être.

De temps en temps, on entendait un grognement ou un rire sonore : selon toute vraisemblance, Alex et Charlie étaient retombés au niveau bestial de la communication. Au moment où je me disais à quel point j'appréciais les amis de Fraser, des chuchotements se firent entendre du côté de la porte. Apparut alors une femme vêtue d'un long manteau, qui ne laissait voir qu'une paire de chaussures à talons aiguilles et des bas résille.

Tout débat politique et culturel cessa instantanément. Tout à coup, j'eus beaucoup moins de place sur le banc : à mesure que le niveau de testostérone montait, il fallait de plus en plus d'espace aux garçons pour écarter les jambes.

Derrière la strip-teaseuse, il y avait un homme gigantesque qui essayait de trouver une prise pour le magnétophone apparemment imposant. La chanson « Hey, Big Spender[1] » commença aussitôt. Tout en gardant sa cigarette, la femme avança d'un pas nonchalant vers le milieu de la pièce et ôta son manteau sans manifester le moindre intérêt.

Les garçons charmants et bien élevés qui m'entouraient se transformèrent en troupeau de bêtes beuglantes. Ces incroyables rugissements furent ponctués de hurlements de loups lorsque la femme mima sans grand enthousiasme les paroles de la chanson « *Spend... a little time with me*[2] ».

Elle finit par se diriger vers notre table. Un « Ouais ! » excité s'éleva quand elle se pencha vers un garçon pour qu'il lui dégrafe son soutien-gorge, mais le pauvre ne réussit à se retenir de le lui arracher qu'après un regard cinglant de la part du videur. Le soutien-gorge tourbillonna dans les airs et atterrit devant une Fran et un Johnny très surpris, qui se pelotaient comme s'ils venaient d'inventer la chose.

Le sous-vêtement en question fut très applaudi, mais les têtes se retournèrent bien vite vers l'attraction principale. Les garçons avaient les yeux comme des soucoupes. La femme réprima un bâillement, me décocha un

---

1. Littéralement, « Gros dépensier ».
2. Littéralement, « Passe... un peu de temps avec moi ».

regard sombre (c'est du moins l'impression que j'eus) et posa son pied sur la table pour défaire son porte-jarretelles.

Je réprimai également un bâillement et jetai un coup d'œil du côté de Charlie et Alex, qui chuchotaient comme deux vieux cheminots dans une gare. Alex se leva en chancelant, poussé par Charlie. Hypnotisée, sourde à la montée d'hystérie autour de moi, je regardai Alex prendre le soutien-gorge en lamé doré, l'enfiler par-dessus sa chemise et danser sur la chanson de Shirley Bassey. Il s'approcha de Fran et Johnny en faisant des gestes de plus en plus obscènes, tandis que Charlie lui criait des encouragements. Au bout d'un moment, quand tous les yeux s'étaient dirigés vers lui, la strip-teaseuse se retourna et vit Alex en train de frotter son costume entre ses jambes comme une serviette de toilette.

— Eh ! s'écria-t-elle, ce qui suffit pour que le videur délaisse son air terrifiant pour passer à la terreur active.

Il avança vers Alex et lui mit la main sur l'épaule. Toujours bourré, Alex le toisa du regard sans comprendre ce qui se passait. Charlie, quant à lui, s'était levé.

— Laisse-le tranquille ! hurla-t-il sur un ton irrité.

Le videur administra à Charlie son plus beau regard menaçant.

— Ah ouais ?

— Ouais ! Sinon... va te faire foutre !

S'ensuivit un silence pesant, à part le bruit à peine audible que je fis en tentant de disparaître. Oh mon Dieu, le voilà qui recommençait. Et c'était moi qui l'avais amené.

Sans se presser, le videur reprit le soutien-gorge des mains d'Alex et le posa sur la table. Ensuite, d'un geste lent, presque tendre, il conduisit les deux garçons à l'extérieur. Personne ne bougea en entendant les bruits de bagarre de dessin animé qui fusèrent de l'autre côté de la porte. Environ trois minutes plus tard, le videur revint en s'époussetant les mains.

« Tu viens, Leese ? » demanda-t-il.

Leese était déjà rhabillée – enfin, selon sa définition personnelle. Elle se tint devant Angus le temps qu'il la paie, puis le couple sortit dans un silence digne.

Je fermai les yeux, pétrifiée. Personne ne disait rien. Finalement, un accent plaintif de Glasgow se manifesta du fond de la salle.

— Moi, je trouvais que le gars, là, il dansait mieux qu'elle.

J'ouvris un œil à demi. Fraser se retourna, mais il avait une étincelle dans le regard.

— Tu veux dire que j'ai fait venir une strip-teaseuse à ma soirée pour une bande de sales pédés ?

Un rire de soulagement ébranla la pièce, et une nouvelle tournée fut commandée. J'allai voir Angus.

— Je suis vraiment désolée. Je veux dire... oh, ils sont... Pardon.

— Je comprends, répondit-il gentiment. Tu veux m'en parler ?

— Oui, mais pour l'instant il faut que j'aille voir comment va Alex.

— Pourquoi ? Il l'a bien mérité.

— Non ! Il voulait juste faire le malin.

— Ce n'est pas comme ça qu'elle l'a pris, elle.

— Bah, tu sais comment sont les garçons.

— Mm. Pas tous.

Je sentis qu'il me regardait sortir. Fran et Johnny étaient désormais biologiquement séparés l'un de l'autre et je tournai la tête.

Dehors, tout était calme. Je ne voyais pas les garçons, pas plus que je n'entendais de gémissements étouffés. Je réfléchis à la situation à peu près une demi-seconde, entendis un éclat de rire viril depuis la salle et décidai de retourner là où il y avait de la bière et de la chaleur.

À l'intérieur, tout le monde avait attrapé des couleurs. Fran et Johnny étaient introuvables, mais les amis de

Fraser venaient de lui donner une poupée gonflable blonde qui ressemblait beaucoup à Amanda.

Il se leva en rougissant, tandis qu'Angus s'approcha de moi et me glissa une bouteille de bière dans la main. Reconnaissante, j'en bus aussitôt une gorgée.

— Je voulais vous dire... commença Fraser d'un air bravache.

— Montre-nous ses lolos ! brailla l'agitateur de Glasgow.

— Tais-toi, Nash.

Je me retournai pour voir qui était ce Nash. *Ça alors, il n'a pas une voix de géant,* pensai-je, puis j'eus aussitôt l'impression d'être la personne la plus bête du monde.

— Je voulais juste vous dire, reprit Fraser, que ça me fait plaisir de vous voir tous là.

— À part ton témoin ! s'écria quelqu'un, ce qui donna lieu à un éclat de rire égrillard.

— Oui, eh bien, à part... hum... Mr McLachlan, qui semble être occupé.

— Ouais, avec une salope qu'il a trouvée par là.

— Eh ! dis-je à Angus. C'est de ma copine qu'ils sont en train de parler, là !

— Pourquoi, ta copine, elle ne se comporte pas comme une salope ?

— Euh... peut-être.

— Allez, du calme... poursuivit Fraser en tremblant légèrement. Je tenais à vous remercier d'être venus et je sais que certains d'entre vous viennent de loin. Le mariage, ça fait peur, mais pas autant que de vous voir tous rassemblés dans la même pièce.

Un murmure amical parcourut la salle.

— Non, sincèrement. C'est formidable de vous revoir. J'aimerais remercier mon frère pour l'organisation, Mr Flaherty qui nous a prêté son pub et... eh bien, vous tous, les gars.

— Et les filles ! couinai-je.

— Et les membres honoraires ! dit Fraser en faisant une révérence dans ma direction.

Je souris.

— Allez, buvons un bon coup à notre santé ! Ah, au fait, désolé pour la strip-teaseuse… ajouta-t-il d'une petite voix.

— À Fraser ! cria Angus.

— À Fraser ! renchérit la compagnie.

Je crois que je fus la seule à remarquer qu'il n'avait pas trinqué à la santé de la future mariée.

— À la strip-teaseuse ! lança quelqu'un d'autre.

— À la « gorette » qui a enlevé Johnny !

— Quoi ? demandai-je à Angus. C'est méchant, ça ?

— Laisse tomber.

Nous retournâmes nous asseoir à la table de Fraser.

La soirée se poursuivit – le patron du pub était un vieux compagnon de bouteille du père McConnald et il ne s'occupait guère des horaires d'ouverture. Je sombrai dans une ivresse agréable, où tout semblait flotter autour de moi et je vagabondais d'une conversation à l'autre à mon gré. Après avoir disséqué le génie du comique écossais Billy Connolly, je changeai de côté comme j'aurais changé de station de radio pour entendre Angus et un des Écossais en grande conversation.

— Tu n'as qu'à lui parler, disait Angus.

— Écoute, je ne l'ai rencontrée qu'une fois. Elle m'a semblé sympa.

— Elle n'est pas sympa. C'est une vraie garce et elle va lui rendre la vie impossible. C'est pour ça que je voulais que vous soyez tous là ce soir, pour le persuader de ne pas l'épouser.

— De quoi vous parlez, vous deux ? intervins-je brillamment.

— Rien, répondit Angus d'un ton sec en mettant le nez dans sa pinte de bière.

— Tu la connais, cette « Amanda » ? me demanda l'autre garçon.

— Bien sûr. Depuis toujours.

Angus leva les yeux vers moi.

— Elle est comment, alors ? questionna-t-il.

Je marquai une pause car je ne savais pas trop quoi dire. Bêtement, je me sentis tout à coup d'une grande loyauté. Avec Fran, je trouvais normal de dire qu'on avait envie de voir Amanda se faire bouffer toute crue par les vautours, mais avec d'autres personnes ce discours me semblait déplacé.

— Eh ben, elle est... très jolie et très riche. Elle est gentille.

— C'est pas si mal, dit le type à Angus. Je ne lui dis rien, alors. Il ne faut pas s'occuper de ces choses-là. Ma sœur s'est mariée avec un salaud fini, il n'y avait pas moyen de lui faire entendre raison.

— Et que s'est-il passé ? demandai-je.

— Oh, c'était bel et bien un salaud fini. Il est parti, il l'a laissée toute seule avec les gamins.

— Oh, nom d'un chien, Mélanie ! s'écria Angus. C'est une vraie salope et tu le sais très bien.

Je soupirai.

— Excuse-moi si je suis un peu longue à la détente, mais tu n'arrêtes pas de parler d'elle. C'est vrai, pourquoi est-ce que tu la détestes autant ? Et Alex, et Charlie ? Remarque, c'est normal de détester Charlie... Mais tu sais, la première fois que je t'ai vu, je t'ai trouvé vraiment infect parce que tu ne pouvais pas nous encadrer. Mais maintenant je sais que tu es quelqu'un de très gentil, alors je ne comprends rien du tout. Tu es communiste en cachette ? Tu ne peux pas supporter les gens de la haute ? Mais tu en fais partie ! Enfin, ton frère est un parfait aristo... Enfin bon, je ne voulais pas dire ça comme ça.

— Ça y est, tu as fini ? demanda Angus.

— Hum... oui, répondis-je après une seconde de réflexion.

Il se frotta les yeux avec la base des mains.

— Écoute, dit-il, si je te dis quelque chose, tu me jures sur ta vie que tu ne le répéteras pas à Fraser ?

Le troisième garçon était toujours avec nous, peu disposé à attirer l'attention sur lui en se levant, mais gêné d'écouter quelque chose de personnel. Il scrutait intensément le cendrier.

— Peut-être, dis-je. Sur la vie de mon chien.

— Sois sérieuse, un peu. Tu n'as même pas de chien.

— Bon, d'accord. Je te le promets.

Il détourna les yeux.

— J'ai surpris une de ses conversations sur son petit portable à la noix. Il y a plusieurs semaines, quand elle est venue rendre visite à notre mère et qu'elle n'arrêtait pas de la traiter avec condescendance. Elle a été obligée de se pencher par la fenêtre pour bien entendre et moi j'étais dans la pièce d'à côté.

— Avec un miroir, pour mieux l'observer ?

— Non, avec la fenêtre ouverte. Bon, tu veux que je raconte, ou pas ?

— Oui, s'il te plaît, répondis-je docilement.

— Eh bien elle parlait avec les gens de chez *Hello !*

Il observa une pause théâtrale. Je le regardai comme s'il était fou.

— *Hello !* ? C'est tout ? Tu essaies de foutre leur mariage en l'air avant même qu'il n'ait eu lieu à cause de *Hello !* et de ses... ses mauvaises photos de célébrités malheureuses ?

Il continua sans tenir compte de mes propos.

— Elle était en train de leur proposer les droits pour le mariage. Je l'ai entendue. Elle leur a promis qu'elle pourrait « faire venir Tara ». Tu sais, les cancans de la petite aristocratie, ils adorent ça. « Les gens de la haute ne sont-ils pas merveilleux ? Voici la photo d'Untel à côté d'un cheval. » Ce genre de conneries, quoi. La garce !

Il grommelait dans sa bière.

— Je ne comprends pas, lui dis-je. Elle voulait juste avoir sa photo dans le magazine.

— Non, ajouta-t-il lentement, comme si j'étais une attardée mentale. Elle leur a demandé 15 000 livres pour prendre des photos et leur accorder (il imita la voix stridente d'Amanda) « une interview approfondie avec moi au sujet du nouveau château... inutile de parler aux aristos, darling, vous savez ce qu'ils ont entre les oreilles ! Hi, hi, hi ! »

— Ben dis donc ! Et elle a déjà été payée ?

Il me regarda avec tristesse.

— Je ne sais pas. Ce qui est sûr, c'est que Fraser n'est pas au courant.

— Non. Mais tu ne penses tout de même pas qu'elle avait un peu planifié tout ça, si ?

Il tourna la tête.

— Une fille fait irruption, tout à fait par hasard, dans la vie de mon frère un mois après la mort de notre père, alors qu'on est encore complètement secoués – on l'est toujours, d'ailleurs – et qu'est-ce qui se passe ? En l'espace d'un clin d'œil ils sont fiancés. Tout ça pour quoi ? Pour qu'elle puisse faire la couverture de ce torchon de *Hello !* Elle a certainement passé en revue tous les nobles épousables du pays. À mon avis, elle en est tout à fait capable, tu ne crois pas ?

— Je suis sûre que non, dis-je alors que je n'en étais pas sûre du tout. Je suis sûre qu'elle est amoureuse de lui.

— Pourquoi ? Dis-moi, honnêtement, qu'est-ce qu'une fille comme elle peut trouver à quelqu'un comme lui, à part ce tas de ruines médiévales à Kirkudbrightshire ?

Je regardai du côté de Fraser. Il avait le visage en sueur et les cheveux en bataille ; des boucles lui tombaient devant les yeux. Un bras autour du grand gaillard de Nash, l'autre autour d'Amanda la poupée gonflable, ils chantaient tous les trois (la poupée faisait semblant) « Danny Boy » comme des casseroles en inventant les paroles.

— Ma mère a perdu un membre de sa famille, cette année, je trouve que ça suffit, pas toi ? Putain de titre de noblesse, tiens. Vous êtes des femmes modernes qui peuvent tout faire, alors vous croyez que ce genre de choses ne se fait plus. Et pourtant, ça existe encore.

Il se remit à fixer sa bière. Il avait le visage rouge. Je scrutai la table.

— Je crois qu'il nous faut à boire, dis-je.

— J'y vais ! lança le type qui était assis à notre table.

Il se leva d'un bond et traversa le pub à toute allure. Nous le regardions, stupéfaits. En nous retournant, nous vîmes Fraser et Nash attaquer avec une certaine bravoure la note aiguë à la fin de « Danny Boy » avant de s'écrouler tandis que, dans l'embrasure de la porte, se tenait le très pâle et très sale, Johnny McLachlan. On aurait effectivement dit qu'il venait de se faire réduire en charpie par une lionne.

Un grondement s'éleva lorsque Johnny, hébété, retourna vers les tables, les yeux grands ouverts. Fran n'était pas derrière lui. Il s'assit lourdement au bar, les yeux rouges.

— Une grande bière, s'il vous plaît.

Nash et la poupée gonflable tombèrent à la renverse à force de rire. Tout le monde riait aux éclats et venait taper sur l'épaule de Johnny. J'eus subitement conscience d'être la seule fille.

Je pris mon verre et partis aux toilettes, à la recherche de Fran. C'était comme dans les livres d'Agatha Christie, où les invités disparaissent les uns après les autres. Ils étaient tous extrêmement pétés à ce moment-là et le tableau commençait à être un peu flou. Je restai assise sur les toilettes un bon moment, entièrement habillée, occupée à fixer avec attention le carrelage sale en faisant de mon mieux pour ne pas tomber.

Je ne sais pas depuis combien de temps j'étais là quand quelqu'un entra dans la cabine d'à côté.

— Fran ! chuchotai-je aussitôt.

Il y eut un long silence.

— Euh... non. C'est moi.

C'était un des deux frères, mais je ne savais pas lequel. On aurait dit Angus.

— Qu'est-ce que tu fous là, idiot ?

— Oh, les W.-C. des hommes sont assez... crado. Il y a du sang. Mélangé à...

— C'est bon, c'est bon, je préfère ne pas savoir pour l'instant.

— Désolé.

— Ce n'est pas grave. C'est Angus ?

Il marqua encore une pause.

— Hum... oui.

— Bon. Écoute, excuse-moi pour tout à l'heure. Vraiment. Je ne m'étais pas rendu compte que...

— Ça ne fait rien. J'ai tendance à m'énerver, de temps en temps. C'est sûrement parce que tout le monde trouve mon frère génial.

J'entendis une sorte de gloussement étouffé, mais je décidai de ne pas y prêter attention.

— En fait, je suis tout à fait d'accord avec toi, dis-je. Je pense aussi qu'Amanda est une garce, mais ton copain, il a raison : ça ne sert à rien de se mêler de ça. Les gens font ce qu'ils ont envie de faire, que ça nous plaise ou pas. Dommage. Qui sait ? Si ça se trouve, avec lui, elle n'est pas pareille qu'avec tout le monde ?

Tout à coup je l'entendis tirer la chasse d'eau et claquer la porte. Je me redressai petit à petit pour laisser mon sang redescendre lentement de ma tête. J'ouvris ma porte en tremblant. Merde.

— Espèce d'enfoiré ! hurlai-je, furieuse.

Fraser était écarlate.

— Je voulais juste savoir ce que tu allais dire. Pourquoi tu t'excusais ?

— Mais qu'est-ce que ça peut bien te foutre, ce que j'allais dire ? C'est à Angus que je parlais, pas à toi ! Tu es vraiment con d'avoir fait ça.

— C'est toi qui es trop bourrée pour reconnaître sa voix.

— Alors c'est de ma faute, maintenant ? dis-je en le fixant. Quoi ? Je ne sais pas. Je ne sais même pas pourquoi je reste là à parler avec toi. Je n'en ai rien à foutre.

Je me dirigeai vers la porte. Il me rattrapa.

— Allez, je suis désolé. Je t'en prie, ne t'en va pas.

Il y avait une pointe d'insistance dans sa voix.

— C'est ça ! lançai-je, sur mes grands chevaux. Je peux rester, je peux partir... je n'en ai rien à foutre, d'accord ?

— Arrête une minute. Je t'en prie. Je suis désolé.

Nous restâmes ainsi un moment. Finalement, il s'assit sur les lavabos et balança ses longues jambes devant lui. Il allait avoir les fesses mouillées, mais il ne semblait pas s'en rendre compte.

— C'est vrai... ? dit-il d'une voix hésitante. Enfin, est-ce que... est-ce que tout le monde... ? Oh, et puis merde. (Il reprit son souffle et recommença.) Tu sais, Amanda... J'ai bien vu que ça ne collait pas avec Angus. Elle a refusé catégoriquement qu'il soit mon témoin parce qu'un jour, il lui a demandé pourquoi elle invitait tous ces gens, qu'elle connaissait à peine, juste parce qu'ils étaient connus.

— Pas le fils de Sean Connery, quand même ?

— Si, des gens comme ça. Mais bon, ça fait partie de son métier, non ? (J'avais déjà entendu ça quelque part.) Je veux dire, poursuivit-il calmement, tu es pratiquement sa meilleure amie. Alors toi non plus, tu ne l'aimes pas ?

Sa voix était tellement douce et triste que l'idée de lui faire de la peine m'était insupportable.

— Fraser, ce n'est pas ma meilleure amie. Je ne la vois presque jamais. Je ne la connais plus tellement, tu sais...

(Vu la tête qu'il faisait, je savais que ça ne prenait pas.) Je veux dire, elle est bien, comme fille. Je la connais depuis toujours... Eh, tu te rappelles, à la fac, quand je voulais sortir avec Flattypuss Malloy ? Et tu ne pouvais pas le voir parce qu'il avait une bosse dans le cou ?

— C'était immonde, ce truc ! Surtout de là où j'étais assis, en cours.

Il me dépassait d'une bonne trentaine de centimètres.

— Mais finalement, il était super sympa comme type ?

— Il était infâme.

— Eh bien parfois, il y a des gens qu'on n'aime pas sans savoir pourquoi.

— Qu'est-ce qu'il est devenu, au fait ?

— J'ai entendu dire qu'il s'était fait peindre une deuxième figure sur sa bosse et qu'il loue ses services à des soirées.

— Ouah !

Nous y pensâmes l'espace d'une seconde. Je me regardai dans la glace. Soit une souris m'était passée sur le visage, soit je souffrais d'une grave attaque de mascara.

Je décidai de faire une dernière tentative.

— Tu sais, quand Amanda veut quelque chose, dis-je en toute sincérité, elle fonce. Elle ne pense plus qu'à ça et rien ne l'arrête.

Cela ne me ressemblait guère. Je tendis la main vers son visage. Ses longs cils dessinaient une ombre sur sa joue.

— Alors il faut croire qu'elle te veut vraiment, conclus-je.

Il baissa les yeux vers moi d'un air un peu blessé.

— Tu le penses vraiment ?

— Oui.

Il poussa un soupir.

— Tu es terriblement amoureux d'elle ? demandai-je, dans l'espoir de mettre un peu de romantisme hautement dramatique dans ma vie.

— Elle est... tu sais, jolie, sûre d'elle et... et elle connaît plein de monde et... tout ça, quoi... Et puis, ajouta-t-il en baissant les yeux, elle a vraiment envie de m'épouser !

— C'est difficile à croire, ça ?

— Je ne sais pas, dit-il, le sourire aux lèvres.

On nous lança quelques faibles « Ouh là là » quand nous sortîmes des toilettes ensemble, mais la brigade des célibataires était plutôt fatiguée et les convives éméchés avaient l'air prêts à rentrer chez eux. Comme Fran restait introuvable, je décidai de rentrer à la maison toute seule.

Je fis un signe joyeux à Nash et aperçus Angus dans un coin, en train de finir un whisky d'un air méditatif.

— J'y vais, annonçai-je.

— Au revoir, alors.

— Excuse-moi, dis-je, pour la deuxième fois de la soirée.

— Pour quoi ? demanda-t-il avec un sourire las. On a discuté, c'est tout.

— Oui, j'imagine.

Je n'allais pas lui dire ce qui s'était passé aux toilettes.

— Finalement, tu ne m'as pas parlé...

— De quoi ?

— Tu ne m'as pas parlé d'Alex.

— C'est une longue histoire.

— Tu me l'as déjà dit, ça. J'ai tout mon temps.

— Une autre fois, quand on aura vraiment le temps. Mais pas ce soir, alors qu'il me reste vingt-huit minutes et quelque avant que je tombe dans les pommes n'importe où.

Je me penchai pour l'embrasser sur la joue. À ma grande surprise, il m'enlaça et me serra contre lui.

— Tu veux que je vienne avec toi pour te trouver un taxi ?

— Ça va aller, répondis-je, reconnaissante. On est à Holborn, tu sais, qu'est-ce que je risque ? De me faire trucider ?

— Bonne nuit, alors.

Je souris, fis demi-tour et me dépêchai de partir avant de faire une quelconque maladresse qui gâcherait l'instant présent.

Dehors, j'aperçus un taxi et juste au moment où je levais le bras, j'entendis une petite voix m'appeler, depuis une allée.

Sans penser à ce qui était évident, je me dis que c'était sans doute un esprit malin qui venait me chercher pour la nuit et je fis un bond de deux mètres. Quand je vis un bras dépasser de l'allée, je me rendis compte qu'au moins il était à peu près humain... enfin, j'espérais.

Je me dirigeai vers la pauvre chose étendue par terre.

— Oooooooh, Alex ! Je suis sortie te chercher, tout à l'heure... Je croyais que tu étais parti.

— Je ne me sentais pas très bien.

— Mais qu'est-ce qui t'est arrivé ?

— Hum, il m'a frappé. Après, j'étais un peu fatigué et j'ai piqué un somme. Après je me suis réveillé et je ne savais pas quoi faire. Et puis après tu es arrivée.

— En fait, c'est parce que je suis un ange de Dieu, dis-je avec sévérité. Tu peux te relever ?

Je voulais voir s'il était vraiment en mauvais état ou non. Il n'avait pas dessoûlé et il avait un magnifique œil au beurre noir en formation, mais son joli nez aristocrate avait été épargné et apparemment il n'avait rien de cassé. Je l'aidai à se mettre debout.

— Et puis, j'ai vomi.

— Ah, sans blague ? dis-je en venant de m'en apercevoir mais faisant mon possible pour ne pas le laisser tomber comme un sac.

— Charlie ?

— Je ne sais pas.

— Fran ?

— Je ne sais pas, soupirai-je. Allez, viens.

Je hélai le taxi. Le chauffeur ralentit, me vit porter à moitié une victime de guerre couverte de sang et de vomi et accéléra.

— Salaud ! lui criai-je. Espèce de pourri, va !

Une heure glaciale plus tard, toutes les sensations agréables et confuses de l'ivresse s'étaient évaporées et je maudissais Londres, je maudissais les soirées, je maudissais les chauffeurs de taxi et surtout, je maudissais cet énorme sac de pommes de terre nauséabond que je devais transporter juste parce que j'en étais amoureuse.

Je finis par trouver un chauffeur de taxi trop défoncé pour se préoccuper du vomi – en fait, vu l'odeur qui régnait dans la voiture, c'était sûrement sa spécialité – et nous arrivâmes à Kennington à trois heures et demie du matin. La maison était plongée dans le noir et le silence.

Alex voulait à tout prix aller au lit, mais comme il était hors de question qu'il dorme à côté de moi dans cet état, je le lâchai tout habillé dans la douche et ouvris le robinet.

Il se mit aussitôt à hurler comme un chien. Je procédai donc à un plaquage immédiat, ce qui supprima les hurlements, mais sans avoir écarté le rideau de douche, qui tomba par terre dans un terrible fracas. Je restais là, la main appuyée sur sa bouche, dans une position très inconfortable où je me faisais copieusement arroser, avec le rideau qui nous était tombé dessus comme un déguisement de fantôme, attendant que tout le voisinage descende pour me lancer des chaussures à la figure. Alex leva de grands yeux vers moi d'un air perdu et j'essayai de me demander où est-ce que je pourrais bien déménager une fois qu'on m'aurait sommée de quitter cet appartement.

Rien ne se produisit. Je ressortis tant bien que mal du rideau de douche et tendis l'oreille comme un renard. Pas un bruit. Je relevai Alex, maintenant que j'avais nettoyé une bonne partie du sang coagulé qu'il avait sur le visage. Il restait bêtement planté là tandis que j'essayais de remettre le rideau en place sans faire de bruit, mais je finis par abandonner, espérant qu'au petit matin il aurait disparu.

Le dimanche était à moitié passé lorsque je clopinai jusqu'à la cuisine avec le besoin désespéré de boire. J'avalai un grand verre de lait – BEURK – parce que c'était tout ce qu'il y avait et je m'armai de courage pour aller voir dans quel état se trouvait la salle de bains. Elle était impeccable, comme si nous n'y avions jamais mis les pieds. Le rideau était réinstallé, le sang était parti. L'espace d'une seconde, je me demandai si j'avais rêvé, puis je secouai la tête pour m'éclaircir les idées.

— Hum, Linda ?

Je frappai timidement à la porte de sa chambre. Elle l'ouvrit de la même manière que les femmes dans les films policiers, quand leurs amants se sauvent par la porte de derrière.

— Oui ? fit-elle en me regardant à travers ses culs de bouteille.

— Je... excuse-moi pour le rideau de douche.

— Ça ne fait rien.

— Non, vraiment... Je t'en achèterai un autre ou... hum, je t'en achèterai un autre.

— Ce n'est pas grave.

Comme je n'avais pas l'intention de la regarder dans le blanc des yeux pendant deux heures, je reculai progressivement, pas très à l'aise, puis retournai dans ma chambre avec un autre verre de lait. Alex était encore complètement inconscient et son œil poché virait au fluo.

— Alex ! soufflai-je en me laissant tomber à côté de lui. Alex ! Réveille-toi ! J'ai peur de ma coloc' antisociale ! Je crois qu'elle va me découper à la hache, qu'elle va me laisser là et on mettra trois semaines à me retrouver !

— Pfnat.

Alex essaya d'ouvrir les yeux et s'aperçut qu'il n'y arrivait pas, à cause des coups de poing qu'il avait reçus. Il fixa le verre de lait, mais ses yeux se gonflèrent et sa peau verdissait.

— NON ! Ne vomis pas encore ! dis-je en reprenant le verre.

Ses yeux se refermèrent doucement et il perdit connaissance.

« Super, me dis-je. Me voilà prise entre la psychopathe muette et la machine à vomir inconsciente. »

Il fallait que je sorte de cet appartement. Et, bien sûr, il fallait que je sache ce qui était arrivé à Fran. Je pensai qu'il valait mieux aller directement chez elle plutôt que de l'appeler ; cela me permettrait de prendre l'air et de rapporter des remèdes contre la gueule de bois. J'enfilai un jean et quelques pulls au hasard, puis je sortis dans l'après-midi glacé.

Fran vivait dans une chambre pratiquement vide, à quelque huit cents mètres de chez moi. C'était une pièce blanche, immaculée, absolument vide. Ce n'était pas par volonté esthétique : Fran n'avait aucune imagination et elle détestait cet endroit ; c'est d'ailleurs pour cette raison qu'elle passait son temps chez moi – ça grouillait peut-être de psychopathes, mais c'était toujours de la compagnie. J'avançais bravement, m'arrêtant en cours de route pour acheter des infusions de Coca Light avant de me mettre à vomir à mon tour après mon overdose de lait. Et de bière, j'imagine. La porte d'entrée de l'immeuble était ouverte comme d'habitude et je montai les escaliers.

« You hou ! criai-je sur le seuil, en tapant bruyamment à la porte. Debout, ma poulette. On a PLEIN de choses à se raconter, enfin SURTOUT toi, miss feu-aux-fesses. (J'entendis remuer à l'intérieur.) Allez ! lançai-je avec impatience. Il faut bien que je sache ce que tu as fait avec cette espèce de nigaud maigrichon, et que je te parle d'Angus et de Fraser... »

Il y eut d'autres bruits de l'autre côté de la porte ; on aurait dit que quelqu'un essayait d'enfiler un pantalon, perdait l'équilibre, avançait à cloche-pied pour finir par s'étaler par terre.

Il me vint subitement à l'esprit que Fran n'était peut-être pas seule. J'essayai de me rappeler ce qu'avait fait Johnny McLachlan quand il était revenu au bar. Merde ! Il avait dû partir pour aller chez Fran ! Aïe ! J'espérais qu'il ne m'avait pas entendue le traiter de nigaud. Et elle ne savait même pas qu'il était marié ! Sinon... on ne savait toujours pas ce qu'était devenu Charlie. Peut-être qu'elle avait repris sa campagne baise-à-mort, qui sait ? Ouh là, elle allait être énervée. Oh non, l'homme marié ou le connard ! *Trop* de cocktails.

Je m'appuyai contre la porte.

« Euh... tu veux que je revienne tout à l'heure... ? »

Trop tard : Fran venait d'ouvrir la porte. Elle avait l'air épuisée, une chemise d'homme sur les épaules et une serviette autour de la taille. Je fis la grimace.

— Je peux revenir plus tard, tu sais. Il n'y a pas de problème.

— Salut, Mélanie, dit-elle d'un air las. Non, tu peux entrer.

Elle ôta la main de la porte et j'avançai dans la pièce

sombre et étouffante, pour me trouver nez à nez avec Angus qui, l'air extrêmement honteux, s'assurait que la fermeture de son pantalon était bien remontée.

— ... ! protestai-je.

Nous nous regardâmes droit dans les yeux. Il passa au rouge betterave et j'essayai de retrouver mes esprits.

— Bonjour ! dis-je gaiement, tout en lançant un regard féroce à Fran.

— Bonjour, répondit Angus en baissant la tête. (Il jeta ensuite un coup d'œil à sa montre.) Hum... il faut que j'y aille... J'ai dit à Fraser que je l'aiderais à... euh... à choisir une cravate.

J'acquiesçai lentement. Nous restâmes immobiles, jusqu'à ce que Fran se rende compte qu'il fallait qu'elle lui rende sa chemise. Il la lui arracha presque des mains et la boutonna à la vitesse de l'éclair.

Fran, refusant de paraître gênée, attendait en soutien-gorge. Je crus un instant qu'elle allait lui serrer la main et le remercier d'être venu, métaphoriquement parlant.

Angus prit congé en bafouillant. J'attendis au moins une demi-seconde avant de me tourner vers Fran.

— Qu'est-ce que c'est que cette histoire, bordel ?!!!??

— Oh, pour l'amour du ciel, Mélanie, pas la peine de t'exciter comme ça.

— Excitée ? ? Moi ? ? Dis donc, c'est pas moi qui me débrouille pour baiser deux mecs différents en huit heures de temps, hein !

— Moi non plus, ma chérie. Tu prends un café ?

— Hein ? Mais qu'est-ce qui se passe ?

Fran fit le tour de la petite pièce pour remonter les stores et ouvrir les fenêtres, puis elle alluma la cafetière. Debout au milieu de la chambre, je me tordais les mains de frustration.

— Raconte-moi ! suppliai-je. Je croyais que c'était moi qui devais me soûler et mal me conduire !

Fran regarda par la fenêtre d'un air rêveur jusqu'à ce qu'il me prenne l'envie de la tuer. Elle avait toujours été assez vénale dans sa façon de traiter le sexe opposé, mais là, c'était trop bizarre – d'abord Charlie, puis Johnny et maintenant Angus. Mon nouvel ami Angus 1) que je croyais plus attiré par moi que par Fran, pour être honnête, et 2) que je trouvais plutôt noble.

Quand le café fut prêt, elle s'assit à côté de moi avec son tee-shirt « Frankie Says Relax », qui lui allait toujours.

— S'il te plaît, Fran, commençai-je de la voix la plus calme possible, dis-moi juste ce qui se passe. Tu es venue de l'espace en mission spéciale pour coucher avec toutes nos connaissances ?

Elle me tapota doucement la main.

— Ce n'est pas ce que tu crois.

— Pourquoi, il y a aussi des animaux dans le coup ?

— Non.

— Quoi, alors ?

— Bon, tu te rappelles que j'étais une lionne, hier soir ?

— Oh oui. Il y a bien des animaux, donc...

— Johnny n'était pas tellement d'humeur à faire le lion.

— Ça ne me surprend pas. Tu lui as pratiquement arraché la tête.

— C'est pas vrai, contesta-t-elle avec un regard noir. On est sortis...

— Ouais, et vous vous êtes fait arrêter, conclus-je en reniflant.

— ... pour prendre l'air... et on n'avait même pas fait deux mètres qu'il s'est mis à pleurer.

— Sincèrement, Fran, ça ne me surprend pas.

— Mélanie, personne ne te dit jamais que tu parles trop ?

— Euh... si, en fait. Souvent. C'est marrant, Alex me disait encore l'autre jour que je parle encore plus quand... (Elle avait l'air exaspéré.)... je suis énervée.

— Toujours est-il, poursuivit-elle, qu'il s'est mis à

pleurer en me disant qu'il détestait sa femme, sa vie, son travail, que ce qui lui était arrivé de mieux, c'était de me rencontrer, que tout était déprimant, que c'était la première fois qu'il allait à une soirée depuis huit ans et que je ne pouvais pas savoir ce que c'était que d'enseigner tous les jours la géographie à un troupeau d'animaux analphabètes.

Elle observa une pause, attendit que je fasse un commentaire, mais je me tus.

— On a fini au bar au sous-sol, continua-t-elle, et j'ai passé les trois heures les plus sobres et les plus chiantes de ma vie à écouter ce type me parler de son existence épouvantable.

— Pourquoi tu ne t'es pas sauvée pour venir me retrouver ? J'ai passé un bon moment, moi.

— À chaque fois que je bougeais le petit doigt, il se remettait à pleurnicher dans sa bière en me disant que j'étais la meilleure amie qu'il ait jamais eue.

— Oh, non !

— Sincèrement, Mélanie, continua-t-elle d'un air abattu, est-ce que tu penses que ça m'intéresse, la quantité de paperasse qu'il y a dans le système éducatif britannique ?

— Ça pourra toujours te servir si tu dois jouer Miss Jean Brodie[1] un jour, dis-je pour l'encourager.

— Alors finalement, j'ai décidé qu'il fallait que je m'en aille avant de me planter une fourchette dans la cuisse. Et c'est là qu'il m'a sauté dessus !

— Bon, ça peut se comprendre, de son point de vue.

— Pas gonflé, le salaud ! Si ça avait été un inconnu intéressant, pas de problème. Mais si je dois me farcir trois heures de discours mortel sur sa bonne femme, il peut aller se faire foutre. C'est tout.

---

1. Pièce de théâtre britannique où Miss Jean Brodie est une enseignante qui, au début du XXe siècle en Écosse, exerce une grande fascination sur ses élèves d'une école de filles.

— Je crois que tu es la personne la plus gentille que je connaisse.

— Je *sais*, soupira-t-elle. Donc, je l'ai envoyé promener.

— Tu l'as frappé ?

— Pas très fort. Le sale petit crapaud ! Ensuite, j'ai pris un verre ou deux au bar. Et après je suis remontée te chercher.

— Je suis restée jusqu'à la fin, alors je venais sûrement de partir.

— Oui, je t'ai vue par la fenêtre, en train de traîner Alex.

— Et tu n'es pas venue me donner un coup de main ?

— Il faisait un froid de canard.

— Merci bien.

— Et il n'y avait presque plus personne dans le bar, à part Angus, qui se remontait avec des whiskies doubles.

— Je sais, je l'ai vu avant de partir.

— Il avait l'air assez malheureux, alors je lui ai parlé.

— Est-ce que par hasard il t'a parlé de moi ?

— Hum, non, pas du tout.

— Ah bon. D'accord.

— Pourquoi ?

— Comme ça.

— Ah, fit-elle en me décochant de nouveau un regard noir. Enfin, comme il était pas mal pété, il est venu dormir chez moi. C'est tout.

J'étais très soulagée.

— Alors tu n'as pas couché avec lui ?

— Ben si, j'ai couché avec lui.

— Tu es terrible !

— Je suis terrible ? Qui est-ce qui craint le plus, Angus ou Nicolas ?

— La question n'est pas là.

— Si, justement. De toute façon, ce n'est pas sérieux.

— Il ne te plaît même pas. Tu trouves qu'il ressemble à un chien.

— C'est toi qui trouvais qu'il ressemblait à un chien.

Je ne me rappelais pas avoir dit cela un jour. Ou peut-être en voulant dire que les chiens ont de la force et qu'ils sont gentils. Voyons voir, les chiens n'ont pas ces qualités-là... Mais où est-ce que j'avais la tête ?

— Et Alex, il va comment ? demanda Fran en sirotant son café.

— Qui ça ? Ah oui, je crois qu'il va bien, répondis-je avant de lui raconter l'histoire de la douche. J'espère qu'il n'a pas de commotion ni rien, au fait ! Oh, là, là ! Et s'il reste dans le coma des années, tout ça parce que je ne l'ai pas emmené à l'hôpital !

— À ce moment-là, je pourrais lui faire ma petite danse spéciale du bonheur, dit Fran. Maintenant, bois ton café, je te raconte comment est Angus au lit.

Et elle le fit.

Je quittai Fran une heure plus tard car elle avait grand besoin de dormir et je rentrai à la maison, la tête comme une marmite.

Après avoir acheté du bacon et des œufs, j'entrai chez moi à pas de loup. Il n'y avait pas un bruit. J'avançais vers la cuisine sur la pointe des pieds lorsque j'entendis un long gémissement.

— Mélanie... c'est toi ?

Je passai la tête par la porte de ma chambre, qui empestait le whisky.

— Alex ?

— Oui... répondit-il avec une toute petite voix.

Je m'assis à côté de lui sur le lit. Son œil était passé au rouge-violet verdâtre, mais il n'était plus gonflé.

— Comment ça va ? demandai-je avec tendresse.

— Comme si je m'étais fait écraser par l'Étoile de la Mort.

— Oh, mon bébé. Tu veux que je t'apporte quelque chose à boire ?

— Pas de lait, s'il te plaît, répondit-il avant de faire un demi-sourire. On s'est vraiment mal conduits, hier ?

— Toi, tu as été vilain et ton copain encore pire.

Il se mit à rire puis il fit la grimace.

— On n'a pas voulu faire de mal. On est juste allés au rugby et après on a bu deux ou trois pintes de bière...

— Ce qui fait que vous étiez pintés. C'est incroyable, n'est-ce pas ?

Il se força à sourire.

— On s'est vraiment mal conduits ?

— Tu as payé pour ce que tu as fait.

— Tu sais, j'aurais pu me le faire, hein !

— Bien sûr, que tu aurais pu, mon poussin.

— Si je le revois, je le...

Il tendit mollement le bras vers moi et je me laissai enlacer.

— Je suis la petite amie la plus tolérante du monde, tu sais ?

— Je sais, répondit-il en s'endormant. Je sais.

CHAPITRE 9

Au travail, je cherchais désespérément quelqu'un à qui parler, mais les choses s'annonçaient plutôt mal. Seul Cockney Boy, qui s'appelait évidemment Steve, s'inquiéta de savoir comment s'était passée la soirée.

— C'était génial, répondis-je. Finalement, la strip-teaseuse était homo et j'ai fini la nuit avec elle.

— C'est vrai ? grogna-t-il, les yeux comme des soucoupes.

— Non.

— Sale gouine ! Tu dois jamais coucher avec personne, de toute façon, marmonna-t-il dans sa barbe.

— Tu te trompes. Normalement, je laisse les garçons regarder. Mais seulement ceux que j'aime bien... dommage pour toi.

Il me fit une grimace et retourna au travail, qui avait l'air de consister avant tout à faire du coloriage.

— Comment ça va, Janie ? demandai-je avec la voix douce et chétive que je réservais aux cœurs troublés.

— Eh bien, répondit-elle courageusement, il avait un billet pour le match de rugby de samedi, mais il m'a accompagnée chez Ikéa à la place.

— Tu vois ? Il est amoureux. Tu sais, je suis allée à une soirée samedi soir, hein, et...

— Mais après, il n'a pas voulu aller au salon de l'habitat à Earls Court... reprit-elle en reniflant. Et il s'est installé devant *Football Focus* jusqu'à la fin ! Et après, c'était trop tard pour y aller !

Je la regardais fixement.

— Tu es cinglée ou quoi ? Tu ne vas quand même pas le traîner au salon de l'habitat au bout de deux mois ! D'ailleurs, tu n'as pas à l'emmener là-bas ! Seigneur Dieu ! Il va falloir que tu arrêtes de lire ce *Daily Mail* à la con. Bon, alors à la soirée, il y avait un mec et je croyais que je l'intéressais, hein, mais il a couché avec ma meilleure copine. Et de toute façon, je n'ai pas le droit de m'intéresser à lui, étant donné que mon copain est canon et que je suis complètement amoureuse de lui. Mais il essaie – le premier garçon, hein, pas mon copain – de saboter le mariage de son frère et il veut que je lui donne un coup de main. Sinon, à part ça, il est vraiment sympa. Enfin, je suis amoureuse de mon copain, alors... Mais ça me fout en rogne de penser qu'il a couché avec ma copine. À croire que je suis jalouse, ce que, évidemment, je ne suis pas. Qu'est-ce que je dois faire, à ton avis ? (Elle me regardait, bouche bée.) À part les emmener tous les deux au salon de l'habitat pour voir lequel arrive à dégoter le tapis le plus inusable ?

Je n'en revenais pas, elle se remettait à avoir les yeux pleins de larmes.

— Je voulais juste regarder les coussins, balbutia-t-elle. Les coussins, ça ne va pas trop loin dans l'engagement, quand même ?

Ahhh ! Inutile d'insister. J'allais devoir finir par appeler SOS Détresse Amitié et leur demander leur avis. Quoique, avec ma chance, j'allais bien tomber sur quelqu'un d'insolent ou de distrait. Je pris ma plus belle expression de martyre et me tournai vers Janie à la manière d'une sainte.

— Bon, d'accord. Alors, premièrement, pourquoi n'irait-il pas au rugby ? C'est un garçon. Les garçons ont besoin de rugby. Crois-en mon expérience.

— Tu laisses ton copain y aller ? demanda-t-elle en clignant des yeux.

— Bien sûr !

— Et ça ne pose pas de problèmes ?

Je réfléchis un moment. Je ne voulais pas répondre : *Non, si ça ne te dérange pas qu'il se batte, qu'il insulte les strip-teaseuses, qu'il te gerbe dessus et qu'il dorme comme une masse...*

— Pas du tout !

Mince, s'il pouvait se dépêcher de la plaquer, que je puisse parler de mes problèmes pour changer.

— Vous savez ce que vous devriez faire, les meufs ? annonça Cockney Boy, qui avait réussi à faire du coloriage tout en écoutant notre conversation. Vous devriez apprendre à jouer au rugby. Comme ça, vous pourriez courir sur le terrain vous-mêmes et vous retrouver couvertes de boue et tout le monde serait content : les garçons pourraient regarder le match et vous, vous seriez en train de jouer...

Nous nous retournâmes toutes les deux vers lui.

— Tu as dû passer beaucoup de temps tout seul dans ta chambre, quand tu étais ado, non ? lui demandai-je.

— Non, dit-il d'un air boudeur. Non.

— Tu devais passer tes journées à fixer le plafond, percer tes boutons et écouter Phil Collins.

— Oh, la ferme.

— Tu rêvais du jour où Samantha Fox tomberait en panne devant ta petite maison de Cockney.

Il leva les bras et tourna les talons.

— Je n'ai pas à écouter ce genre de choses.

— Oh, Steve, Steve, merci d'avoir réparé ma voiture... qu'est-ce que moi, Samantha Fox, je pourrais faire pour te remercier ?

Arrivé à la porte, il fit demi-tour et me fit un doigt. Mais il souriait un petit peu. C'est du moins ce que j'espérais.

J'avais trois messages. Un de Fran, qui voulait savoir comment elle devait s'habiller à l'enterrement de vie de jeune fille d'Amanda. Si elle pensait aller à cette soirée, elle se fourrait le doigt dans l'œil. En fait, je n'avais pas non plus l'intention d'y aller, étant donné que je préférais garder mes yeux à leur place, merci beaucoup.

Le deuxième message était d'Alex, qui avait juste appelé « pour dire bonjour, ma puce ». Il était terriblement sentimental depuis samedi soir. Ce qui était une bonne chose, certes, mais à laquelle je n'étais pas habituée. C'était même une première, chez lui. Il faisait presque un peu mauviette !

Le troisième message commençait bizarrement, avec un long silence suivi d'une espèce de « grrr ». Ensuite, la personne s'éclaircissait bruyamment la voix avant de s'excuser. Je compris qui c'était.

« Angus, dis-je au téléphone bien que ce ne soit qu'un message. Ne t'inquiète pas. Ce n'est que moi. Oui, je pense sincèrement que tu es un peu lourd, mais ça ne me dérange pas. Ça m'est égal. »

« Hum, bonjour, euh... c'est Angus. Hum, Angus McConnald. (Ah, cet Angus-*là,* donc.) Je voulais juste savoir comment tu allais depuis samedi soir et hum, si ça te dirait d'aller manger quelque part pour parler, tu sais... pour bavarder, quoi... Je ne parlerai pas du mariage ni rien... (Silence sur le répondeur.) Enfin, peut-être un peu du mariage quand même... Ils ne peuvent pas... Oh, mon Dieu. Bon... appelle-moi au 555 2127. Pardon, au 0171 555 2127. Font chier avec leurs indicatifs à la con, les Anglais. Voilà. Désolé. D'accord ? Au revoir. »

Il n'allait pas abandonner la partie, je le savais. Et Fran non plus. J'aurais préféré qu'ils me laissent en dehors de tout cela, mais j'avais horreur d'être à l'écart. Et puis, il y avait une partie de moi qui avait envie de le revoir. Je ne le rappelai pas tout de suite, mais je notai son numéro au stylo dans mon carnet d'adresses.

— On est invitées, insista Fran, alors on y va et on ne reste pas les mains dans les poches. Les « Terminateuses », ça ne te dirait pas ?

— Même pas drôle.

— On pourrait peut-être demander à cette strip-teaseuse de se pointer chez Quagli ?

C'était notre conseil de guerre. Enfin, plus exactement, Fran était passée chez moi pour essayer de me persuader de faire quelque chose et, de toute façon, Alex était là. J'avais répété à Fran ce qu'Angus m'avait dit à la soirée de Fraser ; elle était tout excitée à l'idée de préparer une vacherie et plus convaincue que jamais que nous faisions une bonne action en remuant les choses, ne serait-ce qu'un petit peu. Je n'en étais pas aussi sûre. Alex lisait le *Sunday Times* et se souciait de nous comme de sa première chemise.

Le téléphone sonna. J'allai décrocher. Je posai la main sur le combiné et sortis la tête par la porte du salon.

« C'est Angus ! » soufflai-je à Fran. Deux coups de fil en deux jours... pensais-je. Je sautai de joie intérieurement. Donc, j'avais raison. Je savais bien qu'il avait un petit béguin pour moi, tout de même. Enfin, il fallait qu'il soit bien petit, c'est vrai, pour qu'il couche avec Fran aussi vite. Je détestais les années quatre-vingt-dix. Un peu d'amour courtois n'aurait fait de mal à personne. Il aurait dû m'aduler pendant dix ou quinze ans et être heureux que je lui donne une simple fleur, quelque chose comme ça. Fran tressaillit.

— Bon, je lui dis de passer ? demandai-je.

— Pourquoi veux-tu que ça me dérange ?

— Je ne sais pas... hum, parce qu'il t'a vue de l'intérieur ?

Alex leva les yeux des pages de sport en haussant les sourcils, mais c'est vrai qu'il connaissait Fran depuis un moment.

— Allez, on ne va pas en faire un fromage, dit-elle. Ça

me fait plaisir de le voir. Il est gentil. Et il peut nous aider pour notre plan.

— Mmm.

Je n'étais pas certaine que j'avais vraiment envie de les voir travailler ensemble, ces deux-là.

— Eh ! dis-je avec empressement au téléphone, ce qui trahit exactement ce que nous venions de faire. Tu n'as qu'à passer ! On est en train de boire du vin et de critiquer les gens qu'on connaît.

— Bon, d'accord.

Je lui indiquai mon adresse, pensant qu'il lui faudrait des heures pour la trouver et qu'il arriverait en maudissant le système routier du sud londonien, mais une demi-heure plus tard il était là, armé de deux bouteilles de vin, ce qui n'était pas inutile. Alex et Angus se sourirent fixement en se serrant la main, après quoi Alex déclara : « Je vous laisse tous les trois démonter les autres » et retourna se plonger dans son journal.

— Ouh... siffla Fran, Monsieur Parfait vient encore de frapper.

— Allez, arrêtez un peu de vous bouffer le nez, tous les deux.

Fran lui décocha un dernier regard méchant et s'assit par terre avec nous, sur les coussins.

— Donc, commença Angus sans desserrer les dents. (Manifestement, il avait pensé à ce qu'il allait dire.) Ce n'est pas du tout gênant, cette affaire...

— Comment ça ? demanda Fran.

Je lui donnai un coup de pied dans les chevilles.

— Non, ajoutai-je.

Fran sourit gentiment, ce qui conforta Angus dans son embarras.

— Comment va Fraser ? intervins-je.

— Bien. Il a récupéré. Elle est en train de lui faire choisir le menu. (Pas de doute sur l'intonation : c'était comme quand les gens parlaient de Margaret Thatcher, avant.) À chaque fois qu'il choisit quelque chose, elle lui dit que ça ne va pas.

— J'adore ce jeu-là, dis-je.

Fran s'étira par terre et s'allongea sur le dos, les mains derrière la tête.

— Écoute, pourquoi est-ce que tu ne lui parles pas franchement ? Dis-lui, « Fraser, n'épouse pas cette fille, c'est une chieuse. Une chieuse de chez Chieuse, avec un petit cul et des cheveux décolorés. C'est une chieuse totale. Une chieuse irrécupérable. Si c'était un président, on l'appellerait Chieuse Kennedy ».

— Où tu veux en venir, là ?

— Si c'était un cow-boy, ce serait Chieuse Cassidy.

— Fran, c'est très subtil. Mais je crois qu'Angus a déjà essayé.

Il inclina légèrement la tête.

— Plus ou moins. Je n'ai pas fait le discours de la chieuse, remarque.

— Et comment il a réagi, Fraser ?

— Il m'a regardé comme un chien battu et il a dit (ton sincère, cette fois) « Angus, ça ne colle pas entre vous, je sais. Crois-moi, elle est gentille. Tout ira bien ».

— Ahhh ! dit Fran. Il n'y a rien que je déteste plus au monde que les femmes que les hommes trouvent gentilles alors que ce sont de véritables CHIEUSES !

Alex baissa son journal et jeta un coup d'œil pardessus.

— Ah bon ? Et qu'est-ce que tu penses des langues de vipère qui font chier tout le monde ?

— Ah bon ? Et qu'est-ce que tu penses des hommes qui se barrent en Amérique et qui trompent leur petite amie ?

J'étais pétrifiée.

Ce que Fran venait de dire – et elle ne disait jamais rien au hasard – je crois que je m'en doutais, que je subodorais qu'Alex avait fait toutes sortes de choses pendant son absence, mais bon, je n'en étais pas absolument certaine et je pensais que... Je le regardai, sachant déjà que j'avais les yeux pleins de larmes, le genre de larmes qu'on essaie de ravaler jusqu'à ce que ça fasse mal. Fran se pencha vers moi, subitement préoccupée par les paroles qu'elle venait de prononcer.

— Mélanie...

Alex jeta son journal et sortit de la pièce en claquant la porte. Je crus qu'il allait partir, sans doute pour toujours. J'avais l'impression qu'on était en train de m'étrangler.

Ne sachant pas trop quoi faire, Alex revint au salon et me fit signe de le suivre, mais j'étais paralysée.

— Viens, dit-il d'un ton sec.

Je me levai et le rejoignis dans le couloir. Il me prit dans ses bras, me serra contre lui et appuya son front contre le mien en essayant de retrouver son sang-froid.

— Elle me déteste vraiment beaucoup, ta copine, hein ?

— Oui, dis-je en me mordant la lèvre inférieure, presque incapable de parler. C'est... c'est vrai ? demandai-je d'une voix chevrotante.

— Mélanie, tu sais bien qu'il fallait que je me cherche. Que je voie autre chose. Pour que je sache où je suis bien, quoi... Et c'est ici. Avec toi.

Il baissa les yeux et fixa obstinément le sol.

— L'Amérique... reprit-il, c'est comme si j'y étais allé dans une autre vie. Là-bas, j'ai fait des tonnes de trucs que je ne ferais pas ici. Des trucs bêtes, sans intérêt. Il faut que tu me croies, ma puce. (Comme j'avais envie de le croire !) Tu comptes beaucoup pour moi. Je n'arrête pas de te le dire, mais tu ne crois pas en toi. Tu vois bien, je suis revenu exprès pour toi. Tu sais à quel point tout est confus dans ma tête. Mais je suis là !

Je le regardai dans les yeux. Il me semblait vraiment sincère, il avait l'air d'avoir réellement envie que tout se passe bien. Il était presque en larmes lui aussi.

— Je t'en prie, Mélanie.

Nous nous regardâmes pendant un bon moment.

— Ce n'est rien, finis-je par dire. Ce n'est rien. C'était il y a longtemps.

— C'est vrai ?

— Oui, répondis-je à voix basse.

— Je n'ai pas arrêté de penser à toi.

— Ah bon ? Moi je n'ai pas du tout pensé à toi, dis-je en me forçant à rire un peu.

— C'est fini, ce genre de conneries, je te le promets. Maintenant, c'est juste toi et moi. D'ailleurs, si tu pouvais jarreter cette Fran, ce serait absolument parfait.

— Alex, c'est ma meilleure amie.

— Pas moi ?

— Toi, tu es mon petit ami, tu te rappelles ?

— Oh, oui.

Il fallait que je lui pose la question.

— Alex, tu m'aimes ?

Il sourit et m'embrassa à pleine bouche.

— Je couche avec toi, non ? dit-il avec un accent Cockney exagéré.

— Je voudrais savoir.

— Ma puce, je t'aime autant que je peux aimer n'importe qui.

Il partit juste après. Je restai à côté de la porte car je n'avais guère envie de retourner au salon tout de suite. Il y avait une pile de courrier sur une table affreuse qui réapparaissait de temps en temps. En temps normal, je ne regardais jamais le courrier ; je laissais Linda s'occuper des factures et tout le reste, elle le glissait sous ma porte. Mais je feuilletai les lettres sans me presser, en me demandant combien il pouvait y avoir d'associations de protection des animaux dans le monde. Tout à coup, je tombai sur une enveloppe destinée à Alex, mais avec mon adresse. C'était une enveloppe blanche et rigide. Bizarre. Dessous, il y en avait une pour moi aussi.

Je compris alors de quoi il s'agissait : c'étaient les faire-part de mariage ! C'est vrai, combien d'enveloppes rigides avais-je l'habitude de recevoir ? (C'était la première.) J'allais pouvoir la poser sur la cheminée ! Quoique, Linda l'avait déjà recouverte de chats miniatures en verre.

Je retournai au salon. Angus et Fran me regardaient avec une inquiétude manifeste.

— Je suis désolée ! s'écria aussitôt Fran pour être sûre de réussir à le caser.

— Ça va, dis-je en m'asseyant avant de me servir un autre verre de vin.

— C'était juste une supposition, Mélanie. Je n'ai même pas réfléchi à...

Fran avait l'air absolument défaite. Je lui tapotai le dessus de la main.

— Viens dans le couloir. Je voudrais te dire quelque chose.

Elle me suivit.

— Fran, ne t'en fais pas. En fait, ça nous a fait plus de bien que de mal. Il... (Je me sentis un peu timide et minable.) Je ne voulais pas dire ça devant Angus, mais... il m'a dit qu'il m'aimait. Pour la première fois.

— Cet enfoiré ? lança Fran, redevenant méprisante. Il n'aime que sa petite personne.

Je lui envoyai un regard qui signifiait qu'elle n'était pas pardonnée.

— Bon, d'accord, j'arrête. Je suis contente pour toi. Sincèrement.

— Écoute, Fran, je suis sérieuse : tu vas arrêter d'être infecte avec lui ?

Elle poussa un grognement.

— D'accord ? Ça lui tape sur les nerfs et à moi aussi.

— Bon, bon, d'accord. Puisque tu y tiens, je vais contrôler mes instincts naturels devant ce connard.

Je serrai amicalement ses mains dans les miennes.

— Fran, j'adorerais tes instincts naturels... s'ils ne ressemblaient pas à ceux d'un couguar aux abois.

Elle m'adressa un petit rugissement affectueux puis nous retournâmes dans le salon.

— Vous vivez toujours dans une ambiance aussi dramatique ? demanda Angus, qui faisait calmement tourner son vin dans son verre.

— Attends, lequel de nous trois a l'intention de saboter un mariage, là ? C'est bien toi, non ? lui rappelai-je. Ah, tiens, à ce propos... Regardez !

Je sortis les enveloppes.

— Les faire-part ? demanda Fran en tendant la main pour les attraper. Comment ça se fait que vous en ayez reçu chacun un ?

— Ils ont les moyens, que veux-tu, répondis-je avec désinvolture en ouvrant le mien.

Je regardai la carte au bord doré, stupéfaite.

— Quelle salope ! m'exclamai-je.

— Quoi ?

— Regarde !

Fran prit la carte.

— Vingt ans, bordel ! Quelle SALOPE !

Joan et Derek Phillips, disait le faire-part, *vous invitent au bal qui aura lieu après le mariage de leur fille Amanda Serena Phillips avec Fraser Alasdair McConnald à la Salle des Fêtes de Pyrford le 21 décembre prochain. Pour vous y rendre, un bus sera à votre disposition à 16 heures 30 à Londres. Les tenues de soirée ne sont pas de rigueur.*

Fran et moi étions en train de nous regarder. Tout à coup, elle ouvrit l'enveloppe destinée à Alex. Évidemment, le texte disait : *Joan et Derek Phillips vous invitent au mariage de leur fille Amanda Serena Phillips avec Fraser Alasdair McConnald à l'église de Pyrford le 21 décembre prochain à midi. À l'issue de la cérémonie, vous êtes convié au repas qui aura lieu au Coq Fantastique puis au bal, à la Salle des Fêtes de Pyrford. Cérémonie en habit.*

Dans chaque enveloppe, se trouvait la liste de mariage, déposée chez Heals. L'article le moins cher coûtait trois cents livres.

Fran et moi échangeâmes un regard.

— Bon, dis-je à Angus. Qu'est-ce qu'on doit faire pour foutre ce mariage en l'air ?

— Ce n'est que justice, ajouta Fran. Pour toutes les années où elle nous a fait chier à l'école.

Je tressaillis au souvenir de tout ce qu'elle nous avait fait.

— Pour la fois où elle a demandé aux garçons de nous immobiliser pour qu'elle puisse nous tirer les cheveux tranquille, dis-je.

— Pour la fois où elle a voulu qu'on lui refile notre argent de la cantine pour qu'elle puisse le redonner à une œuvre de bienfaisance, siffla Fran.

— Pour la fois où elle a refusé d'avouer qu'elle avait volé la règle du prof et que c'est moi qui ai écopé d'un avertissement.

— Pour la fois où elle a dit à Colleen Sweeney que je voulais me battre avec elle.

Angus nous regardait bouche bée.

— Pour la fois où elle t'a dénoncée parce que tu avais piqué un rouge à lèvres chez Woolworth.

— Ah oui ! se rappela Fran. Et pour la fois où on devait aller au cinéma, qu'elle ne voulait pas y aller et qu'elle a fait semblant d'être malade, jusqu'à ce qu'il soit trop tard pour la séance.

— Ahhhh ! fis-je. Et la fois où elle a réussi à entrer dans cette boîte de nuit et pas moi, et qu'elle n'est pas revenue me chercher !

— La fois qu'elle a couché avec Legsy Forters juste parce que tu l'aimais bien !

Je fourrai ma tête dans un coussin.

— Ah ! Legsy ! Legsy !

Nous étions au bord de l'hystérie.

— Allons-y ! cria Fran. Pour toutes les vacheries que cette salope a pu nous faire, allons-y !

J'étais remontée.

— Ouais !

Nous tournâmes la tête vers Angus, qui était en train de reculer, l'air effrayé.

— Vous savez, les filles, on veut juste les raisonner, pas faire exploser quoi que ce soit.

Je débouchai la troisième bouteille de vin.

— D'accord, il nous faut un plan.

— Bon, alors pour commencer, on va à l'enterrement de vie de jeune fille, déclara Fran.

— Pas question, rétorquai-je avec un regard dangereux.

— Très bien. Si tu veux passer la soirée chez toi à bécoter l'amour de ta vie, c'est ton problème. Moi, j'y vais en reconnaissance. Et j'y vais avec un magnéto.

Silence.

— Avec quoi ?

— Tu as très bien compris. Je porterai de quoi l'enregistrer sur moi et, si c'est suffisamment méchant, on le fera écouter à Fraser. Douloureux, mais efficace.

Encore un silence.

— C'est absolument génial, comme idée ! dit Angus.

— Bon, il vaudrait peut-être mieux que j'y aille aussi, alors, proposai-je. Hum... sinon tu n'arriveras pas à entrer.

— Je te parie que si.

— Arrêtez voir un peu, toutes les deux. Il y a déjà un couple qui me donne la migraine, ça suffit comme ça. D'accord, Francesca, c'est une excellente idée.

Je les observais avec attention, à la recherche d'un soupçon de tension sexuelle, mais c'était comme s'il ne s'était rien passé entre eux.

— Il faudra que tu mettes quelque chose de large, pour ne pas que ça se voie.

— Je n'ai pas de vêtements larges. Comment elles font, les pétasses de la télé ?

— On s'en fout. On trouvera bien une solution.

— Attends, dis-je. Et si elles ne sont pas assises l'une

à côté de l'autre ? Il va sans doute y avoir des centaines de personnes à cette soirée.

— Eh bien il faudra juste que vous soyez très copines avec elle, ce soir-là.

— Ouais, étant donné qu'elle ne nous avait même pas invitées, ça va être facile, railla Fran.

J'eus un éclair de génie.

— Je sais ! Tu pourrais faire semblant d'être bourrée et te laisser tomber sous la table à ses pieds ! Comme ça tu entendrais tout ce qu'elle dit.

Ils me regardèrent tous deux avec étonnement.

— Tu pourrais peut-être le faire, ça, me dit Fran. Comme ça on n'aurait pas besoin de faire semblant.

— Ha ha ha, répondis-je en boudant.

— Bon, allez, essayez juste de rester près d'elle et faites ce que vous pouvez pour la faire parler, continua Angus avec une certaine agitation. Après, on le fera écouter à Fraser et ça lui remettra les idées en place !

— Comment il saura que ce n'est pas les vœux de Noël de la Reine ? demandai-je. Elles parlent pareil, toutes les deux.

— Ça ne fait rien. Ça ne fait rien.

Je fus complètement excitée tout le reste de la semaine. C'est que nous avions désormais une mission à accomplir. Le lendemain soir, j'allai manger au restaurant avec Alex et ce fut très romantique. Il trouvait que nous étions un peu gamines, avec notre plan, mais cela ne me souciait guère. Et puis, il allait avoir un entretien dans une maison de disques, ce qui voulait dire que les choses s'arrangeaient. En attendant, il vivait gratuitement aux crochets de Charlie et il recevait régulièrement de l'argent de ses deux parents, qui cherchaient à se déculpabiliser, alors il ne mourrait jamais de faim. Je jouai avec mes fruits de mer dans mon assiette et jetai un coup d'œil par la fenêtre du Café Rouge – bon, d'accord, ce n'était pas le Ritz, mais ça faisait l'affaire pour l'instant.

Un soir assez tard, j'allai acheter un micro avec Fran, ce qui était plus facile à dire qu'à faire, surtout dans les boutiques de hi-fi du quartier.

— Vous auriez un petit micro ? demandai-je au gamin à l'œil vitreux qui était planté à côté de la porte.

Il regarda bêtement vers les étagères de CD en faisant mine de chercher quelque chose qui ne s'y trouvait pas, manifestement.

— Euh... hum... non.

— C'est quoi, ça ? demanda Fran en souriant gentiment et en prenant un micro.

— Ouais, c'est un micro, ouais, répondit-il en se grattant nerveusement.

Ça pousse dans quelle région, des imbéciles pareils ?

— Vous en avez des petits ? poursuivit Fran pour l'encourager.

— C'est... euh... les plus petits qu'on ait, ceux-là.

Je remarquai qu'il avait des auréoles sous les aisselles.

— Et ça, qu'est-ce que c'est, alors ? dit Fran en désignant un micro plus petit.

Je lui fis signe d'arrêter.

Le garçon restait là à regarder droit devant lui dans un état catatonique pour éviter de répondre à la question. Je me demandai s'il s'était déjà pris une claque dans la figure.

— Écoutez, expliquai-je, c'est simple : on veut juste un tout petit micro, comme les présentateurs à la télé, vous voyez, la télé ? On voudrait le brancher à un walkman pour pouvoir enregistrer des trucs.

Il se reconcentra et perdit son style tête-à-claques.

— Je... je vais voir dans l'arrière-boutique.

Et il disparut. À tout jamais. En fin de compte, Fran grogna suffisamment longtemps sur un sous-directeur de magasin pour qu'il nous vende un micro.

Elle l'essaya dans le bar le plus proche. Elle glissa l'enregistreur dans son jean et accrocha le micro à sa chemise. Je la suivis ensuite dans les toilettes pour voir s'il marchait ou non.

— Ben dis donc, tu as les nibards bruyants, lui dis-je, un peu trop fort.

— Chut ! Nom d'un chien ! Attends voir.

Elle rembobina la cassette et la mit en route. Et voilà qu'on entendit, avec un léger souffle, la conversation mortelle des deux vieux banquiers qui étaient assis à côté de nous. Chaque mot de leur interminable discussion sur les taux d'assurance était tout à fait reconnaissable. Nous nous souriions au-dessus de la cuvette de W.-C. pas très nette.

— Tu es encore de sortie ? demanda Cockney Boy vendredi matin en apercevant mon petit sac à paillettes et mon collant de rechange. Tu vas bientôt être alcoolique, à ce rythme-là.

— Quoi ? Tu veux dire que je vais avoir la gueule de bois tous les matins ? Je croyais que c'était toi qui me faisais cet effet-là !

— Tu te trouves drôle, hein ?

— Franchement, non. Mais tant que je t'énerve, je m'en fous.

Il sortit se chercher une tasse de café ; il en rapporta une à Janie aussi, mais pas à moi. Salaud, va.

J'étais très inquiète quant à la soirée qui s'annonçait. Et si Amanda n'avait pas réservé de places pour nous ? Et si elle ne voulait pas nous laisser entrer ? Et si le moindre plat coûtait au moins cent livres et qu'on ne puisse rien se payer ? Fran était toujours à sec, de toute façon.

Qu'est-ce qu'on faisait, là, au juste ? C'est vrai qu'Amanda méritait ça en théorie, mais à tous les coups notre intervention ne servirait pas à grand-chose : les gens feraient ce qu'ils avaient toujours eu l'intention de faire, et en plus ils me détesteraient.

Je poussai un profond soupir sur mes dossiers. J'avais vraiment envie d'arrêter le cours de ma vie l'espace d'un instant, histoire de reprendre mon souffle avant de repartir, au lieu de continuer à foncer tête baissée. J'essayai de faire quelques exercices de respiration, mais après trente secondes je me rendis compte que je m'ennuyais ferme et que si je m'arrêtais pour penser à tout ce qui arrivait, je tomberais certainement en catalepsie et j'entendrais les autres s'apitoyer sur mon sort tout en me chargeant dans l'ambulance. Alors je téléphonai à Fran pour savoir à quelle heure nous devions nous retrouver.

CHAPITRE 10

Malgré le froid, il y avait de l'animation dans le West End ce vendredi-là à huit heures du soir. Les gens avaient un regard obstiné, comme si la soirée allait passer un sale quart d'heure si elle n'était pas excellente. C'était sans doute cette terrible semaine de carnaval des étudiants car il y en avait qui couraient, les pieds attachés, avec des seaux et des pintes, ce qui agaçait considérablement les passants.

Fran était tendue et cela ne lui ressemblait guère.

« On va bien se marrer, hein ? » dit-elle.

Je n'avais pas envie de lui faire part de mes propres craintes. Mettre les pieds dans une salle pleine de gens prédisposés à vous détester, essayer de se faire bien voir quand même auprès d'eux et enregistrer les conversations, ce n'était pas l'idée que je me faisais d'une bonne soirée.

— Bien sûr, répondis-je. C'est un grand rôle pour toi. Tes débuts dans le West End.

— S'il y a le moindre truc qui va de travers, on se barre, d'accord ? dit-elle avec un sourire.

— Allons-y, Mulder.

— O.K., Scully.

Nous poussâmes les lourdes portes du restaurant. Tissus amidonnés et miroirs s'étendaient à perte de vue. La lumière était luxueuse, tamisée et dorée.

— Oh, non ! Ras le bol de McDo ! murmurai-je à Fran.

Elle sourit, pencha la tête et se dirigea vers le maître d'hôtel avec une démarche impérieuse.

— La soirée Phillips, s'il vous plaît, déclara-t-elle dans un anglais cristallin de conservatoire.

— Certainement, madame. Si vous voulez bien me suivre.

Il nous conduisit entre des tables de femmes élégantes et de vieux messieurs corpulents. Tout semblait tinter et scintiller et les yeux se tournèrent vers Fran, qui gardait la tête haute et avançait comme si elle était la maîtresse des lieux.

Bien rangées sur une banquette dans l'angle de la pièce, je vis plusieurs crinières de cheveux blonds et lisses. Je me raidis.

« Amanda, darling ! »

Fran alla l'embrasser, en prenant garde de ne pas trop s'approcher pour qu'Amanda ne remarque pas les fils du micro, et en essayant par la même occasion d'éviter le brillant à lèvres très sophistiqué d'Amanda.

J'examinai sa frimousse espiègle avec attention. Une chose était sûre : si elle n'était pas enchantée de nous voir, elle n'en laissait rien paraître.

« Bonsoir, mes chéries ! »

En réalité, il y avait des signes de stress. Je le compris assez vite en regardant autour de moi.

Nous avions une demi-heure de retard – nous ne pouvions pas supporter l'idée d'arriver les premières – et il y avait des places réservées tout le long de la banquette. En tout, il y en avait bien une trentaine, qui s'étendaient sur au moins un quart de la longueur du restaurant. Mais autour d'Amanda, il y avait cinq personnes, ou plutôt cinq portraits-robots aux cheveux blonds.

— Mais où sont les autres ? demandai-je, en regrettant aussitôt d'avoir posé la question.

— Oh, ils nous retrouveront plus tard ! répondit Amanda avec un grand sourire. La plupart des gens ont tellement de choses à faire le week-end à Londres !

— Ah oui, oui, bien sûr.

Je m'assis et croquai un gressin pour éviter de la mordre.

Fran s'installa à côté d'Amanda ; on aurait dit que ses cheveux bruns voguaient dans un océan blond.

— Présente-nous tes amies, alors !

Elle faisait des efforts manifestes.

— Eh bien, voici Jacintha, Araminta, Veronica, Larissa et Mookie.

— Bonsoir, tout le monde ! dit Fran avec une certaine grâce.

— Hum... bonsoir, Mookie, dis-je.

Il y eut un instant de silence embarrassé.

— Bon, déclara Amanda. Et si on commandait ?

J'échangeai un regard nerveux avec Fran en ouvrant le menu. Bien entendu, tout paraissait exceptionnellement compliqué et hors de prix. Je venais de trouver quelque chose d'à peu près convenable lorsque je m'aperçus qu'il s'agissait des légumes de garniture. Je n'osais pas penser à tout ce que j'aurais pu m'acheter à la place.

Amanda fit signe au serveur d'un geste professionnel.

— Quatre bouteilles de Bollinger, annonça-t-elle d'un ton sec. Comme apéritif. Et une bouteille de Perrier pour moi.

Fran me lança un regard de pure terreur à cette dernière initiative. Amanda s'en rendit compte.

— Ne vous inquiétez pas, les filles, c'est moi qui vous invite, dit-elle. Ça me fait tellement plaisir de voir mes vraies amies !

Sa voix était empreinte de déception et j'avais presque de la peine pour elle, surtout si elle incluait Fran et moi dans cette analyse. Sans parler des autres filles, qui étaient toutes tellement fades et identiques qu'elles ne comptaient en réalité que pour une seule personne. La situation n'était donc guère réjouissante. Je regardai le menu avec un nouvel intérêt et goûtai le Bollinger qu'on venait de verser dans mon verre. Après tout, qu'importe ! pensai-je. Les amis, c'est les amis, d'où qu'ils viennent. Et le champagne, c'est le champagne et les soirées guindées, c'est les soirées guindées, alors je compte bien m'amuser, tiens !

— À Amanda ! proposai-je, presque malgré moi. Et à son superbe futur mari.

— À Lady Amanda Phillips-McConnald, s'égosilla une des blondes – Jacintha, je crois. Qu'est-ce que ça fait glamour !

— Et santé au futur époux ! s'écria une autre.

Elles éclatèrent toutes de rire et trinquèrent.

Je commandai du pâté très cher en entrée et quelque chose de très complexe à base de bœuf en plat de résistance. Je lorgnais également le chariot de desserts, avec une certaine impatience. Fran choisit un poisson d'une grande rareté – unique, même, à en juger par son prix – et de l'agneau. Les six autres optèrent pour des salades vertes au jus de citron.

— Allez, les filles ! dis-je jovialement. Je croyais qu'on faisait la fête ! Qu'est-ce que vous mangez, là ?

Elles me regardèrent et pouffèrent de rire comme si je venais de sortir une blague hilarante.

— Oh, là, là, tu aurais vu mes cuisses dans la glace, la semaine dernière ! dit l'une d'elles.

— Oh, je sais. J'ai cru que j'allais dépasser les cinquante kilos !

Elles ouvrirent toutes la bouche à l'unisson.

— J'avale au maximum cinq milligrammes de graisse par semaine jusqu'au mariage, insista Amanda.

— Cinq milligrammes ? Mais tu vas mourir ! dis-je, horrifiée. Ou ressembler à un squelette. Tu es la moitié de Fraser, c'est bien le cas de le dire !

Elle sourit gracieusement à l'évocation de son compagnon et retourna aux détails croustillants de celles qui faisaient quotidiennement l'impossible et de celles qui ne faisaient rien pour la cause de la célébrité nationale.

« Bon, tu sais qu'elle passe à la télé tous les jours ; il faut qu'elle reste mince en permanence. J'ai entendu dire qu'elle vivait de Coca Light, d'amphétamines et de dipsomanie ! »

La brigade des blondes se mit à ricaner bêtement lorsque le serveur apporta nos entrées. J'eus subitement conscience que mes cuisses se touchaient et je n'avais plus faim du tout. J'avalai quelques gorgées de champagne. Fran m'interrogea du regard, puis attaqua son plat. Comme elle n'avait qu'une plaque chauffante dans sa chambre, elle n'avait pas si souvent l'occasion de goûter à la grande cuisine.

Les filles regardaient mon foie gras, dans l'expectative ; je suis sûre qu'elles salivaient. Même la tranche de pain grillé leur aurait suffi. Pour me distraire, je me tournai vers la blonde la plus proche de moi.

— Et toi, qu'est-ce que tu fais ?

— Oh, la télé, tu sais.

Non, je ne savais pas.

— Ah bon, pour qui ?

— Oh, je fais de la programmation de documentaire. C'est terriblement ennuyeux, honnêtement.

— Ça n'a pas l'air, pourtant. Sur quoi tu as travaillé ?

— En réalité, je... c'est surtout de la recherche.

Amanda me fit signe depuis sa place.

— Araminta cherche des invités pour *Trisha,* tu sais, le talk-show, expliqua-t-elle à la manière des messes basses de théâtre. Elle n'aime pas en parler.

— Oh ! Ah bon !

Araminta se tamponnait la bouche avec sa serviette, bien qu'elle n'ait rien mangé. Je crus l'avoir offensée. En tout cas, cette parenthèse avait suffi à me redonner envie d'attaquer mon entrée, qui était absolument divine.

Je l'avais effectivement offensée, car elle alluma aussitôt une Marlboro Light et elle en tira de longues bouffées. Les cinq autres lui emboîtèrent le pas. Je vis mon pâté disparaître dans des volutes de fumée angoissée.

— Et toi ? dit-elle en haussant les épaules.

— Oh, je dirige des recherches biochimiques dans l'Arctique.

— Vraiment ?

La conversation terminée, elle se tourna vers la blonde de l'autre côté et je marmonnai « Merde ! » plusieurs fois entre mes dents.

— Donc, j'étais chez Gucci, commença une des filles, et je lui ai dit : « Si Geri Halliwell porte cette tenue, je n'en veux certainement pas, d'accord ? » Ça lui apprendra, tiens !

— Tiens ! approuvèrent toutes les têtes autour de la table.

Je remarquai avec étonnement que Fran acquiesçait vigoureusement elle aussi. Mais à quel jeu jouait-elle, là ?

— Elle est pire que l'Antéchrist, je veux dire ! Faites exactement le contraire de ce qu'elle fait et vous n'aurez jamais de problèmes !

— Et Kate la déteste, apparemment, ajouta une autre.

— Moi, je la trouve grosse, renchérit une troisième blonde.

— Tu veux rire ? Elle a la peau sur les os ! dis-je.

Le silence s'installa. Dieu merci, ces jeunes filles étaient bien élevées et redoublaient de politesse à l'égard de nous autres fouteuses de merde.

— Oh, vous savez, finalement je vais jouer dans un film ! s'écria l'une d'elles et Fran dressa aussitôt les oreilles. Oui, papa a misé gros sur un film. C'est à pure perte, évidemment, mais le réalisateur est mignon comme tout, et apparemment, Rufus est intéressé.

« Pose ta fourchette, essayai-je de dire mentalement à Fran, pose ta fourchette pour qu'il n'y ait pas de blessés. »

Elle faisait des efforts, même si elle semblait un peu tendue. Je n'avais toujours pas eu l'occasion de lui demander si elle allait revoir Angus. Non que j'en aie quelque chose à faire, mais tout de même. En temps normal, elle me disait tout, et là, elle ne m'avait presque rien raconté. C'était peut-être juste une passade de soir de cuite.

Amanda parlait de la décoration florale de la cérémonie et je remarquai que Fran faisait des yeux d'oiseau en cage. Craignant pour la sécurité d'Amanda, j'attirai son attention.

— Alors, comment Fraser va être habillé pour le grand jour ?

— Oh mon Dieu, il est incapable de s'habiller correctement.

— J'aime bien les Converse, interrompit Fran.

— Tu sais, Francesca, il y a des gens qui aiment la bière et d'autres qui aiment le champagne.

Fran fit des gestes de lion en colère derrière le dos d'Amanda.

— Papa l'a emmené chez le tailleur, qu'il ait l'air à moitié décent, au moins.

— Il est content ?

— De quoi ? D'être allé chez le tailleur ?

— De se marier, bécasse.

Amanda regarda son verre d'un air méditatif.

— Je pense que oui.

Je décochai un regard interrogateur à Fran, qui leva les yeux au ciel et acquiesça. Oui, elle avait mis la cassette en marche.

Sur ce, j'en rajoutai une petite louche :

— Ah, vous allez vraiment être heureux tous les deux !

Elle planta ses yeux dans les miens.

— Tu sais, c'est pour ton bien que je te dis ça, mais qu'est-ce que tu peux être naïve, Mélanie ! (Ah bon, je ne le savais pas.) C'est... enfin je veux dire, c'est une bonne excuse pour faire la fête, mais c'est aussi fichtrement pratique, figure-toi. Il faut à tout prix restaurer ce château et papa est ravi de nous donner le butin nécessaire.

J'écarquillai les yeux. C'était une sacrée preuve, ça – à mon avis. C'est alors que quelque chose me frappa : elle parlait comme si cela était tout à fait normal. Peut-être que Fraser partageait cette opinion ? Peut-être qu'il y avait des tonnes de gens qui se mariaient pour ces raisons-là. Après tout, les aristocrates pratiquaient le mariage arrangé depuis des générations. C'était ainsi que ça marchait, finalement. Le champagne aidant, je me sentis subitement très triste.

— Tu ne l'aimes pas ?

— C'est un gentil garçon, dit-elle avec une moue. C'est une bonne situation. Ce sera un mariage fabuleux.

— Ouiiii ! lança un des clones.

Amanda but une gorgée de Perrier et poursuivit :

— Tu ne crois tout de même pas à toutes ces conneries hollywoodiennes ? Mince, je veux dire, au bout de combien de fois tu comprendras, Mélanie ? Les hommes sont des salauds finis. Regarde ce qu'Alex t'a fait. Ce n'était pas très « Tom Hanks » comme comportement, tu ne trouve pas, darling ? Comme ça, tout le monde est gagnant. Nous allons avoir une belle maison, une vie agréable et nous allons être aussi heureux que tous les couples d'aujourd'hui, parce que nous avons gardé la tête froide. Fraser est un gentil garçon et il ne verra pas d'inconvénient à ce que nous vivions notre vie chacun de notre côté. (Elle se tourna vers le serveur.) Je regrette, mais je ne sais pas pourquoi vous perdez votre temps à nous apporter quoi que ce soit si vous n'êtes même pas capable de faire un bon jus de citron.

Je jetai un coup d'œil à Fran à la recherche de soutien, mais elle approuvait – peut-être pour continuer à faire parler Amanda, mais pourtant je n'en avais pas l'impression. Tout à coup, la situation me parut dangereuse. Le sang me monta un peu au visage. Je me levai d'un mouvement mal assuré.

« Je m'en fiche, moi, annonçai-je d'une voix chevrotante. (Le serveur, pensant que je m'adressais à lui, avança d'un pas puis fit un saut en arrière.) J'y crois, moi, à toutes ces conneries. Enfin, pas à toutes. Mais à certaines. Être vraiment amoureux, tout ça. Hum, ouais. Et... et je crois que tu es perdante. Parce que tu épouses un type adorable comme Fraser et qu'en fait tu te fous de lui, tu ne penses qu'à cette saloperie de château – que j'ai vu, au fait, et je te garantis que c'est un sacré tas de merde – sans parler de ce titre de noblesse à la con. Et tu ne vois même pas la chance que tu as, ni à quel point il pourrait te rendre heureuse. Alors moi, je trouve que tu es perdante. »

Sur ce, je fis demi-tour avec la ferme intention de sortir du restaurant. Réalisant que je n'avais pas mon sac à main, j'entrepris dignement un virage à droite vers les toilettes ; là, je me penchai en avant pour me regarder dans le miroir peu éclairé, la respiration difficile. J'avais la gorge serrée.

Mais qu'est-ce qui m'avait donc pris ? Si je comptais me fâcher avec Amanda, j'aurais dû commencer bien avant. Et qui est-ce que je défendais, là, exactement ? Fraser avait peut-être la tête froide – ce dont je doutais – mais ce n'était certainement pas le cas d'Angus, à qui cette affaire montait sérieusement à la tête. Doux Jésus.

Fran fit irruption dans les toilettes aussitôt après moi avec deux nouveaux verres de champagne. Elle était absolument enchantée.

— Oh là là, la tête qu'elle faisait ! Mais qu'est-ce que tu voulais dire, au juste ?

Je me mis la tête dans les mains.

— Sincèrement, je ne sais pas.

— Tu l'as attaquée, là.

— Oui. Et je ne sais même pas pourquoi !

— Si, elle l'a bien cherché, dit Fran d'un air songeur.

— Ce n'est pas vrai ! On n'en sait rien, si ça se trouve,

c'est elle qui a raison. C'est peut-être la meilleure façon de se marier, ça : tu trouves un gentil garçon avec qui tu ne t'entends pas trop mal, puis tu passes le reste de ta vie à faire comme s'il n'existait pas.

— Bah ! Il y a des raisons plus bêtes que ça, tu sais.

— Comme quoi ?

— Tu connais mon frère, Brendan ?

— Oui.

— Il s'est marié parce qu'il n'arrêtait pas de perdre ses chaussettes.

— Oh, fais pas chier ! lui dis-je en levant rapidement les yeux vers elle.

— C'est vrai. Il perdait tout le temps ses chaussettes, et un jour il a dit « Bon, j'en ai ras le bol de perdre ces chaussettes à la con. La prochaine fille que je rencontre, je l'épouse. Tant qu'elle est capable de compter les chaussettes... » Et il l'a fait.

— Et comment vont ses chaussettes, maintenant ?

— Très mal. Sa femme a demandé le divorce, en disant que c'était un porc sexiste qui parlait de chaussettes à longueur de journée.

— Complètement maniaque, ton frangin, pouffai-je de rire.

— Complètement.

Nous avons souri puis siroté notre champagne et je me suis sentie beaucoup mieux. Le fait que les toilettes soient plus belles que la totalité de mon appartement n'était pas étranger à ce mieux-être.

— Sinon, hum... dis-je en triturant mon verre.

— Qu'est-ce que je vais faire avec Angus, c'est ça ?

— T'es médium ou quoi ?

— Je savais bien que cela viendrait sur le tapis, tôt ou tard, répondit-elle en souriant.

— Je croyais que c'était déjà fait, ça.

— Tu as un faible pour lui ?

— Non.

— Sale menteuse.

— Va chier !

— Bon, pour te rassurer... enfin si je peux me permettre, si tu quittais Mr Trevelyan pour sortir avec le dodu mais néanmoins charmant Mr McConnald, je serais la plus heureuse des amies ! Donc, pour te rassurer, il m'a appelée pour s'excuser.

— Pour s'excuser ? Mais pourquoi ?

— Pour me dire qu'il n'avait pas l'intention de m'appeler. Et j'ai répondu que c'était très bien comme ça et que ça ne me dérangeait absolument pas.

— Non, non, attends. Je ne comprends pas. Il t'a appelée pour te dire qu'il ne voulait pas t'appeler ?

— Oui. Et que si je passais mon temps à côté du téléphone, je pouvais arrêter tout de suite. Ce qui n'était pas le cas, bien entendu. Alors on a discuté et puis on s'est dit au revoir. C'était une fin extrêmement civilisée pour une aventure d'une nuit, je dois dire.

— C'est trop bizarre, cette affaire. Je ne sais pas si c'est très poli ou si c'est la terrible condamnation de notre société décadente.

Fran contrôla son maquillage dans la glace et je fis de même, sans cesser de m'interroger.

— Qu'est-ce que tu vas faire, maintenant ? demanda-t-elle.

Je fis la grimace.

— Ouh là ! Demander pardon à Amanda, je pense. Incroyable, non ? Elles doivent être en train de se foutre de ma gueule, quelque chose de bien.

— La seule manière de les faire rire, ces filles, c'est de leur dire que Claudia Schieffer a pris vingt kilos. Tu veux rester ?

Je pesai le pour et le contre.

— Tu as enregistré ?

— Si ça a marché, oui.

— Bon, je crois qu'on n'a pas de raison de rester, alors.

— Pas vraiment.

Je songeai au chariot de desserts avec envie.

— Il y a toujours le dessert, dit Fran.

Je lui tapotai sur l'épaule.

— Il y aura toujours du dessert, Fran ? demandai-je d'un air grave.

— Toujours, Mélanie. Je te le promets.

Je pris ma respiration et retournai dans la salle. Les filles étaient agglutinées les unes aux autres ; dédaignant leurs salades hérissées, elles étaient manifestement en train de parler de nous. Notre fidèle serveur avait gardé nos plats de résistance au chaud.

Je me dirigeai vers elles et saisis le dossier de ma chaise pour me soutenir.

— Je suis désolée, dis-je à Amanda de la voix la plus sincère possible.

— Bah, ne t'inquiète pas pour ça, répondit-elle en me faisant signe de m'asseoir.

Je lui adressai un sourire reconnaissant.

— Tu es un peu naïve, n'est-ce pas, darling ? Je ne m'attends pas particulièrement à ce que ça change, juste parce que nous sommes censées être adultes !

Elle poussa son petit rire unique en son genre. J'espérais qu'elle l'avait fait breveter.

Je vis Fran sourire à son tour.

— Bon ! Encore une tournée de champagne ! J'insiste, j'insiste.

— Ouais ! s'écrièrent les autres filles comme si elles ne faisaient qu'une. (Et encore, la moitié d'une, seulement.)

Le serveur nous apporta nos plats de viande, à Fran et moi, et nous nous y attaquâmes, laissant les autres disserter sur les voitures de leurs fiancés. Tout à coup, une vague de silence parcourut le restaurant. Levant les yeux de mon assiette, je tournai la tête pour voir ce qui se passait. J'aperçus alors se glisser entre les tables une des plus belles filles qu'il me fût jamais donné de voir dans la vraie vie. Elle devait faire au moins un mètre quatre-vingts et ses cheveux brillants d'un blond pur étincelaient dans la lumière. Elle portait des vêtements pâles fluides et élégants qui lui faisaient une silhouette longiligne et lui donnaient davantage l'air de flotter que de marcher. Ses jambes représentaient au moins la moitié de son corps.

« C'est à elle que je ressemblerai quand je serai grande » murmurai-je à Fran, qui approuva violemment. Derrière elle se tenait un garçon magnifique, vraiment magnifique, vêtu d'un costume coûteux, mais pas tape-à-l'œil. Son visage me disait quelque chose.

Amanda se leva, avec une expression passionnée que je ne lui avais pas souvent vue.

« Lili ! Darling ! Nous sommes là ! » s'écria-t-elle en faisant sa voix distinguée.

Jamais je n'avais entendu de « darling » aussi emphatique dans la bouche d'Amanda.

Le cou de cygne de Lili tourna légèrement puis elle balaya du regard notre minable petit groupe. Les places vides étaient désormais occupées par des retardataires, pour la plupart des garçons de la City qui venaient se montrer. Les yeux de Lili passèrent sur moi sans qu'elle me voie ; apparemment, j'étais passée sous la barre imaginaire en deçà de laquelle on devenait activement invisible.

Ses dents blanches scintillèrent une seconde lorsqu'elle nous gratifia d'une furtive ébauche de sourire. Étonnamment, Amanda était devenue très nerveuse et presque suppliante.

— Tu connais Jacintha, bien sûr, de Freud... Araminta du Carlton... Je t'en prie, assieds-toi. Je te sers un verre. Je vois que tu as amené un ami, ha, ha.

J'entendais presque son accent défaillir.

Lili se pencha avec élégance, montrant ses longues mains blanches et fines.

— Oh, nous ne pouvons pas rester, nous allons à la soirée de Philippa. Nous sommes juste passés pour voir tout le monde (sa voix grave me parut lourde de sous-entendus) et nous repartons tout de suite.

Elle octroya à Amanda une quinzaine de baisers sur les joues, puis elle fit demi-tour et disparut dans une nuée de parfum rare et précieux. Son compagnon la guida délicatement par le bras jusqu'à la sortie.

Je m'efforçai de réprimer une terrible envie de rire. C'est marrant, juste au moment où on a l'impression d'être tout en bas de la chaîne alimentaire, on découvre qu'il y a un niveau dont on n'aurait jamais soupçonné l'existence.

— C'était qui, celle-là ? demanda Fran en mâchouillant ses derniers morceaux d'agneau.

— Oh, n'est-elle pas merveilleuse ? fit Amanda, les yeux écarquillés.

— Personnellement, après cette rencontre émotionnelle et approfondie, je dirais surtout que c'est une sacrée bêcheuse.

De façon fort surprenante, une des blondes – Mookie, je crois – pouffa de rire dans son coin avant de virer à l'écarlate et de se remettre à fixer son carpaccio.

Amanda fit la moue.

— Voilà ce que tu dis d'une des plus importantes figures de la mode londonienne ! Et elle est venue à ma soirée !

J'échangeai un regard avec Fran.

— Elle n'est pas *venue* à ta soirée ! rétorqua Fran d'un air stupéfait. Elle a fait une apparition éclair, c'est tout !

Je lui donnai un coup de pied dans la cheville. Mais Amanda restait imperturbable.

— Darling, elle est *passée.* C'est tout ce qui compte.

Fran me regarda, mais je me contentai de hausser les épaules. Je trouvais que tout ce qu'Amanda faisait n'avait ni queue ni tête.

Étant donné que le principal intérêt de la soirée était

passé, Amanda appela le serveur. En chœur avec Fran, je jetai un coup d'œil gourmand vers le chariot de desserts.

— Personne ne veut de dessert, annonça Amanda à haute voix. Juste l'addition, s'il vous plaît.

Je laissai tomber mes épaules et avalai un peu de champagne.

— On peut y aller, maintenant ? demanda Fran.

J'acquiesçai.

— Et pouvez-vous nous appeler deux limousines ? dit Amanda.

Ça alors ! Je ne savais même pas que cela se faisait. Et je n'étais jamais montée dans une limousine...

Je tournai la tête vers Fran. Elle soupira, leva les yeux au ciel et approuva.

— D'accord, tout le monde ? s'écria gaiement Amanda. On va faire la fête ? (Les filles gloussèrent en poussant des « ouais ! » stridents.) Je sais que c'est un peu nul, les limousines, mais c'est ma soirée ! Allez, on va faire les folles !

Sept Anglaises réservées firent de leur mieux pour avoir l'air de folles tandis qu'Amanda signait d'un geste vif avant de ranger sa gold card. Après quelques manœuvres parmi les chaises, nous sortîmes du restaurant. Comme par magie, deux limousines noires absolument ridicules nous attendaient.

« Nos carrosses sont là ! Chez Yanna, s'il vous plaît ! » ordonna Amanda aux chauffeurs.

Yanna était une sorte de club désespérément exclusif situé à Mayfair. Fran haussa les épaules puis se faufila dans la première voiture. Je la suivis. Il y eut un moment d'hésitation à l'extérieur : les filles voulaient toutes aller dans la deuxième limousine avec Amanda et non dans la nôtre, mais le problème dut se résoudre d'une manière ou d'une autre car celle que je reconnus comme étant Mookie se glissa gracieusement auprès de nous.

Je regardai autour de moi. La décoration était refaite

dans le style fin soixante-dix ; il y avait beaucoup de cuir bordeaux, un tapis en fourrure blanche par terre, un téléphone attaché à un fil, une télévision et un petit réfrigérateur où attendait – hourra ! – encore une bouteille de champagne.

— Pas possible, un vrai fantasme de pauvre, soupira Fran tandis que je débouchais la bouteille. Je me demande combien de vieux dégueulasses ont sauté de petites blondinettes sur cette banquette.

— Tu veux qu'on demande au chauffeur ? dis-je avec malice en désignant le bouton de la vitre de séparation.

— Tu as vraiment envie de savoir ? Beurk !

— Quoi, si Mick Jagger a eu une quinzaine de jeunes vierges à ses pieds ? Ben ouais.

— Cette voiture doit faire au moins cent cinquante enterrements de vie de jeune fille par an et elle n'a sans doute que deux fonctions, répliqua Fran d'un air sombre. Honnêtement, ça fait un peu branleur sur les bords.

En guise de confirmation, alors que la limousine descendait au pas le long de Regent Street, des étudiants s'approchèrent de nos vitres teintées, agitèrent quelque chose dans notre direction et hurlèrent « Salauds de rupins ! »

Je regardai Fran avec incrédulité.

— On est des salauds de rupins !

— Super ! dit Fran.

— Dieu que c'est amusant, intervint Mookie en regardant les étudiants, mais sans sourire. (Jusqu'alors elle était restée silencieuse et je supposais qu'elle était mécontente de ne pas avoir pu aller dans la limousine de la Princesse.) Vous connaissez ces jeunes gens ?

Je tournai la tête vers elle.

— Hum... non. Et toi ?

— Non ! Moi non plus ! gloussa-t-elle.

C'était presque une conversation, mais pas tout à fait.

— Ah bon. Tu t'amuses bien ?

— Euh... oui, bien sûr, dit-elle d'un air un peu perplexe. Dire que ce restaurant était dans *Vogue* ce mois-ci et que c'est presque impossible de réserver... !

— Ah bon ? dit Fran. On a eu une sacrée chance, alors.

— Ça fait longtemps que tu connais Amanda ? demandai-je pour continuer dans la lignée de la conversation anodine, tout en poussant Fran du coude d'un geste subtil pour qu'elle mette la cassette en route.

Elle me lança un regard noir.

— Eh bien, Jacintha et moi sommes cousines et nous étions à l'école avec Philippa, qui fait également une fête ce soir ; elle n'aime pas Amanda... (Je haussai les sourcils.) Je crois qu'elle avait aussi des vues sur Fraser. Il faut dire que la plupart des bons partis, soit ils sont déjà pris, soit ils ne sortent qu'avec des mannequins, soit ce sont des tantes notoires, alors il ne reste pas grand-chose, en fin de compte, termina-t-elle d'un air chagrin. (Ah.) Toujours est-il que les Vryker-Lyons habitent dans le même village que mes parents, alors quand Araminta est arrivée, elle a rencontré Amanda et c'est ainsi que tout a commencé.

— Ah, je vois.

— Alors, demanda Fran, tu es très amie avec Amanda.

— Eh bien, je vais être demoiselle d'honneur.

Mookie rougissait de plus en plus à mesure que nous la bombardions de questions. Je me demandai si, derrière les apparences, ce n'était pas une gentille fille.

— C'est sympa, ça, dis-je sur un ton rassurant. Et... qu'est-ce que tu penses de Fraser ?

Je m'attendais à ce qu'elle monte sur ses grands chevaux en se souvenant de ma petite intervention au restaurant, ou qu'elle soit sur la défensive et qu'elle ne dise rien.

Au lieu de cela, elle parut légèrement mal à l'aise et rougit de plus belle.

— C'est-à-dire que...

Fran lui remplit de nouveau son verre.

— Allez, tu peux nous dire, insistai-je. On ne le répétera à personne.

À part peut-être à Fraser, pensai-je.

— Parole de scout, dit Fran avec une main dans le dos.

Mookie sourit.

— Vous ne direz rien à Amanda ?

— Oooh non !

Un peu partie, elle réprima un rot et se mit à parler.

— Tu sais, en fait, je suis assez d'accord avec ce que tu as dit tout à l'heure. (J'approuvai pour l'encourager.) Quand Fraser a fait son apparition, il était vraiment innocent, vous savez ? Il était tout le temps invité à des soirées et il croyait que c'était parce que les gens qu'il avait connus en faculté l'aimaient bien, vous savez ?

— Ce qu'on peut être bête, parfois, dis-je en souriant, les dents serrées.

— Oui ! Alors au début on se moquait un petit peu de lui, surtout qu'Amanda lui courait carrément après... En plus, elle sortait toujours avec le type qui jouait dans le spectacle des *Misérables,* à cette époque-là.

— Ah bon ?

— Oui. Enfin, je crois qu'elle a rompu, maintenant. Pour le mariage, tout ça...

— C'est sympa de sa part.

— Enfin, c'est là que j'ai commencé à le connaître un peu mieux. Et maintenant, je le trouve vraiment très gentil.

— Il l'est.

— Et c'est horrible comme Amanda le mène par le bout du nez. Oui, elle est adorable avec lui en public, mais honnêtement (elle baissa d'un ton) j'ai eu l'occasion de l'entendre dire de véritables méchancetés à Fraser.

— Voilà qui est surprenant, dis-je.

— Tt ! Tt ! dit Fran. Pour l'amour du ciel, on n'a qu'à la tuer et puis c'est tout.

Mookie baissa subitement les yeux et pouffa de rire.

— Oh, ça doit être le champagne ! gémit-elle. Promettez-moi que vous ne direz rien à personne.

— Hum... promis.

— Alors, en fait, je suis d'accord avec toi. Je crois qu'ils ne devraient pas se marier.

J'étais touchée.

Nous descendîmes de la ridicule limousine. Il y avait une foule de gens qui faisaient la queue sur le trottoir, mais Amanda savait où elle allait et elle nous fit signe d'avancer d'un air acharné. Selon toute vraisemblance, un bon nombre de gens qui n'avaient pas réussi à se traîner au repas se trouvaient là et Amanda les embrassait en poussant des rires aigus. Une fois de plus, tout le monde faisait au moins trois mètres de plus que moi ; ils portaient tous des vêtements de styliste et parlaient fort. Mookie disparut dans une foule de longs cheveux blonds. Il y avait toutes sortes de plumes de paon et de cris perçants, d'oiseaux bien plus exotiques que nous, sans parler de l'infernal battement du rock des années quatre-vingt. Ce travail de détective m'avait éreintée. Je cherchai Amanda. Elle était au début de la queue et je l'entendis s'exclamer « Bien sûr que Lili est venue ! »

— On y va ? demandai-je à Fran.

— J'ai cru que tu n'allais jamais poser la question.

Sur ce, nous nous écroulâmes dans un taxi en direction de chez moi.

Nous n'échangeâmes pas un mot jusqu'à la maison. Nous soupirions l'une après l'autre, pour des raisons tout à fait différentes.

— Tu viens ? lui dis-je tout en payant le chauffeur.

Mais elle avait déjà monté la moitié des escaliers.

CHAPITRE 11

Nous étions installées au salon et nous pouffions de rire en essayant d'écouter la cassette. J'étais terrifiée à l'idée de faire du bruit, étant donné que Linda avait accroché une grande feuille sur ma porte, où elle avait écrit « S'il te plait ne fait pas de brui !! » [*sic*], alors j'avais un peu l'impression d'être dans le saloon de la dernière chance.

La cassette crépita et crachota sur un fond sonore de froissement – et de mastication de la part de Fran – avant de nous livrer la conversation :

« Tu sais, c'est pour ton bien que je te dis ça, mais qu'est-ce que tu peux être naïve, Mélanie ! »

Rire de clochette familier. Je ne savais plus où me mettre.

— Pourquoi est-ce que je la laisse me parler comme ça, hein ?

— Parce que tu n'as aucune estime de toi, remarqua Fran. Si elle te parlait gentiment, tu penserais qu'elle n'est pas assez bien pour toi et tu ne la verrais jamais.

J'essayais de comprendre ce qu'elle venait de me dire mais l'enregistrement attirait mon attention. C'était insupportable. Au moment où on arriva à mon célèbre discours « J'y crois, moi, à toutes ces conneries », je me roulais par terre de honte – premièrement, à cause de mes intonations rurales et deuxièmement, parce que je n'avais jamais eu l'occasion d'entendre ma voix soûle déblatérer n'importe quoi (heureusement que ça n'arrive guère qu'une fois dans la vie, ce genre de situation).

Je tendis le bras et éteignis le walkman.

— Bon, ça suffit.

— Quoi ? dit Fran en attrapant l'appareil d'un geste vif.

— Tu ne fais pas écouter ça à Angus. Ni à Fraser. Ni à personne. Donne-moi cette cassette que je la jette.

— Mélanie ! protesta Fran innocemment. J'y crois, moi !

— La ferme !

— Non ! Non, maintenant je crois vraiment au pouvoir de l'amour, grâce à tes paroles touchantes.

— Fais pas chier, hein !

Je lui bondis dessus pour essayer de récupérer la cassette. Elle me prit par les bras et nous tombâmes sur le tapis, culbutant une lampe compliquée avec un abat-jour à motifs de cachemire, qui dégringola par terre.

— Oh merde. CHUT !

Je m'assis, tandis que Fran tenait la cassette hors de ma portée. De la pièce voisine s'échappa le son à peine perceptible d'un long soupir. Je fis signe à Fran de me suivre dans ma chambre, qui, au moins, se trouvait à l'autre bout de l'appartement et dont on pouvait fermer correctement la porte.

— Pas question que tu leur fasses écouter ce passage, soufflai-je. On dirait que c'est Barbara Cartland qui parle, bordel. Fraser va croire que je suis amoureuse de lui.

Fran n'écoutait pas, au lieu de ça elle chantonnait « The Power of Love ». Je lui donnai un coup de pied.

— Fais avancer la cassette, repris-je. Avec Mookie dans la limousine.

Malheureusement, la voix de Mookie dans la limousine ressemblait à s'y méprendre à celle de Grosminet, en moins distincte.

— Qu'est-ce qu'elle dit ? demandai-je en me penchant vers l'appareil. « Chuis daco » ? Elle est daco avec quoi ? Putain, c'est épouvantable. (Puis il n'y eut plus que des bruits de circulation routière.) Ça ne sert à rien.

Fran me regarda.

— Non, ça ne sert pas à rien. Tu n'auras qu'à passer le début aux garçons. Qu'est-ce que tu en as à faire, s'ils te prennent pour une imbécile hyper-romantique ?

— Je crois qu'il y a déjà assez de gens sur terre qui me prennent pour une imbécile, ronchonnai-je en boudant. Je ne veux pas que tu passes cette cassette, un point c'est tout. Qu'ils se marient. Je m'en fous.

— Très bien. Je m'en fous aussi.

— Bon.

— Bon.

— Et puis merde, dis-je alors que Fran ébauchait un sourire. Tant pis, fais-leur écouter. Tu peux juste leur dire que ce n'est pas moi qu'on entend ?

— C'est vrai, ça pourrait être n'importe qui parmi le million de personnes que j'ai enregistrées à cette soirée. Avec un accent de Woking, c'est tout.

— Je sais ! Tu arrêtes juste la cassette avant que je parle. Comme ça on entend juste Amanda et personne n'entend mon laïus.

Fran tira le matelas d'invité de sous mon lit et mit le walkman sous l'oreiller.

— Mais ce n'est pas drôle, protesta-t-elle.

— Eh, poupée, personne n'a jamais dit que c'était facile, la vie d'un détective.

Le lendemain, je vis Alex. Il était sorti avec un de ses soi-disant copains qui était star de rock et il avait l'air plutôt défait. Je voulais faire quelques achats de Noël, mais je savais que ça ne servait pas à grand-chose de le lui suggérer, alors nous avons passé la journée à coincer la bulle chez Charlie pour soigner nos gueules de bois respectives.

Je lui avais parlé des invitations et il avait proposé de téléphoner pour que je sois également invitée au mariage, si cela me tenait tant à cœur, mais je dus lui expliquer que le problème n'était pas là. Il a dit alors c'est quoi le problème et moi je l'ai regardé comme s'il était bête à manger de la paille, alors il a haussé les épaules et il m'a demandé ce qu'il pouvait faire, aller lire *Les hommes viennent de Mars, les femmes viennent de Vénus* ? J'ai répondu non, laisse tomber, j'ai mes règles.

Mais je ne pouvais pas en rester là, parce qu'il fallait que je lui parle de la veille. Je lui donnai une version revue et corrigée bien sûr, en insistant sur le côté moral de l'affaire. Il n'en revenait pas que nous soyons allées jusqu'à enregistrer Amanda et il trouvait cela plutôt cool.

— Tu crois qu'on va entrer au FBI quand on sera grands ? lui demandai-je d'un air rêveur.

— Oui. Tu penses qu'il y a un million d'imbéciles par jour qui viennent leur demander d'entrer dans leurs services à l'étranger ?

— Je ne sais pas. On n'a qu'à les appeler pour leur demander de nous embaucher et on mesurera le degré d'énervement de la personne qui nous répond. Voilà le genre de talents que tu dois avoir pour te faire engager comme détective.

Alex approuva d'un air sage.

— Bon, alors qu'est-ce que vous allez faire avec la cassette ?

— Je ne sais pas. D'après Fran, il faut la faire écouter à Fraser. Mais je ne suis pas sûre.

— Pourquoi ?

— Eh bien... c'est illégal, non ?

— Tu crois que Fraser pourrait aller te dénoncer à la police ?

— Non... Remarque, après je ne pourrais plus entrer au FBI.

— Si tu n'as pas la nationalité américaine non plus, d'ailleurs. Sincèrement, tu trouves que c'est si grave que ça ?

— Nooon... C'est juste un peu gênant et en fait, je regrette d'avoir fait ça, maintenant. Et si Fraser se contente de hausser les épaules et qu'il ne nous reparle plus jamais ?

— Bon, tu me connais, je me fous pas mal de ce mariage... comme de tous les mariages, d'ailleurs... (Je saisis le message)... mais si tu penses que c'est vraiment affreux qu'ils se marient, alors pourquoi ne pas vouloir les en empêcher ? Tu ne laisserais pas tes amis conduire quand ils ont trop bu, par exemple, non ? Eh ben c'est pareil.

— Oh non, pas encore cette histoire de crocodile...

— Quoi ?

— Non, rien. Je veux vraiment empêcher ce mariage, mais je ne pensais pas que j'aurais à faire des choses si difficiles.

— C'est pour ça que les gens disent aux autres de se mêler de leurs affaires.

— Je sais.

— Mais s'ils veulent à tout prix mettre leur grain de sel, ma puce... alors ils doivent le faire jusqu'au bout. Je peux l'écouter ?

— Non.

— Pourquoi ? Qu'est-ce qu'il y a, dessus ? Amanda renonce à Fraser parce qu'elle est folle de mon corps ?

— Tu rêves ! dis-je pendant qu'Alex haussait les épaules. Quoi ? Tu aimerais bien ?

— Non, ma douce. Je préfère les femmes plus... en chair.

— Va te faire foutre, tiens ! Je n'y crois pas. Si elle arrivait à poil là, maintenant et qu'elle s'offrait à toi, tu dirais oui ?

— Tu es là ou pas ?
— Non. Disons que je n'existe même pas.
— Oh, peut-être.
— Peut-être ?
Il sourit.
— Bah, tu sais...
— Mais elle est méchante, comme fille !
— C'est ce que tu dis.
— Tu l'as vue à l'œuvre !
— Quand ça ?
Il avait raison. Je n'arrivais pas à me souvenir d'une seule occasion. Mince, elle savait cacher son jeu devant les hommes.
— Tu as une morale de homard, bougonnai-je.
— Allez, allez. Tu m'as posé la question.
— Oui, mais tu es censé dire « non ». Toujours. Même si c'est un plan homo avec Helen Christensen et Naomi Campbell. Tu dois toujours refuser et dire que tu me préfères, moi.
— Mais tu n'existes pas.
— Oui, mais à part ça.
Charlie entra. Lorsqu'il m'aperçut, il eut l'air légèrement embarrassé. Je ne dis rien.
— Eh ! dit Alex.
— Eh ! dit Charlie avant de prendre sa respiration. Euh... Mélanie. (Je levai les yeux, étonnée.) Je suis vraiment désolé pour la semaine dernière.
— Oh, j'avais complètement oublié, mentis-je.
— Mmm. Ah bon. Hum... comment elle va, ta copine ?
— Laquelle ? demandai-je délibérément.
— Ben... euh... Fran.
Je souris et décidai d'enjoliver un peu l'histoire.
— Oh, elle va très bien ! Depuis qu'elle sort avec Angus...
— Elle sort avec Angus ? coupa aussitôt Alex. Depuis quand ?
— Depuis ce soir-là, justement.

Charlie semblait complètement abattu.

— Mince, alors c'est un peu à cause de moi.

— Quoi ? dit Alex. Elle était en train de rouler des patins à l'autre type, là, quand on est partis.

— Oh, tu connais Fran. Elle est toujours partante pour l'aventure.

Le visage de Charlie s'éclaira un peu.

— C'est vrai ?

— Mais seulement avec les Écossais, dis-je sur un ton compatissant.

De nouveau découragé, il fit demi-tour et quitta la pièce.

— Putain de belle nénette, marmonna-t-il en sortant.

Oooh, ça marchait !

J'observais Alex.

— Tu as eu l'air surpris quand j'ai dit que Fran avait quelqu'un.

Il fit une tête de chien battu.

— Pas vraiment. C'est juste que je ne les aurais jamais imaginés ensemble, ces deux-là. Il faut dire qu'ils sont assez agressifs, tous les deux.

— Non, ce n'est pas vrai ! dis-je, indignée. D'accord, Fran est assez agressive. Mais Angus est un gros nounours. Il est vraiment adorable.

— Alors ça ne durera pas longtemps. Tu veux un thé ?

Il alla mettre la bouilloire en marche.

En fait, c'est déjà fini, pensai-je, un peu gênée d'avoir raconté des salades alors que ça ne servait à rien.

— Tu leur as dit QUOI !? s'exclama Fran.

— Je me suis dit que ça pourrait être drôle. Que ça embêterait un peu Charlie.

— C'est moi qui décide quand je veux embêter Charlie.

— Ah ouais... NOUVELLE RÈGLE ?

— Oh, laisse tomber. Tu ne sais vraiment pas la fermer, hein ?

— Non, tu me l'as déjà dit.

Blessée et agacée, je me laissai retomber contre le dossier de ma chaise. Assises dans un bistrot graisseux du nord de Londres, nous attendions Angus, qui nous harcelait pour savoir ce qu'était devenue la cassette. Inconsolable, je tripotais la bouteille de sauce toute collante et finis par avaler mon thé malgré son air suspect.

— Angus ! dit-elle sur un ton enchanté lorsqu'il arriva près de nous en s'ébrouant comme un chien.

— Angus ! l'imitai-je à voix basse.

Mais j'abandonnai vite et lui fis un sourire. Il me sourit en retour et s'installa en face de moi, à côté de Fran. Avec son gros pull gris à côtes, il prenait plus de la moitié de la table. Il mit ses cheveux roux en arrière.

— Alors ? fit-il d'un air enjoué.

Je jetai un coup d'œil à Fran.

— Après le petit déjeuner ! lança-t-elle.

Et nous commandâmes tous les trois du bacon, des saucisses, des champignons, des tomates, des haricots blancs, des œufs, du pain et du beurre, avec un contrôle de cholestérol pour finir.

— Je dois t'annoncer, dit Fran au moment où nous commencions à manger, que Mélanie ne veut pas que je vous fasse écouter cette cassette.

— Pourquoi ? demanda Angus en me regardant droit dans les yeux.

— Bon... tu vois, il y avait pas mal de champagne gratuit... Amanda dit beaucoup de choses compromettantes et moi je dis pas mal de choses bêtes, terminai-je rapidement.

Il sourit et ses yeux étaient tout plissés.

— Ah bon, moi je ne dis jamais de choses bêtes quand j'ai trop bu.

Je lui souris à mon tour.

— C'est-à-dire que d'habitude je fais des discours politiques percutants sur le système monétaire européen, mais là... je ne sais pas ce qui m'a pris.

— C'était sûrement un mauvais champagne.

— Bon, tous les deux, là, vous avez une seconde ?

— Oui, dit Angus. Bon, allons-y.

Fran sortit le walkman. Je me fis toute petite et observai ma saucisse avec une grande attention. Angus me regardait d'un air interrogateur.

On reconnaissait les accents maniérés d'Amanda :

« Tu sais, c'est pour ton bien que je te dis ça, mais qu'est-ce que tu peux être naïve, Mélanie ! C'est... enfin je veux dire, c'est une bonne excuse pour faire la fête, mais c'est aussi fichtrement pratique, figure-toi. Il faut à tout prix restaurer ce château et papa est ravi de nous donner le butin nécessaire. »

Le visage d'Angus prit des couleurs.

— La peau de vache ! dit-il d'un ton véhément.

— « Tu ne l'aimes pas ? (C'était moi, ça, et je fis la grimace.)

— C'est un gentil garçon. C'est une bonne situation. Ce sera un mariage fabuleux. »

Ensuite elle disait que Fraser était un gentil garçon et qu'il ne verrait pas d'inconvénient à ce qu'ils vivent leur vie chacun de leur côté.

— Il est d'accord là-dessus, Fraser ? chuchotai-je à Angus.

— Mais bien sûr que non, putain.

Il en avait complètement oublié son œuf au plat.

Voilà mon grand discours qui arrivait.

« Je m'en fiche, moi, m'entendis-je brailler sur un ton hargneux. J'y crois, moi, à toutes ces conneries. Etc., etc. Alors moi, je trouve que tu es perdante. »

Ma voix déraillait à ce moment-là et j'étais sur le point de prendre mes jambes à mon cou. Mon corps tout entier tressaillait.

Fran éteignit la cassette.

— Merci, lui dis-je en grimaçant. Tu aurais aussi bien pu l'éteindre avant.

— Ah bon ?

Personne ne dit rien pendant un instant. Angus avait l'air furieux.

— Qu'est-ce qu'il est bête, dit-il. Je n'arrive pas à croire qu'il ait un an de plus que moi et qu'il puisse être aussi con.

Sur ce, il me regarda par-dessus la table crasseuse.

— Tu pensais vraiment ce que tu disais ? me demanda-t-il soudain.

Je haussai les épaules.

— Sans doute. Pardon pour ce que j'ai dit sur le château.

— Eh bien moi, je ne trouve pas que tu aies de quoi être gênée. Et puis ce château, c'est une ruine. Je pense que tu avais tout à fait raison. Fraser le sait bien que c'est une ruine de toute façon. C'est pour ça qu'on doit l'empêcher de se fourrer dans ce pétrin.

— Tu vas lui faire écouter la cassette ? demanda Fran.

Angus poussa un soupir.

— Je ne sais pas.

— Angus ! implorai-je. Après tout ce que j'ai fait ?

— Ah oui, c'est vrai que moi, j'ai juste enregistré, porté le walkman et le micro, éteint et rallumé discrètement, souffla Fran.

Angus baissa la tête vers les restes de son petit déjeuner.

— Mon Dieu, c'est tellement embarrassant... Et ça ne se fait pas, quoi. (Nous approuvâmes.) Mais je crois qu'il le faut.

Nous approuvâmes de nouveau.

Fran partit reprendre un café.

— Mélanie, murmura Angus avec empressement, tu veux bien... tu veux bien m'accompagner pour faire écouter la cassette à Fraser ?

Cela me touchait.

— Euh ouais... Pourquoi tu m'as demandé ça ?

— Hum... si jamais les choses tournaient mal et qu'il essayait de me casser la figure. Et puis, vous êtes les deux seules filles que je connaisse dans le coin.

— Ah, bon. Pourquoi tu ne lui demandes pas à elle ?

— Je le ferai si tu veux. Mais tu connais bien Fraser et... et bon, je préférerais que ce soit toi.

— Bon, d'accord.

— D'accord quoi ? dit Fran en se rasseyant.

— D'accord, c'est vraiment la meilleure façon de retirer la crasse incrustée dans une tasse de thé, dis-je en levant ma tasse.

— Fascinant, dit Fran. Vous savez, je crois que vous êtes vraiment faits l'un pour l'autre.

Il fallait trouver un soir où Amanda était sortie. Et comme elle sortait tous les soirs, ce ne fut pas trop difficile. Elle avait insisté pour que Fraser vienne vivre avec elle dans son petit pied-à-terre, car elle ne supportait pas l'appartement qu'il partageait avec d'autres garçons à Finsbury Park, ni les exemplaires froissés de *FHM* qui traînaient dans les toilettes en cas d'urgence. Mais ils habitaient là provisoirement : le père d'Amanda parcourait Londres à la recherche d'une grande maison bourgeoise plus adaptée à la noble extraction de Fraser.

Leur appartement, petit mais impeccable, était situé dans un grand hôtel particulier à Saint John's Wood, à côté de Regent's Park. J'avais rendez-vous avec Angus un peu avant, pour qu'on planifie notre visite et qu'on se soutienne moralement. Le vent de novembre nous glaçait le sang à mesure que nous avancions dans le parc. Angus trahissait son angoisse en donnant sans cesse des coups de pied dans les feuilles mortes.

— Bon, dit-il, comment va-t-on s'y prendre ?

— Tu as la cassette ?

— Bon, on peut peut-être passer à l'étape suivante.

— Hum... Sincèrement, je crois qu'il vaut mieux qu'on arrive comme ça, sans essayer d'être gentil. On entre avec une tête d'enterrement et on lui dit « Écoute, Fraser, il faut qu'on te dise quelque chose ».

— Avec l'accent américain.

— Ouais.

Je croisai les bras sur ma poitrine.

— Tu as froid ?

— J'ai le trac. Et j'ai froid.

Il passa brièvement son bras autour de moi, ce qui me fit de l'effet car je piquai un fard monumental et fus réchauffée aussitôt.

— On est presque arrivés.

— Il faut qu'on soit durs, Angus. Il faut qu'on lui en parle tout de suite en arrivant, après on lui passe la cassette et on s'en va. Il t'aura pardonné dans... oh, quatre ou cinq ans. (Angus ne disait rien.) Quoi ? Tu regrettes de ne pas être venu avec Fran, finalement ?

— Non... je réfléchissais.

— À quoi ?

Il regarda autour de lui.

— Il fait un temps idéal pour aller se balader. Dommage qu'on aille... tu sais...

— Faire quelque chose de vache.

— Oui.

Nous continuâmes à avancer.

— Finalement, il fait un temps glacial et pourri pour aller se balader, dis-je.

— Oui. C'est vrai.

— Autant faire quelque chose de vache, alors.

— Ouais, allons-y.

Mon look agent du FBI mystérieux et impassible dura environ dix secondes après que Fraser eut ouvert la porte.

— Bonsoir ! Entrez, je suis content de vous voir ! Salut, ma petite Mélanie, dit-il en m'embrassant sur la joue. (Ça n'allait pas être facile.) Tu as survécu à la soirée d'Amanda ? Elle m'a dit que c'était génial.

— Oui, oui, c'était bien.

— Salut, Gustard.

Fraser lui donna un petit coup de poing dans le ventre pour le taquiner. Angus s'en sortait mieux que moi : il lui sourit.

— Entrez, entrez, insistait Fraser. Qu'est-ce que vous voulez boire ? De la bière, du vin... ?

Il disparut à la cuisine et nous entrâmes au salon, qui était minuscule mais décoré avec goût. Le tapis et les canapés étaient blancs, ce qui me rendait extrêmement nerveuse. Il y avait un pouf en peau de léopard dans le coin et des bougeoirs luxueux un peu partout dans la pièce. Sans doute dans l'attente de notre visite, Fraser avait sorti un petit bol de cacahuètes et de chips. Comme elles me regardaient pitoyablement, j'en mangeai quelques-unes pour me remonter.

— Amanda n'aime pas trop recevoir des gens, d'habitude, à cause du tapis, annonça Fraser en sortant de la cuisine avec trois verres et une bouteille de vin rouge débouchée.

J'avalai ma salive tant bien que mal.

— Ah bon ? Où est-elle, ce soir ? demandai-je.

Angus m'adressa un regard noir et je compris que ce n'était pas le moment de parler de tout et de rien.

Fraser nous fit signe de nous asseoir et de nous mettre à l'aise. Le canapé était plus mou qu'il n'en avait l'air et lorsque je m'y installai, une goutte de vin rouge passa par-dessus mon verre. Dieu merci, elle tomba sur mon pantalon. Angus resta debout.

— Oh, va savoir. Elle est toujours en train de disparaître ! répondit-il en riant. Je n'arrive pas à suivre.

— Tu ne l'accompagnes pas ?

— Impossible. C'est d'un ennui MORTEL.

Je hochai la tête et pris d'autres chips.

— En fait, à la soirée d'Amanda...

Angus s'éclaircit la gorge terriblement fort et nous tournâmes tous les deux la tête vers lui. Il sortit le walkman de sa poche et s'assit à côté de moi. Je couvris mon verre du plat de la main.

— Fraser, dit-il d'un air sombre. Mélanie et moi...

Fraser sourit devant la gravité d'Angus, mais se pencha en avant pour écouter son frère.

— Nous avons quelque chose à te dire au sujet de ton mariage, poursuivit-il.

Ah bon ? Je ne m'en souvenais pas.

— En fait, j'accompagne Angus, surtout... dis-je.

Angus ne me prêta aucune attention et continua.

— Fraser, je suis désolé de te le dire, mais... je crois que tu ne devrais pas te marier avec Amanda.

Fraser soupira et avala une gorgée de vin.

— Oh, ce n'est pas vrai, Angus ! Tu me l'as déjà dit ! Presque tous les jours depuis que je la connais. Je t'en prie, ne me dis pas que c'est pour ça que vous êtes venus. Mince ! Et moi qui croyais que vous aviez juste envie de me rendre visite.

— Mélanie est d'accord avec moi.

Fraser me regarda, blessé.

— Mais je croyais que...

Devant son visage affligé, je me sentis horriblement coupable et gênée.

Imperturbable, Angus enchaîna :

— Et on a des preuves... je suis désolé.

Il posa le walkman sur la table. Un des bougeoirs en fer forgé tomba par terre.

— Qu'est-ce qui se passe, là ? demanda Fraser. Tu es en train de former une secte qui veut interdire le mariage des frères aînés, ou quoi ?

— Non.

— Alors pourquoi tu ne me fous pas la paix, à la fin ?

— Parce que tu es mon frère, bordel de merde.

— Qu'est-ce qu'il y a, sur cette cassette ?

— Mélanie lui a parlé. Elle ne t'aime pas, imbécile. Elle veut juste avoir un titre à la noix, frimer, apparaître dans *Hello !* et côtoyer des gens de la haute parce que ce n'est rien d'autre qu'une pétasse intéressée.

Fraser fixait la cassette comme si c'était un serpent.

— C'est ce qu'elle dit ? me demanda-t-il.

— Pas exactement, murmurai-je.

J'avais la voix qui tremblait. J'étais affreusement mal à l'aise.

Il traversa la pièce – ce qui, compte tenu de la surface, prit à peine deux secondes –, puis il s'appuya sur le rebord de la fenêtre et regarda dehors.

— Bon, eh bien, faites-la-moi écouter, alors.

Angus me regardait, mais je n'arrivais pas à lever les yeux vers lui. Tout cela était nettement pire que ce que je croyais. Je m'étais même imaginé que Fraser allait nous remercier. Angus se pencha pour mettre la cassette en marche et le fameux passage commença :

« Mais qu'est-ce que tu peux être naïve, Mélanie ! »

Dans ma tête, cela résonna comme une phrase en boucle.

« Mais qu'est-ce que tu peux être naïve, Mélanie ! »

Bien sûr que j'étais naïve, sinon je n'aurais jamais été dans cette minuscule pièce immaculée et surchauffée, en train de trahir une amie et d'en perdre un autre.

« Mais qu'est-ce tu peux être naïve, Mélanie ! »

Je me prenais pour qui, là ? Un médium ? Pourquoi avais-je fait ça ? Sans faire de bruit, je me mis à pleurer.

Fraser restait immobile à regarder la pluie et la circulation par la fenêtre. Dieu merci, Angus réussit à arrêter la cassette avant mon grand sermon. C'était toujours ça.

Personne ne dit rien pendant un moment qui me parut assez long. J'essayais de sécher mes larmes avec discrétion. Malheureusement, pour ne pas rompre le silence, je dus laisser couler mon nez, ce qui m'évita de renifler. La morve tomba en silence sur le tapis blanc, et je passai mon pied dessus.

Fraser finit par se retourner.

— En fin de compte, elle ne parle pas de ce que tu m'as dit, sur le titre, les magazines et toutes ces conneries.

Je sentis qu'Angus me regardait, mais je ne bronchai pas. Fraser semblait furieux.

— En réalité, reprit-il, elle parle pendant dix secondes de garder son indépendance après le mariage et elle dit qu'elle y a réfléchi auparavant. Et pour toi, c'est la preuve que c'est une sale arriviste. Comme si tu savais quelque chose de mon mariage, de ma copine ou de ma vie, bordel ! Non seulement ça, mais en plus tu te débrouilles pour entraîner une amie dans tes combines... Mélanie, tu pleures ?

— Nooooon, geignis-je.

Il s'approcha de moi et me tapota le bras – ce qui n'arrangea rien à l'affaire – tout en continuant de parler.

— Angus, qu'est-ce que tu veux, à la fin, nom de Dieu ? Qu'est-ce que tu cherches, là ? C'est ce titre de merde, que tu veux ? Ce n'est pas la peine d'en faire tout un plat, hein, si tu le veux, je te le donne et c'est tout. Je m'en fous, moi, mais on dirait que ça compte pour toi.

— Bien sûr que non, grommela Angus, qui était devenu rouge et maussade.

— Bon, alors qu'est-ce que c'est ? Qu'est-ce que c'est, nom d'un chien ? Pourquoi tu ne me fous pas la paix ? Tu essaies de saboter ce mariage et je ne sais même pas pourquoi.

Son visage exprimait un mélange de colère, de tristesse et de totale incompréhension.

Angus baissa la tête.

— Je regrette, dit-il.

— Pas autant que moi. Et pourquoi tu as entraîné Mélanie là-dedans, hein ?

Je reniflai.

— Je le regrette aussi, répondit Angus. Je pensais bien faire. Je suis désolé.

— Je t'en prie, dit Fraser. Je t'en prie... ne te mêle pas de cette histoire. On dirait un chien qui a quelque chose entre les dents, Angus. Tu as toujours été comme ça. Tu ne laisses jamais les gens en paix.

— Je ferais mieux d'y aller.

— Oui.

Je me levai maladroitement pour le suivre.

Fraser me prit par le bras et me regarda d'un air inquiet.

— Ça va aller, Mélanie ?

— Tu me détestes ? sanglotai-je.

— Non, bien sûr que non, dit-il en faisant un pauvre sourire. Angus tu la raccompagnes chez elle ?

Angus répondit par un signe d'approbation. Fraser nous tourna le dos.

— Bon, alors au revoir.

On venait de se faire mettre dehors.

Nous avançâmes dans le couloir. Sur le point de sortir, Angus fit demi-tour et retourna au salon. Je le suivis aveuglément.

— Est-ce que tu... dit-il en ouvrant la porte.

Fraser était assis, les yeux rivés sur le walkman qu'il tenait dans ses mains. Il tourna la tête vers son frère, le regard humide.

— Quoi ? maugréa-t-il, pris au dépourvu.

— Rien, répondit Angus en rougissant furieusement. C'était juste pour les taxis. Au revoir.

Cette fois, nous sortîmes pour de bon.

Angus marchait droit devant lui dans le parc. La pluie lui rabattait les cheveux en arrière et soulevait son manteau. Apparemment, il avait complètement oublié que nous devions prendre un taxi. Je trottais à ses côtés, honteuse et terrifiée de ce qu'il allait dire. Je me sentais vraiment idiote. Il ne dit pas un mot pendant des kilomètres ou c'est du moins l'impression que j'avais. J'étais tentée de me glisser discrètement derrière lui et de m'en aller dans la direction opposée, mais je n'osai pas le faire. Tout à coup, je trébuchai sur quelque chose dans l'obscurité et je poussai un cri étranglé. Angus se retourna et son visage de marbre se radoucit aussitôt.

— Ça va ? hurla-t-il dans le vent.

— Euh... oui, bafouillai-je d'une voix cassée alors que ça n'allait pas du tout.

J'essayai de me relever, mais la douleur était insupportable. Angus me rattrapa au moment où j'allais tomber dans les pommes.

— Qu'est-ce que tu t'es fait ?

— Je crois que... que je me suis tordu la cheville.

Je m'appuyai lourdement sur lui. Je me sentais tourner au vert.

— Tu as envie de vomir ?

— Disons que... répondis-je en essayant de faire un pas en avant, c'est une possibilité envisageable.

— Super, dit-il d'un air morose. Je parie que c'est la meilleure soirée de ta vie, non ?

Je tentai de faire un autre pas, en grimaçant.

— C'est la meilleure soirée d'engueulade familiale et d'entorse par moins quinze que j'aie connue, effectivement.

— Eh ben c'est déjà ça.

Il m'indiqua un banc public, mais je voyais les lumières de Camden non loin de là et les lui signalai d'un geste.

— Tu peux aller jusque-là ?

— Tu peux me porter ?

— Je peux essayer.

— Je plaisante, gloussai-je. Ça te tuerait ! Laisse-moi juste m'appuyer sur toi.

Je souffris le martyre pendant les dix minutes qui

suivirent, mais finalement nous sommes entrés dans le premier pub venu. C'était tellement agréable de se retrouver à l'abri du froid et de la pluie que je me sentais déjà mieux. Le pub était calme et vieillot. Il y avait du feu dans la cheminée à côté duquel nous nous étions assis pour faire sécher nos vêtements.

Angus partit me chercher un whisky. J'aurais préféré un verre de vin blanc, mais je me fiai à son jugement dans une situation semblable.

Il revint avec deux grands verres.

— On peut remercier la civilisation, dit-il.

— Je pourrais avoir des glaçons ?

— Certainement pas.

— Ce n'est pas très civilisé, ça, de dire aux autres ce qu'ils doivent faire.

Nous regardâmes le feu pendant un moment.

— Qu'est-ce qu'il va se passer, maintenant, à ton avis ? finis-je par hasarder.

Angus poussa un soupir.

— J'aimerais bien le savoir. Je me sens comme un con. Dis-moi que nous devions le faire, Mélanie.

Je revis le visage attristé et malheureux de Fraser.

— Euh... je crois que oui.

Angus se frotta les yeux.

— C'est le reste de sa vie qui est en jeu. Se réveiller tous les matins à côté de quelqu'un qui le prend pour un abruti... Oh, je ne sais pas. Je la déteste, cette fille. Et puis, tu sais, je n'ai qu'un frère. Depuis la mort de papa... on est très proches. Enfin, c'est ce que je croyais.

— Ça vous est déjà arrivé de vous disputer ?

— Pas comme ça. Si, pour avoir les personnages de *La Guerre des Étoiles*, mais ça fait longtemps. Normalement, quand je lui parle du mariage, il prend ça à la rigolade... mais la date approche.

— Mince, oui... c'est bientôt, non ?

— Dans trois semaines. Église de Pyrford. Un bon

pasteur protestant, quatre cents invités et un menu de cinq plats.

— Pas moi.

— Oh, excuse-moi...

— Non, je m'en fiche.

— Ça ne se fera peut-être pas du tout. Tu as vu comment il tenait le walkman ?

— Oui, c'est parce qu'il t'en voulait.

— Tu crois ? J'aurais plutôt pensé qu'il lui en voulait à elle.

Je sirotai mon whisky.

— Hum... poursuivit-il. Mélanie, je peux te poser une question ?

Je déteste qu'on me demande ça. En général, ça veut dire : Mélanie, est-ce que je peux t'insulter sans que tu m'en veuilles, étant donné que je t'avais prévenue ?

— Mmm ?

— Pourquoi tu t'es mise à pleurer ?

— C'est une très bonne question.

— Pardon. Je ne veux pas te gêner.

— Pas de problème. Je suis vraiment désolée. C'est juste une accumulation de choses ; c'est moche, cette histoire. Pourquoi est-ce que tout le monde ne peut pas simplement être gentil et finir avec des personnes gentilles ?... Enfin, c'est bête, ce que je dis.

— Non, pas du tout, dit-il d'une voix douce. Tu te comptes parmi « tout le monde » ?

— C'est la définition standard, non ? Je suis désolée pour tout ça.

— Oh, c'est ma faute. Ne t'inquiète pas, je suis sûr qu'il s'en remettra. Nous sommes frères, après tout. On a le même sang, etc. Je crois que je lui passerai un petit coup de fil demain matin, une fois que nous serons calmés.

Ouf, au moins je n'aurais pas à le faire. Je terminai mon whisky et eus subitement envie de dormir.

— Comment tu vas rentrer chez toi ? demanda Angus.

À ma grande surprise, je réalisai qu'en fait, je n'avais aucune envie de rentrer chez moi ; je voulais rester devant ce grand feu de cheminée et me blottir contre Angus. Mais ce n'est pas ce que je répondis.

— Je ne peux pas prendre de taxi ; ça coûterait une fortune. Je crois que je vais téléphoner à Alex. Il peut prendre la voiture de Charlie et venir me chercher.

Angus me prêta son portable.

— Ça marche même sous la mer ? demandai-je en attrapant l'appareil doté d'une énorme bande fluorescente.

— Peut-être, dit-il avec un sourire.

C'est Charlie qui répondit.

— Je peux parler à Alex ?

— Hum... quoi ?

— Charlie, c'est Mélanie. (Tête de piaf.) Est-ce qu'Alex est là ?

— Euh... hum, je viens de... Hum, je vais voir.

Je jetai un coup d'œil à Angus.

— Ce garçon se crétinise de jour en jour.

— C'est la consanguinité, ça.

J'approuvai. J'entendis des voix se chamailler à l'autre bout du fil, puis des chuchotements.

— Allô ? demanda Alex sur un ton hésitant.

— Alex ? Salut, c'est moi.

— Ah, salut, ma puce. Je croyais que... que tu sortais, ce soir.

— Oui. J'ai fini. Écoute, je me suis fait une entorse et j'ai mal. Tu crois que tu pourrais venir me chercher ?

— Euh... où es-tu ?

— À Camden.

— Camden ? Mais c'est vachement loin ! Tu ne peux pas prendre un taxi ?

— Si je gagnais deux fois mieux ma vie, je prendrais un taxi. Mais là, je ne préfère pas, je ne me sens pas bien et j'ai vraiment mal. (Je commençais à m'énerver.) Tu ne peux pas venir me chercher ?

— Mélanie, ma puce, je suis occupé, là.

— Quoi ? Mais qu'est-ce que tu fais ? Pourquoi faut-il que je te supplie de venir me chercher, hein ?

— Hum, on a des copains à la maison et j'ai vraiment trop bu pour pouvoir conduire.

— Je n'en crois pas un mot. Tu n'as pas envie de venir me chercher, c'est tout.

— Ma puce, je le ferais si je pouvais, honnêtement. Crois-moi, c'est impossible. Prends un taxi et je te vois demain, d'accord ?

Il y eut un moment de silence. Je ne savais pas quoi dire, alors je raccrochai.

Gêné, Angus avait détourné les yeux. J'attendis que mon envie de pleurer soit passée puis je ravalai péniblement ma salive.

— Salaud, dis-je.

— On dirait bien, confirma Angus. Je vais te raccompagner chez toi.

Je levai les yeux vers lui.

— C'est vrai ?

— Demoiselle en détresse. Ma spécialité.

— Je suis tentée, dis-je en riant.

— Sois tentée.

Sa voix était subitement devenue très sérieuse. Il me regardait droit dans les yeux, comme il savait le faire, et mon cœur se mit à battre la chamade. Nous sommes restés ainsi à nous regarder pendant un bon moment. Nos visages commencèrent à se rapprocher. Je bougeai un peu et je me cognai la cheville contre la chaise.

« AAAÏÏÏEEE ! » hurlai-je, pliée en deux. Toute la clientèle endormie du bar tourna la tête pour voir qui était en train de se faire assassiner. Je posai les mains sur ma cheville pour la calmer, mais c'était épouvantable. Des vagues de douleur me montaient le long des jambes.

— Aïe ! Aïe ! Aïe, aïe, aïe, aïe, aïe !

— Oh, ma pauvre.

Angus se leva en même temps que moi, puis je tentai d'avancer à cloche-pied.

— Aïe aïe aïe ! Putain, ma cheville ! Oh la vache, j'ai mal.

— Tu veux t'appuyer sur moi ? Tu veux aller aux urgences ?

— Non, non, non. Ce n'est pas la première fois que ça m'arrive. La meilleure chose à faire, c'est de rentrer et de prendre de l'aspirine. Bordel de merde.

Nous échangeâmes un regard. L'instant où ce qui pouvait arriver allait se produire s'était évanoui.

Angus se dirigea vers le comptoir et appela un taxi. Il m'escorta jusqu'à la sortie avec l'aide du barman et une heure plus tard j'étais en sécurité dans mon lit avec quatre Nurofen et la consolation d'une grasse matinée garantie le lendemain matin.

CHAPITRE 12

Malheureusement, je n'avais presque plus mal à la cheville en me réveillant. Certes, elle était un peu raide et j'avais mal si je m'appuyais trop dessus, mais pas assez toutefois pour justifier un arrêt de travail. Et comme je sentais que, dans l'ensemble, ma moralité n'était pas au mieux de sa forme, je me préparai pour aller travailler.

Étant donné que j'avais la cervelle comme des œufs brouillés, je décidai de m'en faire pour le petit déjeuner.

« Linda, tu veux des œufs brouillés ? »

Elle émergea de sa chambre, habillée mais l'air endormi. La tête qu'elle faisait indiquait clairement qu'elle n'en revenait pas de me voir cuisiner. Cependant, à ma grande surprise, elle accepta mon offre. Enfin, c'est vrai qu'elle avait des problèmes avec la nourriture, me suis-je dit.

Présumant qu'il serait inutile de lui demander son avis, je lui demandai comment ça allait à la banque.

— Quelle banque ?

— Hum... tu ne travailles pas dans une banque ?

— Non.

Ne m'aide pas, surtout, hein.

— Tu travailles où, déjà ?

— Chez Brimley.

— Brimley ?

— Assurances.

— Ah oui ! C'est vrai... Alors, ça se passe bien ?

— Ça va.

J'avalai mon thé à petites gorgées. La journée allait être longue.

— J'ai besoin du week-end, annonça-t-elle tout à coup.

Je croyais qu'elle me demandait de lui rendre quelque chose que j'avais emprunté et je me fouillai le cerveau pour essayer de m'en souvenir, mais en vain.

— Du quoi ?

— Du week-end, articula-t-elle avec lenteur, vu que j'étais vraiment idiote.

— Ah oui... le week-end.

On tombait dans le cauchemar du dialogue de sourds, là.

— Avant Noël. J'ai besoin de l'appartement pour le week-end.

— Ah bon. Tu veux que je m'en aille ?

Elle acquiesça. Il ne semblait guère y avoir de place pour la négociation.

— Très bien, d'accord, dis-je sans réfléchir. Ça ne devrait pas poser de problème. Lequel ?

— Tout le week-end.

— Quel week-end ?

— Celui avant Noël, expliqua-t-elle avec patience.

Ah. Tu n'as qu'à faire des phrases, espèce de grosse mollassonne.

— D'accord. D'accord, très bien.

C'était le week-end du mariage, alors nous serions absents de toute manière. Mais qu'est-ce qu'elle allait donc fabriquer ? L'idée qu'elle fasse quelque chose menaçait l'équilibre déjà fragile de ma vision de l'univers.

— Qu'est-ce que tu vas faire ? lui demandai-je.

Elle me regarda fixement, se leva d'un mouvement brusque et sortit. Super.

Comme je ne pouvais pas me résoudre à nettoyer la poêle où j'avais fait les œufs brouillés, je la laissai sur place et partis au travail en clopinant.

Je tombai sur Steve en arrivant.

— Salut. Tu as fait la guerre, là ?

— Tu verrais l'autre type ! grognai-je. Et c'était un Cockney.

— C'est ça, ouais. Tu serais morte.

— En y réfléchissant bien, c'est vrai. Je préférerais me tuer plutôt que de toucher un Cockney.

Lorsque j'entrai dans le bureau, j'eus une étrange impression de déjà vu. Il y avait encore un bouquet de fleurs bon marché qui m'attendait et encore une crise de larmes du côté de ma voisine.

— Qu'est-ce qui se passe, cette fois ? demandai-je d'un ton sec, en jetant les fleurs à la poubelle.

— Je croyais qu'elles étaient pour moi.

— Tu les veux ?

Je regardai la poubelle ; les fleurs côtoyaient désormais des peaux de banane et des vieux gobelets en plastique.

— Non. Tu ne vas même pas lire la carte ?

— Je sais déjà ce qu'il y a dedans.

J'y jetai tout de même un coup d'œil rapide.

« Désolé pour ta cheville, ma puce. On peut se voir ce soir ? Je passe te chercher. »

— Va te faire foutre, dis-je amèrement avant de me laisser tomber sur mon siège. (Le téléphone sonna.) Va te faire foutre, répétai-je, puis je pris tout le courrier que je n'avais pas encore ouvert et qui débordait de mon casier.

Le téléphone sonna quatorze fois ce matin-là. À chaque fois, je lançai une volée de jurons et me concentrai sur ce que je faisais au lieu de décrocher. Au bout d'un moment, Janie se pencha vers moi et me dit posément : « Tu sais, tu pourrais te mettre sur messagerie vocale, comme ça tu ne l'entendrais même pas sonner. »

Comme ça me tapait sur les nerfs que sa suggestion soit si éminemment raisonnable, je me contentai de répondre « Mmm » et me remis à bouder.

À l'heure du déjeuner, la réceptionniste passa la tête par la porte du bureau.

— Mélanie Pepper ! s'égosilla-t-elle.

Je levai la main d'un geste hésitant.

— Vous ne décrochez pas votre téléphone !

Arrête de me gueuler dessus comme ça ! Je me levai avec précaution.

— Il y a quelqu'un qui vous attend à la réception.

Mon Dieu.

— Un homme ?

— Ah, ça oui.

— Pouvez-vous... lui dire que je suis en déplacement ?

— Vous n'êtes pas en déplacement !

— Non, mais vous pourriez le lui dire ?

— Vous n'avez qu'à monter le lui dire vous-même.

— Comment je vais... ? Bon, tant pis, ça ne fait rien.

La réceptionniste avait déjà remonté les escaliers. Je la suivis sans me presser, en essayant d'échafauder une stratégie. Le salaud. Il allait me le payer, ce salaud d'égoïste.

Fraser attendait d'un air anxieux en haut des escaliers, faisant mine de contempler le rapport annuel de l'entreprise. Il paraissait tendu. À une autre époque, il aurait été en train de jouer avec son chapeau haut de forme et ses gants.

Je le regardai l'espace d'une seconde, puis arrivai en silence derrière lui.

— Attends, ne me dis rien : tu es masochiste, dis-je subitement.

Stupéfait, il fit demi-tour et m'adressa un sourire timide.

— Salut.

— Qu'est-ce que tu fais là ?

— Eh bien, Angus m'a dit où tu travaillais...

— Tu as parlé à Angus ? Qu'est-ce qu'il a dit ?

— Je vais te raconter. Ça te dirait d'aller manger quelque part ? Je ne travaille pas loin d'ici. Il y a un petit resto italien au coin de la rue...

— Je connais, répondis-je. Avec plaisir.

Steve passait par là.

— Eh, Steve, tu peux dire à Flavie que je suis sortie manger ?

— Tu peux crever.

— Merci.

Fraser me regarda d'un air perplexe.

— Ah, c'est un de ces bureaux informels ?

— Quelque chose comme ça.

Il y avait du monde dans ce restaurant italien, où cela sentait merveilleusement bon. Je me rappelai que je n'avais pas mangé la veille au soir et les œufs brouillés étaient déjà loin, alors je commandai des spaghetti à la carbonara. Et du pain à l'ail. Avec du fromage. Et du minestrone. Et un verre de vin.

— Comment va ta cheville ? Angus m'a raconté.

— Beaucoup mieux, merci. Alors, qu'est-ce qui s'est passé entre vous ? Raconte-moi.

Fraser me regardait dévorer le pain à l'ail.

— Eh bien, tu as l'air en pleine forme.

Je fis la grimace.

— Tu es venu pour voir si je pleurnichais toujours ?

— Plus ou moins. Angus m'a demandé de passer voir si tu allais bien. Il se faisait du souci pour toi et il savait que je travaillais pas loin, tu vois le bâtiment Xyler ?

— Le grand bloc rose ? Oui, je vois, c'est juste en face.

Mince ! Moi qui croyais que tu étais venu en avion pour m'emmener dans un endroit chic...

— Ce n'est pas chic, ici ?

Deux des serveurs se disputaient bruyamment en italien derrière les bandes de plastique multicolores du rideau.

— Tu sais, pour nous autres qui sommes habituées aux délices de chez Quagli... déclarai-je.

— Ha, ha.

Il prit du pain et épongea le reste de ma soupe avec.

— Alors, dis-moi, insistai-je, impatiente de savoir comment ils s'étaient réconciliés.

— Bah, ce n'était rien. Le Gustard et moi, on est tout le temps en train de se chamailler.

— Ce n'est pas ce qu'il m'a dit.

— Oh oui, bien sûr, on se battait pour avoir les personnages de *La Guerre des Étoiles* et puis, tu vois, les trucs habituels, quoi.

— Les filles ? lui demandai-je non sans malice.

Il sourit.

— Toi, tu vas mieux, c'est inconstestable. Non, en général, on ne se bagarre pas pour les filles.

— Sauf celle-là.

Il me comprit de travers.

— Qui ça, toi ?

— Ben non... Amanda.

— Ah oui, je vois ce que tu veux dire.

Gênés l'espace d'un instant, nous avons tous deux tourné la tête comme des girouettes à l'approche de notre serveur. Il déposa sous mon nez une assiette de pâtes fumantes que je humai avec appétit.

— Alors, qu'est-ce que tu as dit ? le pressai-je.

— On s'est réconciliés. Tu ne pourras jamais avaler tout ça.

— Tu veux parier ?

— Il est revenu tard dans la soirée après t'avoir raccompagnée et il s'est excusé. En fait, je crois qu'il s'en faisait plus pour toi que pour moi.

— C'était juste une apparence. Typiquement masculin.

— Hmm. En tout cas, il a retiré tout ce qu'il avait dit, bla, bla, bla... et il a promis de ne plus parler du mariage, etc., etc.

— Bon.

J'étais déçue, sans doute par esprit de contradiction.

— Tu lui en veux, hein ? demanda-t-il.

— Non.

— Ce n'est pas grave, tu sais, dit-il en souriant. Ça ne me dérange pas que tu ne veuilles pas que je me marie.

— Ce n'est pas ça, protestai-je. C'est juste que je ne veux pas que tu te maries avec elle.

— Alors tu le reconnais ?

— Bien sûr. Je suis désolée. Essaie de ne pas me détester.

— Je ne te déteste pas. Je te l'ai déjà dit. Et puis, j'ai écouté le reste de la cassette.

— Oh merde !

— Ne t'en fais pas, je te pardonne pour ce que tu as dit sur mon château.

— Ton tas de ruines.

— Peu importe.

Je triturais mes pâtes dans mon assiette.

— Ne l'épouse pas, Fraser. C'est juste une question de fric.

Une fois de plus, ce n'était pas ce que je voulais dire. Dieu merci, il le prit bien.

— Oh là là, si ce n'est pas une chose, c'est l'autre, avec vous deux. Alors maintenant, c'est moi le salaud. Elle, c'est la gentille, et moi, je suis le salaud intéressé qui se marie pour les mauvaises raisons.

— Excuse-moi ! Ce n'est pas ça que je voulais dire.

— Ça ne fait rien, va. Cette histoire de mariage est d'un ennui mortel. Je t'en prie, Mélanie, ça fait longtemps qu'on se connaît. Tu peux me promettre d'arrêter d'en parler, comme Angus ?

Je réfléchis.

— Sous prétexte que ça ne me regarde pas ? (Il approuva.) D'accord. Parce que c'est toi, alors. Et parce que ça fait longtemps qu'on se connaît. Sauf l'intervalle de cinq années où on s'est perdus de vue.

Il tendit les mains vers moi.

— Tu t'es évanouie dans la nature. Tu étais un peu fâchée à la remise des diplômes et cinq ans après tu m'appelles, comme ça.

Je n'avais jamais su dire au revoir.

— Bon, d'accord. Je te le promets.

Une fois qu'il eut terminé ses lasagnes, il s'attaqua à mes spaghetti.

— On ne te nourrit pas, chez toi ?

— Pas vraiment. Moins de cinq milligrammes de graisse par semaine jusqu'au mariage.

— Tu vois ! Là c'est toi qui as commencé ! Tu n'as même pas tenu le coup deux secondes ! Mariage, mariage, mariage... Tiens, sers-toi.

Il sourit tristement et je culpabilisai. À quoi est-ce qu'on jouait, là, à lui faire écouter des enregistrements de sa fiancée et à lui donner tous ces conseils merdiques ? C'était la vie de quelqu'un que nous étions en train de foutre en l'air.

À chaque fois que je me lance dans une discussion sur la nature humaine – ce qui n'arrive pas si souvent, je dois dire, étant donné que je ne vois plus guère mes amis génético-éthico-biologistes –, j'éprouve toujours le désir irrépressible de nourrir les gens qui me font un peu pitié, comme ma mère et ce malgré mon manque absolu de compétences culinaires.

— Tu veux venir manger chez moi un de ces soirs ? lui demandai-je.

Putain de gènes.

Bien sûr, Fraser me connaissait depuis un moment et

il détacha ses yeux de mon assiette, qu'il était en train de vider allègrement.

— Tu as pitié de moi ?

— Non, certainement pas. Pas du tout, au contraire. En fait, ça fait longtemps que j'y pensais.

— Ah bon ? Et tu pensais inviter qui ?

— Eh bien... (merde !) C'est toi l'invité d'honneur, alors tu choisis.

— Ouah ! Quelle surprise ! Tu as l'intention de faire une grosse fête ?

— OUI !

— Avec nous tous ?

— Qui c'est, nous tous ?

— Toi, moi, Amanda et Angus.

— Je ne suis pas sûre de cette définition de « nous tous ». Mais oui, pourquoi pas ?

— Oh, et je peux amener Nash ? Il est dans le coin, en ce moment. McLachlan... a plus ou moins démissionné en tant que témoin, alors j'ai demandé à Nash à la place.

— Oui, bien sûr.

— Et Amanda voudra sans doute venir avec une de ses demoiselles d'honneur.

— Ne la force pas.

— Désolé, je croyais que tu voulais faire un grand truc.

— Oui. Tu peux essayer de faire en sorte que ce soit Mookie, alors ?

— Je suis incapable de les reconnaître. Pourquoi celle-là ?

— Comme ça.

— C'est celle qui parle comme Grosminet à la fin de la cassette ?

— Peut-être.

— C'est bien ce qui me semblait.

Il me regarda et sourit.

— Tu es sûre que tu veux te donner tout ce mal ?

— Quoi, faire les courses, cuisiner, servir et faire la vaisselle pour six personnes ? C'est dur à ce point-là ? J'ai bien fait des œufs brouillés, ce matin.

— Eh bien... quelle bonne surprise ! Merci. C'est vraiment très gentil.

Je rayonnais.

— Hum... Je peux te demander quelque chose, Mélanie ? (Allons bon. Nous y revoilà.) Par simple curiosité... dit-il en se penchant au-dessus de la table, qu'est-ce qui se passe, au juste, entre mon petit frère et toi ?

J'étais sincèrement choquée.

— Rien !

— C'est ce qu'il dit aussi. Alors il y en a un de vous deux qui ment

— Merci, Socrate.

— Allez ! Dis-moi !

— Il n'y a rien entre nous. Je sors avec quelqu'un.

— Angus dit que c'est un salaud.

— Angus pense qu'il a le dernier mot sur les relations de tout le monde, on dirait.

— Ça, oui, dit-il avec un sourire. Mais tu l'aimes bien ?

— Ton petit frère ?

— Oui.

— Pourquoi, qu'est-ce qu'il t'a dit ?

— Rien.

— Bon. Je ne dis rien non plus.

— Alors tu l'aimes bien.

— Merde, merde et merde !

— Oh mon Dieu. Tu l'aimes vraiment bien.

— Écoute, ça suffit, répliquai-je. Sincèrement, je ne sais pas s'il y a quelque chose ou quelqu'un que j'aime en ce moment. Tout va de travers. Tout le monde sort avec les mauvaises personnes. Ça m'a l'air tellement embrouillé, tout ça... Alex me rend folle et ton frère aussi, alors ça ne change pas grand-chose. Finalement, tu avais peut-être raison quand tu disais qu'on ferait mieux de se mêler de nos affaires.

Je dus paraître plus sérieuse que prévu, parce que Fraser baissa la tête et approuva lentement.

— Oui. Oui, m'dame.

— Oui, m'dame, comme tu dis. Tiens, tu peux m'inviter, étant donné que tu es presque plein aux as ?

— À toi de m'inviter pour avoir essayé de saboter mon mariage.

— À toi de m'inviter pour être venu sans me prévenir.

— À toi de m'inviter pour l'embuscade que tu m'as tendue dans ma propre maison.

— À toi de m'inviter pour les questions personnelles et déplacées que tu m'as posées sur ton frère.

Il se mit à rire.

— Ha ! À toi de m'inviter pour les diktats déplacés que tu as émis sur ma fiancée, tu ne crois pas ?

Le serveur revint avec l'addition.

— En fait, dis-je calmement, c'est à toi de m'inviter parce que j'ai oublié mon portefeuille au bureau.

— Coquine ! Mais c'est avec plaisir.

— La prochaine fois, c'est moi qui t'invite. Et puis, j'ai envie de voir si tu signes « laird » sur le reçu.

— Pourquoi, au cas où personne ne m'aurait déjà pris pour un branleur ?

Nous avons remonté la rue, parmi la foule de gens qui se promenaient sans but pendant leur pause de midi.

— Merci de m'avoir emmenée au restaurant, dis-je.

— C'est Angus qu'il faut remercier, c'est lui qui a eu l'idée. Angus et Mélanie... chantonna-t-il.

— Arrête.

— Ah, quelle dose d'agression est-ce qu'une personne peut supporter ?

— C'est ce que tu vas découvrir au cours des quarante prochaines années de ta vie. Allez, file.

Sur ce, j'agitai la main en signe d'au revoir, le cœur beaucoup plus léger qu'une heure plus tôt.

J'avais douze messages sur ma boîte vocale, ce qui était un record absolu. C'était un mélange de flatteries de la part d'Alex et de reproches de la réceptionniste. Plus un message de Fran. À peine avais-je entendu sa voix que je me dis « Oh mon Dieu, Fran ! » J'avais complètement oublié de l'inviter. Donc maintenant, nous étions six, plus Alex, j'imagine. Sans compter que je devrais sans doute inviter Linda étant donné qu'elle serait à la maison... mais je n'avais que cinq chaises... alors peut-être que je ne lui dirais rien. C'était bizarre. D'habitude, j'étais incapable d'enfiler une paire de chaussettes sans téléphoner plusieurs fois à Fran. Je me débattis un peu avec ma conscience : il faudrait bien que j'invite Linda, parce qu'elle serait là de toute façon, mais elle n'était pas réputée pour ses qualités de boute-en-train... J'arriverais peut-être à persuader Amanda de ne pas amener Mookie...

Tout à coup je mesurai la portée de cette invitation. Mon Dieu, dans quelle galère m'étais-je fourrée ? Je n'avais même pas de saladier assez grand pour battre des œufs pour huit personnes. Certes, cela ne me dérangeait pas de bricoler à la cuisine quand j'avais le temps et que j'étais seule, d'autant qu'Alex aurait été capable de manger des têtards si c'était tout ce qu'il avait sous la main, mais là, la situation était grave. Je m'en voulais d'être aussi crâneuse et de vouloir autant me racheter auprès de Fraser.

Je décidai d'appeler Angus. Qu'est-ce qu'il lui avait pris, d'abord, de se rétracter comme ça ? Ce n'était pas très Braveheart, comme attitude. Malheureusement, c'était occupé. On lui avait demandé de rester à Londres plus longtemps, donc tout allait bien sur le plan professionnel.

J'éteignis la messagerie vocale, au cas où il appellerait. Et le téléphone sonna aussitôt. Mon cœur fit un bond. Mince, il avait fait vite pour me rappeler ! Mais c'était Alex.

— Je suis désolé, dit-il. S'il te plaît... On était un peu bourrés hier soir à l'appart et on n'a pas contrôlé la situation. J'aurais dû t'envoyer un taxi.

— Espèce de salaud. Tu m'as complètement ridiculisée devant mes copains.

— Qui ça ?

Je me dis soudain que ce n'était peut-être pas une bonne idée qu'il sache que j'étais seule avec Angus.

— Juste Angus et Fran ; on est allés chez Fraser.

— Fran ?

— Oui, pourquoi ?

— Non, comme ça, j'ai cru la voir dans le métro hier soir.

Merde, qu'est-ce qui m'avait pris de mentir ?

— Euh non, pas Fran, Holly, je veux dire.

C'était le prénom d'une autre amie que je ne voyais presque jamais.

— Ah bon.

Il y eut un blanc et j'étais sûre qu'il savait que je mentais. Mais il avait apparemment décidé de faire comme si de rien n'était.

— Tu me pardonnes, ma puce ?

Je soupirai.

— Tu peux me dire pourquoi j'ai l'impression de passer ma vie à te pardonner ? Je commence à en avoir marre.

— Qu'est-ce que tu veux dire ?

Je m'aperçus que Janie et Steve ne perdaient pas une miette de la conversation.

— Eh bien, tu vois, c'est juste que... puis je m'entendis

le lui dire : Je ne suis pas sûre d'avoir encore envie de supporter ce genre de comportement.

Silence. Tout à coup, je me sentis très, très froide à l'intérieur. D'où cela venait-il ?

— Écoute, je... (Sur ce, j'entendis Alex se passer la main dans les cheveux, comme à chaque fois qu'il y avait quelque chose qui l'agaçait, puis il prit sa respiration.) On peut discuter ?

— Pas maintenant.

— Très bien. Quand tu veux. Je peux te voir après le travail ? On pourra aller boire un verre, peut-être. Je crois que... il faut qu'on parle.

J'avais le cœur dans la gorge. On allait en rester là ? C'était tellement subit. Quelques minutes plus tôt, j'avais eu l'intention de lui reprocher sérieusement son égoïsme et voilà que je venais apparemment de déclencher le processus de rupture par inadvertance. Ça commençait toujours par « il faut qu'on parle », toujours. Sauf quand ils changeaient tout bonnement de pays. Mince, je n'étais pas sûre de moi, sur ce coup-là.

— Bien sûr, comme tu voudras, réussis-je à dire d'un air détaché.

Deuxième étape : accepter la nécessité de parler.

Il cita un endroit, que je notai d'une main tremblante avant de raccrocher et de regarder dans le vide, incrédule.

Janie ne tenait plus en place.

— Oh mon Dieu, il vient de te plaquer ?

— Non, répondis-je furieusement. C'est moi qui ai failli le plaquer, figure-toi. Il est en train de me supplier à genoux, là.

Elle écarquilla les yeux.

— Pourquoi tu voudrais le plaquer, d'abord ?

— Parce que c'est un petit con égoïste qui ne pense qu'à lui.

Elle avait toujours la même expression sur le visage.

— Ça ne t'est jamais arrivé de laisser tomber quelqu'un ? demandai-je. (Elle hocha la tête sans mot dire.) À ton avis, qu'est-ce qu'on peut avoir comme raisons de plaquer un mec ?

Elle haussa les épaules, toujours muette. Je tentai un demi-sourire.

— Ne t'inquiète pas, terminai-je, j'ai un remplaçant.

Ses sourcils remontèrent presque jusqu'à la racine de ses cheveux.

Cockney Steve ignorait délibérément cette discussion de fille, surtout depuis le moment où il avait compris que ce n'était pas moi qui allais souffrir.

— Tu t'es déjà fait plaquer, Steve ?

— Bien sûr que non.

Il rougit jusqu'à ses racines engluées de gel.

— Tu as déjà eu une petite amie, Steve ?

— Va chier !

— Tu es sûr de ne pas être homo ? Il y a beaucoup d'homos dans le monde du marketing, tu sais. Il suffit de regarder la couleur des murs.

Il tripota ses chaînes en or et marmonna quelque chose entre ses dents.

Cela me remonta le moral, mais le problème n'était pas résolu pour autant. Qu'est-ce qui se passait, nom d'un chien ? Je commençais à avoir l'impression de traverser une époque très tourmentée de mon existence.

J'avais tout de même passé des mois à baver en pensant à lui, à attendre qu'il me revienne. Ce qu'il avait fait. Et maintenant, voilà que je ne savais plus du tout ce que je faisais, ni ce que je ressentais pour lui. Je l'aimais, mais il me rendait folle. J'avais surtout besoin de quelqu'un qui vienne m'indiquer la direction en disant « *Va par là, c'est le chemin qui mène au bonheur. Va par là* ».

Je ne pensais pas que ça allait arriver, bien sûr. Mais je téléphonai quand même à Fran.

— Je crois que je vais rompre avec Alex, lui dis-je dès qu'elle décrocha.

— Pourquoi ? souffla-t-elle.

— Comment ça, « pourquoi » ? Tu penses que c'est un bon à rien et un branleur. Tu ne trouves pas ça suffisant, comme raison ?

— Non, je veux dire, pourquoi maintenant ?

— Oh, pour un milliard de petites choses. Par exemple, hier soir, je me suis vraiment fait mal à la cheville et il n'a même pas voulu venir me chercher. Il a dit qu'il était avec des copains, mais je ne le crois pas. Il n'avait pas envie de sortir, c'est tout. Il n'en a vraiment rien à foutre de moi.

— Je crois que si.

— Putain, mais c'est la Compagnie des amis d'Alex, ou quoi ?

— Bon, alors très bien. Tu sais ce que je pense. Fous-le dehors immédiatement et sors avec un des McConnald, ils sont gentils, au moins.

— Comment ça, « un des McConnald » ? Il n'y en a qu'un de libre, tu sais.

— Alors tu vas te contenter de ce qui est disponible, comme ça ?

— Tais-toi ! Tu ne m'aides pas du tout, là.

— Si. Tu n'as qu'à virer Alex tout de suite et sortir avec quelqu'un de gentil. Je ne peux pas te donner de meilleur conseil, si ?

— Mais Fran... tu vois bien, quoi, c'est Alex.

— Oui, celui dont tu étais folle amoureuse. Je sais. Mais là, il se comporte comme un con et tu n'es plus amoureuse de lui. Alors, qu'est-ce que ça peut bien foutre ? Allez hop !

— Mais je suis une grosse chiffe molle sans volonté !

— Raison de plus pour le plaquer maintenant, pendant que tu es en colère après lui.

— Je ne sais pas quoi faire. Je ne crois pas que je le saurai jusqu'à ce que je le voie. Je te rappelle plus tard. Ouh là... je me sens mal.

— Très bien, tu n'as qu'à te sentir mal si tu veux. Mais

en tout cas, tu DÉGAGES ce connard une bonne fois pour toutes.

— Mmm, répondis-je.

La journée traîna encore pendant au moins trente-quatre heures. J'essayais de me concentrer, mais ce n'était pas facile. J'avais le cœur qui battait à toute vitesse et je ne tenais pas en place. Sans cesse, le *mantra* revenait dans ma tête : La vie sans Alex. La vie sans Alex. Cela faisait très longtemps que je n'avais pas envisagé cette éventualité – jamais, d'ailleurs.

Je me souvenais de la tête qu'il avait faite le jour où nous avions décidé d'enregistrer Amanda, lorsqu'il m'avait dit qu'il m'aimait et mes intestins se nouèrent. Mais, s'il m'aimait, alors pourquoi se comportait-il comme si ce n'était pas le cas ? Pourquoi fallait-il toujours qu'il fasse ce qu'il avait envie de faire et qu'il s'excuse ensuite ?

J'aurais aimé avoir assez de place pour faire les cent pas dans le bureau. Ça aurait peut-être pu m'aider.

— Courage, peut-être que ça n'arrivera pas, dit Steve avec un clin d'œil.

— Je sais. Mais si ça arrive, il faut que je passe à autre chose tout de suite ? Ou est-ce qu'il faut que je m'accroche et que je travaille quelque chose qui vient peut-être de commencer à se construire ?

— Tu es dingue, ma pauvre, dit-il de mauvaise grâce.

Je fus enfin libre. Je sortis du bâtiment à toute allure, pour une fois. Je devais retrouver Alex dans un bar à la mode en bas de la rue, à Covent Garden, et quand j'arrivai, il était déjà là. Assis de dos, avec son blouson en cuir, sa silhouette me semblait triste et désespérée. Il tenait une bière et regardait dans le vague. Mon cœur chavira. J'avais envie de courir vers lui et de le prendre dans mes bras, de le serrer contre moi.

Il se retourna pour jeter un coup d'œil vers la porte et me vit plantée là en train de le regarder. Sans un mot, il se leva, courut vers moi et me prit dans ses bras. Je sentis son corps contre moi et je fermai les yeux. Les larmes coulèrent.

— Je t'en prie, ne me laisse pas tomber, dit-il.

— Il faut que tu arrêtes de faire des trucs comme ça !

Il avait le visage blême et décomposé.

— Je sais, je sais.

— On ne peut pas passer notre temps à discuter comme ça ! On ne fait que ça ! Tu te conduis comme un con et après je te pardonne !

— Chut. Viens. Assieds-toi.

Nous nous sommes assis à la table.

— Tu veux boire quelque chose ? offrit-il.

Je lui demandai un café. Je regardai dans le vide le temps qu'il aille le chercher, essayant de penser à ce que j'allais lui dire.

Il revint et s'assit face à moi. Personne ne disait rien. Au bout d'un moment, j'avalai ma salive et parlai. Il fallait que je l'entende dire qu'il ne voulait pas la rupture. Il fallait que je l'entende dire qu'il avait besoin de moi.

— Alex, je crois qu'on devrait peut-être arrêter de se voir pendant quelque temps.

Il restait très calme. Finalement, à mon grand soulagement, il dit :

— Je sais. Ne me fais pas ça, Mélanie. S'il te plaît.

— Donne-moi une bonne raison de ne pas le faire. C'est vrai, depuis que tu es revenu... je me prends douche froide sur douche froide, avec toi.

— Tu ne peux pas décider de rompre juste parce que j'étais trop bourré pour venir te chercher.

— Je ne veux pas rompre à cause de ça. Je veux rompre parce que tu te pointes bourré, que tu insultes mes amis, que tu te bats avec mes amis, que tu me laisses tomber et que tu refuses de t'engager. Ça te suffit, comme liste ?

Toujours calme, il tendit le bras et me prit la main, puis regarda vers le plafond comme s'il essayait de rassembler ses esprits.

— Mélanie, il y a quelque chose qu'il faut que je te dise... (Il se reprit.) Enfin... je ne peux pas te le dire. Mais honnêtement, si tu le savais, ça changerait tout.

— Dis-le-moi. Sinon ça ne changera rien du tout.

— D'accord. Écoute, Mélanie, je n'ai pas eu le boulot, à la maison de disques. Le type qui allait m'aider... il ne me rappelle jamais, il ne veut pas me voir ni rien, dit-il d'un air piteux. Je ne crois pas que j'arriverai à rentrer dans ce milieu un jour. J'ai vingt-neuf ans et ils ne veulent que des gars de seize ans, on dirait.

J'attendais qu'il continue.

Je ne sais pas ce que je vais faire pour gagner ma vie : je n'ai jamais rien fait, pratiquement. En fait, ma vie, c'est un vrai tas de merde.

— Merci...

— À part toi, reprit-il en me faisant signe de me taire. J'ai réfléchi à tout ça, en essayant d'utiliser les techniques que j'ai apprises, tu sais, quand j'étais en Inde. J'ai essayé de comprendre. Et à mon avis, ce qui se passe, inconsciemment, c'est que je crois que je ne suis pas assez bien pour toi. J'essaie de te rejeter en me conduisant mal, pour t'obliger à prouver que tu m'aimes.

— C'est de la connerie, ça ! Et c'est la pire excuse que j'aie jamais entendue !

— Je regrette que tu penses ça, dit-il posément. Je regrette que tu penses que l'état dans lequel je me trouve en ce moment, c'est de la connerie.

Il fixait son verre vide.

— Ce n'est pas vrai. Mais je ne vois pas pourquoi tu

dois te comporter comme un goujat avec moi sous prétexte que tu es malheureux.

— Je sais bien. C'est inexcusable. C'est pour ça que j'essaie de me l'expliquer, de retourner ça dans ma tête. Tu es là dernière personne sur terre que j'ai envie de faire souffrir. Et je le fais quand même, presque tous les jours. Je crois... Enfin, tu t'en sors bien, toi, tu as un bon boulot.

— C'est un boulot de merde, oui !

— Et tu as la tête sur les épaules.

— J'ai... des œufs brouillés à la place du cerveau !

Il me regarda d'un air curieux.

— Enfin bon, ta vie suit son cours et tu n'as pas besoin de moi. Je crois que j'essaie juste d'attirer ton attention. Et de te mettre en garde contre un emmerdeur comme moi, alors qu'en fait, ce n'est pas ce que je veux. (Pause.) C'est toi que je veux.

— Tu ne penses jamais à moi. Tu n'as pas pensé à moi hier soir quand j'étais à Camden, à des kilomètres de chez moi, avec une cheville qui me faisait mal.

— Oh si, j'y ai pensé. J'ai pensé à toi toute la nuit. C'est là que j'ai commencé à comprendre pourquoi notre relation était comme ça.

— Elle est comme ça parce que tu es un sale cochon égoïste.

— Non, Mélanie. Elle est comme ça parce que j'ai peur... j'ai peur des sentiments que j'ai pour toi.

Il secoua vivement la tête pour ôter les cheveux qu'il avait devant les yeux.

— Honnêtement, reprit-il. Et je veux croire suffisamment en moi pour pouvoir rester avec toi. (Je plissai les yeux.) Alors je ne vais plus avoir peur.

— Ah bon.

Il tripotait intensément sa tasse de café.

— Non. Je vais m'accrocher, pour une fois dans ma vie. Mélanie, j'ai pensé... (Il leva rapidement les yeux vers moi, puis les reposa sur la table.) Eh bien... si tu veux rester avec moi... si tu veux encore de moi... bon, si tu ne me détestes pas totalement, enfin pas autant que je me déteste en ce moment, j'ai pensé qu'on pouvait peut-être... si tu pouvais me pardonner, si tu veux bien me donner une dernière chance... on pourrait peut-être essayer de vivre ensemble ? Un petit peu. Pour voir si on peut continuer. Après Noël, hum... j'ai pensé qu'on pourrait peut-être trouver une chambre ou un appartement quelque part ?

J'étais aussi surprise que Will le Coyote quand il poursuit Bip-Bip au sommet de la montagne et qu'il se rend compte qu'il court dans les airs.

— J'ai l'impression qu'on n'a pas beaucoup communiqué depuis mon retour, continua Alex. On est toujours occupés et on s'intéresse tellement aux affaires des autres qu'on a négligé les nôtres. (Il me regarda, l'air plein d'espoir.) Depuis que j'habite à Fulham, je ne te vois presque jamais.

— Tu as déménagé, lui fis-je remarquer. À cinq cents kilomètres de chez moi.

— Oui, mais je venais de rentrer. Il fallait que je me retrouve. Que je me remette les idées en place. Je te l'ai dit, je ne voulais pas précipiter les choses. Mais là, j'ai bien réfléchi. Et je pense que tu as toujours eu raison. Nous sommes faits l'un pour l'autre.

J'avais oublié que c'était mon idée, ça.

— On devrait vivre ensemble, répéta-t-il. Essayer, du moins. Qu'est-ce que tu en penses ?

Il me regardait, l'air toujours calme. Je baissai la tête et remarquai qu'il avait un pied qui sautait comme s'il auditionnait pour un spectacle de danses irlandaises. Une énorme vague d'affection m'envahit d'un seul coup.

— Je ne sais pas quoi dire, Alex. C'est avec ton méchant frère jumeau que je suis sortie, pendant tout ce temps ?

Il prit ma main.

— Eh bien, c'est un peu ça, oui.

Je retirai ma main.

— Tu me fais peur, maintenant.

— Désolé. J'ai longtemps réfléchi à tout ça hier soir.

— Ah bon.

Je fixais la nappe, les oreilles en feu. Je n'étais pas du tout habituée à ça. Chez moi, « il faut qu'on se parle », ça voulait dire qu'il y avait quelque chose qui allait de travers et que c'était fini sur le plan professionnel/amoureux/amical. Avec une certaine tristesse, je me demandai comment Lili, la superbe copine d'Amanda, gérait ce genre de choses. Elle devait recevoir au moins quinze propositions par jour. Elle demandait peut-être aux hommes de lui acheter un appartement, puis elle les laissait tomber et gardait l'appartement.

— Tu n'es pas obligée de décider maintenant, dit Alex sur un ton grand seigneur.

— Non ?

— Non, bien sûr que non, je ne veux pas te forcer la main, répondit-il avec son bon vieux sourire d'Alex. Même si, évidemment, ça me rend complètement fou d'attendre, ma puce.

Là je retrouvais Alex.

— Ah bon, je te rends fou ? demandai-je.

— Je serais au bord du désespoir tant que je n'aurais pas ta réponse.

— Tant mieux. Ça te fait les pieds, pour une fois.

Je m'appuyai sur le dossier et croisai les bras.

Il se leva et, sans un mot, partit chercher deux autres cafés. Émerveillée, je regardais son large dos accoudé au bar.

Soudain, une minuscule étincelle d'excitation s'alluma au fond de moi. Vivre ensemble ! Des dimanches entiers à paresser sous la couette, cuisiner comme il faut, faire les courses tous les deux, discuter toute la nuit, prendre des bains ensemble. Je ne rentrerais plus toute seule chez moi à pied, il n'y aurait plus de maison vide. Enfin, elle n'était jamais vide, mais c'était peut-être grâce à la chaleur qu'il y avait. Les dîners et les invitations en couple. Dieu que c'était bourgeois et Dieu que c'était chiant, mais... j'aimais beaucoup l'idée.

Toujours au bar, Alex pianotait nerveusement sur le comptoir. J'étais attendrie. Quel effort avait-il dû faire pour me demander cela ? Il avait dû se tourmenter pendant des heures. Oh, et il devrait le dire à Charlie. Hourra ! Et j'en parlerais à Amanda, qui m'avait toujours clairement fait comprendre que je n'étais pas assez bien pour lui. Et, oh mon Dieu, j'allais rencontrer ses parents. J'imaginais ces couples qu'on voit dans les publicités de meubles et qui sont toujours en train de faire des batailles de polochon pour une raison x ou y. Ce serait nous. Et où irions-nous ? Alex était sûr de recevoir de l'argent de ses parents à Noël, alors avec une bonne caution nous pourrions avoir quelque chose de bien. Avec un peu de chance, ils nous paieraient peut-être même le loyer...

J'avais commencé à choisir le tissu des rideaux au moment où il revint avec deux cappuccinos.

Il s'assit.

— Dis-moi que tu es mentalement en train de choisir le tissu des rideaux, là.

— Oh, ne sois pas idiot, Alex. J'essaie de réfléchir raisonnablement.

— À quoi veux-tu réfléchir ? Ce n'est pas comme si on se mariait ni rien.

— Non, bien sûr.

— Allez, ma puce, dis oui. On va bien se marrer, tous les deux. Je promets d'être sage. Pas de Charlie, pas de rugby, je te serai dévoué vingt-quatre heures par jour, c'est tout.

— Tu es pire qu'un arracheur de dents.

— *I'm just a soul whose intentions are good*, se mit-il à chanter. *Oh Lord, please don't let me be misunderstood*[1].

1. « Je ne suis qu'une âme pleine de bonnes intentions... Oh Dieu, évite-moi d'être incompris. »

Je levai les yeux sur lui.

— Oh là là, à quoi est-ce que je m'engage, cette fois ?

— Tu as dit oui ! Elle a dit oui ! cria-t-il à tout le bar.

Comme la clientèle était anglaise, et non américaine, les gens ne se mirent pas aussitôt à nous applaudir, mais ils nous regardèrent avec l'air de penser que nous étions deux fameuses grandes gueules.

Nous avons passé le reste de la soirée excités comme des puces à nous demander où, quand et comment. Nous avons convenu d'un endroit bien tendance dans le nord de Londres. Il y avait de fortes chances que ses parents paient le loyer, ce qui était fabuleux. Je donnerais un préavis de deux mois à Linda et nous commencerions à chercher un appartement après Noël. Chercher un appartement ! J'étais folle de joie. Ensuite, nous sommes rentrés chez moi et nous avons fait l'amour toute la nuit, pour célébrer le début d'une nouvelle vie.

— Tu as intérêt à rester comme ça, lui dis-je d'un air féroce tandis que nous étions enlacés sur mon lit. C'est ta toute dernière chance.

— Je sais, répondit-il à moitié endormi. Heureusement que je l'ai.

CHAPITRE 13

Fran était furieuse. Absolument folle furieuse. Dans une rage indescriptible, elle m'a demandé pourquoi je ne m'étais pas lancée dans la traite des blanches, pendant que j'y étais. J'avais beau connaître son sentiment sur cette affaire, cela me faisait de la peine, d'autant que sa réaction était complètement disproportionnée.

— Tu sais pourquoi ? dit-elle avec perfidie une fois qu'elle eut épuisé tous les autres modes de persuasion. Charlie ne veut plus qu'il habite chez lui.

— Qu'est-ce que tu en sais, d'abord ?

— Charlie et moi, on a passé un... accord, annonça-t-elle

— Tu l'as vu ?

— Peut-être.

— Mais... Mais tu ne peux pas dire ça ! C'est la règle !

— Peut-être que les règles ont changé.

— Merde ! Tu es allée chez eux, alors ? Tu as vu Alex, l'autre soir ?

— Pour l'amour du ciel, j'en ai rien à foutre, d'Alex.

— Et tu sais quoi ? Moi, j'en ai rien à foutre de Charlie. Tu peux bien coucher avec Stephen Hawking si ça te chante, je ne te ferais pas chier pour ça. Alors pourquoi tu ne peux pas me laisser être heureuse, pour une fois ?

Elle soupira.

— Écoute, on pourrait ne pas en parler du tout ? On va juste réussir à s'engueuler.

— Contrairement à ce qu'on est en train de faire en ce moment ?

— Allez, autant qu'on laisse tomber. Je serai là pour te ramasser à la petite cuillère dans six mois, comme d'habitude.

— Il faut toujours que tu aies le dernier mot, hein, Fran ?

— Non, seulement quand tu fous ta vie en l'air avec un gros CON.

Je raccrochai.

Angus avait téléphoné et laissé un message, mais je ne répondis pas. Je ne voulais pas trop repenser à cette soirée-là. Il avait peut-être failli se passer quelque chose entre nous, mais j'allais désormais appliquer ma nouvelle politique de non-intervention. La décision était prise : il fallait que je me concentre sur une relation et j'allais m'y accrocher. La voix d'Angus me parut de plus en plus confuse les jours qui suivirent, puis il finit par ne plus appeler du tout.

Je n'avais pas le temps de penser à lui. Je mangeais avec Alex le midi, nous dormions ensemble toutes les nuits, nous allions au cinéma, nous cherchions des appartements à louer, nous prévoyions ce que nous irions voir. Nous rentrions toujours chez moi. Non sans paranoïa, je lui demandai des nouvelles de Charlie, mais il me fit comprendre que ça ne valait pas la peine d'en parler. C'était moi qui devais me lever le matin pour aller au travail et Alex m'était dévoué vingt-quatre heures sur vingt-quatre.

Je donnai mon préavis à Linda ; elle le reçut avec le plus grand sourire que je lui aie jamais vu et me dit que ce serait parfait. Ses yeux étincelaient littéralement derrière ses lunettes. Je me demandais si c'était bon signe ou non.

Tout semblait – enfin – se mettre en place. Tout à coup, la vie me paraissait beaucoup moins agitée. Presque calme, même. Jusqu'à ce qu'Amanda me rappelle...

— Darling, c'est tellement gentil de nous inviter à dîner.

Comment ça, à dîner ? Oh mon Dieu, j'avais complètement oublié.

— C'est ce week-end, n'est-ce pas ?

Ce week-end ? Oh là là, je n'en savais fichtre rien.

— Hum...

— J'ai invité Mookie... je n'en reviens pas que tu t'entendes si bien avec elle. Enfin, c'est vrai qu'elle a toujours été un peu excentrique sur les bords... Et bien sûr, Nash descend exprès de Glasgow une semaine plus tôt. Attends... tu sais, Fraser m'en a à peine parlé ! Dieu qu'il peut être lent, ce garçon, il n'était même pas sûr qu'on devait... Oup, là ! Désolée ! J'ai failli oublier : on ne peut pas dire du mal du petit mari devant Mélanie. Ha, ha, ha ! Bon, je dois avoir ton adresse quelque part. Tu es sûre de vouloir inviter Angus ? Tu sais à quel point il peut être rasoir, pourtant, surtout s'il est d'une humeur de chien, c'est-à-dire tout le temps. Pourquoi tu n'inviterais pas ce gentil Charlie, à la place ? Il est très drôle. Tu sais que son père a une écurie de chevaux ? Enfin bon, tu es sûre que tu vas y arriver, darling ? Je veux dire, excuse-moi, mais la cuisine, ça n'a jamais été ton fort, n'est-ce pas ? À moins que tu ne fasses juste un apéritif ! Ha, ha, ha ! Sinon, dis-moi, faut-il qu'on soit bien habillés ? J'imagine que non, évidemment, mais préviens-moi si tu veux qu'on fasse un effort...

— Hum, tu peux attendre une seconde, là ?

— Bien sûr, darling, aucun problème. Des tonnes de choses à faire, hein ? Bon, alors à samedi. Huit heures, huit heures et demie, je suppose ; c'est généralement à cette heure-là que les gens reçoivent, ma chérie. Ciao !

Je m'assis, stupéfaite. Doux Jésus. J'avais complètement oublié ce repas ; les événements des derniers jours m'avaient quelque peu prise de court.

Je ne voyais pas comment recevoir sept personnes chez moi, qui se détestaient pour la plupart, sans compter celle qui croyait qu'elle avait réussi à me faire sortir de chez elle à force de planter des aiguilles dans les poupées vaudou qu'elle avait fabriquées à mon effigie, ni celui que j'avais considéré comme... gulp, enfin bon, peu importe, et dont je ne répondais plus aux appels, ni les deux personnes que je ne connaissais pour ainsi dire pas.

Alex trouvait l'idée géniale. Rassembler tout le monde, annoncer que nous allions nous installer – ce qui n'était pas une grande nouvelle étant donné que je ne voyais plus que lui depuis quelque temps – boire et passer un bon moment avec nos amis. Alex me promit même de m'aider à cuisiner : je me demandai si les *X-Files* n'existaient pas en vrai et si le gouvernement n'était pas en train de lui faire subir un lavage de cerveau par son inhalateur anti-asthme. Bien entendu, je ne pouvais pas lui dire pourquoi je ne voulais pas qu'Angus vienne.

Je réussis même à proposer à Linda de se joindre à nous. Elle m'adressa un de ses interminables regards fixes.

— Samedi soir ?

— Oui, juste pour dîner, quelques copains, à boire... rien d'extravagant, quoi.

— Mais le week-end prochain, tu ne seras pas là, hein ?

— Non, je te promets que le week-end prochain, je ne serai pas là.

C'était le week-end du mariage – le grand jour, enfin – et nous avions décidé de louer un bed and breakfast. Je serais bien allée dormir chez mes parents, mais ce n'était peut-être pas le moment le plus judicieux pour leur présenter la personne avec qui j'avais l'intention de vivre dans le péché. Par ailleurs, le mariage avait lieu dans le joli petit village de Pyrford et c'était ce qu'on faisait de mieux comme bijou champêtre dans la région de Woking.

Elle réfléchissait de tous ses bourrelets.

— D'accord.

— Fantastique ! Super ! dis-je, essayant de lui faire comprendre à quel point sa compagnie allait enrichir la soirée.

Lorsque je revins à la maison un peu plus tard, il était inscrit en lettres roses sur le calendrier aux chats. « Repas. Samedi, 20 h-20 h 30. » Je me demandai comment elle allait réussir à caser ça dans son emploi du temps.

Le vendredi soir, Fran téléphona. Je ne lui avais pas parlé de la semaine. Je l'évitais. Elle le savait bien.

— Eh ! dit-elle d'une voix joyeuse mais nerveuse, ce qui voulait dire qu'elle était inquiète. (Si elle avait pensé que tout était normal, elle aurait été grognon.) Qu'est-ce que tu fais, ce week-end ?

— Ben, euh... je vois Alex, le train-train, quoi.

— Ah bon. Alors tu ne fais pas de repas chez toi ni rien ?

Mon cœur chavira. J'aurais dû le savoir, que ça reviendrait à ses oreilles. J'essayai de penser à une échappatoire qui me permettrait de ne pas avoir l'air ridicule, mais il n'y en avait pas.

— Tu veux venir ? demandai-je posément, attendant une réponse humiliante et cinglante.

Silence.

— Oui ! répondit-elle d'une voix tremblante.

Re-silence. Puis on s'est bêtement mises à rire. On

riait pour rien, on riait parce qu'on était amies et je riais parce que j'avais réussi à la convaincre de venir de bonne heure pour m'aider à préparer.

— On va être neuf, du coup, calculai-je. Il ne faut pas un nombre pair ?

— Tu pourrais toujours inviter Charlie... commença-t-elle.

— Pas question ! Tu ne vas pas t'y mettre aussi ! Mais tu viens à une condition. Premièrement, tu parles à Angus, parce qu'il croit que je le déteste ; et deuxièmement, tu me racontes TOUT ce qui se passe avec Charlie et j'insiste bien, TOUT.

— D'accord, dit-elle. Tu vas ignorer Angus toute la soirée pendant que je lui tiendrai la jambe et ça prouvera que tu ne le détestes pas, c'est ça ?

— Oui.

— Et moi je te parlerai de quelqu'un que je ne connais presque pas et que je ne vois presque jamais.

— Je ne te crois pas.

— Ah bon. À demain soir.

— Qu'est-ce que tu fais, ce soir ?

— C'est un secret. Salut !

C'était incontournable. Nous devions aller faire les courses, Alex et moi. Dans notre nouveau statut de couple à plein temps, nous serions amenés à souvent faire les courses, alors autant qu'on s'y mette tout de suite.

Il fallait acheter de quoi manger et boire pour neuf personnes, ainsi que des bougies, des fleurs et tout le tintouin, mais je ne savais pas si cela allait suffire à faire oublier aux invités que toutes les chaises étaient dépareillées : certaines venaient de la chambre de Linda, d'autres avaient des coussins à fleurs et il y avait même un infâme tabouret des années soixante-dix, qui donnerait à celui qui se retrouverait dessus l'impression de surveiller tel un juge le déroulement des opérations. Tout cela autour de deux tables de hauteur différente mises bout à bout et recouvertes d'une vieille toile cirée. Il fallait également que nous achetions un cadeau de mariage à Amanda et Fraser, un chapeau pour moi, une cravate et des slips pour Alex, car ils avaient subitement décidé de se révolter tous en même temps et de disparaître. (On n'en revit jamais la couleur.)

Comme nous ne pouvions pas plus supporter l'un que l'autre l'enfer du centre ville de Londres un samedi avant Noël, nous avons opté pour son équivalent dans le sud londonien, le centre commercial Elephant and Castle, une terrible monstruosité rose vif qui ressemblait à un robot en train de vomir du milk shake à la fraise. On y vendait toutes sortes d'engins qui vous permettaient de téléphoner à l'étranger à peu de frais, mais très peu de choses qui pouvaient faire office de cadeau de mariage.

Nous avons tristement regardé les serpillières pendant une heure, évité le Père Noël surexcité et jeté un rapide coup d'œil au « tout pour 99 pence », sans la moindre inspiration. Visiblement, Alex trouvait tout cela d'un ennui mortel, mais il faisait de son mieux pour ne pas le montrer ; il me fit même essayer un de ces chapeaux qui vous fichent la trouille si vous en voyez un traîner par terre parce que vous le prenez pour un insecte mutant.

À deux heures (nous avions fait la grasse matinée, ce qui avait été merveilleux mais avait un peu amputé l'emploi du temps, car en plus je comptais préparer des lasagnes), je commençai légèrement à paniquer.

— Si seulement il y avait un magasin qui s'appelait « Tout ce qu'il vous faut pour un château en ruine », me lamentai-je en prenant des tournesols artificiels d'au moins deux mètres pour la quatrième fois.

— Bon, de quoi ils ont besoin ?

— De rien ! De rien du tout ! Amanda a un grille-pain Dualit, un presse-citron Philippe Starck et tous les gadgets qu'on voit dans les magazines, plus une liste chez Heals et un architecte d'intérieur. Moi, je l'ai vue, la liste de mariage et je suis désolée, mais je ne suis pas prête à vendre mes organes à des Américains pleins aux as, hein.

— Allez, ma puce, calme-toi. Qu'est-ce qui plairait à Fraser, alors ?

Je réfléchis un moment.

— Euh... un Gameboy, je crois.

Alex tapa dans ses mains.

— Parfait ! Viens, on va lui en acheter un.

— Un Gameboy ?

— Tu crois qu'on va leur en offrir combien, à leur mariage ?

— Hmm. Eh ben, aucun, je suppose.

— Tu vois. Parfait.

Deux minutes plus tard à Woolworth, c'était réglé. Joli sac, jeux supplémentaires et tout le tralala. Je payai, mais bon, c'était mon ami.

— Fastoche, conclut Alex d'un ton enjoué. Et regarde, là-bas...

Il m'indiqua un magasin qui, au premier coup d'œil, semblait vendre des cuvettes de toutes tailles mais qui, en y regardant de plus près, vendait également des CD, des théières, des pantalons et toutes sortes d'articles.

— Huit slips pour cinq livres ! s'exclama-t-il triomphalement.

— Oh, touche, ils vont te faire de l'électricité statique sur les poils !

— Je m'en fous. Peut-être que mes autres slips seront jaloux de voir qu'on les a remplacés par des slips de qualité inférieure et qu'ils reviendront tout seuls.

— Un point pour toi.

Déjà deux choses de résolues. En plus, pour le mariage, Alex avait décidé de mettre sa vieille cravate de lycée, ce qui m'énervait, mais seulement un petit peu, et cela nous fit gagner du temps. Quant à moi, j'avais laissé tomber l'idée du chapeau.

Mais au supermarché, c'était une autre paire de manches. Alex annonça que la misère et la foule lui rappelaient l'Inde, mais je ne relevai pas, car j'étais occupée à chercher un paquet de lasagnes aux épinards qui ne soit pas trop écrasé. Pendant ce temps, il remplit le chariot de vin rouge bon marché et prit une bouteille de gin.

— Il y a beaucoup de vin, je trouve, lui fis-je remarquer d'un air incertain.

— On est nombreux.

— Allez, soupirai-je. On ferait mieux de continuer. Je ne sais pas comment je vais faire avec neuf personnes.

— Neuf ? Je croyais qu'on était huit ?

— Ouais, je sais. Fran a téléphoné et j'ai culpabilisé, alors je l'ai invitée aussi. Ça ne fait rien, si on est un nombre impair.

Alex avait l'air mécontent.

— Si, ça fait quelque chose ! Mince, Mélanie, elle va nous gâcher la soirée. Tu ne peux pas la rappeler et lui dire de ne pas venir ?

— Non ! C'est pas possible, ça, vous êtes insupportables, tous les deux. Je lui ai déjà demandé d'être un peu plus sympa avec toi. Elle ne posera pas de problème. Je la mettrai à côté d'Angus, par exemple.

— Je pense quand même que ça fait trop. Tu pourrais l'appeler. Elle comprendrait.

— Alex, tu ne trouves pas que c'est un peu tôt pour qu'on commence à s'engueuler au supermarché ? Elle vient, un point c'est tout. Ça fera une moyenne avec Linda qui n'a aucune personnalité et Mookie, qui n'en a que la moitié d'une. Et elle fera taire Amanda si elle est trop grande gueule.

— C'est ça, ouais. Fran, elle a le droit d'être grande gueule, elle. Merde alors.

— Arrête.

Nous faisions enfin la queue, mais ce n'était pas une sinécure. Un enfant perché dans un porte-bébé devant moi me tapa sur la tête avec un râteau couvert de miettes de gâteau et de crasse.

— C'est entendu, Alex, d'accord ?

Il bouda un peu quelques instants, puis il s'en alla en traînant les pieds.

— Eh ! Tu ne m'aides pas, là ?

— Je voudrais bien, répondit-il, mais je suis un peu rac... Tu peux payer cette fois-ci et je paierai les prochaines courses ?

— Mais tu as mis au moins cent bouteilles dans le chariot !

— Oh, ne fais pas de scène. Tu veux que j'aille en remettre dans les rayons ?

— Non, laisse tomber. Tant pis. On les boira une autre fois si on ne boit pas tout ce soir.

— C'est ça, ma puce... on ne finira jamais tout ce soir !

— Oh, qu'est-ce que je regrette d'avoir voulu les inviter !

Il m'enlaça.

— Ne t'en fais pas. Ça va bien se passer. Ce sera génial. Tu vas être une merveilleuse maîtresse de maison, tout le monde va t'adorer et on sera tous de nouveaux amis. Calme-toi.

J'essayai effectivement de me calmer en voyant l'énorme ticket de caisse, mais ce ne fut pas facile. Le temps que nous arrivions à la maison, il était quatre heures et je balançai les commissions sur la table de la cuisine avec soulagement. Alex tenta aussitôt de m'attirer vers la chambre pour faire une petite sieste crapuleuse, mais ce n'était vraiment pas le moment.

— Alex, j'ai quatre heures pour cuisiner un tas de trucs que je ne sais pas faire. Rends-toi utile, participe.

— O.K., dit-il en m'embrassant dans le cou d'un air taquin. Je vais juste jeter un coup d'œil aux résultats du foot.

— Pas question !

— Juste dix minutes, ma puce !

Il s'évanouit, pour réapparaître deux secondes plus tard et confisquer une bouteille de vin, un verre et un tire-bouchon.

— Et ne t'avise pas de te soûler la gueule ! lui criai-je.

Je le suivis au salon, où il était en train de s'installer confortablement dans le canapé. Sans dire un mot, Linda retirait la cassette du *Patient anglais* du magnétoscope. Je remarquai que le *Titanic* avait fait son apparition sur l'étagère. Intéressant.

— Je reprends ça, ordonnai-je, souriante, en lui ôtant la bouteille des mains. Tu sais ce qui s'est passé la dernière fois.

— En fait, je ne m'en souviens pas tellement.

Il zappa sur le match de foot.

— Justement. Linda, tu veux un verre de vin ?

Elle parut choquée qu'on puisse lui offrir du vin à une heure pareille.

— Non... mais peut-être un sherry, dit-elle.

— Ah bon, du sherry ?

Linda avait un bar bien approvisionné, ce qui était étrange, étant donné qu'elle ne buvait presque jamais. De temps en temps, je lui donnais un petit coup de main.

— Allez, essaie, dis-je en lui tendant le verre.

Elle piqua un fard et courut dans sa chambre.

Histoire de compenser, je me servis un verre avant de reboucher la bouteille. Il y avait une longue soirée en perspective. Je pris le couteau de cuisine et soupirai.

Deux heures plus tard, une grosse marmite de viande hachée, que je n'avais même pas voulu toucher, bouillonnait sur la gazinière d'un air vaguement impressionnant. Je mélangeais de temps en temps, mais j'avais chaud car si ça n'avait pas tellement pris de temps, j'avais tout de même déjà quatre tentatives de méchante béchamel grumeleuse derrière moi. La cuisine ressemblait à un mauvais film gore : tout était rouge, entre les bouts de viande et la sauce tomate. Quand j'allai chercher Alex pour faire la salade de fruits, il dormait comme un loir – comme un loir très fatigué, d'ailleurs, puisqu'il ne se réveilla même pas lorsque je m'assis sur lui. Linda avait disparu. Je me dis qu'elle était sans doute en train de se gaver de chocolat pour ne pas avoir à se jeter comme une bête sur la nourriture ni dévorer le pain à l'ail.

À six heures, la sonnette poussa son cri strident, ce qui me fit bondir, comme d'habitude, et je paniquai comme une folle jusqu'à ce que je me rappelle que Fran devait venir m'aider.

Elle entra. Ses yeux noirs pétillaient et elle avait les joues roses à cause du froid – il s'était mis à geler et la neige menaçait ; d'après moi, nous verrions les premiers flocons la semaine suivante, juste pour le grand jour. Le père d'Amanda avait sans doute commandé tout ça en gros. Fran était armée de deux bouteilles de vin et d'un quart de bouteille de gin.

— Mais qu'est-ce qui t'a pris d'apporter autant d'alcool ? demandai-je, incrédule.

La cuisine était en train de se transformer en cave à vin et j'en avais déjà versé une demi-bouteille dans les lasagnes.

Elle me regarda comme si je venais de sortir une énorme ânerie.

— Oh, comme ça. Je peux en avoir un verre, s'il te plaît ?

Je nous servis un verre à chacune, puis je me rappelai que je devais ralentir la cadence. Alex réapparut subitement, l'air tout à fait reposé. Il échangea un signe de tête distant avec Fran tandis que je remplissais son verre, puis il se sauva de nouveau en plaisantant sur le trop grand nombre de cuisinières dans les parages.

Fran leva les yeux au ciel, puis elle s'appuya sur le plan de travail pour bavarder tandis que j'essayais de couper des rondelles de kiwi à peu près égales sans trop m'interroger sur l'inutilité totale de la chose.

— Pourquoi tu ne me parles pas de Charlie maintenant ? l'interrompis-je dans sa diatribe dirigée contre la pétasse de l'épicerie qui lui avait vendu le vin, mais seulement après m'être assurée que la fille n'avait pas dû finir aux urgences.

— Il le faut vraiment ? dit-elle en soupirant.

— Si tu veux manger ce soir, oui.

Je retirai le bol de pistaches qu'elle attaquait allégrement – c'est que ça coûtait la peau des fesses, ces petites choses.

Elle se resservit du vin. Il était presque sept heures.

— C'est vraiment un con.

— Vraiment.

— Tout s'est passé normalement : il était très malheureux et il me suivait partout comme un chien perdu. Alors je l'ai plus ou moins... revu, quoi.

— Quoi !? Mais ça ne t'arrive jamais, ça, d'habitude !

— Je sais. Je ne sais pas ce qui m'a pris.

— Tu l'AIMES bien.

— Non ! C'est un petit connard merdeux.

— Tu aimes ça. Oh mon Dieu, Fran est amoureuse, Fran est amoureuse !

— Tu peux me passer ce couteau de cuisine, s'il te plaît ?

Je le lui tendis sans réfléchir avant de comprendre l'erreur fatale que je venais de commettre.

— Bon, bon, j'arrête !

— Promis ?

— Juré !

Fran posa le couteau sur la table d'un geste lent et je me risquai à le récupérer pour couper le reste des kiwis. Nous ne disions plus rien.

Alex entra dans la cuisine à la recherche de mes coûteuses pistaches.

— C'est louche, ce silence... vous étiez en train de massacrer qui, là ? En train de parler de qui, je veux dire ?

— Personne, répondis-je fermement.

— Ah. Soit de moi, soit de... (Il jeta un coup d'œil à Fran, alors il devait être au courant.)... Charlie.

— De Charlie, répondis-je, mortifiée à l'idée qu'il pense que je parlais de lui à mes amis à longueur de journée.

— Oh. Dommage, dit-il.

Il essaya d'attraper les pistaches au passage. Sans se poser de questions, Fran lui tapa sur le dos de la main, ce qu'il fit mine d'ignorer, puis il alla se réfugier avec les pistaches près de la télé, dont le programme en était à *Blind Date*[1].

— Et comment va Alex ? demanda Fran d'un air triste.

Depuis le salon, je l'entendais pousser des hurlements à mesure que des femmes sûrement peu gâtées par la nature apparaissaient à l'écran.

— Oh, toujours le bon vieux Alex mature et responsable, répondis-je.

— Excuse-moi de m'être fâchée comme ça, l'autre jour.

— Ce n'est pas grave.

— Ouarf, ouarf, ouarf ! entendis-je de l'autre côté.

— Tu peux me donner un coup de main pour arranger ces roulés au saumon ?

D'abord indécise, elle finit par ôter son manteau. Dessous, elle portait une belle robe aérienne bleu foncé, dans le style des années trente, qui avait l'air presque transparente mais qui ne l'était pas, quand on y regardait de plus près.

— Oh mon Dieu ! Non, ne t'inquiète pas ! m'empressai-je de dire. Elle est magnifique, ta robe. Tu es très belle.

---

1. Émission télévisée proche de *Tournez manèges*.

— Merci beaucoup. Je l'ai à moitié piquée à Madame Élizabeth.

— Non !

Fran avait eu quelques jours de travail comme remplaçante dans un mélodrame des années trente à gros budget. Ce n'était pas étonnant que la robe lui aille aussi bien : elle avait été faite pour elle. Elle tourna lentement sur elle-même. La robe était fluide, diaphane, superbe. J'aurais aimé de tout mon cœur pouvoir porter un vêtement pareil, qui ne m'aurait pas donné l'air d'une danseuse de cinq ans grassouillette et dans lequel j'aurais pu faire des roulés de saumon à la mousse de fromage blanc de façon assez attrayante.

— Tu crois qu'on aura assez à manger ? demandai-je d'un air sombre.

— Des tonnes ! N'oublie pas qu'Amanda et Mookie ne mangent pas.

— Ah, oui, soupirai-je. C'est juste les garçons et nous, finalement, quoi ?

D'un geste, Fran désigna la chambre de Linda.

— Merde. Écoute, tu ne voudrais pas aller chercher encore du pain, de l'autre côté de la rue ?

— Mais je risque de me faire assassiner ! protesta-t-elle.

— Alex peut t'accompagner.

— Pourquoi il n'irait pas tout seul ?

— Parce qu'il reviendra dans trois jours avec du poisson et une nouvelle canne à pêche. Alex !

Il arriva. Même lui eut l'air sidéré lorsqu'il vit Fran dans sa magnifique robe.

— Tu peux accompagner Fran en face pour acheter du pain... du café, du vrai café, et... commençai-je en essayant de me rappeler ce que j'avais oublié. Oh, et d'autres bougies.

J'étais en train de les enfoncer dans des vieilles bouteilles, comme le font les véritables étudiants.

— Je peux y aller toute seule, hein, ronchonna Fran.

— Mais je ne veux pas que tu te fasses assassiner. Ce serait dommage, dis-je en les poussant tous les deux vers la porte.

Elle se referma derrière eux et je les entendis s'éloigner en silence. Ah ! S'ils s'entendaient bien, tout irait tellement mieux ! Et moi j'étais là, moitié d'un couple, en train de recevoir et de cuisiner. Pour une fois, j'étais fière de moi. Avec Alex, nous allions passer notre temps à inviter des gens. Eh, on entrerait dans le circuit des invitations. Ce serait fantastique. En fredonnant, je partis installer les tables.

Une demi-heure plus tard, je fis un pas en arrière pour admirer mon travail et je fus assez contente du résultat. Une fois les lumières éteintes et toutes les bougies allumées, la salle à manger avait un peu perdu son côté Laura Ashley et versait plutôt dans l'horreur gothique – les nœuds et les fanfreluches qui pendouillaient dans tous les coins prenaient des apparences quelque peu sinistres et la pièce faisait penser au boudoir d'une jeune mariée fantôme. Je disposai des bols de noisettes et de pistaches un peu partout de façon artistique. La cuisine ressemblait peut-être à une explosion nucléaire, mais la salle à manger était plutôt bien, surtout une fois que j'avais mis les CD de Céline Dion de Linda (elle n'avait pas de livres) sous les pieds de la petite table, qui était presque à la hauteur de l'autre. J'envisageais l'idée de mettre des cartes marque-place lorsque je m'aperçus de deux choses : 1) c'était complètement ridicule et 2) où étaient donc passés Alex et Fran ? Le magasin n'était qu'à cinq minutes de la maison. Peut-être qu'il n'y avait pas de pain et qu'ils avaient dû aller ailleurs.

Cette explication pratique ne me suffisait pas, cependant. Et si l'un d'eux s'était fait renverser par une voiture et qu'ils aient dû aller à l'hôpital ? Et s'ils s'étaient fait agresser ? Je me mis à paniquer. Et s'ils s'étaient bagarrés, que Fran lui ait donné un coup de pied et qu'il se retrouve en réanimation, pendant que Fran était en garde à vue ? Oh mon Dieu.., ce serait affreux. J'étais tellement prise par cette idée que j'entendis à peine la sonnette, malgré le timbre de sous-marin de l'alarme.

Dieu soit loué ! Je fonçai vers la porte, pour leur demander ce qui leur était arrivé. Mais ce n'était pas eux. C'était Angus, avec Nash. De chaque côté de la porte, nous nous regardions les uns les autres à mesure que je constatais que non seulement ils étaient en avance de trois quarts d'heure, mais que je portais toujours mon accoutrement de cuisinière – c'est-à-dire, étant donné que je n'avais pas de tenue de cuisine, mon pyjama, recouvert du tablier de Linda, lui-même tapissé de chats. Sans compter que je ne m'étais pas brossé les cheveux, vu que je cuisinais et que j'avais des taches répugnantes partout. Et que je n'avais pas pris de bain. Et que je ne m'étais pas coupé les ongles des orteils et que j'étais pieds nus. Putain de merde. Ils étaient tous les deux en costume et Nash était encore plus grand qu'Angus, dégingandé et ténébreux : ils étaient trop bien habillés pour venir là.

Nash jeta un coup d'œil inquiet à Angus.

— Tu es sûr que c'est ce soir ? chuchota-t-il.

Là-dessus, je retrouvai mon sang-froid.

— Nash ! Angus ! m'écriai-je avec désinvolture. Vous êtes TRÈS, TRÈS en avance, vous savez !

— Désolé, dit Angus, on a mal calculé. Tu veux qu'on aille au pub et qu'on revienne tout à l'heure ?

— Dis donc, ça caille, hein, dit Nash. (Il aperçut mon terrifiant regard de harpie.) Mais, bon, sans problème.

— NON ! Non, entrez, entrez. Je suis désolée, vous m'avez un peu prise au dépourvu, c'est tout.

Je ne savais pas par où commencer, surtout lorsqu'ils enlevèrent leurs manteaux et leurs écharpes et qu'ils me les tendirent. Je les gardai sur les bras.

— Entrez, entrez, dis-je.

Je les conduisis au salon, en me demandant si j'avais mis une culotte ou pas.

Je remarquai que les deux tables occupaient toute la place.

— Tu veux qu'on s'assoie à table ? demanda Angus.

— Non ! Non ! protestai-je en leur indiquant le canapé, qui avait été poussé contre l'assortiment varié de chaises. Asseyez-vous là !

Les garçons avancèrent avec précaution et se tassèrent sur le canapé.

— Je dois juste aller me changer et bon, me préparer, quoi.

— En fait, dit Angus, j'aime beaucoup cette cuillère dans tes cheveux.

Je portai la main à ma tête aussitôt et trouvai une cuillère couverte de sauce tomate qui ressortait d'une de mes boucles rebelles. Je tentai de la prendre, mais je laissai tomber un des manteaux à la place. Nash se releva.

— Tu veux un coup de main ?

— Non, non, ça va aller, couinai-je tout en essayant de me baisser sans montrer mes seins par l'encolure de mon large pyjama.

J'avais beau être au bord de la crise d'hystérie, je me rappelai ce qu'il convenait de faire d'après le code du savoir-vivre.

— Vous voulez boire quelque chose ?

Les garçons marmonnèrent que ce ne serait pas de refus et se mirent à déballer les bouteilles de vin qu'ils avaient apportées. Angus avait également apporté une bouteille de whisky. Ils me tendirent le tout, mais j'avais déjà les bras occupés par les manteaux. Ne sachant que faire, je leur fis signe d'empiler les bouteilles sur les manteaux. Comme ils ne savaient pas non plus comment faire, ils s'exécutèrent et je partis vers la cuisine en zigzaguant. Du moins j'essayai, parce que je n'y parvins pas et tout tomba par terre. Ils accoururent d'un air inquiet lorsqu'ils entendirent le bruit, mais heureusement, il n'y avait rien de cassé. La chance était avec moi.

— Ça va ? demanda Angus. (Il me tendit la main et je me relevai tant bien que mal en rougissant violemment.) Calme-toi, dit-il d'une voix douce sans me lâcher, ce n'est que nous, tu sais. Moi qui suis gentil et Nash, qui est un peu cinglé.

— Oui, ce n'est pas faux, ajouta Nash.

— Je suis sûre que le repas sera délicieux ; et puis, les autres ne vont pas arriver avant un moment, alors on va juste se servir un verre, puis tu pourras disparaître pour te changer et te faire une beauté pour revenir comme un joli papillon.

— Vous ferez comme si j'étais quelqu'un d'autre ?

— Si tu veux. Laisse les manteaux là, on va s'en occuper. Allez, file !

Je sautai sous la douche et en ressortis en moins de temps qu'il n'en faut pour le dire. J'enfilai ma robe en soie grise (encore) et me maquillai grossièrement. Vingt-cinq minutes plus tard, j'étais à peu près présentable. Toujours pas de Fran ni d'Alex.

Je revins au salon, où les garçons applaudirent gentiment. Ils se montrèrent intrigués lorsque je leur exposai mon dilemme.

— Vous croyez que je devrais appeler la police ? leur demandai-je.

— Non, il faut attendre quarante-huit heures, dit Nash avec un accent écossais à couper au couteau.

— Quoi ?

— Il dit que la police ne fera rien tant qu'ils n'auront pas disparu plus de deux jours, traduisit Angus. Jusqu'à ce moment-là, on considère juste qu'ils sont en train de faire la bringue quelque part.

Cela ne me réconforta nullement.

— Tu crois qu'il y a quelque chose entre eux ? demanda Nash, comme si l'idée venait de lui traverser l'esprit.

Angus fronça les sourcils.

— Non, ils ne peuvent pas se voir, expliquai-je. C'est pour ça que je me fais du souci.

Je me relevai et allai bricoler un peu dans la cuisine, puis je revins avec une bouteille de vin.

— Peut-être qu'ils sont juste allés boire un verre quelque part pour ne pas avoir à t'aider, suggéra Angus.

C'était très certainement le cas, mais mon soulagement était tempéré par une bonne dose de contrariété.

— Tu as raison. Des fois on dirait des jumeaux pourris gâtés, ces deux-là.

Là-dessus, j'arrêtai de me goinfrer de pistaches car elles commençaient à se faire rares.

La sonnette retentit de nouveau.

— Grands dieux ! Qu'est-ce que c'était que ce bruit ? demanda Nash.

— Je m'en occupe.

J'espérais que ce serait Fran et Alex pour que je puisse les engueuler. Mais sur le pas de la porte, Mookie attendait, avec sa minceur, sa blondeur et l'air d'être complètement frigorifiée.

— Bonsoir ! dis-je. Entre !

— Merci. Dis donc, le sud de Londres ! C'est que, tu sais, j'ai des amis à Chelsea, mais normalement je ne vais jamais si bas !

— C'est incroyable, répondis-je en prenant sa veste Barbour.

Elle se mit à rire.

— Je suis plus habituée à Kensington qu'à Kennington ! annonça-t-elle d'un air hilare.

Je me gaussai joyeusement.

— Tu sais, Mookie, tu es vraiment marrante.

Elle s'arrêta aussitôt de rire.

— Tu le penses vraiment ? demanda-t-elle.

— Non !

Sur ce, elle se remit à rire comme une idiote, alors que j'avais été sincère. Je la conduisis à la salle à manger. Angus et Nash étaient cachés par la table.

— Oh mon Dieu, je suis la première ? Je suis *vraiment* gênée. Ah, je suis mortifiée. Je pensais que huit heures et quart, ce serait bien, mais manifestement je me suis complètement trompée. Oh mon Dieu. C'était pareil, en Suisse, ça m'arrivait tout le temps.

— Mookie, dis-je gentiment, c'est très bien.

Les garçons agitèrent vigoureusement les bras au-dessus de la table.

— Qu'est-ce que tu veux boire ? demandai-je.

— Un martini vodka, s'il te plaît.

Ahh. Le bar de Linda était assez fourni, mais nous avions bu toute la vodka et le martini ne faisait pas partie des priorités.

— Ha, ha ! s'esclaffa-t-elle. La tête que tu fais, c'est trop drôle ! (Je regrettais déjà de l'avoir invitée ; elle m'avait pourtant paru sympa, dans le taxi.) Tiens, darling ! dit-elle en me tendant une énorme bouteille d'Absolut Vodka, une bouteille de martini dont la marque m'était complètement inconnue et un bocal d'olives. Je suis venue avec des munitions. Est-ce que tu as de la limonade, darling ? Et de la glace ?

J'acquiesçai, épatée par une telle générosité. Je recommençais à l'apprécier.

— Quelqu'un d'autre en veut ? demandai-je.

Les garçons signifièrent leur accord et je partis à la cuisine avec les bouteilles. Mookie m'emboîta le pas.

— Oh, laisse-moi les préparer ! minauda-t-elle. C'est ma spécialité.

Je la laissai donc dans la cuisine et allai rejoindre les garçons. Je me remettais à grignoter des pistaches nonstop, ce qui voulait dire que je stressais. Lorsque Mookie revint avec les martinis, nous étions perchés entre les pieds de la table dans un silence pas tout à fait détendu. Je sentais Angus m'envoyer des regards vaguement blessés du fait que je n'avais pas répondu à ses coups de téléphone.

— Alors, qu'est-ce que tu fais, Nash ? demanda Mookie.

— Je suis dans les plates-formes.

— Pétrolières ?

— Non, de bus, dit-il en se tenant les côtes.

J'avais un peu de mal à suivre.

— Les plates-formes de bus ? Vraiment ? demanda Mookie. Et qu'est-ce qu'on y fait ?

Nash eut pitié d'elle.

— Non, je plaisante, je voulais dire les plates-formes pétrolières, bien sûr. Eh, Angus, tu savais qu'on allait faire un concert, sur les plates-formes de la mer du Nord ?

— Non, dit Angus avec un sourire.

— Si, si, ça va s'appeler : « Eh, McLeod, laisse ma brebis tranquille ! »

Ils éclatèrent de rire, mais je dois dire que je n'avais pas tout compris. Mookie non plus, d'ailleurs, à en juger par sa façon de regarder dans le vague.

— Ah, mon père en possède une, ajouta-t-elle avec un sourire resplendissant. Mais je croyais que tu avais dit...

Dieu merci on sonna à la porte. Un courant d'air entra avec Amanda et Fraser, remplissant l'atmosphère de parfum chic et de flocons de neige.

— Il neige ! m'exclamai-je. Génial !

— Répugnant, tu veux dire. Bonsoir, darling. Comment ça va ? dit Amanda en m'envoyant un baiser en l'air.

Traîtresse, avais-je envie de dire, mais je n'en fis rien. Fraser me serra contre lui.

— Désolé de te donner tout ce mal, murmura-t-il.

— Oh non ! C'est ma faute ! Entièrement ma faute ! répondis-je d'un air enjoué, alors que j'aurais dû dire, évidemment, *pas du tout*. Entrez, entrez !

— C'est la première fois que j'entre dans ta modeste demeure, darling.

Amanda avait ôté son manteau et regardait partout autour d'elle.

— C'est parce que la dernière fois que tu étais invitée, tu n'es pas venue, rétorquai-je. Pour mon anniversaire.

Amanda fit comme si elle ne m'avait pas entendue, puis elle fit son entrée. Elle portait une jolie robe couleur champagne, ni trop simple ni trop sophistiquée, qui mettait merveilleusement en valeur ses cheveux dorés.

Nash et Angus se levèrent pour la saluer. Elle leur adressa un signe de tête majestueux et embrassa Mookie, qui se leva pour préparer d'autres martinis –, c'était gentil de sa part.

— Tout le monde est là ? questionna Amanda.

— Euh... non. Il manque Alex et Fran...

Elle se retourna vers moi.

— Où sont-ils ?

— Eh bien... ils sont partis acheter un pain il y a deux heures et ils ne sont toujours pas rentrés. Je suis très inquiète.

— Inquiète ? Ils sont certainement partis en Amérique, darling. Bon, où est-ce qu'on s'assoit ? À moins qu'on se mette déjà à table ?

— Euh... non, dis-je, maîtrisant mon envie de la gifler. Je crains qu'il n'y ait pas beaucoup de place, alors si ça ne vous embête pas, vous pouvez vous asseoir sur le canapé...

Nash se poussa un peu pour laisser une toute petite place entre lui et Angus, ce qu'elle regarda de haut avec l'air de vouloir dire « ... puisqu'on est tous là, autant manger ».

— Je vais rester debout, ma chérie. Cette robe se froisse comme un rien.

Elle prit la boisson que Mookie lui tendit sans la remercier. Et bien sûr, tout le monde se trouva dans l'obligation de se mettre debout également. Nous nous appuyions tous contre la table, Nash manqua de faire tomber une bougie et Amanda se préparait pour la dernière tournée des « Où en es-tu avec le mariage ? » Je m'aperçus que, tout en s'éternisant sur les compositions florales, elle jetait des regards pleins de sous-entendus à Fraser, qui acquiesçait poliment une fraction de seconde trop tard.

Mais qu'est-ce qu'ils foutaient, les deux autres ? J'aurais parié qu'ils étaient dans un pub, nom d'un chien. En train de me casser du sucre sur le dos, pourquoi pas ? Ils faisaient sans doute un concours du genre « Pourquoi Mélanie est si méchante ». J'enrageais.

Je décidai d'apporter l'entrée, étant donné que j'avais mangé toutes les pistaches. Je sortis de la pièce en douce tandis qu'Amanda se lançait dans la description détaillée des cantiques.

Angus me suivit à la cuisine.

— Dis-moi, Mélanie... Est-ce que... est-ce que j'ai fait quelque chose qui t'a déplu ?

— Non ! Bien sûr que non.

— Parce que, tu sais, je croyais qu'on était amis, mais tu ne m'as pas rappelé ni rien...

— Je suis désolée. C'est de la folie, en ce moment.

Sur ce, je lui expliquai que j'allais emménager avec Alex. Il était comme deux ronds de flan.

— Je croyais... Je veux dire, c'est un vrai salaud, non ? Enfin, excuse-moi.

— Non, ça ne fait rien. Ce n'est pas vraiment un

salaud, tu sais. Il est juste un peu... à côté de ses pompes parfois et il traverse une période difficile en ce moment.

— Et pas toi, bien sûr, ajouta-t-il calmement.

Je ne pensais pas que c'était le cas, mais avant que j'aie le temps de le lui demander, il avait pris une bouteille de vin et sortait de la cuisine.

— Pardon de t'avoir dérangée avec ça, dit-il.

— Tu ne me déranges jamais.

Il fit un sourire à la fois triste et tendre. Lorsqu'il ouvrit la porte, je l'appelai malgré moi.

Il se retourna et me regarda, mais je ne savais absolument pas quoi dire.

— Je... euh...

Il y eut un long silence.

— On dirait que tu attends juste que quelqu'un sonne à la porte. Ça te rendrait service, hein ? dit-il en souriant.

Je tournai la tête vers la porte d'entrée. Juste au moment où j'allais abandonner, la sonnette retentit effectivement.

— Oui ! dis-je en donnant un coup de poing en l'air.

Il sourit de nouveau et retourna auprès des autres. J'avais honte de moi.

— Mais où est-ce que vous étiez passés, bordel ?

Couverts de neige, les joues roses et pouffant de rire, Alex et Fran attendaient sur le pas de la porte comme deux gamins.

Alex se pencha et m'embrassa sur le bout du nez.

— On s'est réconciliés ! annonça-t-il. On a pensé que ça te ferait plaisir.

— Ce qui m'aurait fait plaisir, c'est que vous ne disparaissiez pas dans le froid au beau milieu de la nuit alors que vous étiez censés en avoir pour cinq minutes !

— Il n'est que neuf heures moins le quart, ma puce. Ce n'est pas tellement le milieu de la nuit.

On aurait dit, pourtant.

— Mais qu'est-ce que vous avez fabriqué ? leur redemandai-je avec incrédulité.

Fran sourit timidement. Je ne l'avais jamais vue sourire comme ça de ma vie.

— On a décidé d'arrêter de se chamailler. Pour toi, Mélanie.

C'était louche, cette histoire.

— Vous ne vous chamaillez pas, vous vous critiquez par en dessous, protestai-je.

— C'est-à-dire que maintenant qu'on va vivre ensemble... annonça Alex en venant me passer un bras autour des épaules, on a discuté, Fran et moi, et on a décidé qu'on allait essayer de s'entendre.

— Pour qu'on soit tous amis, ajouta Fran.

Je les regardais. Ils s'étaient affiliés à la secte Moon, ou quoi ?

— Vous êtes sûrs que vous n'êtes pas des zombies ? leur demandai-je. Ni des vampires qui doivent montrer patte blanche avant de dévorer les autres ?

— Les vampires ne mangent pas les gens, expliqua Alex. Ils font l'amour métaphoriquement avec eux. En réalité, dans de nombreuses cultures anciennes...

— LA FERME ! m'écriai-je en chœur avec Fran.

Je me détendis, pris leurs manteaux et partis voir comment se débrouillaient les autres à côté.

Eh bien, les autres ne se débrouillaient pas terriblement bien à côté et j'eus aussitôt l'impression d'être une piètre maîtresse de maison doublée d'une triste personne.

Amanda était délicatement assise sur le bord du canapé, nez à nez avec Mookie, qu'elle avait l'air de réprimander. Angus et Nash discutaient tout bas à côté d'elles. Et Fraser était assis tout seul dans son coin, les yeux dans le vague.

— Les fuyards sont de retour ! annonçai-je d'une voix tonitruante, pour essayer de faire tomber la tension.

Ils levèrent tous les yeux d'un air exténué et lancèrent un bref « bonsoir » dépourvu de chaleur. Oh mon Dieu, c'était nul.

— Mookie ! appelai-je d'une petite voix pointue. (On se serait cru dans *Abigail's Party* [1].) Tu voudrais bien nous refaire une tournée de ces délicieux martinis, s'il te plaît ? Et si vous voulez bien vous asseoir, on peut commencer.

Il y eut un grognement général du côté des garçons qui avaient visiblement l'air de mourir de faim. À peine furent-ils assis qu'ils attaquèrent le pain comme des rapaces affamés.

— Vous avez rapporté du pain ? soufflai-je à Fran.

— Non.

Amanda s'installa en bout de table. Fraser se mit à sa droite, et Mookie à la droite de Fraser. Amanda se couchait littéralement sur lui pour parler à Mookie. Il restait stoïque.

Je plaçai Alex à ma gauche et Nash à ma droite, tandis que Fran et Angus se retrouvaient du côté de Mookie. Finalement, j'apportai les roulés de saumon, qui ressemblaient presque aux escargots qu'ils étaient censés représenter. Mais pas tout à fait.

Je versai du vin blanc dans les verres et tout le monde se retrouva enfin assis, même si nous n'étions pas tous à la même hauteur.

« Au chef ! » lança Angus en levant son verre et les autres se joignirent à lui. La glace commençait à se

---

1. Téléfilm britannique dans lequel la protagoniste invite ses voisins qui ne se connaissent pas, alors que son mari rentre du travail à la dernière minute.

rompre et j'étais un peu moins tendue. Alex se mit à baratiner Nash et Angus sur le marché de la musique et ils l'écoutèrent poliment. Fran regardait Amanda avec une étincelle dans l'œil et un verre à la main, ce qui pourrait, pensai-je, éventuellement causer des problèmes.

— Je vais voir où en sont les lasagnes, déclarai-je tandis que tout le monde commençait à manger, à l'exception d'Amanda et de Mookie, qui avaient poliment refusé leur assiette. Enfin, pas si poliment que ça, d'ailleurs.

Amanda avait annoncé : « Tu manges des produits laitiers, c'est clair, Mélanie, mais il y en a qui veulent garder la ligne. » Après quoi, elle m'avait rendu les assiettes sans autre forme de procès. Je n'étais pas sûre que Mookie ne voulait pas la sienne, mais elle n'avait guère le choix.

— Tu vas manger ça ? dit Amanda à Fraser d'un ton cassant.

Il hocha la tête d'un air maussade. Le silence tomba dans la pièce car tout le monde attendait de voir comment elle allait réagir. Mais elle se contenta de faire une tête de martyre et se remit à ignorer Fraser.

Deux chocs m'attendaient à la cuisine. Premièrement, les lasagnes ; elles étaient prêtes à aller au four, à part que je n'avais pas pris la peine de les y mettre. Et d'ailleurs, le four n'était pas allumé.

— Putain de chiotte, grommelai-je en regardant le plat rouge foncé et désespérément froid.

Deuxièmement, Linda, qui essayait discrètement de se verser un verre de sherry.

— Putain de chiotte ! répétai-je en élevant la voix. Bordel, Linda, pourquoi tu n'es pas à côté, là ? dis-je, jetant aussitôt la faute sur elle.

Elle baissa les yeux par terre et haussa les épaules.

— Allez ! Je vais te faire un martini vodka et je vais te présenter aux autres.

— Peut-être que je ferais mieux de ne pas y aller.

Avec l'impression d'être une véritable peau de vache, j'enfournai le plat de lasagnes, allumai le four, préparai un martini vodka pour Linda, le tout en essayant de faire des sourires mielleux.

— Mais si, insistai-je. Viens vite, ils sont pressés de faire ta connaissance, mentis-je.

Linda me suivit au salon en traînant les pieds, les yeux rivés au sol.

— Hum... voici Linda, déclarai-je.

Comme j'avais même oublié de lui mettre une assiette, je l'installai à ma place, bien que j'eusse déjà mangé un morceau de roulé. Ensuite, je lui servis un grand verre de vin et fis signe à Fran de lui parler, ce qu'elle ignora scrupuleusement.

Je repartis à la cuisine pour rapporter le tabouret supplémentaire dont je pensais ne pas avoir besoin. Je jetai un coup d'œil aux lasagnes mais le four avait beau être à fond, elles étaient toujours froides et solides. Cette soirée n'allait pas être facile. Je soupirai profondément et me traînai au salon avec deux bouteilles de rouge.

— C'était délicieux, dit Angus, ce qui donna lieu à des murmures d'assentiment et à une grimace de la part d'Amanda. Qu'est-ce qu'il y a, maintenant ?

— Ah, répondis-je. Justement, il s'est passé une drôle de chose... Pendant que j'étais à la cuisine, les lasagnes sont passées par une mystérieuse phase de congélation, ce qui a inversé le processus de cuisson. Résultat : elles sont retournées à leur état rudimentaire de pâtes crues. Je ne sais pas s'il s'agit d'une erreur temporelle ou d'un problème cryogénique, mais le FBI arrive tout de suite. En attendant... (Je posai le vin sur la table.) On va devoir se soûler.

Un silence s'ensuivit, puis Alex déboucha les bouteilles.

— Ces extraterrestres, alors, quelle plaie ! s'exclama-t-il. Heureusement, cet élixir magique va nous aider à les faire fuir.

— On a combien de temps, là, capitaine ? demanda Fraser, qui se ranimait momentanément.

— J'ai inversé la polarité du flux de neutrons, annonçai-je d'un air grave. On peut espérer la reconstitution intégrale des lasagnes d'ici quarante-cinq minutes.

— Dieu qu'ils sont gamins, entendis-je Amanda murmurer à Mookie. (Et j'étais à l'autre bout de la pièce.)

— Il reste du pain ? s'enquit Nash.

— Désolée. Mais j'ai de la salade.

Il fixa tristement son assiette vide.

— Les vrais Écossais ne mangent pas de salade.

Bizarrement, le manque de denrées alimentaires parut réchauffer l'atmosphère. Personne n'avait rien de spécial à faire, une délicieuse odeur de lasagnes ne tarda pas à se manifester, les bougies continuaient à brûler et je trouvai à Nash une boîte de haricots blancs dans le frigo. Les autres se contentaient de boire de plus en plus de vin rouge et le niveau de bavardage augmentait proportionnellement.

Seul Fraser restait calme parmi l'agitation. Et Linda, bien sûr, mais je ne m'inquiétais pas trop pour elle. Je tirai la langue à Fraser qui fit de même. J'en conclus donc qu'il n'était pas encore tout à fait au bord du suicide. À côté de lui, Amanda essayait de lancer la conversation sur l'ameublement des châteaux et Fran faisait semblant de l'écouter, en se permettant des commentaires de plus en plus sarcastiques qu'Amanda ne remarquait même pas. Nash et Alex se disputaient sur l'intérêt respectif du rugby et du football (je ne savais pas trop qui était en faveur de quoi), ce qui semblait pouvoir facilement dégénérer en pugilat. De l'autre côté, Angus parlait à voix basse à Linda derrière le dos de Nash. Linda paraissait terrorisée sur son siège, mais elle hochait la tête de temps à autre. Tout à coup, Alex s'écria : « Un jeu ! Un jeu ! »

Tout le monde se tut.

— Quel jeu ? demanda Fran.

— Je ne sais pas, moi. On n'a qu'à faire un jeu. N'importe quoi. Euh... le jeu de la vérité, par exemple. On pose des questions et ceux qui ne répondent pas ont un gage.

Un grognement général s'éleva.

— Si on avait tous quinze ans, dit Fran, ce serait effectivement une idée géniale.

— Allez, les mecs... juste pour rire.

Fran lui passa une bouteille vide.

— Tiens, on pourrait peut-être faire tourner la bouteille !

— Bon, bon, dit Alex, qui détestait perdre la face de la sorte. Je m'en fous, hein. Je pensais juste que ça pouvait nous amuser un peu, vu qu'on est plantés là à crever de faim.

— Merci beaucoup, l'incendiai-je du haut de mon tabouret.

Puis je me rappelai que j'avais des invités et que c'était grâce à moi qu'ils étaient affamés, alors je me tus.

— Vraiment, ça ne me dérange pas, comme jeu, affirma posément Mookie. Mais pourquoi tu ne poserais pas la première question ? Comme ça, on verrait si on a envie de jouer ou pas.

Cette fille était une négociatrice-née.

Alex boudait encore un peu. Il but une gorgée de vin et s'appuya sur le dossier de sa chaise.

— Bon, d'accord.

Des soupirs se firent entendre autour de la table, mais le vin descendait vite et nous ne pouvions pas passer la nuit à parler de football. Je tournai la tête vers Angus, qui semblait soulagé de mettre un terme à ses devoirs de nurse.

— Bon, dit Alex. De qui est-ce...

— Attends voir, dit Nash. C'est quoi, le gage ?

— Tu verras bien, répondit Alex en montrant les dents.

— Ah non, c'est pas juste, si tu es le seul à faire les règles du jeu.

— Mais ça suffit, vous deux ! trancha Fran. On ne peut vraiment pas laisser les garçons ensemble, dès qu'il s'agit de jouer, hein !

Nash se rassit au fond de sa chaise.

Alex décida de commencer par Mookie, en face de lui.

— Bon, Mookie, de qui est-ce que tu as eu le plus honte d'être amoureuse ?

— Attends, dis-je, célèbre ou pas ?

— Célèbre. Sauf si c'est quelqu'un qu'on connaît tous.

— Bon.

Mookie réfléchit une minute.

— Eh bien... nous avions une aide d'écurie très sexy, mais je suppose que ça ne compte pas.

— Garçon ou fille ? demanda Alex, plein de curiosité.

Je lui jetai ma serviette de table.

— Oh, vraiment... dit Mookie en rougissant. Non, je pense que ce serait plutôt... Adam and the Ants, le groupe, vous vous rappelez ?

— Mais, ça n'a rien de honteux, ça ! renchérit Fran pratiquement en même temps que moi.

Les garçons hurlèrent de rire.

— Oh mon Dieu, qui est-ce qui te plaisait le plus, dans le groupe ? demanda Alex en s'esclaffant. Le bandit ou le pirate ?

— Tais-toi donc ! À cette époque-là, ce n'était pas du tout honteux !

— Euh... le bandit, mais en fait, ajouta Mookie en virant à l'écarlate, il me plaît toujours.

— Ahhh.

Ça changeait tout.

— Il fait quoi, maintenant ? demandai-je.

— Je ne sais pas. Toujours bandit, j'imagine, répondit-elle d'un air songeur.

J'en restais bouche bée et à en juger par l'expression horrifiée de Fran, elle n'en revenait pas non plus.

— Là, tu remportes le maximum de points, dit Alex à Mookie.

— Je croyais qu'on jouait au jeu de la vérité ? protesta Nash. Comment se fait-il qu'il y ait des points ?

— Il y a des points pour la pire vérité.

— Ah bon, c'est nouveau, ça, grommela Nash.

Tout le monde lui cria de se taire.

— Allez, à toi, dit Alex.

— Je ne dirai rien tant que je ne saurai pas ce qu'on a comme gage.

Alex était exaspéré.

— Mélanie, me cria-t-il tout à coup, même si on habite ensemble, promets-moi qu'on n'aura jamais d'enfants pour pas qu'ils deviennent comme ça, d'accord ?

J'approuvai d'un air compréhensif.

— Le gage, c'est que si tu ne réponds pas à la question, je te pends à la fenêtre par les pieds pendant deux minutes.

— C'est pas un gage pour moi, ça, c'est un gage pour toi, rétorqua Nash d'un air pensif. Bon, d'accord.

— Alors, de qui est-ce que tu as eu le plus honte d'être amoureux ?

Nash observa timidement ses mains pendant un moment, puis il se sourit à lui-même.

— Gail Tilsley.

Il nous fallut un certain temps pour savoir qui c'était, puis tout le monde finit par se souvenir de *Coronation Street*[1].

— Non !

1. Ancienne série télévisée britannique sur la classe ouvrière de Manchester.

— Quand ça ?
— Comment ?
— Eh ben, elle me faisait pitié et c'est parti de là, en fait.
— Elle te fait toujours pitié ? demanda Fran. Parce qu'elle ne se fait friser que la moitié des cheveux ?
Nash ne pouvait s'empêcher de faire un sourire gêné.
— Non, quand Brian est mort, surtout.
Je rigolais intérieurement. En fin de compte, ça se passait plutôt bien.
— C'est pas mal non plus, convint Alex.
— Je gagne plus de points que Mookie ?
— Non, je crains fort qu'un amour de vingt ans pour un homme déguisé en bandit vale plus de points que de la compassion passagère pour un personnage de fiction.
C'était le tour d'Amanda.
— Ce jeu est débile, commença-t-elle.
— Oh mon Dieu ! Pas le poney ! s'écria Fran.
Tout le monde explosa de rire. Ce qui était sûr, c'était qu'il y avait un peu trop de vin dans l'air pour un début de soirée.
— Ne sois pas idiote, Francesca.
Le visage d'Amanda reprit son habituelle expression de pimbêche.
— Un gage ! Un gage ! Un gage ! scandaient Angus et Nash.
— Oh, pour l'amour du ciel ! lança-t-elle d'un air furieux.
— Un gage ! Un gage ! Un gage ! reprenait Alex en tapant ses couverts sur la table.
— Oh, c'est pas vrai. Alors, Gerry Adams[1]. Voilà. Faites pas chier.
Le silence s'abattit aussitôt sur la pièce. Fran posa une main sur sa bouche.

1. Dirigeant irlandais du Sinn Fein.

— Non !

— Ha ! Et maintenant vous ne me croyez pas !

— Non, mais...

— Ne dites rien. C'est un homme politique, c'est tout.

— Mais non ! C'est un...

Amanda décocha un regard très dangereux à Fran, qui sourit en se reculant légèrement.

— Tu... tu ne sais pas qui c'est, hein ?

— Bien sûr que non. Bon, on peut passer au suivant, là ? J'ai répondu.

Alex haussa les sourcils.

— Je suis désolé, mais l'Irlandais douteux l'emporte sur le bandit des grands chemins. Pardon, Mookie.

Amanda semblait garder son sang-froid, mais lorsque l'attention se porta sur Fraser, je la vis avaler une énorme gorgée de vin. Ben dis donc ! Il y avait peut-être des profondeurs insoupçonnées, chez cette fille, après tout. Ou alors, elle aimait juste les barbus et le danger. C'était sûrement ça.

Fraser réfléchissait.

— Je devrais sans doute répondre Amanda, dit-il. (Cela ne fit rire personne.) Non, je plaisante.

Et comme cela ne faisait toujours rire personne malgré nos encouragements, il soupira « mon Dieu, je n'en sais rien ».

— Je sais, moi, intervint Angus d'un air malicieux.

— Qui ça ? demanda Fraser.

— Tu sais.

— Non. Dis-moi.

Aussitôt, Angus se releva et se mit à caresser de longs cheveux imaginaires.

— « *Don't push too far...* » commença-t-il à chanter. « *Your dreams are / China in your hand...* »

Le sourire de Fraser s'agrandit.

— Certainement pas !

— « *Don't wish too hard / Because they may come true.* »

— Cette naine rousse du groupe T'pau... ?

— « ... *And you can't help them / Don't push too far...* »

— Mince, je ne sais même plus comment elle s'appelle !

— « *China in your hand...*[1] » termina Angus en réussissant à mimer une énorme paire de seins en même temps qu'un air timide. Je t'aime, Fraser McConnald.

Il reçut autant d'applaudissements qu'il était possible de recevoir de la part de huit personnes – sept, si on ne comptait pas Amanda, qui avait l'air furieuse.

Fraser riait de bon cœur.

— Eh ben oui, quoi. Je la trouvais très belle et puis un jour en la regardant je l'ai trouvée affreuse.

— Elle était effectivement affreuse, approuvai-je en hochant vivement la tête.

— Je sais, mais que veux-tu ? J'en suis où, sur le pointomètre, Alex ?

— Pas terrible, en fait, mon vieux.

— Pourquoi donc ?

— Ha ! fit Nash.

— Euh... comme ça, répondit Alex en piquant un fard.

— Tu as... dis-je avec plaisir.

Fran recracha son vin rouge jusque par les narines.

— Carol Decker ! gargouilla-t-elle en bavant du vin partout. C'est comme ça qu'elle s'appelait !

Je riais comme une bossue à regarder Fran postillonner dans tous les sens.

— Elle faisait un mètre trente ! m'écriai-je. À côté d'elle, Kylie Minogue aurait ressemblé à une génisse !

— Kylie Minogue a une cervelle de génisse, riposta Fran.

— Hum, Kylie, c'est d'elle que j'étais amoureux, en fait, dit Angus. Je passe mon tour, alors.

---

1. « Ne va pas trop loin... Tes rêves/C'est la Chine dans tes mains... N'espère pas trop/Parce qu'ils pourraient bien se réaliser... Et tu ne pourras rien y faire/Ne va pas trop loin... La Chine dans tes mains. »

— Non ! m'époumonai-je. Je ne sais vraiment pas ce que vous avez tous, les mecs, à fantasmer sur ces pétasses de demi-portions anorexiques ! Pardon, Amanda.

Je m'aperçus tout à coup que j'avais mis des excuses là où il n'aurait jamais dû y en avoir.

Oh ! la magistrale gaffe.

Amanda renifla d'un air impérieux et regarda sa montre.

— Bon, le jeu est terminé ? Parce qu'il faudrait qu'on y aille, Fraser.

— Amanda, il est seulement dix heures et on n'a pas encore mangé.

— Eh bien, moi je suis fatiguée et je veux rentrer. Ramène-moi, s'il te plaît.

Fraser la regarda droit dans les yeux.

— Je ne compte pas partir tout de suite. Ce serait impoli ; en plus j'ai faim et j'ai envie de discuter avec mes amis.

— Oh, de grâce, Fraser ! Tu veux que je parte toute seule ?

— Je n'y vois pas d'inconvénient.

Silence.

— Très bien, d'accord, fit-elle d'un air pincé. Je pense que je vais sortir toute seule, dans ce cas.

— Je croyais que tu étais fatiguée.

— Mais tu vas la fermer, oui ?

D'une main tremblante, elle tapa brutalement sur les touches de son portable.

— Jacintha ? Bonsoir, darling, c'est Amanda. Oui... non, juste à un repas terriblement ennuyeux. Je pensais que je pouvais peut-être passer. Où es-tu ?... Oh, chez Blinski, très bien. Je monte tout de suite dans un taxi et je te retrouve là-bas dans une demi-heure. Ciao, darling.

Elle raccrocha, puis sortit de la pièce d'un pas décidé.

— Je vais prendre mon manteau toute seule, merci,

me cria-t-elle lorsqu'elle m'entendit me lever. Mookie ? Tu viens ? lança-t-elle depuis le couloir.

Mookie nous regarda, terrifiée. Fran hocha la tête avec véhémence.

— Tu n'es pas obligée, tu sais, lui chuchota-t-elle.

Mookie prit son souffle.

— Hum... non, répondit-elle calmement.

On entendit Amanda marquer un temps d'arrêt.

— Donne le bonjour à Gerry de notre part ! hurla Fran.

Sur ce, la porte claqua.

CHAPITRE 14

Le silence nous tomba dessus. Tout le monde fixait son assiette. Fraser finit par émettre un soupir.

— Je suis désolé, les gars.

— Pourquoi, pour ta femme ? Tu ferais mieux de t'y habituer tout de suite, dit Fran.

— Chut, soufflai-je. Ne t'inquiète pas, Fraser. Elle est sans doute très tendue, en ce moment.

— Tendue, répéta Fraser.

Nous avions tous les yeux rivés sur lui en retenant notre respiration, mais il ne dit rien d'autre.

— Rigide, plutôt, ajouta Alex, et Nash pouffa de rire. Bon, on reprend le jeu ? dit-il en se versant encore un verre de vin.

— Merci, Monsieur l'Hypersensible, lui lançai-je sournoisement.

— Ben dis donc, c'est le grand match spécial couples, ce soir, fit remarquer Fran.

Alex lui répondit par une grimace et elle se tut.

Du coin de l'œil, j'aperçus Nash se risquer à attraper un tout petit bout de salade.

— Oh mon Dieu ! Les lasagnes !

Je courus à la cuisine et Angus m'emboîta le pas. Quand j'ouvris le four et qu'un épais nuage de fumée en sortit, il s'agenouilla à côté de moi d'un air grave.

— Je crois qu'il faut parler à Fraser MAINTENANT, murmura-t-il avec empressement.

— Nom d'un chien, combien de fois faudra-t-il que je te dise de ne pas me parler sérieusement quand je tiens un plat de lasagnes brûlées ?

Il sourit.

— Tu vois ce que je veux dire. Je vais en parler à Mookie, elle est de notre côté...

— Je ne suis plus du côté de personne, moi.

— Allez, mais bien sûr que si.

— Non.

Il fit mine de m'ignorer.

— On va le soûler et le convaincre de ne pas se marier.

Je posai les lasagnes sur le plan de travail. Elles étaient noires et dures sur les côtés. Je commençai à gratter la partie carbonisée avec un couteau.

— C'est quoi, à ton avis, ça ? *Mission impossible* ?

— Allez, Mélanie. Tu as vu comme elle s'est comportée ? Je te parie qu'il est en train d'avoir des remords à présent.

— Gustard, on ne peut jamais savoir ce qui se passe à l'intérieur d'un couple. On ne sait pas, c'est tout. Je crois qu'on ferait mieux de les laisser tranquilles. Ils ont l'air bien, selon moi.

— Qui est-ce qui a l'air bien ? demanda Alex qui venait rechercher du vin.

Il perdit momentanément l'équilibre sur le pas de porte, mais il se ressaisit.

— Hum, les lasagnes. En fait, j'en parle toujours au masculin. Ça les aide à... à monter.

Alex fixa le plat noirci.

— On dirait un putain de cancer en phase terminale, tu veux dire.

— Bon, ne t'occupe pas de ça. Retourne vite t'asseoir.

Il saisit une autre bouteille puis repartit à la salle à manger, d'où jaillit l'éclat de rire de Fran et Mookie. Il avait dû leur parler de mes lasagnes, le salaud.

Je reculai légèrement et donnai des petits coups de couteau dans mon chef-d'œuvre.

— Je pourrais peut-être juste en donner à Nash tout de suite et commander une pizza...

— Très bonne idée, dit gentiment Angus.

— J'ai passé tout l'après-midi à faire ces lasagnes.

— Je sais.

— J'ai même mis de la noix de muscade dedans.

— Ne t'en fais pas, va.

Je retournai dans la salle à manger en m'éclaircissant la voix. Fraser était toujours en train de scruter son verre de vin, puis il le vida à une vitesse spectaculaire, tandis que Nash lui tapotait amicalement le bras. Alex était désormais assis entre Mookie et Fran, qui riaient comme des starlettes et il interrogeait Linda, qui avait changé de couleur.

— Allez, insistait-il, dis-nous qui c'est.

Linda avait l'air sur le point d'exploser.

— Allez, allez, dis-nous, l'encourageait Mookie.

Tout le monde semblait avoir oublié qu'elle s'appelait Linda.

Finalement, elle se mit à grincer des dents.

— Ralph Fiennes, déclara-t-elle d'une voix à peine audible.

Fran fit tourner son verre en l'air.

— Non, Linda, il faut que ce soit quelqu'un de moche, pas un acteur riche, beau, superbe, magnifique....

— D'un mètre cinquante, termina Alex par en dessous.

Linda leva la tête vers lui, les yeux enflammés.

— Tu ne peux pas comprendre ! cria-t-elle. (Je ne l'avais jamais entendue crier.) Personne ne pourra jamais comprendre ce qu'il représente pour moi !

Sur ce, elle s'enfuit dans sa chambre et claqua la porte derrière elle. Tout le monde se tut.

— Et de deux, dit Alex, ce qui n'arrangea rien à l'affaire.

— Tu veux que j'aille lui parler ? proposa Mookie d'un air grave.

— Merci, répondis-je, mais...

— J'y vais, moi, dit Angus.

Je me tournai vers lui, reconnaissante.

— Tu ferais ça ?

Il acquiesça.

— Mais ça veut dire que je ne serai pas là quand tu vas leur raconter ce qui est arrivé aux lasagnes.

— Qu'est-ce qu'elles ont, les lasagnes ? demanda Nash, tétanisé.

— Ah.

Une demi-heure plus tard, les choses allaient beaucoup mieux. Les pizzas étaient arrivées et même Nash était rassasié, même s'il avait insisté pour dépouiller ses parts du moindre morceau de légume. Linda était allée se coucher et Angus nous assura qu'elle allait bien. Enfin, elle n'était pas dans un état suicidaire. Nous avons déménagé les ridicules tables dépareillées du salon et nous nous sommes assis par terre ou sur le canapé, en prenant garde de ne pas faire tomber les bougies, qui étaient restées avec nous. Van Morrison chantait, mais très très doucement.

— Tu n'as rien dit, toi, fit remarquer Alex à Fran.

— Oh, dégage, je ne veux pas jouer.

Il commença à lui donner des coups de coude dans les côtes.

— Mais tu dois ! Sinon, tu as un gage !

Fran roula à plat ventre.

— Je refuse de répondre. Je préfère le gage.

— Ouah ! fîmes-nous en chœur. Un gage ! Un gage !

— Mais quoi ?

Alex sourit.

— Tu pourrais nous montrer tes nibards.

Je lui donnai un coup de pied.

— Ça suffit, Alex.

— Oui, et puis de toute façon, tout le monde les a déjà vus, soupira Fran.

— Pas moi ! s'exclama Mookie.

Tous les yeux se tournèrent vers elle.

— Plus tard, répondit Fran.

Angus était appuyé contre le canapé.

— Je sais ce que tu pourrais faire, Francesca, dit-il gentiment, et tout le monde prêta l'oreille. Tu es actrice. Tu pourrais nous jouer quelque chose. Tu auditionnes pour quelle pièce, en ce moment ?

Un concert de « bonne idée » se fit entendre. Fran avait l'air gênée mais elle haussa les épaules.

— Je passe des auditions pour *Beaucoup de bruit pour rien,* dit-elle. C'est pour faire des tournées dans les écoles. Je voudrais jouer le rôle de Béatrice.

— O.K., montre-nous ça, par exemple.

Nous avons reculé pour lui faire de la place. L'espace d'une seconde, elle fit comme si elle n'était absolument pas touchée par la demande, mais elle s'exécuta.

— Bon, alors quelqu'un vient de demander à Béatrice si elle a l'intention de se marier, précisa-t-elle avant de se lancer dans une tirade :

« Non, pas avant que Dieu ait fait des hommes d'un autre métal que la terre. N'est-il pas affligeant pour une femme d'être écrasée par un tas d'insolente poussière ? »

— Insolente poussière ? fit Alex à voix haute. Ouh... ça fait peur.

— Chut ! dis-je.

« ... de rendre compte de sa vie à une motte de méchante marne ? Non, mon oncle, je n'y consens pas. Les fils d'Adam sont mes frères, et, vraiment, je regarde comme un péché de prendre un mari dans ma famille. »

Elle était excellente ; elle parlait à haute et intelligible voix.

« Prenez-vous-en à la musique, cousine, si votre soupirant ne va pas en mesure. Pour peu que le prince aille trop vite, dites-lui qu'il y a temps pour toute chose et cadencez bien votre réponse. »

— Non, encore une androphobe, dit Alex, qui était très bourré.

Je lui pinçai la cuisse de toutes mes forces.

« ... Car, voyez-vous, Héro, la déclaration, la noce et le repentir se suivent comme la gigue écossaise, le menuet et le pas de cinq : la déclaration est ardente et vive comme la gigue écossaise et tout aussi échevelée ; la noce est grave et digne comme le menuet antique et solennel ; et alors vient le repentir qui, avec ses mauvaises jambes, s'embrouille vite dans le pas de cinq, jusqu'à ce qu'il fasse la culbute dans le tombeau. »

Tout le monde applaudit ; soudain, Fraser se pencha en avant et prit sa tête dans ses mains.

— C'est un peu trop, tout ça ! fit-il. C'est dur, là !

Aux petits soins pour lui, nous lui avons dit de ne pas s'inquiéter.

— Je ne suis pas sûr d'avoir envie de danser la gigue, le menuet et le pas de cinq, soupira-t-il en tenant son verre. Pas tout de suite.

— Tu as bien raison, dit Angus. Fais confiance à tes instincts. Ne te marie pas. Tiens, on n'a qu'à voter. Que tous ceux qui pensent que Fraser ne devrait pas se marier lèvent la main.

— S'il vous plaît, les mecs, ne me faites pas ça, supplia Fraser, mais c'était trop tard.

Angus avait déjà la main en l'air et Fran aussi. Alex leva la sienne « mais seulement parce que tous les mariages, c'est de la connerie ». Assis par terre, il perdit l'équilibre et tomba en arrière, puis il ne jugea pas utile de se relever. Après nous être assurés que ses cheveux n'allaient pas prendre feu, nous le laissâmes où il était.

— Je suis d'accord, dit Nash.

Lorsqu'elle s'aperçut que tout le monde avait levé la main, Mookie fit de même, d'un geste hésitant.

Aussitôt, Fraser me regarda droit dans les yeux.

— Et toi, Mélanie ? Tu désapprouves en conscience ? Est-ce qu'un doute s'est glissé dans ton esprit après le délicieux comportement de ma fiancée ?

Je réalisai que j'avais oublié de lever la main.

— Oh non, je... je pensais à autre chose, là.

— Mais tu lèves quand même la main ?

Je m'exécutai et le regardai sans sourciller.

— Oui. Absolument.

— Je voulais juste vérifier que tu n'avais pas changé d'avis.

— Et toi, tu lèves la main ? lui demanda Angus.

Fraser lança un rire qui sonnait faux.

— Quoi, tu veux dire que j'ai le droit de donner mon avis, après vous tous ?

— Allez, Fraser, tu votes pour quoi ? dit Fran.

— Dis-moi ce qu'il fait, bafouilla Alex.

Fraser regarda son verre en riant.

— Je ne suis pas sûr de pouvoir voter.

— Mais si, insista Angus. Prends tes décisions tout seul, bordel.

Fraser se leva dans un mouvement mal assuré.

— Contre le pouvoir de l'institution matrimoniale, déclama-t-il d'un air théâtral, l'église paroissiale de Pyrford, le fleuriste Earthworks, le magazine *Hello !*, le monde des relations publiques, les stylistes de chez

Charlotte Coleman, les tailleurs de chez Gieves & Hawkes, l'entreprise de restauration Sloane, sans parler d'Asprey ni de Moët & Chandon, les magasins d'ameublement Heals, plus les Phillips, les McConnald et ma grand-tante Margaret qui a quatre-vingt-deux ans et qui vient exprès d'Australie, je crains de ne pouvoir voter. C'est même impossible.

Il inclina son torse en guise de révérence. Nous le regardâmes pendant un moment.

— Ça aurait pu être le moment idéal pour m'en aller, reprit-il. Si j'avais eu envie de partir, au lieu de rester avec vous et de boire le whisky de mon petit frère. À condition que vous me promettiez de ne plus me parler de ce putain de mariage.

C'est donc seulement lorsqu'il alla aux toilettes que Mookie eut la possibilité de nous parler de la bombe.

Alex se redressa comme un piquet quand il entendit le mot « bombe ».

— Ouah ! toussa-t-il. Quelle bombe ?

Mookie rougissait, comme d'habitude, étant donné qu'elle était le centre d'intérêt.

— Eh bien, c'était une mauvaise farce qu'on faisait à l'école.

— Quoi ? interrogea Alex.

— Quand nous avions envie de faire du poney plutôt que d'aller au cours de morale.

— Oh mon Dieu, on a fait ça aussi, hein Mélanie ?

Je décochai un regard typique de Woking à Fran.

— Bon, alors on mettait les bombes fumigènes en marche, oh quel bazar, vraiment, et ça déclenchait les détecteurs de fumée. Le temps qu'ils voient d'où venait le problème, il était trop tard pour qu'on puisse faire quoi que ce soit. Et puis, les mariages, ils sont les uns derrière les autres, n'est-ce pas ? Comme à l'aéroport. Si on passe son tour, c'est fichu...

Nous nous regardions tous, stupéfaits par ce génie criminel.

— Nash, dit Angus en prenant les commandes, va distraire Fraser.

— Eh, je suis témoin, moi. Si je dois mourir asphyxié, j'aimerais bien être au courant, hein.

— Bon, d'accord. Alex, tu peux y aller ?

— Quoi ? Tu veux que j'aille aux chiottes avec ton frère ? Pour qu'il croie que je veux lui voler quelque chose ?

— S'il te plaît, Alex, dis-je. Tu t'en fous, de toute façon. Distrais-le, c'est tout. Fais des claquettes ou quelque chose comme ça.

— Des claquettes, ouais. C'est ça. Des claquettes, maugréa-t-il en se relevant tant bien que mal. Putain de claquettes.

À peine la porte des toilettes s'était-elle ouverte qu'on entendit quelqu'un vomir copieusement, puis la voix de Fraser demander si ça allait.

— Quel génie ! siffla Angus.

— Quel connard, tu veux dire, répliquais-je, furieuse.

— Bon, reprit Angus. C'est une idée géniale.

— Comme la dernière idée géniale ? ajoutai-je.

— Mais est-ce qu'on a les couilles de le faire ? poursuivit-il.

Nous nous regardions. Maintenant que Mookie avait lâché l'idée, elle se faisait toute petite et fixait le sol.

Devant notre silence, Angus reprit la parole.

— Où est-ce que tu peux te procurer les fumigènes, Mookie ?

— Euh... par un cousin à moi, il est assez bien placé dans la police.

— Tu rigoles, on va les voler à la police ?

— Pas voler, non. Il en a quelques-unes chez lui.

Nash siffla entre ses dents.

— Alors il nous faut des personnes pour surveiller les détecteurs de fumée et d'autres pour faire sortir toutes les mamies.

— On pourrait peut-être essayer de ne pas les faire rentrer du tout dans l'église, les mamies ? suggéra quelqu'un.

— Une minute ! dis-je. Et si la foule panique et qu'il y a des centaines de gens qui se font piétiner, peut-être même tuer ? Et si Amanda pique une crise d'hystérie et qu'elle se suicide ? Et si Fraser ne nous adresse plus jamais la parole ? Et si vous vous faites arrêter ?

Mince, pour un peu, j'avais presque envie d'y aller moi aussi.

— Ça pourrait être un signe, répondit Angus. Un phare pour éclairer ceux qui sont en danger de mariage.

— Oh non ! David Koresh est de retour ! m'exclamai-je, de plus en plus agitée.

En arrière-plan, les vomissements avaient l'air de se calmer. J'espérais juste qu'Alex n'allait pas se laver les dents avec ma brosse.

— Pour que les gens réfléchissent un peu plus à pourquoi ils se marient et avec qui. On va juste déclencher un petit feu. On fera en sorte que personne ne panique. Et après on se sauvera. Vois ça comme un acte de sale gosse, pas de criminel dérangé.

— Bon, moi je suis d'accord, annonça Fran.

— Pas étonnant, puisqu'il y a une histoire de chaos, là-dedans ! lui dis-je.

— Bah... Si c'est ce que tu penses...

— Je sais où mettre les bombes pour... vous voyez ? Les meilleures places pour les déclencher, en fait, expliqua timidement Mookie.

— Génial, dit Angus. Et toi, Nash, comme tu seras aux premières loges, ce sera à toi de t'occuper des mamies. Fraser t'aidera.

— Je doute qu'on trouve ça aussi fantastique, demain matin en se réveillant, dis-je amèrement.

— Et moi je m'occuperai des détecteurs.

— Parce que ça ne te suffit pas d'être le cerveau ? dis-je. C'est nul, votre plan.

— On n'a pas vraiment besoin de toi, dit Fran.

Super. J'étais chez moi et on n'avait pas vraiment besoin de moi. Je marmonnai vaguement que j'allais faire du café et quittai la pièce.

Alex buvait de l'eau dans l'évier de la cuisine.

— Ah, ça va beaucoup mieux ! lança-t-il.

— Tu es vert.

— Mais je me sens bien ! dit-il en retournant au salon d'un pas alerte. De la bière, tavernier !

Des rires fusèrent.

Fraser se tenait toujours à côté de l'évier, cherchant à se rendre utile. Nous nous souriions tristement.

— Merci pour tout ça, Mélanie, dit-il d'une voix douce. Je t'avais bien dit que tu n'étais pas obligée.

— Je sais. Je n'écoute jamais les gens raisonnables.

— Ah oui. Moi, Monsieur Fraser le Raisonnable, pour vous servir.

— Qu'est-ce que tu vas dire à Amanda ?

— Que c'est entièrement ta faute... C'est bien ça ?

Il parlait gentiment, mais sérieusement.

— Tu n'as pas intérêt !

— Bon, tant pis. Vraiment, c'était très sympa.

— C'était épouvantable.

— Tous les dîners sont épouvantables. Celui-là était plus réussi que la plupart des autres.

Un éclat de rire surgit de nouveau du salon.

— Tu vois ? dit Fraser. Ils s'amusent.

— Oui, mais il vaut mieux que tu ne saches pas pourquoi.

— Oh, je crois que j'ai une idée, poursuivit-il en me tendant un verre d'eau fraîche, que je pris. Je suis désolé que tu te retrouves mêlée à toute cette histoire, ajouta-t-il tout à coup.

— Ce n'est pas grave, répondis-je gaiement. Je n'aurais jamais rencontré ton frère, autrement.

— Ah, oui... hum, c'est un chic type.

— Ça, oui. Oh, regarde ! m'exclamai-je en courant vers la fenêtre. La neige tient !

Fraser vint à côté de moi pour voir.

— C'est vrai. J'adore la neige.

— Moi aussi. On devrait sortir pour faire des anges.

Il me regarda en souriant.

— Bon, d'accord.

Je levai les yeux vers lui.

— C'est un défi ? demandai-je.

— Peut-être bien, oui. Tu es prête ?

Je n'hésitai pas plus d'une seconde.

— Oui !

Sur ce, nous nous sommes dirigés vers la porte à pas de loup, en nous parlant à voix basse pour que personne ne sache ce que nous nous apprêtions à faire. Sans refermer la porte à clé, nous avons descendu les marches quatre à quatre, pratiquement morts de rire.

La route était complètement déserte ; il n'y avait que les grands immeubles victoriens tout effrités qui se dressaient, indifférents, autour de nous. Je m'allongeai la première, puis Fraser se joignit à moi en posant sa tête dans le prolongement de la mienne pour pouvoir faire des anges symétriques. Comme il n'y avait pas énormément de neige, nous sentions le gravier sous le dos, allongés, trempés et frigorifiés, en train de rire comme des perdus, les yeux face aux étoiles glaciales.

— C'est une sacrée connerie, hein, Mélanie ? cria la voix au-dessus de ma tête.

— C'est comme la neige, répondis-je (en criant à mon tour). En apparence, c'est splendide, mais en dessous il n'y a que des crottes de chien et des gravillons.

Il se mit à rire.

— Et une fois qu'on est dedans, c'est froid et mouillé.

— Mais si on n'était pas dedans...

— Il n'y aurait pas d'anges ! chanta-t-il en chœur avec moi.

Nous sommes restés allongés ainsi un moment, jusqu'à ce que nous nous doutions que les autres allaient bientôt nous chercher et jusqu'à ce que nous ne sentions plus nos membres. Nous décidâmes alors qu'il valait mieux rentrer avant de mourir d'un tragique accident.

Avec un pull à moi ridiculement étriqué sur le dos, Fraser m'aida à rassembler et à transporter les tasses à café au salon. Seul Angus prit la peine de lever les yeux ; les autres avaient beaucoup trop bu pour se rendre compte du passage du temps. L'atmosphère avait changé du tout au tout et chacun faisait part de sa vision personnelle du monde en des termes ivres mais désespérément sincères. Je commençai enfin à me détendre.

Je sirotais le whisky qu'Angus avait apporté et tout devenait flou ; je méditais sur divers sujets par à-coups et je sortais de temps à autre de ma torpeur pour répondre à des questions ou manifester mon désaccord lorsqu'Alex finit par proposer de faire tourner une bouteille. Parfois, j'entendais quelqu'un parler du mariage, ou de fumigènes, ce qui provoquait une série de « chut ! » et de rires étouffés. Et finalement, finalement, Nash regarda sa montre et annonça : « Merde, je n'arrive pas à voir l'heure. Ce qui veut dire que c'est l'heure de rentrer. »

Il alla tant bien que mal appeler un taxi puis, sans m'en rendre compte, nageant pour ainsi dire au milieu des autres, je fis des signes d'adieu et embrassai les gens qui s'en allaient. Angus tapa dans ses mains autour de moi. Fraser tenta de refuser les morceaux de pizza qu'Alex voulait à tout prix lui donner pour sa fiancée, étant donné qu'elle n'avait pas mangé, mais il finit par céder. L'air glacial entra brièvement du dehors tandis que je lui prenais la main en lui disant au revoir. Ses cheveux frisés étaient encore humides à cause de notre sortie nocturne.

Je retournai dans le salon au radar et passai en revue le carnage. Cendriers et bouteilles vides jonchaient le sol ; apparemment, nous avions bu tout ce qu'il y avait à boire en vue. Songeuse, j'allai à la cuisine pour commencer à ranger un peu.

Mon premier choc, ce fut que je n'entrai pas dans la cuisine mais dans le placard sèche-linge.

Deuxième choc : je devais être pétée comme un coing, parce que je ne savais pas du tout que nous avions un placard de ce genre à la maison.

Troisièmement : Alex et Fran y étaient aussi et ils étaient en train de s'embrasser.

CHAPITRE 15

Je reculai et me raccrochai au mur en titubant. Alex ne me voyait pas, mais Fran si. Ses yeux noirs s'écarquillèrent avec horreur et elle repoussa Alex par les épaules.

« Quoi ? » fit-il en frottant son nez contre elle.

Elle fit un signe dans ma direction et il se retourna.

Nous nous regardâmes tous les trois pendant un moment. J'étais pétrifiée ; j'avais l'impression qu'une cascade de glace me parcourait le corps, étreignait ma gorge et mon cœur et refroidissait mon estomac. Je reculais toujours. Je savais qu'il fallait que je dise quelque chose, mais je n'arrivais pas à trouver quoi. Tout ce qui me passa par la tête à ce moment-là, c'était la vieille bande dessinée du mari qui rentre du travail plus tôt que d'habitude et l'amant qui se cache dans le placard. Mais là, ça n'avait rien de drôle.

Enfin, je poussai un petit cri aigu qui ne ressemblait pas du tout à ma voix.

— Rentre chez toi !

Alex fit un grand pas en avant, subitement propulsé dans la sobriété.

— Oui, Fran, je crois que tu devrais rentrer. Mélanie... dit-il en accourant vers moi bras tendus. Mélanie, qu'est-ce que je peux dire ? Je suis... J'arrive pas à croire... jamais arrivé... trop bu...

Je n'arrivais même pas à entendre ce qu'il disait.

— Rentre chez toi ! répéta le terrible petit cri aigu. Va-t'en ! Et toi aussi ! dis-je à Fran. Partez ! Partez !

Je fis demi-tour et courus me réfugier dans ma chambre, où je me jetai sur mon lit. Je comptais pleurer jusqu'à ce que le sommeil me gagne, ou au moins réfléchir à la situation, mais le vin et le choc ne l'entendirent pas de cette oreille et je m'évanouis pour ainsi dire sur mon lit.

Je me réveillai à cinq heures du matin en tremblant comme une feuille. Je m'aperçus vaguement que j'étais allongée sur mon couvre-lit, ainsi que sur deux manteaux. Les souvenirs revinrent aussitôt à la charge ; ils me tombaient dessus comme un voile de fumée noire. Je me fourrai dans mon lit et tentai de me réchauffer, mais ce n'était pas le froid qui me faisait claquer des dents. J'essayai de réfléchir, mais je n'en avais pas envie. Je ne pensais qu'aux deux heures où ils avaient disparu... ils avaient bien dû rire de moi. Je regardai mon lit. Au moins, j'avais réussi à les faire partir sans leurs manteaux. En y pensant, je me mis à pleurer. Et je ne m'arrêtai plus.

Je pleurai toute la journée du lendemain, tout en essayant d'interdire à Linda de faire la vaisselle. Je retrouvai des morceaux de lasagnes carbonisés collés au plafond. Cela m'aurait fait rire, si je n'avais pas été en train de pleurer comme une Madeleine. Je pleurais en vidant les cendriers, je pleurais en emportant les bouteilles vides à la benne à verre. J'eus beau me dire que c'étaient leurs crânes que je brisais, je n'en fus pas plus soulagée pour autant. Je pleurais à chaque fois que le téléphone sonnait ; comme je ne pouvais pas répondre, c'est Linda qui prenait les messages de remerciement pour le repas de la veille – rien de la part de Fran, en tout cas. Je pleurais en pensant au mariage, je pleurais en pensant à l'appartement qu'on allait prendre, je pleurais en pensant au petit bed and breakfast que nous avions réservé pour la semaine suivante, je pleurais en pensant qu'il fallait tout de même que je m'en aille le week-end d'après parce que Linda avait je ne sais quoi de mystérieux à faire et que je ne savais pas où aller, je pleurais en pensant à tout le fric que j'avais dépensé en vin pour qu'Alex puisse se soûler assez pour sauter sur ma meilleure amie.

Alex arriva vers midi. Le salaud, il n'avait même pas passé la nuit devant ma porte. Je menaçai d'appeler la police s'il n'arrêtait pas d'appuyer sur cette insupportable sonnette.

— Donne-moi au moins mon manteau, supplia-t-il de manière pitoyable.

— Je l'ai brûlé.

— S'il te plaît, Mélanie. S'il te plaît.

— Va chez Fran. Je suis sûre qu'elle saura te réchauffer.

— Bon, au moins on est en train de se parler.

Je tournai les talons et ignorai sa présence. En fin de compte, le moment où je lui avais crié dessus, bizarrement, n'était pas si mauvais. C'étaient les moments à venir, la vie sans lui, qui allaient être très difficiles à supporter.

Il resta assis dehors pendant quatre heures. Il portait deux pulls de rugby l'un sur l'autre, mais il n'avait pas de flasque d'alcool sur lui.

Finalement, quand il comprit que je ne reviendrais pas le rechercher, je l'entendis se lever pour partir.

— J'y vais ! hurla-t-il.

— Qu'est-ce que tu veux que ça me fasse ?

— Puisque tu ne veux pas qu'on en parle comme des adultes...

— Tu t'amuses à peloter la meilleure amie, enfin ex-amie, de ta copine dans un placard et tu veux te lancer dans un concours de maturité ?

— Écoute au moins ma version.

— Quelle version ? Tu me demandes d'habiter avec toi et six jours plus tard tu cours après une autre fille. Il n'y a rien à ajouter. Change de disque, Alex.

J'entendis un long soupir derrière la porte. Il s'approcha ensuite de la fente de la boîte aux lettres.

— Ce n'est pas parce que je me suis soûlé la gueule qu'on ne peut pas habiter ensemble, dit-il d'une voix posée.

— Oh si. D'après la Cour européenne des droits de l'homme, c'est un délit majeur.

— Nom d'un chien, Mélanie, tu ne comprends rien ou quoi ? Mon comportement, c'était juste une réaction à la grande décision qu'on a prise. Ça prouve bien à quel point je t'aime, à quel point j'ai la trouille, à quel point je suis prêt à faire des sacrifices. C'est arrivé dans le feu de l'action mais, je te le jure, ça n'arrivera plus jamais.

— Si ! criai-je. Mais pas à moi. Maintenant, va te faire foutre.

— Appelle-moi, dit-il. Appelle-moi quand tu seras prête à t'engager. Je crois que ta réaction disproportionnée prouve que tu as autant la trouille que moi.

Je m'approchai à mon tour de la boîte aux lettres et rabattis violemment le clapet sur les doigts d'Alex. Il gémit, et je me sentis mieux. Il s'apprêta à partir, marqua une pause, puis s'en alla pour de bon.

Je retournai m'écrouler dans ma chambre. J'avais beau jouer les dures, je me sentais vidée. La pluie s'était mise à tomber et à faire fondre la neige : à l'extérieur, tout semblait refléter mon humeur.

Que faire, maintenant ? pensais-je. Je n'en savais rien du tout. Je n'avais pas d'idées conscientes en tête. J'avais une folle envie d'aller quelque part, mais je n'arrivais pas à bouger. J'avais envie de parler à quelqu'un, mais il n'y avait personne sur terre à qui je voulais parler. J'avais envie de me distraire, mais la moindre distraction allait me montrer des images de gens heureux et passionnés qui faisaient des choses heureuses et passionnées et ce n'était pas mon cas. Pas du tout du tout du tout. Encore célibataire. Célibataire en décembre. J'aurais dû attendre pour avoir un cadeau de Noël, au moins. Enfin, Alex trouvait que les cadeaux, ça faisait bourgeois. Oh, Seigneur, quel connard, alors.

Je m'allongeai, regrettant de ne pas avoir d'ours en peluche ni rien d'aussi ridicule à serrer contre moi car j'en aurais eu bien besoin. Je me demandai s'il fallait que j'appelle SOS Détresse Amitié. Je pensais que c'était seulement pour les gens vraiment très tristes, pas des gens comme moi, quoi. Je n'étais tout de même pas au bord du suicide. Dieu qu'il me manquait. Non. Si. Non. On aurait dit que j'avais un clignotant dans la tête. Je me remis à pleurer, même si je n'avais absolument plus rien à pleurer et que mes larmes étaient sèches. Puis à force de me balancer d'avant en arrière, je finis par tomber à plat ventre et m'endormir. Ce fut mon weekend.

Comme je m'étais endormie de bonne heure, je me réveillai à temps le lundi matin. J'avais le choix entre passer une journée de plus à pleurer, ou aller au travail, alors je choisis d'aller au travail. De grosses larmes roulèrent sur mes joues lorsque j'enfilai mon collant. Je me regardai dans la glace. Je ressemblais aux filles qu'on embauche dans les campagnes de prévention sur les dangers de l'héroïne. Beuh. Beurk. Beurk.

Quand j'entrai au bureau, je m'attendais à ce que tout le monde se mette à genoux en me voyant, par compassion pour l'immense tragédie que je vivais, mais malheureusement ils se comportèrent tous comme d'habitude.

— Eh ben, on dirait que tu as eu un week-end agité, encore, hein ? Tu as une tête de cul de prostituée, déclara Steve tandis que je me traînais à ma place avec l'air, pensai-je, de Marie-Madeleine.

— Et je suis dans le même état, répondis-je avec un certain découragement. En moins poilu.

Il me regarda bizarrement.

— Qu'est-ce qui t'arrive ?

— Oh, tout. J'ai plaqué mon mec.

— Pourquoi ? Non, ne me dis pas, il a couché avec une autre fille et tu l'as jeté pour ne pas perdre la face ?

— Mon pauvre Steve, tu aurais bien besoin d'une greffe de lobes frontaux. Va te faire voir, j'ai pas envie d'en parler.

Sans rien dire, Janie posa sur mon bureau sa méga-boîte de Kleenex. Je l'acceptai avec gratitude, car j'avais décidé de laisser les larmes couler à mesure qu'elles arrivaient plutôt que d'attraper une migraine à force de les ignorer.

— Comment va James ? lui demandai-je par pure ironie.

Ils étaient sans doute sur le point de se marier.

— Oh mon Dieu, commença-t-elle en récupérant la boîte de Kleenex. On est allés à une fête samedi soir et il y avait son ex-copine.

— C'est légal, ça.

— Alors évidemment, je suis partie aussitôt. Et il n'a même pas voulu rentrer avec moi !

— Elle était où, cette fête ?

— Dans le Kent.

— Quoi ? Tu es rentrée exprès du Kent parce que son ex était à la soirée aussi ?

— Mais bien sûr ! C'était tellement insensible de sa part !

— Il savait qu'elle y serait ?

— Il dit que non, mais je ne sais pas si je dois le croire ou pas. Ils étaient ensemble à l'université, tu vois.

Comme si ça expliquait tout.

— Ahh. Et c'était quel genre de fête ?

— Oh, une réunion des anciens de la fac...

Son visage se décomposa tout à coup.

Je la regardai. Cette fille était folle à lier, c'était clair.

— Alors finalement, ce n'était pas très étonnant qu'elle y soit... ? demandai-je.

— Je n'y avais pas pensé, dit-elle, le visage blême.

— C'est parce que tu es idiote.

— Oh mon Dieu, le pauvre James. Comment j'ai pu faire ça ?

— Parce que tu es idiote. Je peux reprendre les mouchoirs, s'il te plaît ?

— Cette fois, il va me plaquer pour de bon !

Sa voix prenait des tonalités hystériques. Elle s'accrochait à ses mouchoirs comme une perdue.

— Merde ! lança Steve. Ça suffit ! Je demande à changer de service, sinon je vais finir par avoir mes règles, moi aussi, avec deux cinglées comme vous.

J'approuvai.

— Sauve-toi tant qu'il en est encore temps, mon pote.

À l'heure du déjeuner, je mangeai mon sandwich sans réussir à me consoler, en me rappelant le jour où Fraser était venu me chercher à l'improviste. Ça ne m'aurait pas dérangée qu'il recommence, là. Si je n'extirpais pas la douleur de mon organisme d'ici peu, j'allais exploser. Mais il avait suffisamment de problèmes à gérer en six jours pour avoir à supporter une bécasse de harpie comme moi.

Je pensai également à Angus, mais là, c'était plus difficile. Tout était si compliqué.

Je réussis à provoquer mon seul sourire de la journée en pensant aux bombes fumigènes. S'ils y arrivaient... C'était fou, mais ça pourrait être marrant. Peut-être même que ça marcherait. Mais j'en doutais. J'étais certaine que le pasteur pourrait célébrer la messe n'importe où. Il pourrait aussi bien faire sa bénédiction dans le pub d'à côté.

Il était hors de question que j'aille à la réception. De toute façon, il y aurait sûrement des gardiens armés à la porte pour m'empêcher d'entrer. Et je n'avais absolument pas envie d'aller à un mariage. Fran y serait sans doute. Cette fille ne manquait jamais de cran.

Fran. Je n'avais même pas commencé à en faire mon deuil. J'étais trop occupée à me séparer d'Alex. J'avais beau me dire que c'était une grosse salope, ça ne marchait pas. Je la connaissais depuis toujours. Et maintenant... c'était fini, comme si elle était morte. Elle ne m'avait même pas téléphoné. Elle avait trop honte, j'imagine. Ou peut-être qu'elle s'en fichait complètement. Cette idée m'attrista. Si ça se trouvait, ils étaient ensemble, à cette minute même. Alex était en train de se dire qu'il s'était trompé sur toute la ligne en sortant avec moi. Pourquoi en serait-il autrement, d'ailleurs ? Fran était mince et magnifique. Elle l'aiderait sans doute à trouver un travail avec l'aide des pop stars qu'Alex connaissait, juste parce qu'elle était bien faite, hautaine et pleine de charme. J'avais la terrible impression qu'il faisait un échange. Et juste après, venait la non moins terrible impression que je savais depuis toujours qu'il le ferait. J'attendais sûrement que ça arrive. Je ne pensais pas être assez bien pour ce méprisable merdeux, ce qui faisait donc de moi une mouche à merde encore plus méprisable. Je me remis à pleurer. Je n'aurais jamais pensé qu'il ferait une chose pareille si près de moi, c'était tout.

Pas de fleurs, cette fois-ci. Il savait bien que ça ne marcherait plus. Il était sans doute trop occupé avec

Fran. Si ça se trouvait, ils étaient en train de se moquer d'une remarque idiote que j'avais faite. « Oh mon Dieu, qu'est-ce que ça fait du bien d'être LIBRE ! » disait Alex. « Ouais, tu as failli te faire piéger en beauté ! » renchérissait Fran. Peut-être qu'elle ne le détestait pas tant que cela, finalement. Peut-être qu'elle le traitait sans cesse de branleur parce qu'elle était amoureuse de lui, comme quand elle envoyait promener les garçons qui lui plaisaient, à l'école. Peut-être qu'elle cherchait juste à attirer son attention.

En tout cas, elle avait réussi, pensai-je tristement, puis j'essayai de me concentrer sur quelque chose d'autre, n'importe quoi.

Tout à coup, comme appelés par mon inconscient, un groupe de gens débarquèrent dans le bureau en faisant la chenille et en chantant « Da da, da da da da da... Da da, da da da da da » avec des chapeaux en carton sur la tête et des serpentins. Un magnétophone crachait à tue-tête des chants de Noël. J'étais tellement surprise que j'arrêtai presque de pleurer, l'espace d'une seconde.

— Qu'est-ce qui se passe ? demandai-je à Steve au moment où une femme particulièrement ronde fit tomber l'agrafeuse de mon bureau.

— C'est l'arbre de Noël, ce soir. Ils se mettent dans l'ambiance. Tu vas essayer de me traîner sous le gui, chérie ?

— J'aimerais encore mieux apprendre à embrasser mon cul. Mais qui peut être assez tordu pour faire la fête un lundi soir, de toute façon ?

— C'est la fête tous les soirs, avec moi, annonça-t-il avec un regard concupiscent. Tu viendras ?

Sur ce, il me prit par le bras et m'entraîna dans la chenille. C'est ainsi que, en m'efforçant de garder un semblant de dignité tout en me tortillant au milieu d'une chenille sans amis, sans carrière ni amoureux, je compris que je touchais le fond. Enfin, jusqu'à ce qu'ils passent « *Do They Know it's Christmas*[1] ? » dix secondes plus tard : là, je m'aperçus que je creusais le fond.

— C'est débile, dis-je à Steve. Je ne peux pas danser sur une chanson qui parle de gens qui meurent de faim ! Laisse-moi sortir !

Janie nous regardait d'un air impassible.

— Tu vas à l'arbre de Noël, ce soir ?

— Certainement pas.

— Allez ! Tu peux venir un moment, quoi. Les boissons sont gratuites jusqu'à sept heures.

— Ils m'offriraient une maison que je n'irais pas, à leur fête. Je rentre chez moi, je vais me gaver de chips et m'apitoyer sur mon sort. Il vient, James ? Et ne pleure pas, quelle que soit la réponse, hein.

Son menton trembla.

— Il a entraînement.

— Ah... il se remet à la course ?

Elle me regarda d'un air interrogateur.

— Oui... comment tu le savais ?

— L'intuition.

— Allez, reste un peu, ce soir, insista-t-elle. Je... je crois que je dois y aller, pour ma carrière. C'est important, les relations.

— Steve s'occupera de toi.

Steve réapparut dans le bureau. Sa cravate en soie bon marché était desserrée et il tenait un énorme ballon en forme de pénis. Janie me regardait.

— S'il te plaît. Reste un peu.

Dieu sait pourquoi j'acceptai. Pour me changer les idées, je suppose. La journée n'en finissait pas. Personne ne m'appela pour voir si j'allais bien. Tout le monde s'en foutait. À cinq heures, Flavie tapa dans ses mains et fit son petit discours de Noël en disant qu'on s'était bien AMUSÉS au marketing toute l'année et qu'on

1. « Savent-ils que c'est Noël ? »

allait encore bien S'AMUSER cette année, puisque nous étions tous une grande famille de rédacteurs publicitaires. Au fond de la salle, je bêlai deux ou trois fois pendant que les autres applaudissaient.

Ensuite, on nous fit passer du vin dans des gobelets en plastique – de la vraie piquette et je n'ai pas des goûts spécialement raffinés en la matière. Tout le monde restait debout sans trop savoir où se mettre et discutait du travail, comme on pouvait s'y attendre.

— Qu'est-ce qu'on s'amuse ! disait Flavie, à personne en particulier.

Son idée de l'amusement était des plus étranges. Steve me tapa sur l'épaule.

— Viens, dit-il. On va à la soirée des comptables. C'est vachement mieux, en général.

— Ça me semble à la fois facile et difficile à croire.

Steve s'appropria deux bouteilles de vin et nous voilà partis à l'autre bout du bâtiment. On entendait la fête des comptables à un kilomètre à la ronde. Les gens criaient et ils avaient mis la photocopieuse en marche. Certains comptables dansaient le rock – c'est toujours quelque chose à voir – couraient dans la pièce ou sautaient sur leurs collègues ; il y avait un garçon allongé par terre et quelqu'un lui versait du vin dans la bouche d'une bonne hauteur.

— Ouah ! Qui aurait pu croire qu'on s'amusait tellement, chez les comptables ? remarquai-je.

— Bah, c'est juste une fois par an, dit Steve. Ils dépensent l'argent liquide et ils font les fouuus ! (Un homme d'affaires d'un certain âge fila devant nous au pas de valse, transportant une intérimaire qui avait passé les jambes autour de lui.) Ils commencent à dix heures du matin.

— Sans blague ?

Après le week-end que j'avais vécu, je n'étais pas d'humeur à boire, mais j'acceptai un petit verre de champagne en me félicitant d'avoir recouru à ces bonnes techniques de distraction. À chaque fois que je me détendais un peu, l'énorme précipice qu'il y avait sous mes pieds s'ouvrait, je me rappelais alors qu'il ne fallait pas que je boive trop et j'essayais de jouer les observatrices indifférentes, même lorsque quelqu'un souleva accidentellement ma jupe et que je fis volte-face avec l'intention de lui coller une mandale.

Dans le coin de la salle, un des comptables venait d'expliquer qu'il n'était pas vraiment comptable, qu'en réalité il aurait dû être batteur et qu'une fois il avait passé une audition pour les Motorhead. Il procéda ensuite à la démonstration en prenant deux règles et en tapant comme un sourd sur tout ce qu'il pouvait, y compris les touches musicales du téléphone, pour parachever l'impression percussionniste. Cette cacophonie me faisait tourner la tête et je me rendis subitement compte qu'il fallait que je m'en aille au plus vite. Je sortis en trombe et ouvris la fenêtre du couloir désert. Je respirai profondément l'air froid. Le service comptabilité se trouvait au douzième étage et j'avais une vue plongeante sur tous les autres immeubles alentour. Par-dessus les toits, je reconnus celui où travaillait Fraser. Je savais que c'était le vieux bâtiment bizarre en brique rouge avec des oiseaux gravés sur la corniche.

Tout à coup, j'avais besoin de lui parler. J'avais besoin de parler à quelqu'un et ce quelqu'un, c'était lui. Sinon, j'allais devenir folle, purement et simplement. Il n'était pas très tard, il était donc certainement encore au travail. Je ferais semblant de tomber sur lui par hasard et nous pourrions aller boire un petit café quelque part.

Enfin, il avait sans doute des millions de choses à faire. Il devait probablement rentrer chez lui et jeter un coup d'œil aux quinze robes des demoiselles d'honneur, ou quelque chose de ce genre. Composer les bouquets de fleurs. Lécher les bottes de madame.

Je changeai d'avis une demi-douzaine de fois par seconde, puis je compris que j'irais le voir de toute manière, alors autant que je me mette en route. Lui dire bonjour me suffirait.

Du côté des comptables, ça ne s'était pas arrangé. Je récupérai mon sac et cherchai Steve et Janie pour leur dire au revoir. À ma grande surprise, ils étaient tous les deux en train de se débattre sur le classeur. Janie avait l'air d'avoir la robe qui lui tombait sur les épaules. Mon Dieu. Enfin, tant mieux pour elle. J'allais m'éclipser sans dire un mot, mais elle me vit par-dessus l'épaule de Steve et me fit un signe avec le pouce en l'air avant de jeter la tête en arrière en riant. Bon, bon, bon. J'espérai que ça la guérirait. En tout cas, je ne l'avais jamais vue aussi heureuse. Maintenant, pourquoi fallait-il que ce soit avec Steve...

Un peu plus optimiste, je sortis dans la nuit glaciale.

Je rôdai autour du bâtiment où travaillait Fraser une vingtaine de minutes, en essayant d'avoir l'air innocent comme si je passais là par hasard. J'étais complètement gelée et je ne sentais plus mon nez. Enfin, vers six heures et demie, il émergea, le dos voûté pour se protéger du vent. Oh, quelle drôle d'idée j'avais eue ! Je ne savais pas faire semblant de passer par hasard. J'allais avoir l'air débile. Je fis demi-tour pour me sauver de là.

— Tu m'attendais ? demanda un doux accent écossais derrière moi.

Je me retournai.

— Non ! Enfin, si.

— C'est sérieux ? fit-il en souriant.

— Pourquoi, tu es pressé ? Ce n'est rien, en fait, je suis désolée, tu vois, quoi, je passais par là, mais il faut que j'y aille...

Heureusement pour moi, il m'entraîna dans un salon de thé à côté, ce genre d'endroit où on vendait les boissons hors de prix aux avocats et aux touristes.

— Viens. Tu as l'air gelée.

— Non, pas du tout, je passais, dis-je en me calmant un peu. Etc.

— Je t'ai appelée hier pour te remercier, mais tu n'étais pas là.

— Si, j'étais là. Mais je n'étais pas vraiment d'humeur à parler à qui que ce soit.

— Pas à cause d'Amanda, j'espère ?

— Non...

Et je lui racontai tout. Je lui parlai de mon déménagement futur, du placard à linge, de l'Amérique, de Charlie, de Fran. Avec des pauses gênées lorsque la serveuse nous apportait du café et des gâteaux – elle voyait bien que la conversation était dramatique et elle faisait tellement d'efforts pour ne pas attirer l'attention sur elle, qu'elle attirait beaucoup l'attention sur elle – bref, je déballai tout.

D'autres larmes (mais d'où pouvaient-elles donc venir ?) coulèrent sur mon gâteau à la vanille. J'essayai de sourire et de changer de sujet avant de tomber tout à fait en morceaux.

— Je vois que tu te remets à manger des gâteaux, lui dis-je.

Fraser sourit.

— J'ai décidé que c'était plus important de manger des gâteaux que de faire le double d'Amanda au mariage.

— Tu te maries toujours, alors ?

— Au point où j'en suis, autant continuer. De toute façon, on parle de toi, pour l'instant. Qu'est-ce que tu vas faire ?

— Je ne crois pas être capable de faire quoi que ce soit, soupirai-je. Déjà, je ne veux plus jamais le voir... En fait, j'ai surtout l'impression que c'est Fran qui va me manquer.

Il hocha la tête avec compassion.

— Je pense que tu finiras par lui pardonner.

— Mais non, je ne pourrai pas lui pardonner ! Je ne pourrai jamais lui pardonner !

— Tu dramatises, là. Elle s'est laissée aller. Vous êtes amies depuis des années et ça a toujours été une véritable salope, d'après ce que j'ai compris. Ce qui m'étonne, c'est que ça ne soit pas arrivé plus tôt. Tu t'en remettras.

Je pensai à tout cela un instant.

— Vire Alex, reprit-il. C'est un raté irrécupérable. Je l'ai tout de suite vu, la première fois que je l'ai rencontré. C'est un véritable branleur. Ne reste pas avec lui. Mais, tu sais, Fran, elle a juste déconné. Elle est incapable de regarder un mec sans lui baisser mentalement le pantalon. Elle a choisi le mauvais, c'est tout. Je suis sûr qu'elle se sent humiliée à présent, et qu'elle n'a pas le courage de te téléphoner.

— Ou elle est chez Alex en train de s'amuser.

— Non, dit-il en desserrant sa cravate. Il est bon, ton gâteau ?

— Tu essaies de me changer les idées ?

— Oui.

— Je t'ennuie ?

— Non, soupira-t-il. Ne sois pas idiote. À mon avis, tu devrais juste penser à autre chose un moment. Sinon, je ne sais pas ce qu'il en est pour toi, mais moi je me mets à ressasser des trucs et je finis par passer des nuits entières à m'inquiéter. Surtout ne fais pas ça.

— Qu'est-ce qui t'inquiète ?

Il réfléchit.

— Euh... c'est quoi, le meilleur gâteau ? Qu'est-ce que tu as pris, là ?

J'abandonnai la partie.

— Génoise vanille.

— Et c'est le meilleur ?

— Sans doute... des fois, la bataille est serrée entre les gâteaux à la crème, les gâteaux d'anniversaire et les tartes aux fraises.

— Tu vois ? On n'a jamais fini.

Et tout doucement, nous avons glissé vers une conversation normale – sans émotion, sans timidité, juste une conversation posée – parfois même entrecoupée de rires. Le salon de thé était vide et prêt à fermer, mais à l'extérieur il faisait noir et là, dans ce petit havre de lumière, nous nous sentions en sécurité, c'était agréable et nous n'avions pas envie de partir. Dehors, il y avait assez de choses frigorifiantes qui nous attendaient.

Plus tard, quand je rentrai, j'étais un peu plus calme. Linda était au salon en train de regarder *Titanic*. Des larmes gouttaient au bout de son nez rond. Sans un mot, j'allai m'asseoir à côté d'elle sur le canapé. Véritable scoop, elle me tendit la main. Je la pris et me rapprochai d'elle. En fin de compte, tandis que le navire sombrait, je posai la tête sur son épaule.

— Mais tu dois quand même t'en aller, ce week-end, annonça-t-elle froidement.

J'avais complètement oublié. Merde. Où est-ce que j'allais bien pouvoir aller ? Chez mes parents, j'imagine. Je n'étais guère impatiente de répondre à la question « Alors, comment vont les amours, ma chérie ? »

— Tu n'as pas besoin de partir avant samedi matin, ajouta Linda.

Je la remerciai pour sa magnanimité et regagnai mon lit, où je restai allongée plusieurs heures à comploter une vengeance mortelle contre Alex et Fran, puis je finis par sombrer dans le sommeil, exténuée.

Il n'y avait personne, au travail. Certains étaient déjà partis en vacances de Noël et d'autres – la plupart ayant un rapport direct avec les services financiers, appris-je sans grande surprise – se remettaient de la soirée de la veille.

Ni Janie ni Steve n'étaient venus, mais Steve m'avait laissé un message sur la boîte vocale : « Dis à Flavie qu'on ne vient pas parce qu'on est trop occupés à BAISER. » Et j'entendais Janie rire à côté de lui en criant « Et si James appelle, dis-lui d'aller SE FAIRE FOUTRE ! »

Le pauvre James en avait déjà bien assez vu comme ça, pensai-je. Une belle paire de salauds, ces deux-là ! Ils me manquaient, tout de même, assez bizarrement. Moins il y avait de gens, plus j'avais de temps pour me pencher sur la situation et ce n'était pas une partie de plaisir.

Fran ne m'avait pas appelée. Alex non plus. Il avait dû comprendre que c'était fini. Mais je trouvais qu'il avait laissé tomber bien vite quand même. Enfin, ça ne change pas grand-chose, au fond, me dis-je avec une certaine sévérité. Je ne les reverrais peut-être jamais. Ce qui n'était pas un mal, finalement.

J'avais téléphoné à ma mère, qui savait bien entendu que le grand jour avait lieu le samedi (toute la ville était au courant, d'ailleurs, c'était un véritable événement à Woking – sauf peut-être pour Paul Weller, le chanteur, qui y était né et qui avait passé sa vie à faire des remarques désobligeantes sur la ville). Elle ne comprenait pas pourquoi je n'y allais pas. Je ne lui avais pas tout raconté, bien entendu. Je lui avais dit que nous nous étions brouillées, de manière égalitaire, en quelque sorte.

— Oh, tu te rappelles le jour où tu avais perdu ton porte-monnaie et que vous vous étiez fâchées pour savoir qui l'avait pris ? Et vous vous étiez réconciliées en moins de deux.

— Maman, c'est Amanda qui me l'avait piqué et elle avait dit que si on ne faisait pas la paix avec elle, elle demanderait à un gars du collège de venir nous taper.

Elle ignora mes explications.

— Je suis sûre que vous allez finir par trouver une solution. Oh, Amanda va être très belle, en jeune mariée. Elle a toujours été très jolie. Et si menue.

— C'est une vraie sorcière.

— Qu'est-ce qui te prend, ma chérie ? Oh, allez, viens à la maison, on meurt d'envie de te voir. Tu nous parleras un peu de toi... Comment ça va, ton nouveau métier, c'est intéressant, non ? Viens donc un peu chez nous. Mais surtout, va au mariage, sinon tu le regretteras. Derek Phillips est un as quand il s'agit d'épater la galerie !

— Merci, maman. Je n'irai pas, un point c'est tout. Mais je peux venir manger chez vous, samedi midi ?

— Bon, d'accord, alors à samedi.

Sur ce, elle répéta d'une voix affligée que c'était dommage que je manque une occasion aussi prestigieuse.

CHAPITRE 16

Je me réveillai de très bonne heure samedi, avec un solide mal de tête et un drôle de pressentiment. Lorsque je retrouvai mes esprits, je me rappelai quel jour nous étions et mon cœur dégringola comme une pierre. Je serrai mon duvet contre moi en me disant qu'il fallait que j'arrête d'être aussi ridicule. C'était une journée comme les autres, j'allais me lever, me rendre chez mes parents et essayer d'être gentille avec ma mère pour changer, au lieu de bouder. Peut-être que j'irais faire les magasins et que je regarderais un peu la télé. Tout allait bien.

En réalité, j'avais envie de me jeter à plat ventre par terre, de donner des coups de pied et de hurler, bref : de faire une crise de nerfs de tous les diables. Mais non. Une fois levée, j'irais me laver, je mettrais des vêtements discrets puis je sortirais affronter le monde avec calme et tranquillité. Alex et Fran pouvaient bien aller au mariage tous les deux. Ce serait merveilleux. J'espérais qu'ils allaient passer une journée merveilleuse. Même lorsque les détecteurs de fumée se déclencheraient, j'étais sûre que cela ne troublerait pas tellement la fête et qu'ils en riraient bien quelques années plus tard lorsqu'ils se retrouveraient tous entre amis. Peut-être que les enfants d'Alex et Fran et ceux de Fraser et Amanda joueraient ensemble. Ils partiraient sans doute en vacances ensemble, d'ailleurs. Dieu que c'était merveilleux.

J'entendais un bruit de meubles qu'on déplace. Qu'est-ce que Linda pouvait donc fabriquer ? Je bâillai et secouai la tête pour me réveiller.

DRRRRRING ! La sonnette retentit avec son habituelle intensité remue-méninges. DRRING ! DRRING ! DRRING ! Ce n'était pas la manière de sonner du gros facteur. Ça n'avait pas intérêt à être Alex. J'enfilai mon pyjama sans enthousiasme et allai ouvrir. Linda laissa dépasser son visage brillant par la porte du salon, inquiète que je puisse désobéir à ses ordres. Je lui fis un petit signe et allai jeter un coup d'œil par la fente de la boîte aux lettres. C'était Angus.

— C'est pour quoi ? m'écriai-je.

— Je peux entrer ?

Je réfléchis un instant.

— Pourquoi ?

— Laisse-moi entrer que je t'explique !

— Et si c'est une double farce ?

— Mais qu'est-ce que tu racontes ?

Comme je n'en savais rien non plus, j'ouvris la porte. Son sourire espiègle s'effaça lorsqu'il m'aperçut.

— Nom d'un chien, qu'est-ce qui t'arrive ? Tu as une tête à avoir pleuré pendant une semaine.

— Quelle intuition. Qu'est-ce que tu fais là ? Tu ne dois pas aller à un mariage, aujourd'hui ? demandai-je avec froideur. Ils ont annulé ou quoi ?

— Pas que je sache.

— Ah bon.

Je le voyais un peu flou.

— Tu viens de te réveiller, Mélanie ?

— Hum, oui. Excuse-moi. Pas mal, ton kilt. Tu veux un café ?

— Je veux bien, oui, répondit-il en regardant sa montre. Bonjour, Linda !

Linda poussa un petit cri strident de souris agacée et disparut.

— Je ne suis pas censée être ici, murmurai-je. Je lui ai dit que je ne serais pas là du week-end.

— Parce que tu vas au mariage.

— Hors de question que j'aille à ce mariage à la con.

Il me suivit à la cuisine.

— Oh, si, hum, si, en fait tu y vas. Fraser m'a tout raconté. C'est pour ça que je suis là. Je suis venu te chercher. Il faut que tu viennes avec moi.

J'allumai la bouilloire puis me tournai vers lui.

— Désolée. J'aimerais bien t'aider à faire ta bonne action, mais 1) je n'irai pas et 2) je ne suis même pas invitée.

Sans me prêter la moindre attention, Angus sortit les tasses tandis que je vérifiais si j'avais allumé la bouilloire. Il se mit à siffler un air joyeux. Au bout d'un moment, je m'assis. La table de la cuisine n'était plus là. J'ignorai ce détail, étant donné que mon univers était déjà assez bizarre comme ça et que je déjeunais avec un homme en jupe.

Angus s'assit tout en continuant à siffler tout bas, jusqu'à ce que cela devienne puissamment irritant.

— Arrête, ordonnai-je. Je n'irai pas à ce mariage, alors ne te fatigue pas à siffler comme ça.

Il ne s'arrêta que pour dire :

— Il me faut une cavalière.

— Tu n'as qu'à emmener Kylie Minogue.

— Je parie qu'Alex ne viendra pas, dit-il entre une note et une gorgée de café, songeur.

— Je m'en fous.

— Fran non plus.

La mélodie était passée à une ballade écossaise.

— Je m'en fous doublement.

— Allez. Va t'habiller. Comme j'ai loué une voiture, ça ne prendra pas trop de temps pour aller là-bas.

— Non, ça ne te prendra pas trop de temps. Parce que tu vas partir tout de suite et me laisser tranquille. (Je croisai les mains sur la poitrine de manière protectrice.) Et arrête de siffler.

Il s'exécuta et attendit sans bouger d'un pouce.

— Pourquoi veux-tu que je vienne, d'abord ? demandai-je. Ce n'est pas moi qui vais balancer vos saloperies de fumigènes, hein.

Il haussa les épaules.

— Je veux que tu viennes. Et à mon avis, tu devrais. Donc, tu devrais venir avec moi.

Mon cœur accéléra un peu.

— Ce sera une horreur. Tout le monde apprendra que mon copain s'est barré avec ma meilleure amie.

— Mais non. Et encore qu'ils l'apprennent, ils s'en ficheront pas mal.

— Ça va la faire hurler de rire, Amanda.

— Je crois qu'elle a l'esprit déjà bien occupé, non ?

— J'imagine, oui... Oh, je ne peux pas, Angus. Je ne peux pas aller voir deux personnes se jurer fidélité ou je ne sais quelle connerie et vivre le plus beau jour de leur vie pendant que moi, je suis en pleine déconfiture. Je vais passer mon temps à pleurer comme une fontaine. Et je peux très bien faire ça toute seule dans mon coin, merci beaucoup. Imagine que je renifle juste quand ils diront « oui » et que j'envoie de la morve sur le gâteau...

— Ça irait bien avec, rétorqua Angus.

— Ne me taquine pas. Je n'irai pas, un point c'est tout. Je vais chez ma mère parler de bonne cuisine et en goûter un peu dans la foulée, j'espère.

— Tu viens, dit-il en hochant la tête.

— Et qu'est-ce que tu vas faire, me kidnapper ?

— Il faut que tu viennes. Pour deux raisons. Premièrement, pour garder la tête haute, pour dire, bon, cette histoire de merde, c'est du passé, regardez-moi, j'ai survécu, bla, bla, bla... Il le faut. Secoue-toi. Tu seras fière de toi pendant des années.

Hmm.

— Et l'autre raison, c'est quoi ?

Il me regarda.

— J'ai vraiment, vraiment envie que tu viennes. Et j'ai vraiment, vraiment envie que tu viennes avec moi. Ça, tu le savais déjà. Mais tu as quand même demandé. Ce qui prouve que tu me taquines aussi. Ce qui prouve que tu n'es pas aussi déprimée que ça de sortir de chez toi. Ce qui veut dire que tu viens.

Nous nous observâmes pendant un bon moment. C'est moi qui baissai les yeux en premier. Son regard bleu ne défaillit pas. J'avais le cœur qui battait de plus en plus vite.

— Je... euh... dis-je en m'éclaircissant la voix. Je crois que je n'ai rien à me mettre.

Il fit un large sourire devant ma capitulation.

— Viens en pyjama, ça m'est égal.

— Oui, mais tu es en jupe.

— Mets ce que tu veux. Je m'en moque. Je te trouve jolie, de toute façon.

Il me trouve jolie ! me dis-je en jubilant tout à coup. Puis : *Comme si j'étais assez infantile pour tomber dans ce genre de piège !* Finalement : *Et alors ?*

— Bon, d'accord, je vais... voir ce que je trouve.

Il acquiesça, comme s'il savait depuis le début que j'allais céder et il avait sans doute raison.

— Très bien. Je remets la bouilloire à chauffer. Linda, tu veux du thé ? On va bientôt s'en aller.

— Non merci, fit une voix étouffée, suivie de près par des coups de marteau.

Mais qu'est-ce qu'elle faisait ?

Dans ma chambre, je m'assis sur mon futon et réfléchis intensément. J'étais excitée comme une puce. L'envie... de faire quelque chose, qu'il se passe quelque chose... affluait si fort en moi qu'on aurait dit un raz-de-marée. J'avais le ventre qui gargouillait d'impatience.

J'avais menti quand j'avais dit que je n'avais rien à porter. J'avais une vieille robe de brocart d'un beau bleu-violet foncé, que j'avais fait nettoyer la semaine précédente, quand j'étais occupée à préparer toutes sortes de choses avec Alex. Ha ! Je la passai, et enfilai des chaussures années vingt. Je n'avais pas de chapeau, mais un ruban assorti pour retenir mes boucles. Je jetai un rapide coup d'œil dans la glace en m'habillant. C'est vrai que j'étais jolie, pour une fois. Tant mieux. J'avais les joues rouges et les yeux brillants. J'étais tellement excitée que je n'arrêtais pas de me tromper en mettant les boutons de la manche, mais je finis par y arriver.

Angus m'attendait.

— Tu es magnifique ! dit-il.

— Merci beaucoup. Toi aussi, répliquai-je.

C'est vrai qu'il avait une silhouette très solide et avantageuse avec ce kilt.

— Tu veux que j'appelle ta mère pour lui dire que tu ne vas pas chez elle ?

Mince, j'avais presque oublié.

— Hum, à moins que tu aies envie que l'inquisition espagnole te demande qui tu peux bien être et pourquoi tu kidnappes sa fille aînée, je ne te le conseille pas.

Je lui téléphonai. Elle avait acheté toutes sortes de choses pour cuisiner avec moi, mais elle avait l'air beaucoup plus heureuse d'apprendre que j'allais au mariage et que nous nous étions enfin réconciliées, Amanda et moi.

— Qui sait ? Tu vas peut-être rencontrer un gentil garçon, là-bas, dit-elle.

Je regardai Angus laver les tasses.

— Qui sait, répondis-je.

Il se retourna au moment où je raccrochais.

— On y va ? demanda-t-il en me tendant la main.

— Allons-y, répondis-je nerveusement en la prenant.

— Au revoir, Linda !

Il y eut une sorte de reniflement et nous l'avons laissée à son occupation.

Dans la voiture, nous n'arrivions pas à parler. Il se passait trop de choses. J'étais trop énervée. Mes doigts battaient la mesure sur mon genou. Délicatement, Angus serra ma main dans la sienne. Sa main était beaucoup plus grande que la mienne.

— Ne t'inquiète pas, dit-il. Garde la tête haute. On va leur montrer.

Une question me traversa l'esprit.

— Vous ne balancez plus de fumigènes, si ?

— Hum, je ne sais pas. Mookie n'était pas certaine de les avoir et on a perdu un fantassin, avec cette maudite Francesca. Alors ça ne marchera peut-être pas.

— Mais tu veux quand même essayer ?

— S'il le faut, oui.

J'acquiesçai puis regardai droit devant moi.

— Tu sais que ça ne les arrêtera pas ?

— Oui. Mais ça va les embêter.

Je tournai la tête vers lui. Il plissait les yeux, tellement il souriait. Je souris à mon tour.

— Tu peux aussi compter sur moi.

— Tu es sûre ?

— Oui. S'il est assez bête pour épouser Amanda après tout ça, ce n'est pas une petite dose de fumée qui va lui faire du mal.

— Exactement. Tu t'occuperas des mamies.

Je ris et mon courage s'accrut. J'étais prête à tout, à faire n'importe quoi. Prête à aller vers la liberté, à tout laisser derrière moi. Prête pour l'aventure.

— Maintenant, je me sens une âme d'aventurière, annonçai-je.

— Vraiment ? fit-il d'un air intrigué.

— Je préfère te prévenir.

— Très bien.

Dans le ciel, il y avait un soleil humide qui n'avait pas l'air de vouloir s'engager. De petits nuages couraient autour de lui, comme s'ils partaient à la recherche des plus gros, qui allaient arriver sans tarder. En tout cas, l'église était belle à couper le souffle. C'était un petit monument victorien tout à fait pittoresque. Il y avait du houx partout, autour du porche et sur les portes de l'église avec de l'aubépine, du lierre et du gui. Cela faisait un peu païen, à mon avis, mais c'était très joli.

Les gens circulaient devant l'église avec cet air un peu gauche qu'on a souvent avant les mariages, regardant au loin, se préparant mentalement à de longues heures de conversation insignifiante avec des inconnus. Il y avait des couples qui avaient fait beaucoup de route pour venir, qui s'étaient perdus et qui s'en voulaient trop pour pouvoir se parler. Il y avait tout un contingent de personnes âgées qui assaillaient le premier venu pour leur révéler toutes sortes de détails personnels.

Je remarquai une vraie différence entre les deux familles. Du côté d'Amanda, on parlait fort et on portait des vêtements hors de prix – il y avait beaucoup de jeunes femmes et de joueurs de rugby bien placés à la City, ou du moins qui voulaient le faire croire en exhibant leurs boutons de manchette. Il y avait un certain nombre de voitures de sport décapotées – en dépit des quatre degrés qu'il faisait – et pas mal de chapeaux hauts de forme et de redingotes, ce qui, malgré moi, me plaisait assez.

Du côté de Fraser, en revanche, on avait l'air... normal, si ce n'est la forte prédominance de jupes chez les hommes. J'aperçus leur mère et c'est vers elle qu'Angus me conduisit en premier. Elle me sourit de façon entendue, mais elle se montra charmante et chaleureuse. Je reconnus certains garçons que j'avais rencontrés le soir de l'enterrement de vie de garçon et j'étais contente de les revoir. C'est ensuite que je vis Nash, qui était tout seul sous un arbre. Je lui fis signe de s'approcher.

— Salut, toi, comment ça va ?

Sous sa peau mate, il était vert.

— Bah, pas trop mal.

— Tu as le trac ?

— Tu pourrais... euh, oui, un peu, oui.

— Tu as fait ton discours de témoin ?

Il devint encore plus vert et commença à se passer les mains sur le torse.

— Euh, je l'ai là, quelque part...

— Ne t'en fais pas, ça va bien se passer. Mais dis-moi, je croyais que Fraser était censé être avec toi ? C'est ta mission, ça, de l'amener à l'église à l'heure, non ? Où est-il ?

Nash avait visiblement la nausée.

— C'est-à-dire que... il m'a dit qu'on se retrouverait ici.

Plusieurs autres personnes étaient venues se renseigner sur la présence du marié. Les gens commençaient à jaser et à faire des plaisanteries grasses. Je regardai Angus, qui haussait les épaules de façon catégorique.

Il était midi moins dix et la cérémonie devait commencer à midi. Voilà qui nous coupait l'herbe sous le pied en beauté. Je scrutais les routes à la recherche d'une voiture de mariés, mais je n'en voyais pas. Les invités se faisaient de plus en plus nombreux et le bruit selon lequel le jeune marié n'était toujours pas arrivé commença à se répandre dans la foule. Un photographe s'approcha de nous d'un air furieux, tout en consultant une liste.

— Bon, dit-il à Angus. Vous êtes le deuxième laird ?

Angus le regarda, perplexe, en lui faisant signe de détourner l'appareil photo.

— Jof de Beauvoir. Photographe du magazine *Hello !* Et ma mère est la fille des Earl de Suffolk.

— Ah, dans ce cas... dit Angus en lui passant sous le nez de manière impolie en m'entraînant avec lui.

À côté de la porte de l'église se tenait un troupeau de demoiselles d'honneur – six blondes de taille normale et deux minuscules. Les petites tiraient sur leurs étoles couleur crème, faisaient la moue et se donnaient des coups de pied quand elles croyaient que personne ne les regardait. Je me sentais un peu comme ça, moi aussi. Aucune des adultes ne leur prêtait attention, occupées qu'elles étaient à se demander sans cesse si elles étaient jolies et à retirer des poussières imaginaires du maquillage de leur voisine.

À côté d'elles, il y avait un monsieur qui portait un vieux manteau Barbour usé et qui ne semblait pas à sa place. Cela lui aurait donné un air original s'il n'avait pas tenu huit rênes avec une oie au bout de chaque. Non seulement cela, mais les oies portaient un nœud couleur crème autour du cou.

— Putain ! m'exclamai-je en chœur avec Angus.

— Jamais je ne me marierai sans oies, ajoutai-je.

— J'espère qu'elles ne vont pas exploser, avec les fumigènes, renchérit-il d'un air sombre.

— Remarque, ça me ferait office de déjeuner, étant donné que je ne suis pas invitée à la réception.

Angus examina sa montre et j'aperçus l'heure qu'il était.

— Mince, dis-je en m'approchant de lui. Tu vas voir qu'il va arriver à la dernière minute et qu'on va tous faire une crise cardiaque.

— Hmm, fit Angus de manière songeuse.

Mookie se faufila parmi la foule pour venir vers nous.

— Salut ! dis-je en l'embrassant.

— Je les ai, susurra-t-elle.

— C'est bon, on est tout seuls, là, ce n'est pas la peine de parler tout bas.

Elle ouvrit son sac Chanel et nous montra deux petits objets cylindriques.

— Enfin, je ne sais pas si vous allez vraiment en avoir besoin, maintenant, hein ? Au fait, vous avez vu les oies ?

Tout le monde resta planté là jusqu'à ce que le pasteur sorte et commence à faire entrer les gens.

« Je suis vraiment désolé, il sera très gêné quand il arrivera, mais j'ai un autre mariage à deux heures, alors si vous voulez bien, malheureusement... »

Je voulais bien. Il gelait à pierre fendre, dehors. Angus s'approcha de Nash et lui parla de « faire tourner la voiture », mais je ne compris pas. Nous suivîmes les gens dans l'église.

Elle était aussi belle à l'intérieur qu'à l'extérieur mais légèrement... disons surdécorée. Il y avait des couronnes et des rubans partout et au moins cinq mille bougies. Des pétales de rose jonchaient le tapis et un assemblage de fleurs représentant leurs initiales enlacées se trouvait au bout de chaque banc comme sur le programme de la cérémonie qu'on me tendit en entrant. J'étais si surprise que je ne pus répondre lorsqu'on me demanda si j'étais du côté de la mariée ou du marié.

— Quoi ?

— Êtes-vous une amie de la mariée ou du marié ?

Je jetai un coup d'œil désemparé à Angus.

— Je ne sais pas, répondis-je.

— Du marié, dit-il à ma place. Comme ça tu seras assise à côté de moi, ajouta-t-il.

L'organiste jouait quelque chose d'extrêmement sophistiqué. Nous nous installâmes au premier rang – Angus à côté de sa mère, et moi à côté de lui. Il me semblait un peu étrange et anormal de me retrouver devant, mais je ne discutai pas. J'étudiai le programme. À première vue, il y en avait au moins pour quatre heures.

— Khalil Gibran ! Comme c'est original ! murmurai-je à Angus.

— Je crois que c'est elle qui a planifié la cérémonie, dit-il en levant les yeux.

J'observais la guirlande de fuchsia qui masquait en partie l'autel. La Bible était elle aussi décorée des mêmes initiales enlacées.

— Sans blague !

De l'autre côté de l'église, Mookie nous fit signe et indiqua le détecteur de fumée. Nous avons opiné du chef. L'excitation était toujours là, au fond de mon ventre. L'église se remplissait et Jof le photographe, à défaut de mieux, entra prendre des photos de l'assemblée, en suivant son petit livre noir et la plus jolie des blondes. Les gens ne cessaient de tourner la tête et le pasteur arpentait l'allée centrale avec inquiétude. Nash était introuvable.

— Qu'est-ce qui se passe ? chuchotai-je à Angus.

Il haussa de nouveau les épaules. Je tournai la tête vers sa mère, mais elle n'avait pas l'air tellement perturbée ; elle tenait calmement son missel. Comme je ne savais pas quoi lui dire, je fis une nouvelle fois le tour de l'église du bout des yeux. Tout le monde parlait à voix basse et pouffait de rire. Il fut midi dix, midi un quart. J'aperçus la mère d'Amanda. Je ne savais pas si sa cure de désintoxication avait vraiment servi à quelque chose car, selon moi, elle semblait passablement cuite. Elle arrachait les pétales de son bouquet en se balançant.

Je me demandai si Fraser n'avait pas fait une autre soirée d'enterrement de vie de garçon et s'il n'était pas encore dans le train qui le ramenait d'Aberdeen.

— Tu l'as attaché quelque part ? questionnai-je Angus. Tu n'as pas intérêt, hein.

— Je te jure que je ne sais pas du tout où il est, répondit-il.

Tous les invités gigotaient sur leur banc sans cesser de regarder leur montre. Midi vingt arriva, puis midi vingt-cinq.

Les portes de l'église s'ouvrirent tout à coup dans un grand bruit. Comme un seul homme, tout le monde se retourna. Amanda se tenait dans l'encadrement des portes.

Je dois reconnaître qu'elle était très belle. Sa robe était blanche, mais on aurait dit qu'elle était recouverte d'or. Les manches courtes mettaient en valeur ses bras hâlés et ses épaules délicates ; la jupe reflétait tous ses gestes, épousant son corps avec légèreté. Elle portait une étole blanche sur les épaules qui ressemblait à de la fourrure. Ce n'était pas de l'ours polaire, tout de même ? Toujours est-il que l'effet était saisissant.

Son visage, en revanche, exprimait tout autre chose. Elle était très pâle et semblait furieuse. Personne ne disait rien. Elle avança dans l'allée d'un pas lent, mais peut-être pas aussi posé que prévu. Plusieurs demoiselles d'honneur la suivaient, mais elles s'étaient arrêtées derrière les bancs. L'organiste commença à jouer la marche nuptiale mais quelqu'un lui tapa sans doute sur les doigts car les notes s'arrêtèrent aussitôt dans un sifflement d'agonie. Amanda avançait, blanche et figée. Elle s'arrêta devant nous.

— Où est-il, bordel ? lança-t-elle à Angus.

Il la regarda droit dans les yeux.

— Je te jure que je ne sais pas.

La voix d'Amanda monta d'un ton et résonna dans toute l'église :

— Espèce de salaud, tu as organisé ça depuis le début. Tu le sais, putain. Où est-il, bordel de merde ?

— Je suis désolé, Amanda, répondit-il calmement, sans victoire. Il ne m'a rien dit. Franchement, si je le savais, tu crois que je serais là ? Il est peut-être en retard, c'est tout.

— Il n'est pas en retard, putain ! cracha-t-elle. Vous êtes tous une bande de cons, tous autant que vous êtes. (Elle se tourna vers moi.) Tiens, la collaboratrice. Sale peau de vache. J'ai entendu parler de ce qui s'était passé avec Alex. Au moins, je suis arrivée jusque-là, moi.

À l'entendre m'attaquer ainsi, je me mis à trembler, mais je n'étais pas en position de dire quoi que ce soit. Gênée, je regardai autour de moi.

Amanda se tourna de nouveau vers Angus. C'est alors que j'aperçus quelque chose qui me laissa perplexe : au fond de l'église, derrière les demoiselles d'honneur, se découpant dans le froid du parvis, se tenait Fraser. Il portait son tartan de chasse et une large chemise blanche comme s'il sortait tout droit des landes écossaises. Il avait la bouche pincée et écoutait avec attention. J'étais la seule à l'avoir vu. Amanda accaparait toujours l'attention de tout le monde avec son langage fleuri.

« Tu pourras dire à ton imbécile de frère, cette espèce de grand raté dégingandé, que la prochaine fois qu'il me verra, ce sera au tribunal, parce que je vais le poursuivre en justice pour les frais du mariage. Si tu t'en souviens, bien sûr, sale provincial à peine bon à garder les moutons. Et dire que j'ai failli faire partie de cette répugnante famille ! »

Les invités murmuraient d'un air horrifié. Angus ne dit rien, mais la regardait fixement. Folle de rage, elle lui jeta violemment son bouquet de fleurs – mais c'est moi qui le reçus. Je me demandai si elle l'avait fait exprès ou non.

Tout le monde eut le souffle coupé. Je chancelai en arrière, puis me redressai de nouveau. Je me touchai le front et ma main revint tachée de sang, à cause des épines. J'avais la tête qui tournait, tout à coup.

Amanda lança un ricanement avant de faire demi-tour, telle une mauvaise fée. Elle faisait face à l'assemblée.

« Bande de salauds ! hurla-t-elle amèrement avec son accent de Woking qui revenait magnifiquement en force. Ça vous fait plaisir, hein, tout ça... Vous êtes... »

Deux choses se produisirent. Premièrement, sa voix s'éteignit et ses yeux se fixèrent sur l'entrée de l'église. Tout le monde se retourna pour suivre son regard. Sauf moi, parce que je savais ce qu'elle regardait.

Deuxièmement, Amanda poussa un cri qui dégénéra vite en quinte de toux. Les gens qui se trouvaient de l'autre côté de l'allée se mirent à tousser subitement, tandis qu'un épais nuage de fumée se propageait.

Je regardai Angus. Il avait les yeux étincelants.

— Allez, dit-il tout bas, fais sortir les grands-mères.

Après, ce fut le chaos. Tout le monde se bousculait pour sortir. On entendait des couples amoureux brailler et japper tout en se marchant dessus pour s'échapper. Une grande bougie tomba ; nous étions sur le point d'avoir un véritable incendie sur la conscience car un chapeau chic et synthétique à la Barbara Cartland s'enflamma. Un terrible cri strident retentit au moment où les oies s'envolaient vers la sortie et l'homme au manteau Barbour usé revint dans l'église au pas de charge pour sauver les animaux.

J'avais repéré une petite porte latérale vers laquelle je me dirigeai en entraînant avec moi un maximum de gens. Les fleurs – qui avaient sans doute été vaporisées de parfum terriblement inflammable – étaient désormais en feu et tout en conduisant les gens vers la porte, j'aperçus Angus en train d'actionner l'extincteur. La mère d'Amanda restait au beau milieu de tout cela en titubant, comme si elle ne savait pas où elle était et je fus soulagée de voir Mookie la prendre par le bras pour l'emmener.

Dehors, le pasteur faisait des bonds, désespéré pour son église.

— Mon Dieu, dommage que je ne sois pas catholique, dit-il. Au moins, je pourrais boire le vin de messe.

— Ça va aller, monsieur (je ne savais pas comment appeler un pasteur), je crois que le feu est maîtrisé.

— Remarque, ça change des mariages ennuyeux habituels, hein, dit Nash en comptant les gens.

Mais ce n'était pas l'impression qu'on avait, à voir les invités inquiets et tristes sortir en toussant. J'entendis la sirène des pompiers. Oh là là... et si nous étions tenus pour responsables de l'incident et qu'on nous jette en prison ?

Cependant, au même moment, une dernière bouffée de fumée sortit de l'église et Angus émergea en recrachant ses poumons.

— Le feu est éteint, dit-il. Ça va.

On aurait dit qu'il allait tomber dans les pommes. Je courus vers lui.

Pendant ce temps, Amanda avançait à grands pas dans la foule chuchotante, sans parler à qui que ce soit. Jof, qui tenait là le scoop de sa vie, ne cessait de prendre des photos, jusqu'à ce qu'elle le menace de lui envoyer un coup de poing et il comprit qu'elle en était capable. Les huit demoiselles d'honneur – quelques-unes avec du caca d'oie sur la robe, remarquai-je – formaient un petit cercle sur le parvis de l'église après avoir été informées sans grande cérémonie par Amanda qu'elles pouvaient « Aller se faire foutre et qu'on n'aurait pas besoin d'elles, putain de merde ».

Je ne voyais pas Fraser – il n'y avait même pas de voiture qui s'en allait. À croire qu'il avait disparu dans la fumée.

Personne n'osait approcher Amanda qui tournait en rond en passant en revue la zone de guerre – où il y avait encore de la fumée qui flottait à ras du sol et de petits groupes de gens à l'air hostile. Elle monta dans la limousine étincelante.

Son père lui courut après en criant « Ma chérie, ma chérie, je vais arranger ça, ne t'inquiète pas. Je paierai pour le faire tuer, si c'est ce que tu veux ».

Mais elle l'ignora, claqua la porte et fit signe au chauffeur de sortir de là, bordel de merde.

La limousine croisa le camion de pompiers. Je me frottai le front, où une croûte s'était déjà formée. C'était vraiment de la folie, cette histoire.

— Contente d'être venue ? marmonna Angus en me prenant par le bras.

— Eh bien, c'est original... répondis-je.

Mais je perdis ma voix en apercevant, à l'autre bout de la place de l'église, deux silhouettes familières qui regardaient dans ma direction.

Elles commencèrent à s'approcher de moi en voyant que je les avais repérées. Pétrifiée, je tournai la tête vers Angus.

— Ne t'inquiète pas, dit-il. Il faut bien en parler. Ce serait arrivé, tôt ou tard.

Il me poussa doucement en avant.

Fran avait l'air fatiguée et ravagée. Elle me sourit sans grande conviction. Je ne lui rendis pas son sourire. Alex avait pris le faux air fanfaron qu'il arborait toujours quand il se faisait du souci.

Une fois face à face, j'attendis, les bras croisés.

— Salut, dit Fran.

— Salut, répondis-je.

— On... enfin, je ne pensais pas que tu voudrais nous parler au téléphone.

— Exact.

— Mais on savait que tu serais au mariage.

— Si on peut appeler ça un mariage, rétorquai-je.

— C'est ce qu'on a vu.

— Ah, alors c'est « on », maintenant ? Contente de le savoir.

Fran ravala péniblement sa salive.

— Bien sûr que non, Mélanie... Je veux dire, je ne suis pas... et lui... et c'est...

Je me forçai à lui poser la question.

— Depuis quand ? Avant que tu t'en ailles en Amérique ?

— Non, évidemment, répondit Alex.

— Juste l'autre soir, alors ?

Il baissa la tête.

Tout se remit atrocement en place. Comment avais-je pu être aussi bête ?

— Le soir où je me suis tordu la cheville, c'est ça ?

Fran avait l'air chagrinée.

— Dites-moi.

— J'étais allée voir Charlie et il n'était pas encore rentré... commença Fran, mais elle n'avait pas besoin d'en dire plus.

Charlie n'était pas là mais Alex si et il n'était jamais contre une aventure qui lui arrivait sur un plateau.

Je reniflai et grattai du sang coagulé sur mon front.

— Mais... Comment vous avez pu me faire ça ? Et pourquoi chez moi, l'autre soir, hein ?

— Excuse-moi, dit Fran. Je savais qu'il voulait habiter avec toi... à cause de moi. Il fallait qu'on en parle... et puis...

Je secouai la tête, incrédule.

— Mais tu es... tu étais ma meilleure amie.

— Je sais. Je ne sais pas...

Je reculai d'un pas et regardai Alex.

— Eh bien maintenant, tu l'as pour toi toute seule.

Alex était sur la défensive, honteux. Il savait que la décision avait été prise à sa place. Il ne contrôlait pas la situation. Ce n'était pas lui qui choisissait.

Fran n'avait pas l'air plus heureuse. Elle tourna brièvement la tête vers Alex, qui fixait ses chaussures, puis vers moi.

— Je crois que je préfère te garder toi, me dit-elle. Je suis vraiment désolée.

— C'est un peu tard, maintenant.

— Tu essaies d'y réfléchir ?

Son visage était suppliant ; elle avait l'air très malheureuse. Je n'étais pas ravie non plus, mais au moins je savais à quoi m'en tenir. Elle hocha tristement la tête. Maintenant qu'elle avait Alex pour elle seule, on aurait dit qu'elle ne voulait plus de lui.

Je tressaillis et reculai de nouveau. Angus m'attendait de l'autre côté du parvis. Le père d'Amanda était passé parmi la foule pour annoncer à haute voix que nous pouvions profiter du repas, étant donné qu'il lui avait coûté les yeux de la tête et, de fait, les gens montaient dans leur voiture pour se rendre à la réception. Je n'arrivais pas à comprendre pourquoi, mais il faut dire que je n'avais peut-être guère besoin du scandale des autres quand j'étais en train d'en vivre un à moi.

Je vis Alex prendre Fran par le bras. Elle se dégagea péniblement. Je ne pouvais pas les imaginer ensemble. Pour la première fois, elle me faisait pitié.

Contre le flot de voitures qui quittaient l'église, une voiture de sport s'arrêta juste devant nous en crissant. Je me demandai quelle pouvait bien être cette dernière distraction. Une forme ébouriffée bondit de la voiture avant qu'elle ne s'arrête tout à fait et courut en direction de Fran. Je me tournai pour mieux voir. Doux Jésus, c'était Charlie.

— Je savais que vous seriez là ! hurla-t-il. (Il mit un genou à terre.) Je t'en prie, Fran, arrête de me torturer. Tu n'aimes pas ce fils de pute... ajouta-t-il en désignant Alex.

— Non, je ne l'aime pas, répondit Fran.

Alex eut l'air surpris d'entendre cela.

— Je ne pouvais pas te laisser venir ici, avec lui ! Ça me rend fou. Depuis ce soir-là... je t'adore, Fran. Tu es faite pour moi !

— Mais tu es un imbécile violent, snob et alcoolique !

— Je sais ! Et toi une salope violente, perfide et alcoolique ! On est faits l'un pour l'autre ! Allez ! Viens avec moi... comme des imbéciles violents et alcooliques, on va faire l'amour jusqu'à ce qu'on... explose !

Je regardai Angus, qui restait comme deux ronds de flan. Fran regarda Charlie, puis Alex, puis moi.

— Ah, dit-elle sur un ton précis et entraîné avant de se tourner vers Alex. Bon, eh bien je m'en vais, alors. Au revoir, mon chéri... c'était intéressant.

— Quoi ? fit Alex, dévasté. Tu vas où, là ?

— Je n'en ai pas la moindre idée. Au revoir, Mélanie. Je suis désolée. Sincèrement. Peut-être qu'on redeviendra amies un jour.

— Peut-être, répondis-je, incapable de ne pas sourire.

— Et n'oublie pas ce que je t'ai dit sur les gentils garçons McConnald. Au revoir, Angus !

Elle agita la main dans sa direction et il fit de même sans réprimer son enthousiasme.

Charlie et Fran sautèrent dans la petite voiture de sport. Elle enroula son foulard autour de sa tête à la manière d'Audrey Hepburn et enfila une grande paire de lunettes.

— Au revoir, tout le monde ! s'écria-t-elle en agitant la main d'un air princier.

La voiture quitta la place de l'église en trombe avec un terrible bruit de pot d'échappement.

Ceux qui restaient se regardaient tous dans le blanc des yeux. Je ne pouvais m'en empêcher. Tout à coup, je me mis à rire et à pleurer en même temps, ce qui me faisait renifler de façon peu élégante.

Instinctivement, Alex avança vers moi, avec l'air de vouloir me prendre dans ses bras. Avant qu'il n'ait l'occasion de le faire, Angus était là.

— S'il te plaît, dit-il d'un ton sec à Alex.

L'air embarrassé, Alex recula.

— Pardon.

Angus me posa son manteau sur les épaules et me conduisit vers la voiture. Alex nous regarda, puis il tourna les talons et partit.

— Ça va aller ? me demanda Angus.

— Oui ! (Sniff.) Je suis juste... hystérique, là ! Désolée ! Ça ira mieux dans une minute.

Il ouvrit la portière et m'installa sur le siège passager. Il sortit une petite flasque de sa poche.

— Tiens. J'avais apporté ça pour Fraser, au cas où. Prends-en une goutte. Tu te sentiras mieux.

Je pris la flasque en reniflant copieusement et en avalai une gorgée. La chaleur du liquide se répandit partout dans mon corps, m'apportant calme et feu aux joues. Ma respiration ralentit et je retrouvai mon état normal.

Angus fit le tour de la voiture pour s'asseoir derrière le volant et nous nous sommes tus pendant un moment.

— Qu'est-ce qu'on fait, maintenant ? finit-il par dire.

— Hm ?

— À quoi tu pensais ?

— À Fraser, répondis-je en toute sincérité. Où est-il ? Qu'est-ce qu'il fait ? Je suppose qu'il ne se marie plus, en fin de compte, non ?

Mon imprévisible cœur se remit à battre la chamade.

Angus se tourna vers moi.

— Tu penses à Fraser ?

— Euh... oui.

— Pas... à Alex, ni, hum, à moi ?

Je regardai son gentil visage. Une profonde inquiétude se lisait dans ses yeux.

— C'est-à-dire que... tu sais, Fraser vient de traverser... Mon Dieu, ça a dû être difficile, je ne sais pas comment il doit...

Angus poussa un long soupir.

— Moi, je pense tout le temps à toi, dit-il simplement.

Je stoppai mon charabia et le regardai. Je ne savais plus quoi dire. J'avais envie de lui dire que c'était le garçon le plus gentil, le plus serviable, le plus respectable, le plus beau que je connaisse... mais que j'étais... que je ne pouvais pas...

— Mais tu es amoureuse de mon frère, déclara-t-il.

— Ne raconte pas n'importe quoi ! rétorquai-je.

— Non, mais malheureusement c'est le cas. Je croyais que tu m'aimais bien, mais c'est juste parce que je lui ressemble.

— C'est pas vrai ! me défendis-je.

— Peut-être que si.

— Non. Je t'aime bien pour des milliers de raisons, mais pas celle-là.

— Tu m'aimes bien, seulement ?

— Non, je t'aime. Mais pas comme ça.

— Pas comme tu aimes mon frère.

Je ne disais rien. Je ne savais pas quoi dire.

— Mélanie, je le sais, peut-être même que je l'ai su avant toi. Tu te mets à rayonner dès qu'il se trouve à moins de quinze kilomètres. Mais j'ai toujours pensé que j'avais une chance... même une toute petite. Et je savais que Fraser avait l'intention d'aller jusqu'au bout de ce mariage ridicule, alors... C'était vraiment égoïste de ma part. Mais il fallait bien que j'essaie. Malgré moi, je t'aimais beaucoup et j'espérais...

— Comment ça, tu savais ? l'interrompis-je. Il n'y a rien à savoir.

Mais j'étais tout de même intriguée.

— Ça crevait les yeux. Tu te souviens, le soir où on lui a apporté la cassette ? Je crois que je sais pourquoi tu étais aussi triste.

— C'est pas vrai...

C'était vrai.

— Tu refusais de penser à lui, alors tu es devenue amie avec moi.

— C'est pas vrai, Gustard.

— Tu utilises même le surnom qu'il m'a donné.

Ses doigts tapotaient le tableau de bord. Il avait les oreilles toutes rouges.

— Angus, dans tous les cas, je suis devenue amie avec toi parce que je t'aime beaucoup. Parce que tu es drôle, intelligent, intéressant, séduisant, gentil. Et pour le reste... je ne t'ai jamais fait espérer quoi que ce soit, enfin je ne crois pas. Je suis désolée... Je veux dire, je n'ai rien fait...

— Non. Excuse-moi. Je ne suis pas un bon perdant.

— Oh, la perdante, c'est moi. J'ai perdu tout le monde. Et Fraser ne voudra plus me voir. Tu as vu toute la merde qu'il a sur le dos, là ? Alors se retrouver avec une copine d'Amanda, c'est certainement la dernière chose qu'il voudrait. Si ça se trouve, il est peut-être chez elle, en ce moment, en train de s'excuser et de réorganiser tout le mariage.

— Ça m'étonnerait fort.

— Alors je t'en prie, je n'ai pas envie de te perdre aussi parce que tu penses que je t'ai utilisé. Je te promets que ce n'est pas le cas. Ou alors je ne l'ai pas fait exprès. Je suis désolée.

Tout à coup, il me regarda dans les yeux. L'étincelle était revenue, quoiqu'un peu plus terne.

— Tu... Tu avais envisagé qu'on pouvait... ?

— Tous les jours, dis-je presque sincèrement.

Il sourit.

— Viens là, dit-il en m'attirant contre lui.

Nous sommes restés longtemps enlacés à l'avant de la voiture.

CHAPITRE 17

Nous nous sommes enfin séparés.

— Qu'est-ce que tu vas faire, maintenant ? dit-il.

— J'ai très envie de rentrer chez moi. Tu retournes sur Londres ?

— En fait, ma mère est à la réception, alors je ferais mieux d'y aller pour voir tout le monde, surtout que je serai le seul McConnald dans le coin. Je risque d'en entendre de toutes les couleurs.

— Tu crois qu'elle est contente, ta mère ?

— Contente ? Ravie, tu veux dire. Surtout si elle boit du champagne et qu'elle mange des vol-au-vent aux frais de Mr Phillips.

— Il peut se le permettre. Tu voudrais bien me déposer à la gare ?

— Avec plaisir.

Angus me laissa dans le train-omnibus pour Londres. Il resta sur le quai à me faire des signes d'adieu, le soleil dans les cheveux, jusqu'à ce que le train s'en aille. Je le regardai rapetisser, puis disparaître et je me réinstallai sur le siège en soupirant.

En face de moi, il y avait une femme qui me regardait bizarrement. En essayant de me regarder dans la vitre sale, je m'aperçus que j'avais toujours du sang sur le front et du mascara sur la figure. Joli.

Tout à coup, je me rappelai que je ne pouvais pas rentrer chez moi, à cause du grand projet secret de Linda. Mince ! Et puis merde. Tant pis si elle était en train d'amuser les gardes de la Reine, c'était chez moi et c'était là qu'il fallait que j'aille. Ce n'était pas ma faute si le mariage où j'étais allée avait implosé. Je resterais dans ma chambre toute la journée. Linda s'en remettrait.

Je cherchai un mouchoir dans ma poche et c'est là que je me rendis compte que je portais toujours le manteau d'Angus. Quel amour, ce garçon. Le manteau avait une odeur virile et rassurante et il y avait effectivement un mouchoir dedans. Les lettres F.A.M. étaient brodées dans un coin. C'étaient les initiales de Fraser, pas d'Angus. Un frisson me parcourut le corps. C'était son mouchoir. Je le tenais comme la plus précieuse des pierres. Je le portai à mon nez, mais il ne sentait que le linge, ce qui, d'une certaine manière, n'était pas plus mal. Je tamponnai un peu le sang et le mascara.

La femme en face de moi se pencha. Elle avait une cinquantaine d'années, avec un petit air nature-pain-complet. Elle portait de nombreux châles, des chaussures qu'on aurait crues taillées dans le bois et d'épais cheveux crépus. Elle avait du charme, sans doute le charme de la cinquantaine.

— Je suis médium, vous savez, annonça-t-elle.

Oh mon Dieu. Une folle dans le train ! Il ne manquait plus que ça ! Je regardai autour du wagon à la recherche d'un éventuel secours, mais tout le monde nous ignorait consciencieusement, bien sûr ! Nous étions en Angleterre, qu'est-ce que j'espérais ?

Je lui fis un signe de tête méprisant et regrettai de ne pas avoir de journal pour pouvoir me cacher derrière.

— Vous envoyez des ondes très puissantes.

— Quoi ? Des ondes qui vous disent que je ne crois

pas aux médiums ? dis-je en essayant de sourire poliment pour qu'elle se taise.

Elle sourit.

— Oh, ce n'est pas grave. Beaucoup de gens n'y croient pas. J'ai même parfois du mal à y croire moi-même.

Je regardais fixement le paysage.

— Vous avez une vie tourmentée, en ce moment.

— Oui et c'est certainement vrai de la plupart des gens.

— En tout cas, Alexander vous aime. Allez vers lui.

Je me raidis comme un piquet.

— Qu'est-ce que vous avez dit ?

— J'ai dit, il vous aime. Allez vers lui.

— Non, non, non. Vous ne comprenez pas. Vous avez dit Alex ? C'est un vrai porc. Vous fonctionnez à l'envers ou quoi ? Vous êtes australienne ?

— Non, répondit-elle. Parfois je reçois un message et je dois le communiquer. En tout cas, ça veut dire quelque chose, pour vous. Alors voilà.

— Non, ça ne veut rien dire du tout.

— C'est parfois ce que dit la tête quand le cœur dit autre chose.

— Non, c'est parfois ce que disent les fous quand on les rencontre dans un train, marmonnai-je de façon désagréable.

Elle se rappuya contre son dossier, satisfaite d'avoir accompli sa tâche et je regardai par la fenêtre en réfléchissant furieusement.

Comment savait-elle qu'il s'appelait Alex ? Cela ne m'aurait guère étonnée qu'il ait arrangé le coup, ce petit con. Mais comment avait-il pu savoir que je serais dans ce train... ce wagon ? Je secouai violemment la tête et essayai de penser à autre chose, n'importe quoi.

Fraser, par exemple. Comme si le barrage avait cédé et que les flots inondaient tout. Mon ange dans la neige. Quittant l'église fier comme Artaban – je ne l'avais pas vu de mes yeux, mais j'imaginais. Le sourire de travers, le regard gentil, le rire facile... et Londres apparaissait peu à peu, avec ses banlieues et ses gares. Je ne pouvais tout de même pas... enfin, j'avais pensé que... mais c'était le jour de son mariage, nom d'un chien. Je n'avais pas le droit d'espérer... Et puis, il était certainement en train de raccommoder les choses. Après tout, il était venu, non ? Avec une demi-heure de retard, certes, mais cela voulait dire qu'il était prêt à se marier.

Donc ce n'était peut-être pas le meilleur moment pour lui faire des avances.

Arrivée à la gare de Waterloo, j'avançais parmi la foule comme si je nageais sous l'eau. Je savais que j'avais l'air plus que ridicule avec ma jolie robe et ma figure ravagée, mais je m'en fichais. Je voulais juste rentrer chez moi, point à la ligne.

Je pris un taxi pour rentrer à l'appartement. La rue était calme. Il faisait un froid mordant, mais avec le manteau d'Angus j'avais chaud. Je pourrais sans doute retourner au lit. Ignorer complètement cette journée. C'était sans doute la chose la plus raisonnable à faire.

Je montai les marches et frappai doucement à la porte avant de l'ouvrir avec ma clé. Linda accourut aussitôt.

— Excuse-moi ! dis-je à travers la porte. Je suis vraiment désolée. Le mariage s'est très mal passé et je ne savais pas où aller... S'il te plaît, je peux entrer ?

Linda ouvrit un peu la porte et me regarda d'un air méfiant.

— J'aurais dû me douter que ça ne marcherait jamais, fit-elle, l'œil morne.

À contrecœur, elle ouvrit tout de même la porte et me laissa entrer.

— Merci ! lançai-je avec reconnaissance. Je ne vais pas te déranger, quoi que tu fasses, je te promets. Je vais tout de suite dans ma chambre et je n'en ressortirai que quand tu me le diras. Et même sûrement plus longtemps.

— Ça ne fait rien, dit-elle. Tu n'as qu'à aller rejoindre ton ami à la cuisine. On discutait.

Ami ou amie ? Discuter ? Je ne savais pas du tout de qui elle voulait parler. Très nerveuse, je me dirigeai vers la porte de la cuisine. Fran était peut-être rentrée plus vite que prévu de sa petite aventure. Malgré tout, cela ne m'aurait pas dérangée qu'elle soit là à ce moment-là, pour que je puisse lui parler.

J'ouvris lentement la porte et je fus tellement surprise que je restai bouche bée, pour une fois.

Il faisait très froid, dans la cuisine ; la fenêtre était ouverte, ainsi que le réfrigérateur et le congélateur. Il y avait différents modèles d'animaux dans toute la pièce. Une girafe, un pélican, un wallaby – tous de bonne taille et joliment sculptés. Ils étaient de couleur marron et tellement bien faits qu'on aurait dit qu'ils allaient s'envoler, ou galoper, comme s'ils avaient été figés en plein mouvement.

La table de la cuisine avait repris sa place. Fraser y était installé. Il avait l'air fatigué, mais il souriait devant mon étonnement.

— Ils sont incroyables, hein ? dit-il, et j'acquiesçai. J'ai l'impression que ta colocataire a des sacrés talents cachés !

Je me tournai vers Linda.

— C'est toi qui les as faits ?

Elle rougit violemment et haussa les épaules.

— En quoi ils sont ?

— En chocolat.

Je regardai autour de moi, épatée.

— Ils sont tous en chocolat ?

— Je fais de la sculpture, expliqua-t-elle timidement. On va venir me les chercher aujourd'hui pour une exposition. Je n'en fais pas beaucoup, mais il faut les sculpter très vite, sinon ça fond. Et maintenant ils redurcissent. On va bientôt venir les prendre.

— Mince alors ! m'exclamai-je en regardant cette ménagerie comestible. Ils sont vraiment magnifiques.

Linda sourit. C'était tellement rare, comme événement, que je lui souris à mon tour. Puis Fraser me sourit aussi. D'une manière un peu pincée, pleine d'excuses. On aurait dit le contraire de la fin de *Reservoir Dogs*.

Mon cœur dégringola au fond de mes chaussures. Je m'approchai de lui. Nous nous regardions comme si quelqu'un nous avait hypnotisés.

Je m'assis à la table, en face de lui.

— Vous pouvez manger la tortue, si vous voulez, proposa Linda d'une voix timide. Elle est ratée.

— Merci, répondis-je, mais elle est trop belle pour qu'on la mange. Enfin, pour une tortue.

Et je regardais toujours Fraser. Quelque chose était en train de se passer – pauvre Linda, lui permettrais-je un jour de se sentir chez elle dans sa propre maison ? Elle s'en alla.

Il y eut un moment de silence.

— Alors ? dis-je avec désinvolture.

Il baissa la tête.

— Alors tu avais raison depuis le début, commença-t-il.

— Non, ce n'est pas ce que je te demandais... Je voulais dire « alors, que s'est-il passé ? »

Il leva les yeux vers moi.

— Tu sais, je n'ai jamais voulu me marier.

Je haussai les sourcils.

— C'est vrai, reprit-il. Mais c'est arrivé tellement vite... et c'est après les fiançailles que j'ai commencé à me rendre compte... que ça n'allait pas du tout. Enfin, vous m'avez aidé un petit peu, toi et mon frère.

— Ah, dis-je en baissant la tête.

— Et le mariage était organisé avant que j'aie eu le temps de réagir. J'étais... enfin, nous étions engagés, quoi. Je lui avais fait une promesse. Je ne pouvais pas laisser tomber, juste parce que j'avais changé d'avis.

— Non, mais ça aurait été plus gentil. À long terme, du moins.

— Peut-être. Mais à chaque fois que j'essayais d'en parler, elle changeait de conversation. Elle disait que ça irait.

— Je ne crois pas que c'était forcément toi qu'elle voulait.

— Non, moi non plus, soupira-t-il. Je n'ai pas dormi de la nuit. Je ne crois même pas en Dieu, mais j'ai failli commencer, cette nuit. Juste pour le conseil.

— Au Moyen Âge, c'est ce que faisaient les chevaliers.

— Je sais, mais ça fait très mal aux genoux.

— Et ça t'a servi à quelque chose ?

— Non. Je suis resté là des heures, je m'assoupissais, je me réveillais de nouveau, comme ça toute la nuit. Et ce matin, à onze heures, je me suis dit que c'était trop tard pour reculer. Je suis lâche et je dois prendre ce qui vient. C'était ma punition pour ne pas avoir affronté le problème quand il en était encore temps.

— Mm.

— Et je ne pensais pas qu'elle... qu'elle réagirait comme ça. Je pensais qu'elle attendrait et qu'elle m'engueulerait d'être en retard.

— Elle devait s'en douter, inconsciemment.

— Je le crois aussi. Aïe.

— Quoi ?

— Rien. J'ai envie de dire « aïe » à chaque fois que je repense à tout ce qu'elle a dit. Et toi, ma pauvre !

Il toucha mon front et je me rappelai tout à coup que je devais avoir une tête épouvantable.

— Non, je n'ai pas vraiment eu mal. C'est juste les épines qui m'ont écorchée.

— Elle aurait pu te crever un œil.

— Bah... je ne suis plus à ça près !

Il sourit et caressa tendrement ma plaie. Je frissonnai.

— Sinon, dit-il, je crois qu'elle m'a rendu un sacré service. Je suis passé à côté de ce mariage, sans que ce soit la faute de qui que ce soit.

— Enfin, sauf que c'était *ta faute*.

— Oui, bien sûr, tu as raison. C'était entièrement ma faute. En fait, ce que je veux dire, c'est que ce n'est pas moi qui suis passé pour un impitoyable salaud. Parce que je n'en suis pas un, je t'assure. Je ne pense pas, du moins.

— Je ne pense pas non plus.

Il avait toujours la main posée sur mon front.

— Pourquoi tu es venu chez moi ? demandai-je.

— Pour te voir, répondit-il en toute simplicité.

— Oh.

Il baissa la tête et retira sa main de mon front.

— Toi et Angus... excuse-moi, je sais que ça ne me regarde pas, mais est-ce qu'il y a... est-ce qu'il y avait... bon, il n'y a rien entre vous, si ? Il m'a dit que non, mais je pensais qu'il essayait peut-être de ne pas me faire de peine. Il est comme ça.

— Je sais. Mais non. Il n'y a jamais rien eu, en fait. J'étais... enfin, j'espère que je ne l'ai pas trop blessé. Je crois qu'une des raisons pour lesquelles je l'aimais bien, bon, ce n'était pas la seule, parce que je l'aimais beaucoup, tu sais, je le trouve formidable... Mais c'est-à-dire que... je crois que quelque part, il me faisait penser à toi.

Surpris, il battit deux fois des cils.

— C'est vrai ?

— Oui, dis-je en avalant la boule que j'avais dans la gorge.

— Tu... moi... eh bien... tu sais... ?

— Euh, oui, répondis-je, sûre que c'était la bonne réponse.

Sa main se serra sur la mienne et il posa l'autre sur ma joue. Dehors, la neige recommençait à tomber.

— J'ai fini par comprendre... commença-t-il. J'ai compris que j'étais terrorisé à l'idée que tu sortes avec lui, que tu le rendes heureux et pas moi. J'étais jaloux.

Je levai les yeux vers lui.

— Jaloux ? Mais tu allais te marier !

— Je sais. Ça me paraissait injuste qu'il puisse t'avoir juste parce que le timing jouait en sa faveur et pas la mienne. Comme si je n'avais pas assez de soucis comme ça.

Je n'en croyais pas mes oreilles. Je posai la main sur la sienne.

— J'ai rencontré une femme qui était médium, dans le train, dis-je en souriant. Je ne l'ai pas crue. Folle à lier, elle était. Tu sais, elle m'a dit de retourner auprès d'Alex.

— C'est ce que tu as fait, répondit Fraser.

Je le regardai d'un air interrogateur.

— Alasdair, expliqua-t-il. C'est mon deuxième prénom. C'est Alexander, en gaélique.

Je sortis le mouchoir. Idiote ! F.A.M. Cette folle avait dû voir le « A » alors que je cramponnais le mouchoir comme une maniaque et elle avait fait une simple supposition. À moins que, bien sûr... Je le regardai, les yeux brillants.

Presque au ralenti, nous avons commencé à nous toucher le bras et le visage du bout des doigts. Nous nous découvrions pour la première fois. Je sentis ses épaules musclées sous sa chemise blanche. Les poils de ses avant-bras s'étaient redressés sous l'effet du froid et de notre intimité. Je posai le doigt sur un bouton de sa chemise d'un geste hésitant.

— Si je me remets à pleurer, je vais devenir aveugle, chuchotai-je en retenant mes larmes.

— Mais ça expliquerait ce que tu vois en moi.

— Ha ha ha.

Je sentis soudain ses bras enlacer ma taille et son étreinte se resserrer. Sur son visage se lisaient l'hésitation, l'excitation, la nervosité et l'incertitude – enfin, il y avait tout de même pas mal de certitude.

Je le regardai bien en face.

— Tu sais, si c'était un livre, dis-je, il aurait dû finir par un mariage, hein.

— Pas obligatoirement. Il aurait aussi bien pu finir par un baiser.

Et ce fut le cas.

ÉPILOGUE

Nous avions une folle envie de nous sauver en douce. Nous avions beaucoup de choses à nous dire et à faire. Quelque part dans la campagne, pensions-nous, un endroit où nous pourrions marcher, parler, etc. Je brillais comme les guirlandes de Noël, dehors. Je pris quelques affaires chaudes dans un sac et nous avançâmes vers la porte. En sortant, le téléphone sonna. Ce fut Linda qui répondit.

— Oh, dit-elle. Mélanie !

— Je ne crois pas que je veux répondre, dis-je à Fraser.

— Et ne dis pas non plus que je suis là, ajouta-t-il.

— Oh ! mon Dieu. Je ne me suis même pas encore posé la question de savoir comment j'allais expliquer ça aux autres.

— Chut... fit-il derrière moi en me passant les bras autour du cou. On va avoir plein de temps pour réfléchir à tout ça.

— Mélanie ! cria Linda.

Voilà que Linda se mettait à crier, maintenant ! Quelle journée !

— C'est quelqu'un qui s'appelle Nicolas, annonça-t-elle. Il veut savoir si tu es libre ce... attends... ce soir ou le reste du week-end ?

Je haussai les sourcils à l'intention de Fraser. Il secoua la tête avec véhémence.

— Je crois que c'est non, Linda, répondis-je.

Il y eut un blanc. Puis elle sortit la tête par la porte.

— Il m'a demandé si j'étais libre à la place ! dit-elle, le souffle coupé.

— Oh...

Bah, qu'y avait-il de si terrible ? Il gagnait bien sa vie, il avait une belle voiture, il était grand, il n'était pas... disons qu'il n'était pas méchant et Linda avait grand besoin de sortir de chez elle.

— Pourquoi tu n'irais pas ? lui dis-je simplement. Il est gentil. Ça pourrait être sympa.

Linda me lança un regard narquois.

— Ce branleur de comptable de deux mètres et demi qui pue de la gueule ? Mais pour qui tu me prends, BORDEL DE MERDE ?

5840

Composition I.G.S. - Charente Photogravure à L'Isle-d'Espagnac (16)
Achevé d'imprimer en Europe (France)
par Brodard et Taupin à La Flèche (Sarthe)
le 10 avril 2001. 7174.
Dépôt légal avril 2001. ISBN 2-290-31043-3

Éditions J'ai lu
84, rue de Grenelle, 75007 Paris
Diffusion France et étranger : Flammarion